AVANT-PROPOS

Albert Camus

Conférences et discours

1936-1958

Gallimard

Ce volume réunit les trente-quatre textes connus des prises de parole publiques d'Albert Camus, s'achevant sur la transcription inédite de son allocution au dîner de L'Algérienne, le 13 novembre 1958 à Paris. À l'exception de sa causerie sur « la nouvelle culture méditerranéenne » de 1937, ces discours et conférences ont été prononcés après guerre. La notoriété du romancier, de l'essayiste, du dramaturge et de l'éditorialiste fait alors que son point de vue sur l'état du monde et des consciences est régulièrement sollicité et attendu, en France comme à l'étranger.

Albert Camus n'était pourtant pas un conférencier dans l'âme, l'exercice l'exposant au risque de devoir se prononcer sur des sujets pour lesquels il ne se sent ni compétence ni légitimité. « Je n'ai pas l'âge des conférences », prévient-il en 1946. Malgré ses réticences, la prise de parole publique sera l'une des formes de son engagement, avec sa part de constat et sa part de combat.

Dans aucun de ces textes l'écrivain n'évoque ni ne cite l'une ou l'autre de ses œuvres ou de ses personnages, comme si l'expérience du créateur avait peu en commun avec celle de l'orateur occasionnel. Pourtant, la question de l'engagement de l'artiste est bien au cœur de ces propos de tribune, de « La Crise de l'Homme » (New York, 1946) aux célèbres discours de Suède (Stockholm et Uppsala, 1957). Il n'y a pas de rupture, semble-t-il nous dire, entre l'engagement du citoyen et l'engagement de l'écrivain, dans la mesure où ce dernier, par son œuvre même, cherche à se tenir au plus près d'une vérité humaine plus que jamais exposée à la terreur, au mensonge, à l'abstraction bureaucratique et idéologique, à l'injustice. « L'artiste distingue là où le conquérant nivelle. L'artiste qui vit et crée au niveau de la chair et de la passion, sait que rien n'est simple et que l'autre existe. » Et cette chair peut être heureuse ou malheureuse.

La révolte camusienne se situe au cœur de l'absurde, dans la reconnaissance simultanée du sort commun et de la liberté individuelle. C'est là le socle de ces prises de parole. D'une conférence à l'autre, Albert Camus explicite et manifeste son engagement d'homme, qui vise à redonner voix, figure et dignité à ceux qui en ont été privés par un demi-siècle de bruit et de fureur, où le mésusage des mots et la démesure des idées ont fait de l'homme un loup pour lui-même. Il faut briser cet infernal mouvement de l'après-guerre, « transformer la haine en désir de justice », « supprimer en soi le venin de la mort ». Telle est l'expérience générationnelle dont rend compte ici l'écrivain.

Il y a une « Crise de l'Homme ». Il faut en faire état, la rendre intelligible ; et l'orateur s'y emploie en en formulant et reformulant ici, jusqu'à la redite, les raisons et les symptômes. Mais le plus important est d'y remédier, avec l'espérance que l'homme puisse reprendre, par lui-même, « ce goût de l'homme sans quoi le monde ne sera jamais qu'une immense solitude ». Les artistes, les écrivains ont leur rôle à jouer, modeste mais nécessaire.

Pour Albert Camus, il y a un métier d'homme, qui consiste à s'opposer au malheur du monde afin d'en diminuer l'intensité, dans les limites propres à chaque individu. Son autorité d'intellectuel, son parcours singulier donnent à sa parole une audience particulière, dans un monde qui s'est déjà globalisé — en particulier sous l'effet des totalitarismes et des impérialismes. Albert Camus ne limite pas ses engagements aux frontières nationales ; l'Europe est au cœur de ses préoccupations, voire de son indignation lorsqu'elle est celle de Franco et que l'on ne s'en offusque pas. Et Albert Camus monte à la tribune quand ses frères d'Europe de l'Est sont soumis à l'oppression d'un totalitarisme fou, brisant toutes libertés dans le plus total irrespect de la personne humaine et de la justice.

Plus que de culture, c'est de civilisation qu'il s'agit et du sentiment fraternel qui unit les hommes en lutte contre leur destin. Il se dessine par là une morale pour soi-même : ce métier d'homme est un apprentissage, une discipline, qui se joue au quotidien et toute la vie durant : « J'aime mieux les hommes engagés aux littératures engagées, écrivait-il dans ses *Carnets*. Du courage dans sa vie et du talent dans ses œuvres, ce n'est déjà pas si mal. »

CONFÉRENCES
ET DISCOURS
1936-1958

LA CULTURE INDIGÈNE. LA NOUVELLE CULTURE MÉDITERRANÉENNE

1937

Membre du Parti communiste algérien (PCA) depuis la fin de l'été 1935, Albert Camus s'investit dans l'action culturelle en fondant le Théâtre du travail, *troupe qu'il dirige tout en y étant à la fois adaptateur, metteur en scène et acteur. Dans le même temps, il devient le secrétaire général de la Maison de la culture d'Alger qui organise des projections cinématographiques, des concerts ou encore des conférences. C'est à l'occasion de l'inauguration de cette structure, le 8 février 1937, qu'Albert Camus, alors âgé de vingt-trois ans, prononce la conférence qui suit. Le texte sera reproduit dans le premier numéro du bulletin de la Maison de la culture d'Alger,* Jeune Méditerranée, *en avril 1937. À l'automne de la même année, Albert Camus quitte le PCA.*

I

La Maison de la culture, qui se présente aujourd'hui devant vous, prétend servir la culture méditerranéenne. Fidèle aux prescriptions générales concernant les Maisons du même type, elle veut contribuer à l'édification, dans le cadre régional, d'une culture dont l'existence et la grandeur ne sont plus à démontrer. À cet égard, il y a peut-être quelque chose d'étonnant dans le fait que des intellectuels de gauche puissent se mettre au service d'une culture qui semble n'intéresser en rien la cause qui est la leur, et même, en certains cas, a pu être accaparée (comme c'est le cas pour Maurras) par des doctrinaires de droite.

Servir la cause d'un régionalisme méditerranéen peut sembler, en effet, restaurer un traditionalisme vain et sans avenir, ou encore exalter la supériorité d'une culture par rapport à une autre et, par exemple, reprenant le fascisme à rebours, dresser les peuples latins contre les peuples nordiques. Il y a là un malentendu perpétuel. Le but de cette conférence est d'essayer de l'éclaircir. Toute l'erreur vient de ce qu'on confond Méditerranée et Latinité et qu'on place à Rome ce qui commença dans Athènes. Pour nous la chose est évidente, il ne peut s'agir d'une sorte de nationalisme du soleil. Nous ne saurions nous asservir à des traditions et lier notre avenir vivant à des exploits déjà morts. Une tradition est un passé qui contrefait le présent. La Méditerranée qui nous entoure est au contraire un pays vivant, plein de jeux et de sourires. D'autre part, le nationalisme s'est jugé par ses actes. Les nationalismes apparaissent toujours dans l'histoire comme des signes de décadence. Quand le vaste édifice de l'Empire romain s'écroule, quand son unité spirituelle, dont tant de régions différentes tiraient leur raison de vivre, se disloque, alors seulement, à l'heure de la décadence, apparaissent les nationalités. Depuis, l'Occident n'a plus retrouvé son unité. À l'heure actuelle l'internationalisme essaie de lui redonner son vrai sens et sa vocation. Seulement le principe n'est plus chrétien, ce n'est plus la Rome papale du Saint Empire. Le principe, c'est l'homme. L'unité n'est plus dans la croyance mais dans l'espérance. Une civilisation n'est durable que dans la mesure où, toutes nations supprimées, son unité et sa grandeur lui viennent d'un principe spirituel. L'Inde, presque aussi grande que l'Europe, sans nations, sans souverain, a gardé sa physionomie propre, même après deux siècles de domination anglaise.

Voilà pourquoi, avant toute considération, nous rejetterons le principe d'un nationalisme méditerranéen. Par ailleurs, il ne saurait être question d'une supériorité de la culture méditerranéenne. L'homme s'exprime en accord avec son pays. Et la supériorité, dans le domaine de la culture, réside seulement dans cet accord. Il n'y a pas de culture plus ou moins grande. Il y a des cultures plus ou moins vraies. Nous voulons seulement aider un pays à s'exprimer lui-même. Localement. Sans plus. La vraie question : une nouvelle culture méditerranéenne est-elle réalisable ?

II
ÉVIDENCES

a) Il y a une mer Méditerranée, un bassin qui relie une dizaine de pays. Les hommes qui hurlent dans les cafés chantants d'Espagne, ceux qui errent sur le port de Gênes, sur les quais de Marseille, la race curieuse et forte qui vit sur nos côtes, sont sortis de la même famille. Lorsqu'on voyage en Europe, si on redescend vers l'Italie ou la Provence, c'est avec un soupir de soulagement qu'on retrouve des hommes débraillés, cette vie forte et colorée que nous connaissons tous. J'ai passé deux mois en Europe centrale, de l'Autriche à l'Allemagne, à me demander d'où venait cette gêne singulière qui pesait sur mes épaules, cette inquiétude sourde qui m'habitait. J'ai compris depuis peu. Ces gens étaient toujours boutonnés jusqu'au cou. Ils ne connaissaient pas de laisser-aller. Ils ne savaient pas ce qu'est la joie, si différente du rire. C'est pourtant avec des détails comme celui-ci que l'on peut donner un sens valable au mot de Patrie. La Patrie, ce n'est pas l'abstraction qui précipite les hommes au massacre, mais c'est un certain goût de la vie qui est commun à certains êtres, par quoi on peut se sentir plus près d'un Génois ou d'un Majorquin que d'un Normand ou d'un Alsacien. La Méditerranée, c'est cela, cette odeur ou ce parfum qu'il est inutile d'exprimer : nous le sentons tous avec notre peau.

b) Il y a d'autres évidences, historiques celles-là. Chaque fois qu'une doctrine a rencontré le bassin méditerranéen, dans le choc d'idées qui en est résulté, c'est toujours la Méditerranée qui est restée intacte, le pays qui a vaincu la doctrine. Le christianisme était à l'origine une doctrine émouvante, mais fermée, judaïque avant tout, ignorant les concessions, dure, exclusive et admirable. De sa rencontre avec la Méditerranée, est sortie une doctrine nouvelle : le catholicisme. À l'ensemble d'aspirations sentimentales du début s'est ajoutée une doctrine philosophique. Le monument s'est parachevé, enjolivé — s'est adapté à l'homme. Grâce à la Méditerranée, le christianisme a pu entrer dans le monde pour y commencer la carrière miraculeuse qu'on lui connaît.

C'est encore un Méditerranéen, François d'Assise, qui fait du christianisme, tout intérieur et tourmenté, un hymne à la nature et à la joie naïve. Et la seule tentative qui ait été faite pour séparer le christianisme du monde, c'est à un Nordique, c'est à Luther qu'on la doit. Le protestantisme est à proprement parler le catholicisme arraché à la Méditerranée et à son influence à la fois néfaste et exaltante.

Regardons encore plus près. Pour ceux qui ont vécu à la fois en Allemagne et en Italie, c'est un fait évident que le fascisme n'a pas le même visage dans les deux pays. On le sent partout en Allemagne, sur les visages, dans les rues des villes. Dresde, ville militaire, étouffe sous un ennemi invisible. Ce qu'on sent d'abord en Italie, c'est le pays. Ce qu'on voit dans un Allemand au premier abord, c'est l'hitlérien qui vous dit bonjour en disant : « *Heil Hitler !* » Dans un Italien, c'est l'homme affable et gai. Ici encore la doctrine semble avoir reculé devant le pays — et c'est un miracle de la Méditerranée de permettre à des hommes qui pensent humainement de vivre sans oppression dans un pays à la loi inhumaine.

III

Mais cette réalité vivante qu'est la Méditerranée n'est pas chose nouvelle pour nous. Et il semble que cette culture soit l'image de cette antiquité latine que la Renaissance essaya de retrouver à travers le Moyen Âge. C'est cette latinité que Maurras et les siens essayent d'annexer. C'est au nom de cet ordre latin que, dans l'affaire d'Éthiopie, vingt-quatre intellectuels d'Occident signèrent un manifeste dégradant qui exaltait l'œuvre civilisatrice de l'Italie dans l'Éthiopie barbare.

Mais non. Ce n'est pas cette Méditerranée que notre Maison de la culture revendique. Car ce n'est pas la vraie. Celle-là, c'est la Méditerranée abstraite et conventionnelle que figurent Rome et les Romains. Ce peuple d'imitateurs sans imagination imagina pourtant de remplacer le génie artistique et le sens de la vie qui leur manquaient par le génie guerrier. Et cet ordre qu'on nous vante tant fut celui qu'impose la force et non celui qui respire dans l'intelligence. Lors même qu'ils copièrent, ils affadirent. Et ce n'est même pas le génie essentiel de la Grèce qu'ils imitèrent, mais les fruits de sa décadence et de ses erreurs. Non pas la Grèce forte et dure des grands tragiques ou des grands comiques, mais la joliesse et la mignardise des derniers siècles. Ce n'est pas la vie que Rome a prise à la Grèce, mais l'abstraction puérile et raisonnante. La Méditerranée est ailleurs. Elle est la négation même de Rome et du génie latin. Vivante, elle n'a que faire de l'abstraction. Et on peut accorder volontiers à M. Mussolini qu'il est le digne continuateur des César et des Auguste antiques, si on entend par là qu'il sacrifie, comme eux, la vérité et la grandeur à la violence sans âme.

Ce n'est pas le goût du raisonnement et de l'abstraction que nous revendiquons dans la Méditerranée, mais c'est sa vie — les cours, les cyprès, les chapelets de piments — Eschyle et non Euripide

— les Apollons doriques et non les copies du Vatican. C'est l'Espagne, sa force et son pessimisme, et non les rodomontades de Rome — les paysages écrasés de soleil et non les décors de théâtre où un dictateur se grise de sa propre voix et subjugue les foules. Ce que nous voulons, ce n'est pas le mensonge qui triompha en Éthiopie, mais la vérité qu'on assassine en Espagne.

IV

Bassin international traversé par tous les courants, la Méditerranée est de tous les pays le seul peut-être qui rejoigne les grandes pensées orientales. Car elle n'est pas classique et ordonnée, elle est diffuse et turbulente, comme ces quartiers arabes ou ces ports de Gênes et de Tunisie. Ce goût triomphant de la vie, ce sens de l'écrasement et de l'ennui, les places désertes à midi en Espagne, la sieste, voilà la vraie Méditerranée et c'est de l'Orient qu'elle se rapproche. Non de l'Occident latin. L'Afrique du Nord est un des seuls pays où l'Orient et l'Occident cohabitent. Et à ce confluent il n'y a pas de différence entre la façon dont vit un Espagnol ou un Italien des quais d'Alger, et les Arabes qui les entourent. Ce qu'il y a de plus essentiel dans le génie méditerranéen jaillit peut-être de cette rencontre unique dans l'histoire et la géographie née entre l'Orient et l'Occident. (À cet égard on ne peut que renvoyer à Audisio.)

Cette culture, cette vérité méditerranéenne existe et elle se manifeste sur tous les points : 1° unité linguistique — facilité d'apprendre une langue latine lorsqu'on en sait une autre — ; 2° unité d'origine — collectivisme prodigieux du Moyen Âge — ordre des chevaliers, ordre des religieux, féodalités, etc. La Méditerranée, sur tous ces points, nous donne ici l'image d'une civilisation vivante et bariolée, concrète, transformant les doctrines à son image — et recevant les idées sans changer sa propre nature.

Mais alors, dira-t-on, pourquoi aller plus loin ?

V

C'est que le même pays qui transforma tant de doctrines doit transformer les doctrines actuelles. Un collectivisme méditerranéen sera différent d'un collectivisme russe proprement dit. La partie du collectivisme ne se joue pas en Russie : elle se joue dans le bassin méditerranéen et en Espagne à l'heure qu'il est. Certes, la partie de l'homme se joue depuis longtemps, mais c'est peut-être ici qu'elle a atteint le plus de tragique et que tant d'atouts sont concentrés dans nos mains. Il y a devant nos yeux des réalités qui sont plus fortes que nous. Nos idées s'y plieront et s'y adapteront. C'est pourquoi nos adversaires se trompent dans toutes leurs objections. On n'a pas le droit de préjuger le sort d'une doctrine, et de juger de notre avenir au nom du passé, même si c'est celui de la Russie.

Notre tâche ici même est de réhabiliter la Méditerranée, de la reprendre à ceux qui la revendiquent injustement, et de la rendre prête à recevoir les formes économiques qui l'attendent. C'est de découvrir ce qu'il y a de concret et de vivant en elle, et c'est, en toute occasion, de favoriser les aspects divers de cette culture. Nous sommes d'autant plus préparés à cette tâche que nous sommes au contact immédiat de cet Orient qui peut tant nous apprendre à cet égard. Nous sommes ici avec la Méditerranée contre Rome. Et le rôle essentiel que puissent jouer des villes comme Alger et Barcelone, c'est de servir pour leur faible part cet aspect de la culture méditerranéenne qui favorise l'homme au lieu de l'écraser.

VI

Le rôle de l'intellectuel est difficile à notre époque. Ce n'est pas à lui qu'il appartient de modifier l'histoire. Quoi qu'on en dise, les révolutions se font d'abord et les idées viennent ensuite. Par là, il faut un grand courage aujourd'hui pour se déclarer fidèle aux choses de l'esprit. Mais du moins ce courage n'est pas inutile. S'il s'attache tant de mépris et tant de réprobation au nom de l'intellectuel, c'est dans la mesure où s'y implique l'idée du monsieur discuteur et abstrait, incapable de s'attacher à la vie, et préférant sa personnalité à tout le reste du monde. Mais pour ceux qui ne veulent pas éluder leurs responsabilités, la tâche essentielle est de réhabiliter l'intelligence en régénérant la matière qu'elle travaille, de redonner à l'esprit tout son vrai sens en rendant à la culture son vrai visage de santé et de soleil. Et je disais que ce courage n'était pas inutile. Car, en effet, s'il n'appartient pas à l'intelligence de modifier l'histoire, sa tâche propre sera alors d'agir sur l'homme qui lui-même fait l'histoire. À cette tâche, nous avons une contribution à donner. Nous voulons rattacher la culture à la vie. La Méditerranée, qui nous entoure de sourires, de soleil et de mer, nous en donne la leçon. Xénophon raconte, dans sa « Retraite des dix mille », que les soldats grecs aventurés en Asie, revenant dans leur pays, mourant de faim et de soif, désespérés par tant d'échecs et d'humiliations, arrivèrent au sommet d'une montagne d'où ils aperçurent la mer. Alors ils se mirent à danser, oubliant leurs fatigues et leur dégoût devant le spectacle de toute leur vie. Nous non plus, nous ne voulons pas nous séparer du monde. Il n'y a qu'une culture. Non pas celle qui se nourrit d'abstractions et de majuscules. Non pas celle qui condamne. Non pas celle qui justifie les abus et les morts d'Éthiopie et qui légitime le goût de la conquête brutale.* Celle-ci, nous la connaissons bien et nous n'en voulons pas. Mais celle qui vit dans l'arbre, la colline et les hommes.

Voilà pourquoi des hommes de gauche se présentent aujourd'hui devant vous, pour servir une cause qui à première vue n'avait rien à voir avec leurs opinions. Je voudrais que, comme nous, vous soyez persuadés maintenant du contraire. Tout ce qui est vivant est nôtre. La politique est faite pour les hommes et non les hommes pour la politique. À des hommes méditerranéens, il faut une politique méditerranéenne. Nous ne voulons pas vivre de fables. Dans le monde de violence et de mort qui nous entoure, il n'y a pas de place pour l'espoir. Mais il y a peut-être place pour la civilisation, la vraie, celle qui fait passer la vérité avant la fable, la vie avant le rêve. Et cette civili-

* Conquête de l'Ethiopie par Mussolini en 1936 (avec l'Erythrée et la Somalie)

sation n'a que faire de l'espoir. L'homme y vit de ses vérités*.

C'est à cet effort d'ensemble que doivent s'attacher les hommes d'Occident. Dans le cadre de l'internationalisme, la chose est réalisable. Si chacun dans sa sphère, son pays, sa province consent à un modeste travail, le succès n'est pas loin. Pour nous, nous connaissons notre but, nos limites et nos possibilités. Nous n'avons qu'à ouvrir les yeux pour avoir conscience de notre tâche : faire entendre que la culture ne se comprend que mise au service de la vie, que l'esprit peut ne pas être l'ennemi de l'homme. De même que le soleil méditerranéen est le même pour tous les hommes, l'effort de l'intelligence humaine doit être un patrimoine commun et non une source de conflits et de meurtres.

Une nouvelle culture méditerranéenne conciliable avec notre idéal social est-elle réalisable ? — Oui. Mais c'est à nous et à vous d'aider à cette réalisation.

* J'ai parlé d'une nouvelle civilisation et non pas d'un progrès dans la civilisation. Il serait trop dangereux de manier ce jouet malfaisant qui s'appelle le Progrès. *(N.d.A.)*

DÉFENSE DE L'INTELLIGENCE

1945

Après quatre ans d'interruption durant la guerre, Temps présent *recommence à paraître à la fin août 1944. Le 15 mars 1945, sous l'égide de l'association Amitié française, l'hebdomadaire catholique invite la « jeunesse intellectuelle » à se réunir à la salle de la Mutualité à Paris. Albert Camus s'exprime lors de ce rassemblement qui compte, parmi les autres orateurs, Stanislas Fumet, directeur de* Temps présent, *André Mandouze, Emmanuel Mounier et Maurice Schumann. Publié à la fin 1945 dans le premier numéro de la revue* Variété, *« Défense de l'intelligence » sera repris par Albert Camus dans le premier volume de ses* Actuelles *(1950), à la rubrique « Pessimisme et Tyrannie ».*

Si l'amitié française, dont il est question, ne devait être qu'un simple épanchement sentimental entre personnes sympathiques, je n'en donnerais pas cher. Ce serait le plus facile, mais ce serait le moins utile. Et je suppose que les hommes qui en ont pris l'initiative ont voulu autre chose, une amitié plus difficile qui fût une construction. Pour que nous ne soyons pas tentés de céder à la facilité et de nous contenter de congratulations réciproques, je voudrais simplement, dans les dix minutes qui me sont données, montrer les difficultés de l'entreprise. De ce point de vue, je ne saurais mieux le faire qu'en parlant de ce qui s'oppose toujours à l'amitié, je veux dire le mensonge et la haine.

Nous ne ferons rien en effet pour l'amitié française, si nous ne nous délivrons pas du mensonge et de la haine. Dans un certain sens, il est bien vrai que nous n'en sommes pas délivrés. Nous sommes à leur école depuis trop longtemps. Et c'est peut-être la dernière et la plus durable victoire de l'hitlérisme que ces marques honteuses laissées dans le cœur de ceux mêmes qui l'ont combattu de toutes leurs forces. Comment en serait-il autrement ? Depuis des années, ce monde est livré à un déferlement de haine qui n'a jamais eu son égal. Pendant quatre ans, chez nous-mêmes, nous avons assisté à l'exercice raisonné de cette haine. Des hommes comme vous et moi, qui le matin caressaient des enfants dans le métro, se transformaient le soir en bourreaux méticuleux. Ils devenaient les fonctionnaires de la haine et de la torture. Pendant quatre ans, ces fonctionnaires ont fait marcher leur administration : on y fabriquait des villages d'orphelins, on y fusillait des hommes en pleine figure pour qu'on ne les reconnaisse pas, on y faisait entrer les cadavres d'enfants à coups de talon dans des cercueils trop petits pour eux, on y torturait le frère devant la sœur, on y façonnait des lâches et on y détruisait les plus fières des âmes. Il paraît que ces histoires ne trouvent pas créance à l'étranger. Mais pendant quatre ans il a bien fallu qu'elles trouvent créance dans notre chair et notre angoisse. Pendant quatre ans, tous les matins, chaque Français recevait sa ration de haine et son soufflet. C'était le moment où il ouvrait son journal. Forcément, il est resté quelque chose de tout cela.

Il nous en est resté la haine. Il nous en est resté ce mouvement qui l'autre jour à Dijon, jetait un enfant de quatorze ans sur un collaborateur lynché, pour lui crever le visage. Il nous en est resté cette fureur qui nous brûle l'âme au souvenir de certaines images et de certains visages. À la haine des bourreaux, a répondu la haine des victimes. Et les bourreaux partis, les Français sont restés avec leur haine en partie inemployée. Ils se regardent encore avec un reste de colère.

Eh bien, c'est de cela que nous devons triompher d'abord. Il faut guérir ces cœurs empoisonnés. Et demain, la plus difficile victoire que nous ayons à remporter sur l'ennemi, c'est en nous-mêmes qu'elle doit se livrer, avec cet effort supérieur qui transformera notre appétit de haine en désir de justice. Ne pas céder à la haine, ne rien concéder à la violence, ne pas admettre que nos passions deviennent aveugles, voilà ce que nous pouvons faire encore pour l'amitié et contre l'hitlérisme. Aujourd'hui encore, dans quelques journaux, on se laisse aller à la violence et à l'insulte. Mais alors, c'est à l'ennemi qu'on cède encore. Il s'agit au contraire et pour nous de ne jamais laisser la critique rejoindre l'insulte, il s'agit d'admettre que notre contradicteur puisse avoir raison et qu'en tout cas ses raisons, même mauvaises, puissent être désintéressées. Il s'agit enfin de refaire notre mentalité politique.

Qu'est-ce que cela signifie, si nous y réfléchissons ? Cela signifie que nous devons préserver l'intelligence. Car je suis persuadé que là est le problème. Il y a quelques années, alors que les nazis venaient de prendre le pouvoir, Goering donnait une juste idée de leur philosophie en déclarant : « Quand on me parle d'intelligence, je sors mon revolver. » Et cette philosophie débordait l'Allemagne. Dans le même temps et par toute l'Europe civilisée, les excès de l'intelligence et les tares de l'intellectuel étaient dénoncés. Les intellectuels mêmes, par une intéressante réaction, n'étaient pas les derniers à mener ce procès. Partout, les philosophies de l'instinct triomphaient et, avec elles, ce romantisme de mauvais aloi qui préfère sentir à comprendre, comme si les deux pouvaient se séparer. Depuis, l'intelligence n'a pas cessé d'être mise en cause. La guerre est venue, puis la défaite. Vichy nous a appris que la grande responsable était l'intelligence. Les paysans avaient trop lu Proust. Et tout le monde sait que *Paris-Soir*[1], Fernandel et les banquets des amicales étaient des signes d'intelligence. La médiocrité des élites dont la France se mourait, il paraît qu'elle avait sa source dans les livres.

Maintenant encore l'intelligence est maltraitée. Cela prouve seulement que l'ennemi n'est pas encore vaincu. Et il suffit qu'on fasse l'effort de comprendre sans idée préconçue, il suffit qu'on parle d'objectivité pour qu'on dénonce votre subtilité et pour qu'on fasse le procès de toutes vos

1. À son arrivée à Paris au début de l'année 1940, Camus travaille momentanément comme secrétaire de rédaction à *Paris-Soir*. Il quitte le journal après l'exode de juin 1940, sans y avoir publié un seul article. *Combat*, journal dont Camus devient le rédacteur en chef en 1944, se posera en contre-modèle de la presse d'avant-guerre, jugée sensationnaliste et compromise par Camus, et dont *Paris-Soir* est pour lui l'incarnation.

prétentions. Eh bien non ! Et c'est cela qu'il faut réformer. Car je connais comme tout le monde les excès de l'intelligence et je sais comme tout le monde que l'intellectuel est un animal dangereux qui a la trahison facile. Mais il s'agit d'une intelligence qui n'est pas la bonne. Nous parlons, nous, de celle qui s'appuie sur le courage, de celle qui pendant quatre ans a payé le prix qu'il fallait pour avoir le droit d'être respectée. Quand il arrive que cette intelligence s'éteigne, c'est la nuit des dictatures. C'est pourquoi nous avons à la maintenir dans tous ses devoirs et tous ses droits. C'est à ce prix, à ce seul prix, que l'amitié française aura un sens. Car l'amitié est la science des hommes libres. Et il n'y a pas de liberté sans intelligence et sans compréhension réciproques.

Pour finir, c'est à vous, étudiants, que je m'adresserai ici. Je ne suis pas de ceux qui vous prêcheront la vertu. Trop de Français la confondent avec la pauvreté du sang. Si j'y avais quelque droit, je vous prêcherais plutôt les passions. Mais je voudrais que, sur un ou deux points, ceux qui feront l'intelligence française de demain soient au moins résolus à ne céder jamais. Je voudrais qu'ils ne cèdent pas quand on leur dira que l'intelligence est toujours de trop, quand on voudra leur prouver qu'il est permis de mentir pour mieux réussir. Je voudrais qu'ils ne cèdent ni à la ruse, ni à la violence, ni à la veulerie. Alors, peut-être une amitié française sera possible qui sera autre chose qu'un vain bavardage. Alors peut-être, dans une nation libre et passionnée de vérité, l'homme recommencera à prendre ce goût de l'homme sans quoi le monde ne sera jamais qu'une immense solitude.

CAUSERIE DE M. ALBERT CAMUS [ADRESSÉE AUX ROUMAINS]

1945

Lorsque Albert Camus adresse ce message aux Roumains, leur pays traverse une importante crise politique. Sous la pression communiste, le gouvernement d'union nationale, mis en place au mois d'août 1944 après l'écrasement des troupes allemandes et roumaines par l'Armée rouge, démissionne en octobre au profit d'un gouvernement prosoviétique dirigé par Petru Groza. Après les élections de 1946 et l'abdication du roi Michel Ier *en 1947, la Roumanie deviendra une démocratie populaire sous la tutelle de Moscou. Les conditions de diffusion du message de Camus sont inconnues. Il est possible que Pierre Kauffmann et Serge Karski, envoyés successivement en Roumanie par le journal* Combat *dont Camus est alors le rédacteur en chef, aient servi de contact sur place en vue de la radiodiffusion du texte.*

Le Français qui vous parle aujourd'hui n'a pas d'autre titre pour s'adresser à vous que d'avoir été pendant quatre ans le citoyen d'un pays asservi et humilié comme le fut la Roumanie. Ce n'est donc pas un langage officiel que je puis vous tenir aujourd'hui, ni la confidence personnelle que pourraient se permettre de plus grands personnages. Mais il me semble que je puis parler comme l'un de ces millions d'hommes apparemment anonymes qui composèrent le peuple français sous l'oppression.

Je sais, comme tous ceux de mon pays, les liens qui ont toujours lié la Roumanie et la France. Mais ces liens qui se traduisaient dans le langage de chancelleries ou des discours académiques m'ont toujours paru un peu abstraits. S'il ne fallait parler que d'eux je n'aurais rien à vous dire. Mais depuis quatre ans il est une communauté européenne où le peuple français et le peuple roumain ont noué d'autres liens et qui est une communauté de souffrances. C'est ici que je puis parler.

Je n'ai pas le goût des précautions oratoires. Et c'est pourquoi je dirai, comme je le pense, que la Roumanie et la France sont entrées en même temps dans la honte et qu'elles en sont sorties en même temps. C'est cela qui fait notre ressemblance et notre destin commun. Et c'est cela qui doit nous aider à nous mieux comprendre. Car si ce n'est pas la honte et la révolte partagées qui rapprochent les peuples, alors c'est que rien en ce monde ne peut les rapprocher et qu'ils sont voués à la solitude éternelle.

À peine sortie des nuits de l'oppression, l'Europe est forcée de reconnaître sa solidarité. Nous savons maintenant que tout ce qui menace la liberté roumaine menace la liberté française et qu'inversement tout ce qui frappe un Français atteint en même temps les hommes libres de Roumanie. Nous savons que nous nous sauverons ensemble, avec tous les autres peuples de l'Europe, ou que nous périrons ensemble. Et cela est bien. Ce que nous n'avons pas su faire dans les jours où l'intelligence était libre et heureuse, nous le ferons peut-être après toutes ces années où elle fut insultée et désespérée.

Je sais que quelques-uns, chez vous, s'inquiètent de la France et gardent le souvenir de sa grandeur. Je sais qu'ils s'interrogent : « Que fait-elle ? que va-t-elle faire ? » C'est une question à laquelle je ne puis répondre. Les Français de mon âge connaissent, lorsqu'ils pensent à leur pays, une angoisse qu'ils ne peuvent partager avec personne. Mais je puis vous dire du moins ce dont nous sommes sûrs. Nous sommes sûrs que la France, et l'Europe avec elle, ne se referont pas du jour au lendemain. Nous savons que la grandeur politique se perd plus vite qu'elle ne s'acquiert. Mais nous savons aussi qu'il est des grandeurs qui sont de tous les temps, bien qu'elles ne s'obtiennent pas sans peine.

Ce sont ces grandeurs qui nous mettent en route parce qu'elles ne sont pas fondées sur la haine ou sur l'oppression. Ce sont celles de la justice et de la liberté. Nous qui avons tant détesté l'injustice, nous que l'espoir de liberté a brûlés, pendant tant d'années, nous ne voulons pas plus d'un pays injuste que d'un pays opprimé. Ces grandeurs-là, amis Roumains, il me semble que vous et l'Europe entière pouvez les partager librement avec nous.

LA CRISE DE L'HOMME

1946

Au printemps 1946, Albert Camus est invité par les Relations culturelles du ministère des Affaires étrangères à donner une série de conférences en Amérique du Nord. Au cours de son voyage en bateau, il rédige « La Crise de l'Homme » qu'il lit en public pour la première fois le 28 mars 1946 lors d'une soirée à l'université Columbia durant laquelle Vercors et Thimerais s'expriment également. Camus redonne cette même conférence lors de son séjour aux États-Unis, dans une version légèrement augmentée dont le tapuscrit a récemment été découvert dans les archives de Dorothy Norman (Beinecke Library, Yale University). C'est cette version du texte qui est ici reproduite. Rédactrice en chef de la revue Twice a Year, *Dorothy Norman y fait paraître « La Crise de l'Homme » fin 1946 dans une traduction en langue anglaise de Lionel Abel.*

Mesdames, Messieurs,

Quand on m'a proposé de faire des conférences dans les États-Unis d'Amérique, il m'est venu des scrupules et des hésitations. Je n'ai pas l'âge des conférences et je me sens plus à l'aise dans la réflexion que dans l'affirmation catégorique, parce que je ne me sens pas en possession de ce qu'on appelle généralement la vérité. Ayant fait part de mes scrupules, on me répondit fort poliment que l'important n'était pas que j'eusse une opinion personnelle. L'important était que je fusse en mesure d'apporter sur la France les quelques éléments d'information qui permettraient à mon auditoire de se faire une opinion. Sur quoi, on me proposa de renseigner mes auditeurs sur l'état actuel du théâtre français, de la littérature, et même de la philosophie. Je répondis que peut-être il serait au moins aussi intéressant de parler de l'extraordinaire effort des cheminots français ou de la manière dont les mineurs du Nord sont en train de travailler. On me fit remarquer avec pertinence qu'il ne fallait jamais forcer son talent et qu'il était bon que les spécialités fussent traitées par ceux qui en avaient la compétence. Intéressé depuis longtemps aux questions littéraires alors que, certainement, je ne connaissais rien aux questions d'aiguillage, il était naturel qu'on me fît parler de littérature plutôt que de chemins de fer. !

Pour le coup, je fus éclairé. Il importait en somme de parler de ce que je connaissais et de donner une idée de la France. C'est exactement pour cela que j'ai choisi précisément de ne parler ni de la littérature, ni du théâtre. Car la littérature, le théâtre, la philosophie, la recherche intellectuelle et l'effort de tout un peuple, ne sont que les reflets d'une interrogation fondamentale, d'une lutte pour la vie et pour l'homme qui font chez nous tout le problème du moment. Les Français sentent que l'homme est toujours menacé et ils sentent aussi qu'ils ne pourront pas continuer de vivre si une certaine idée de l'homme n'est pas sauvée de la crise où se débat le monde. Et c'est pourquoi, par fidélité à mon pays, j'ai choisi de parler de la crise de l'homme. Et comme il s'agissait de parler de ce que je connaissais, je n'ai pas cru pouvoir faire mieux que de retracer aussi clairement que possible l'expérience spirituelle des hommes de ma génération, puisque cette expérience a eu toute l'étendue de la crise mondiale et qu'elle peut apporter quelque faible lueur à la fois sur le destin absurde et sur un aspect de la sensibilité française d'aujourd'hui.

Je voudrais d'abord situer cette génération. Les hommes de mon âge en France et en Europe sont nés juste avant ou pendant la première grande guerre, sont arrivés à l'adolescence au moment de la crise économique mondiale et ont eu vingt ans l'année de la prise de pouvoir par Hitler. Pour compléter leur éducation, on leur a offert ensuite la guerre d'Espagne, Munich, la guerre de 1939, la défaite et quatre années d'occupation et de luttes clandestines. Je suppose donc que c'est ce qu'on appelle une génération intéressante. Et qu'à cause de cela, j'ai eu raison de penser qu'il sera plus instructif pour vous que je parle, plutôt qu'en mon nom personnel, au nom d'un certain nombre de Français qui ont aujourd'hui trente ans et qui ont formé leur intelligence et leur cœur pendant les années terribles où, avec leur pays, ils se sont nourris de honte et ont vécu de révolte.

Oui, c'est une génération intéressante et d'abord parce qu'en face du monde absurde que ses aînés lui fabriquaient, elle ne croyait à rien et elle vivait dans la révolte. La littérature de son temps était en révolte contre la clarté, le récit et la phrase elle-même. La peinture était en révolte contre le sujet, la réalité et la simple harmonie. La musique refusait la mélodie. Quant à la philosophie, elle enseignait qu'il n'y avait pas de vérité, mais simplement des phénomènes, qu'il pouvait y avoir Mr. Smith, M. Durand, Herr Vogel, mais rien de commun entre ces trois phénomènes particuliers. L'attitude morale de cette génération était encore plus catégorique : le nationalisme lui paraissait une vérité dépassée, la religion un exil, vingt-cinq ans de politique internationale lui avaient appris à douter de toutes les puretés, et à penser que personne n'avait jamais tort puisque tout le monde pouvait avoir raison. Quant à la morale traditionnelle de notre société, elle nous paraissait ce qu'elle n'a pas cessé d'être, c'est-à-dire une monstrueuse hypocrisie.

Ainsi, nous étions donc dans la négation. Bien entendu ce n'était pas nouveau. D'autres générations, d'autres pays ont vécu à d'autres périodes de l'Histoire cette expérience. Mais ce qu'il y a de nouveau, c'est que ces mêmes hommes, étrangers à toutes valeurs, ont eu à régler leur position personnelle par rapport au meurtre et à la terreur. C'est à cette occasion qu'ils ont eu à penser qu'il existait peut-être une Crise de l'Homme, parce qu'ils ont eu à vivre dans la plus déchirante des contradictions. Car ils sont entrés, en effet, dans la guerre, comme on entre dans l'Enfer, s'il est vrai que l'Enfer est le reniement. Ils n'aimaient ni la guerre, ni la violence ; ils ont dû accepter la guerre et exercer la violence. Ils n'avaient de haine que pour la haine. Il leur a fallu pourtant apprendre cette difficile science. En pleine contradiction avec eux-mêmes, sans disposer d'aucune valeur traditionnelle, ils ont eu à régler le plus douloureux des problèmes qui se soit jamais posé aux hommes. Voici donc d'un côté une génération singulière telle que je viens de la définir, et de l'autre une crise qui a la dimension du monde et de la conscience humaine et que je voudrais maintenant caractériser aussi clairement que possible.

Qu'est-ce donc que cette crise ? Eh bien, plutôt que de la caractériser dans le général, je voudrais l'illustrer d'abord par quatre histoires courtes d'un temps que le monde a commencé d'oublier, mais qui nous brûle encore le cœur.

1) Dans l'immeuble de la Gestapo d'une capitale européenne, après une nuit d'interrogatoire, deux inculpés encore sanglants se trouvent ligotés et la concierge de l'immeuble procède soigneusement au ménage, le cœur en paix puisqu'elle a pris sans doute son petit déjeuner. Au reproche d'un des torturés, elle répond avec indignation une phrase qui, traduite en français, donnerait à peu près ceci : « Je ne m'occupe jamais de ce que font mes locataires. »

2) À Lyon, un de mes camarades est tiré de sa cellule pour un troisième interrogatoire. Comme on lui a déchiré les oreilles, lors d'un interrogatoire précédent, il porte un pansement autour de la tête. L'officier allemand qui le conduit est le même qui a assisté déjà aux premières séances et c'est pourtant lui qui demande avec une nuance d'affection et de sollicitude dans la voix : « Alors, comment vont ces oreilles ? »

3) En Grèce, à la suite d'une opération des

Maquis, un officier allemand se prépare à faire fusiller trois frères qu'il a pris comme otages. La vieille mère se jette à ses pieds et il consent à en épargner un seul, mais à condition qu'elle le désigne elle-même. Comme elle ne peut se décider, on les met en joue. Elle a choisi l'aîné, parce qu'il était chargé de famille, mais du même coup, elle a condamné les deux autres comme le voulait l'officier allemand.

4) Un groupe de femmes déportées parmi lesquelles se trouve une de nos camarades, est rapatrié en France par la Suisse. À peine entrées sur le territoire suisse, elles aperçoivent un enterrement civil. Et ce seul spectacle les jette dans un fou rire hystérique : « C'est comme cela qu'on traite les morts ici », disent-elles.

Si j'ai choisi ces histoires ce n'est pas à cause de leur caractère sensationnel. Je sais qu'il faut épargner la sensibilité du monde et qu'il préfère le plus souvent fermer les yeux pour garder sa tranquillité. Mais c'est parce qu'elles me permettent de répondre autrement que par un « oui » conventionnel à la question : « Y a-t-il une Crise de l'Homme ? » Elles me permettent de répondre comme ont répondu tous les hommes dont je parlais : oui, il y a une Crise de l'Homme, puisque la mort ou la torture d'un être peut dans notre monde être examinée avec un sentiment d'indifférence ou d'intérêt amical, ou d'expérimentation, ou de simple passivité. Oui, il y a Crise de l'Homme, puisque la mise à mort d'un être peut être envisagée autrement qu'avec l'horreur et le scandale qu'elle devrait susciter, puisque la douleur humaine est admise comme une servitude un peu ennuyeuse au même titre que le ravitaillement ou l'obligation de faire la queue pour obtenir le moindre gramme de beurre.

Et il est trop facile, sur ce point, d'accuser seulement Hitler et de dire que la bête étant morte, le venin a disparu. Car nous savons bien que le venin n'a pas disparu, que nous le portons tous dans notre cœur même, et que cela se sent dans la manière dont les nations, les partis et les individus se regardent encore avec un reste de colère. J'ai toujours pensé qu'une nation était solidaire de ses traîtres comme de ses héros. Mais une civilisation aussi, et la civilisation blanche, en particulier, est responsable de ses perversions comme de ses réussites. De ce point de vue nous sommes tous solidaires de l'Hitlérisme et nous devons rechercher les causes plus générales qui ont rendu possible ce mal affreux qui s'est mis à ronger le visage de l'Europe.

Essayons donc, avec l'aide des quatre histoires que j'ai racontées, d'énumérer les symptômes les plus clairs de cette crise. Ce sont d'abord :

1) La montée de la terreur consécutive à une perversion des valeurs telle qu'un homme ou une force historique n'ont plus été jugés en fonction de leur dignité, mais en fonction de leur réussite. La crise moderne tient tout entière dans le fait qu'aucun Occidental n'est assuré de son avenir immédiat et que tous vivent avec l'angoisse plus ou moins précise d'être broyés d'une façon ou l'autre par l'Histoire. Si l'on veut que cet homme misérable, ce Job des Temps Modernes, ne périsse pas de ses plaies, au milieu de son fumier, il faut d'abord lever cette hypothèque de la peur et de l'angoisse afin qu'il retrouve la liberté de l'esprit sans laquelle il ne résoudra aucun des problèmes qui se posent à la conscience moderne.

2) Cette crise est ensuite basée sur l'impossibilité de la persuasion. Les hommes vivent et ne peuvent vivre que sur l'idée qu'ils ont quelque chose de commun où ils peuvent toujours se retrouver. On croit toujours qu'en s'adressant humainement à un homme, on peut en obtenir des réactions humaines. Or, nous avons découvert ceci : il y a des hommes qu'on ne persuade pas. Il était impossible à une victime des camps de concentration d'espérer expliquer aux SS qui la battaient qu'ils ne devaient pas le faire. La mère grecque dont j'ai parlé ne pouvait pas persuader l'officier allemand qu'il n'était pas convenable de lui imposer le déchirement où il la plaçait. C'est que le SS ou l'officier allemand ne représentait plus un homme ni les hommes, mais un instinct élevé à la hauteur d'une idée ou d'une théorie. La passion, même meurtrière, eût été préférable. Parce que la passion a son terme, et qu'une autre passion, un autre cri venu de la chair ou du cœur peut la convaincre. Mais l'homme qui est capable de s'intéresser cordialement à des oreilles qu'il a auparavant déchirées, cet homme-là n'est pas un passionné, c'est une mathématique que rien ne peut arrêter ni convaincre.

3) Elle est encore le remplacement de l'objet naturel par l'imprimé, c'est-à-dire la montée de la bureaucratie. De plus en plus, l'homme contemporain interpose entre la nature et lui-même une machine abstraite et compliquée qui le rejette dans la solitude. C'est quand il n'y a plus de pain que les tickets apparaissent. Les Français n'ont plus que 1 200 calories de ravitaillement par jour, mais ils ont au moins six feuilles différentes et une centaine de coups de tampon sur ces feuilles. Et il

en est ainsi partout dans le monde où la bureaucratie n'a de cesse de se multiplier. Pour venir de France en Amérique, j'ai usé beaucoup de papier dans les deux nations. Tant de papier même que j'aurais sans doute pu imprimer cette conférence en un nombre d'exemplaires suffisant pour la répandre ici sans que j'aie besoin de venir. À force de papiers, de bureaux et de fonctionnaires, on crée un monde où la chaleur humaine disparaît, où aucun homme ne peut en toucher un autre, si ce n'est à travers le dédale de ce qu'on appelle les formalités. L'officier allemand qui flattait les oreilles blessées de mon camarade croyait pouvoir le faire parce que lorsqu'il les avait déchirées, cela faisait partie de son travail de fonctionnaire et, par conséquent, cela ne pouvait être mal. En somme, on ne meurt plus, on n'aime plus, et on ne tue plus que par procuration. C'est là ce qu'on appelle, je le suppose du moins, une bonne organisation.

4) Elle est encore le remplacement de l'homme réel par l'homme politique. Il n'y a plus de passions individuelles possibles, mais seulement des passions collectives, c'est-à-dire des passions abstraites. Nous sommes tous introduits de gré ou de force dans la politique. Ce qui compte, ce n'est plus qu'on respecte ou qu'on épargne la souffrance d'une mère, ce qui compte c'est de faire triompher une doctrine. Et la douleur humaine n'est plus un scandale, elle est seulement un chiffre dans une addition dont le terrible total n'est pas encore calculable.

5) Il est clair que tous ces symptômes se résument dans un seul qui est à la fois le culte de l'efficacité et de l'abstraction. Voilà pourquoi

l'homme d'aujourd'hui en Europe ne connaît plus que la solitude et le silence. C'est qu'il ne peut pas rejoindre les autres hommes dans des valeurs qui leur soient communes. Et puisqu'il n'est plus défendu par un respect de l'homme basé sur ses valeurs, la seule alternative qui lui soit donc offerte désormais est d'être victime ou bourreau.

II

Voilà ce que les hommes de ma génération ont compris et voilà la crise devant laquelle ils se sont trouvés et se trouvent encore. Et nous devions la résoudre avec les valeurs dont nous disposions, c'est-à-dire avec rien, sinon la conscience de l'absurdité où nous vivions. C'est ainsi qu'il nous a fallu entrer dans la guerre et la terreur, sans consolation et sans certitude. Nous savions seulement que nous ne pourrions pas céder aux bêtes qui s'élevaient aux quatre coins de l'Europe. Mais nous ne savions pas justifier cette obligation où nous étions. Bien plus, les plus conscients d'entre nous s'apercevaient qu'ils n'avaient encore dans la pensée aucun principe qui pût leur permettre de s'opposer à la terreur et de désavouer le meurtre.

Car si l'on ne croit à rien, en effet, si rien n'a de sens et si nous ne pouvons affirmer aucune valeur, alors tout est permis et rien n'a d'importance. Alors, il n'y a ni bien ni mal, et Hitler n'a eu tort, ni raison. On peut passer des millions d'innocents au four crématoire comme on peut se dévouer à soigner les lépreux. On peut déchirer les oreilles d'une main, pour les flatter de l'autre. On peut faire son ménage devant les torturés. Et on peut aussi bien honorer les morts que les jeter à la poubelle. Tout cela est équivalent. Et puisque nous pensions que rien n'a de sens, il fallait conclure que celui qui a raison, c'est celui qui réussit. Et c'est si vrai qu'aujourd'hui encore, des tas de gens intelligents et sceptiques vous déclarent que si par hasard Hitler avait gagné cette guerre, l'Histoire lui aurait rendu hommage et aurait consacré l'atroce piédestal sur lequel il s'était juché. Et nous ne pouvons pas douter en vérité que l'Histoire telle que nous la concevons, aurait consacré M. Hitler et justifié la terreur et le meurtre comme nous tous le consacrons et les justifions au moment où nous osons penser que rien n'a de sens.

Quelques-uns parmi nous, il est vrai, ont cru pouvoir penser qu'en l'absence de toute valeur supérieure, on pouvait croire du moins que l'Histoire avait un sens. Dans tous les cas, ils ont souvent agi comme s'ils le pensaient. Ils disaient que cette guerre était nécessaire parce qu'elle liquiderait l'ère des nationalismes et qu'elle préparerait le temps des Empires auxquels succéderait, après conflits ou non, la Société universelle et le Paradis sur terre.

Mais, pensant cela, ils arrivaient au même résultat que s'ils avaient pensé comme nous que rien n'avait de sens. Car si l'Histoire a un sens, c'est un sens total ou ce n'est rien. Ces hommes pensaient et agissaient comme si l'Histoire obéissait à une dialectique souveraine et comme si nous nous dirigions tous ensemble vers un but définitif. Ils pensaient et agissaient suivant le détestable principe de Hegel : « L'Homme est fait pour l'Histoire et non l'Histoire pour l'Homme. » En vérité, tout le réalisme politique et moral qui guide aujourd'hui les destinées du monde obéit, souvent sans le savoir, à une philosophie de l'histoire à l'allemande, selon laquelle l'humanité entière se dirige selon des voies rationnelles vers un univers définitif. On a remplacé le nihilisme par le rationalisme absolu et dans les deux cas, les résultats sont les mêmes. Car, s'il est vrai que l'Histoire obéit à une logique souveraine et fatale, s'il est vrai selon cette même philosophie allemande que l'État féodal doit fatalement succéder à l'état anarchique, puis les nations à la féodalité, et les Empires aux nations pour aboutir enfin à la Société universelle, alors tout ce qui sert cette marche fatale est bon et les accomplissements de l'Histoire sont les vérités définitives. Et comme ces accomplissements ne peuvent être servis que par les moyens ordinaires qui sont les guerres, les intrigues et les meurtres individuels et collectifs, on justifie tous les actes non pas en ce qu'ils sont bons ou mauvais, mais en ce qu'ils sont efficaces ou non.

Et c'est ainsi que dans le monde d'aujourd'hui les hommes de ma génération ont été livrés pendant des années à la double tentation de penser que rien n'est vrai ou de penser que seul est vrai l'abandon à la fatalité historique. C'est ainsi que beaucoup ont succombé à l'une ou l'autre de ces tentations. Et c'est ainsi que le monde est resté livré à la volonté de puissance, c'est-à-dire et pour finir, à la terreur. Car si rien n'est vrai ni faux, si rien n'est bon ni mauvais, et si la seule valeur est l'efficacité, alors la règle doit être de se montrer le plus efficace, c'est-à-dire le plus fort. Le monde n'est plus partagé en hommes justes ou hommes injustes, mais en maîtres et en esclaves. Celui qui a raison, c'est celui qui asservit. La femme de ménage a raison sur les torturés. L'officier allemand qui torture et celui qui exécute, les SS transformés en fossoyeurs, voilà les hommes raisonnables de ce nouveau monde. Regardez donc les choses autour de vous, et voyez si maintenant encore ce n'est pas vrai. Nous sommes dans les nœuds de la violence et nous y étouffons. Que ce soit à l'intérieur des nations ou dans le monde, la méfiance, le ressentiment, la cupidité, la course à la puissance sont en train de fabriquer un univers sombre et désespéré où chaque homme se trouve obligé de vivre dans le présent, le mot seul d'« avenir » lui figurant toutes les angoisses, livré à des puissances abstraites, décharné et abruti par une vie précipitée, séparé des vérités naturelles, des loisirs sages et du simple bonheur. Peut-être, au demeurant, dans cette Amérique encore heureuse, ne le verriez-vous pas, ou le verriez-vous mal ? Mais les hommes dont je vous parle le voient depuis des années, éprouvent ce mal dans leur chair, le lisent sur le visage de ceux qu'ils aiment et du fond de leur cœur malade, s'élève désormais une terrible révolte qui finira par tout emporter. Trop d'images monstrueuses les hantent encore pour qu'ils imaginent que ce soit facile, mais ils ont trop profondément éprouvé l'horreur de ces années pour accepter de la continuer. C'est ici que commence pour eux le véritable problème.

III

Si les caractéristiques de cette crise sont bien la volonté de puissance, la terreur, le remplacement de l'homme réel par l'homme politique et historique, le règne des abstractions et de la fatalité, la solitude sans avenir, et si nous voulons résoudre cette crise, ce sont des caractéristiques que nous devons changer. Et notre génération s'est trouvée devant cet immense problème avec toutes ses négations. C'est donc de ces négations mêmes qu'elle a dû tirer la force de lutter. Il était parfaitement vain de nous dire : il faut croire en Dieu, ou en Platon, ou en Marx, puisque justement, nous n'avions pas ce genre de foi. La seule question était de savoir si nous allions accepter ce monde où il n'était plus possible que d'être victime ou bourreau. Et, bien entendu, nous ne voulions être ni l'un ni l'autre puisque nous savions, dans le fond du cœur, que cette distinction était illusoire et qu'au bout du compte il n'y avait plus que des victimes et que meurtriers et assassins se rejoignaient pour finir dans la même défaite. Simplement le problème n'était plus alors d'accepter ou non cette condition et le monde, mais de savoir quelle raison nous pouvions avoir à lui opposer.

C'est pourquoi nous avons cherché nos raisons dans notre révolte même qui nous avait conduits sans raisons apparentes à choisir la lutte contre le mal. Et nous avons compris ainsi que nous ne nous étions pas révoltés seulement pour nous, mais pour quelque chose qui était commun à tous les hommes.

Comment cela ?

Dans ce monde privé de valeurs, dans ce désert du cœur où nous vivons, que signifiait en effet cette révolte ? Elle faisait de nous des hommes qui disaient *Non*. Mais nous étions en même temps des hommes qui disaient *Oui*. Nous disions *Non* à ce monde, à son absurdité essentielle, aux abstractions qui nous menaçaient, à la civilisation de mort qu'on nous préparait. En disant *Non*, nous affirmions que les choses avaient assez duré, qu'il y avait une limite qu'on ne pouvait dépasser. Mais dans ce même temps, nous affirmions tout ce qui était *en deçà* de cette limite, nous affirmions qu'il y avait quelque chose en nous qui refusait le scandale et qu'il n'était pas possible d'humilier plus longtemps. Et, bien sûr, c'était une contradiction qui devait nous faire réfléchir. Nous pensions que ce monde vivait et luttait sans valeur réelle. Et voilà que nous luttions pourtant contre l'Allemagne. Les Français de la Résistance que j'ai connus et qui lisaient Montaigne dans les trains où ils transportaient leurs tracts prouvaient qu'on pouvait, du moins chez nous, comprendre les sceptiques tout en ayant une idée de l'honneur. Et tous, par conséquent, par le seul fait de vivre, d'espérer et de lutter, nous affirmions quelque chose.

Mais ce quelque chose avait-il une valeur générale ? Dépassait-il l'opinion d'un individu ? Pouvait-il servir de règle de conduite ? La réponse est très simple. Les hommes dont je parle acceptaient de mourir dans le mouvement de leur révolte. Et cette mort prouvait qu'ils se sacrifiaient au bénéfice d'une vertu qui dépassait leur existence personnelle, qui allait plus loin que leur destinée individuelle. Ce que nos révoltés défendaient contre un destin ennemi, c'était une valeur commune à tous les hommes. Quand des hommes étaient torturés devant leur concierge, quand des oreilles étaient déchiquetées avec application, quand des mères se voyaient obligées de condamner leurs enfants à mort, quand les justes étaient enterrés comme des pourceaux, ces révoltés jugeaient que quelque chose en eux était nié qui ne leur appartenait pas seulement, mais qui était un bien commun où les hommes ont une solidarité toute prête.

Oui, c'était la grande leçon de ces années terribles que l'injure faite à un étudiant de Prague touchait un ouvrier de la banlieue parisienne et que le sang versé quelque part sur les bords d'un fleuve du centre européen allait amener un paysan du Texas à verser le sien sur le sol de ces Ardennes qu'il voyait pour la première fois. Et cela même était absurde, et fou, impossible, ou presque, à penser. Mais il y avait en même temps dans cette absurdité, cette leçon que nous étions dans une tragédie collective, dont l'enjeu était une dignité commune, une communion des hommes entre eux qu'il s'agissait de défendre et de maintenir. À partir de là, nous savions comment agir et nous apprenions comment dans le dénuement moral le plus absolu, l'homme peut retrouver des valeurs suffisantes — à régler sa conduite. Car, si cette communication des hommes entre eux, dans la reconnaissance mutuelle de leur dignité était la vérité, c'est cette communication même qu'il fallait servir.

Et pour maintenir cette communication, il fallait que les hommes soient libres, puisqu'il n'y a rien de commun entre un maître et un esclave, et qu'on ne peut parler et communiquer avec un homme asservi. Oui, la servitude est un silence, et le plus terrible de tous.

Et pour maintenir cette communication, nous devions faire en sorte que l'injustice disparaisse, parce qu'il n'y a pas de contact entre l'opprimé et le profiteur. L'envie aussi est du domaine du silence.

Et pour maintenir cette communication, nous devions proscrire le mensonge et la violence, car l'homme qui ment se ferme aux autres hommes et celui qui torture et contraint impose le silence définitif. Aussi, à partir de la négation du simple mouvement de notre révolte, nous tirions une morale de la liberté et de la sincérité. Oui, c'est cette communication que nous avions à opposer au monde du meurtre. Voilà ce que nous savions désormais. Et c'est elle que nous devons maintenir aujourd'hui pour nous défendre du meurtre. Et c'est pourquoi, nous le savons maintenant, nous devons lutter contre l'injustice, contre la servitude et la terreur, parce que ces trois fléaux sont ceux qui font régner le silence entre les hommes, qui élèvent des barrières entre eux, qui les obscurcissent l'un à l'autre et qui les empêchent de trouver la seule valeur qui puisse les sauver de ce monde désespérant qui est la longue fraternité des hommes en lutte contre leur destin. Au bout de cette longue nuit, maintenant et enfin, nous savons ce que nous devons faire en face de ce monde déchiré par sa crise.

Que devons-nous faire ? Nous devons :

1) Appeler les choses par leur nom et bien nous rendre compte que nous tuons des millions d'hommes chaque fois que nous consentons à penser certaines pensées. On ne pense pas mal parce qu'on est un meurtrier. On est un meurtrier parce qu'on pense mal. C'est ainsi qu'on peut être un meurtrier sans avoir jamais tué apparemment. Et c'est ainsi que plus ou moins nous sommes tous des meurtriers. La première chose à faire est donc le rejet pur et simple par la pensée et par l'action, de toute forme de pensée réaliste et fataliste.

2) La deuxième chose à faire est de décongestionner le monde de la terreur qui y règne et qui l'empêche de penser bien. Et puisque je me suis laissé dire que l'Organisation des Nations Unies tient dans cette ville même une session importante[1], nous pourrions lui suggérer que le premier texte écrit de cette organisation mondiale devrait proclamer solennellement, après le procès de Nuremberg, la suppression de la peine de mort sur toute l'étendue de l'Univers.

3) La troisième chose à faire est de remettre, chaque fois qu'il sera possible, la politique à sa vraie place qui est une place secondaire. Il ne s'agit pas, en effet, de donner à ce monde un évangile ou un catéchisme politique ou moral. Le grand malheur de notre temps est que justement la politique prétend nous munir, en même temps, d'un catéchisme, d'une philosophie complète, et même quelquefois d'un art d'aimer. Or, le rôle de la politique est de faire le ménage et non pas de régler nos problèmes intérieurs. J'ignore pour moi s'il existe un absolu. Mais je sais qu'il n'est pas de l'ordre politique. L'absolu n'est pas l'affaire de tous : il est l'affaire de chacun. Et tous doivent régler leurs rapports entre eux de façon que chacun ait le loisir intérieur de s'interroger sur l'absolu. Notre vie appartient sans doute aux autres et il est juste de la donner quand cela est nécessaire. Mais notre mort n'appartient qu'à nous. Et c'est ma définition de la liberté.

4) La quatrième chose à faire est de rechercher

1. Du 25 mars au 18 août 1946, le Conseil de sécurité de l'ONU se réunit à New York. Une vingtaine de sessions ont lieu au Hunter College (désormais Lehman College), dans le Bronx.

et de créer, à partir de la négation, les valeurs positives qui permettront de concilier une pensée négative et les possibilités d'une action positive. C'est là le travail des philosophes dont je n'ai donné qu'une esquisse.

5) La cinquième chose à faire est de bien comprendre que cette attitude revient à créer un universalisme où tous les hommes de bonne volonté pourront se retrouver. Pour sortir de la solitude, il faut parler, mais il faut parler franc, et, en toutes occasions, ne jamais mentir et dire toute la vérité que l'on sait. Mais on ne peut dire la vérité que dans un monde où elle est définie et fondée sur des valeurs communes à tous les hommes. Ce n'est pas Monsieur Hitler qui peut décider que ceci est vrai ou que ceci ne l'est pas. Aucun homme au monde, aujourd'hui ni demain, ne pourra jamais décider que sa vérité est assez bonne pour pouvoir l'imposer aux autres. Car la conscience commune des hommes peut seule assumer cette ambition. Et il faut retrouver les valeurs dont vit cette conscience commune. La liberté que nous avons à conquérir pour finir est le droit de ne pas mentir. À cette condition seulement, nous connaîtrons nos raisons de vivre et de mourir.

Voilà où nous en sommes pour notre part. Et sans doute, peut-être n'était-ce pas la peine d'aller si loin pour en arriver là. Mais après tout, l'Histoire des hommes est l'histoire de leurs erreurs et non de leur vérité. La vérité est probablement comme le bonheur, elle est toute simple et elle n'a pas d'histoire.

Est-ce à dire que tous les problèmes se trouvent résolus pour nous ? Non, bien sûr. Ce monde n'est ni meilleur, ni plus raisonnable. Nous ne sommes toujours pas sortis de l'absurdité. Mais nous avons du moins une raison de nous efforcer de changer notre conduite et c'est cette raison qui jusque-là nous manquait. Le monde serait toujours désespérant s'il n'y avait pas l'homme, mais il y a l'homme et ses passions, ses rêves et sa communauté. Nous sommes quelques-uns en Europe à unir ainsi une vue pessimiste du monde et un profond optimisme en l'homme. Nous ne prétendons pas échapper à l'Histoire, car nous sommes dans l'Histoire. Nous prétendons seulement lutter dans l'Histoire pour préserver de l'Histoire cette part de l'Homme qui ne lui appartient pas. Nous voulons seulement redécouvrir les chemins de cette civilisation où l'homme sans se détourner de l'Histoire ne lui sera plus asservi, ou le service que chaque homme doit à tous les hommes se trouvera équilibré par la méditation, le loisir et la part de bonheur que chacun se doit à lui-même.

Je crois que je puis bien le dire, nous refuserons toujours d'adorer l'événement, le fait, la richesse, la puissance, l'Histoire comme elle se fait et le monde comme il va. Nous voulons voir la condition humaine comme elle est. Et ce qu'elle est, nous le savons. C'est cette condition terrible qui demande des tombereaux de sang et des siècles d'histoire pour aboutir à une modification imperceptible dans le destin des hommes. Telle est la loi. Pendant des années au XVIIIe siècle, les têtes sont tombées en France comme de la grêle, la Révolution française a brûlé tous les cœurs d'enthousiasme et de terreur. Et, pour finir, au début du siècle suivant, on a abouti au remplacement de la monarchie légitime par la monarchie constitutionnelle. Nous autres Français du XXe siècle connaissons trop bien cette terrible loi. Il y a eu la guerre, l'occupation, les massacres, des milliers de murs de prison, une Europe échevelée de douleur et tout cela pour que quelques-uns d'entre nous acquièrent enfin les deux ou trois nuances qui les aideront à moins désespérer. C'est l'optimisme ici qui serait le scandale. Nous savons que ceux d'entre eux qui sont morts aujourd'hui étaient les meilleurs puisqu'ils se sont désignés eux-mêmes. Et nous qui sommes encore vivants, sommes obligés de nous dire que nous ne sommes vivants que parce que nous en avons fait moins que d'autres.

C'est la raison pour laquelle nous continuons de vivre dans la contradiction. La seule différence est que cette génération peut unir maintenant cette contradiction avec un immense espoir dans l'homme. Puisque j'ai voulu vous informer d'un aspect de la sensibilité française, il suffira que vous n'oubliiez pas ceci : il y a aujourd'hui en France et en Europe une génération qui pense, en somme, que celui qui espère en la condition humaine est un fou, mais que celui qui désespère des événements est un lâche. Elle refuse les explications absolues et le règne des philosophies politiques, mais elle veut affirmer l'homme dans sa chair et dans son effort de liberté. Elle ne croit pas qu'il soit possible de réaliser le bonheur et la satisfaction universelle, mais elle croit possible de diminuer la douleur des hommes. C'est parce que le monde est malheureux dans son essence, que nous devons faire, pense-t-elle, quelque chose pour le bonheur, c'est parce qu'il est injuste que nous devrons œuvrer pour la justice ; c'est parce qu'il est absurde enfin que nous devons lui donner toutes ces raisons.

Pour finir, qu'est-ce que cela signifie ? Cela signifie qu'il faut être modeste dans ses pensées et son action, tenir sa place et bien faire son métier. Cela signifie que nous avons tous à créer en dehors des partis et des gouvernements des communautés de réflexion qui entameront le dialogue à travers les nations et qui affirmeront par leurs vies et leurs discours que ce monde doit cesser d'être celui des policiers, des soldats et de l'argent pour devenir celui de l'homme et de la femme, du travail fécond et du loisir réfléchi.

C'est à quoi je pense que nous devrons diriger notre effort, notre réflexion, et, s'il le faut, notre sacrifice. La décadence du monde grec a commencé avec l'assassinat de Socrate. Et on a tué beaucoup de Socrate en Europe depuis quelques années. C'est une indication. C'est l'indication que seul l'esprit socratique d'indulgence envers les autres et de rigueur envers soi-même est dangereux pour les civilisations du meurtre. C'est donc l'indication que seul cet esprit peut régénérer le monde. Tout autre effort, si admirable soit-il, dirigé vers la puissance et la domination, ne peut que mutiler l'homme plus gravement encore. Voilà en tout cas la révolution modeste que nous autres Français et Européens vivons en ce moment.

CONCLUSION

Peut-être aurez-vous été étonnés qu'un écrivain français venu officiellement en Amérique ne se soit pas cru obligé de vous présenter un tableau idyllique de son pays et n'ait fait encore jusqu'ici aucun effort dans le sens de ce qu'il est convenu d'appeler la propagande. Mais peut-être en réfléchissant au problème que j'ai posé devant vous, cela vous paraîtra-t-il plus naturel. La propagande est faite, je suppose, pour provoquer chez les gens des sentiments qu'ils n'ont pas encore. Or, les Français qui ont partagé notre expérience ne demandent en réalité ni qu'on les plaigne, ni qu'on les aime sur commande. Le seul problème national qu'ils se soient posé ne dépendait pas de l'opinion du monde. Il s'est agi pour nous pendant cinq ans de savoir si nous pouvions sauver notre honneur, c'est-à-dire garder le droit de parler à notre place au lendemain de la guerre. Et ce droit, nous n'avions pas besoin qu'on nous le reconnût. Il fallait seulement que nous nous le reconnussions. Cela n'a pas été facile, mais pour finir, si nous nous sommes reconnu ce droit, c'est parce que nous connaissons et sommes seuls à connaître l'étendue réelle de nos sacrifices.

Mais ce droit n'est pas pour nous le droit de donner des leçons. C'est seulement le droit d'échapper au silence humiliant de ceux qui ont été frappés et vaincus pour avoir trop longtemps méprisé l'homme. Au-delà, je vous prie de croire que nous saurons garder notre place. Peut-être en effet, comme on le dit, y a-t-il une chance pour que l'histoire des cinquante prochaines années soit faite en partie par d'autres nations que la France. Je n'en sais rien personnellement mais ce que je sais, c'est que cette nation qui a perdu 1 620 000 hommes il y a vingt-cinq ans et qui vient de perdre plusieurs centaines de milliers de volontaires doit reconnaître qu'elle a, ou qu'on a peut-être abusé de ses forces. C'est là un fait. Et l'opinion du monde, sa considération ou son dédain ne peuvent rien changer à ce fait. C'est pourquoi il me paraît dérisoire de le solliciter ou de le convaincre. Mais il ne me paraît pas dérisoire de souligner devant cette opinion à quel point la crise du monde dépend justement de ces querelles de préséance et de puissance.

Pour résumer les débats de ce soir et parlant pour la première fois en mon nom personnel, je voudrais dire seulement ceci : chaque fois qu'on jugera de la France ou de tout autre pays, ou de toute autre question en termes de puissance, on fera entrer un peu plus avant dans le monde une conception de l'homme qui aboutit à sa mutilation, on renforcera la soif de domination et à la limite on prendra parti pour le meurtre. Tout se tient dans le monde comme dans les idées. Et celui qui dit ou qui écrit que la fin justifie les moyens, et celui qui dit et qui écrit que la grandeur se juge à la force, celui-là est responsable absolument des hideux amoncellements de crimes qui défigurent l'Europe contemporaine.

Voilà clairement défini, je crois, tout le sens de ce que j'ai cru devoir vous dire. Et c'était, en effet, un devoir pour moi, je suppose, que de rester fidèle à la voix et à l'expérience de nos camarades d'Europe afin que vous ne soyez pas tentés de les juger trop vite. Car eux ne jugent plus personne, sinon les meurtriers. Et ils regardent toutes les nations avec l'espoir et la certitude d'y trouver la vérité humaine que chacune d'elles contient.

En ce qui concerne particulièrement la jeunesse américaine qui m'écoute ce soir, je peux vous dire que les hommes dont j'ai parlé respectent l'humanité qui est en elle et ce goût de la liberté et du bonheur qui se lisait sur le visage des grands Américains. Oui, ils attendent de vous ce qu'ils attendent de tous les hommes de bonne volonté, une loyale contribution à l'esprit de dialogue qu'ils veulent instaurer dans le monde. Nos luttes, nos espoirs et nos revendications, vus de loin, doivent peut-être vous paraître confus ou futiles. Et il est vrai que sur le chemin de la sagesse et de la vérité, s'il en est un, ces hommes n'ont pas choisi la voie la plus droite et la plus simple. Mais c'est que le monde, c'est que l'Histoire ne leur a rien offert de droit et de simple. Le secret qu'ils n'ont pu trouver dans leur condition, ils essaient de le forger de leurs propres mains. Et ils échoueront peut-être. Mais ma conviction est que leur échec sera celui de ce monde même. Dans cette Europe encore empoisonnée de violences et de haines sourdes, dans ce monde déchiré de terreur, ils tentent de préserver de l'homme ce qui peut l'être encore. Et c'est leur seule ambition. Mais que ce dernier effort ait pu trouver encore en France une de ses expressions et si j'ai pu vous donner ce soir une faible idée de la passion de justice qui anime tous les Français, c'est notre seule consolation et ce sera ma plus simple fierté.

SOMMES-NOUS DES PESSIMISTES ?

1946

Un mois après sa lecture de « La Crise de l'Homme » à l'université Columbia, Albert Camus conclut son cycle américain le 1er mai 1946 avec une intervention au Brooklyn College de New York. Cette conférence s'inscrit en complément de « La Crise de l'Homme » dont elle reprend le thème principal. Le texte de « Sommes-nous des pessimistes ? » est publié pour la première fois en juillet 1946, en langue anglaise dans le magazine américain Vogue, *sous le titre* « The Crisis of Man. Inertia is the strongest temptation ». *La conclusion de cette version traduite est augmentée de deux paragraphes par rapport au dactylogramme retrouvé dans les archives de l'auteur. Ils sont ici reproduits. À son retour des États-Unis, Albert Camus reprend le texte dans une forme plus condensée, réintitulée « Nous autres meurtriers », qui paraîtra dans le troisième numéro de la revue* Franchise *de novembre-décembre 1946.*

Quand un Européen a bien formulé l'idée que la vie est tragique, il juge qu'il est devenu aussi intelligent que possible. Naturellement, c'est une stupidité. Mais il me semble que quand un Américain s'est bien persuadé que la vie est une bonne chose et que la douleur n'existe pas, il juge qu'il s'est montré aussi sensé qu'il est possible. Bien entendu, c'est une grave erreur. Je trouve ainsi qu'en face d'une condition commune, l'Amérique et l'Europe souffrent de maux contraires. Il me paraît aussi déraisonnable de dire qu'il ne faut pas être pessimiste que de dire qu'il ne faut pas être optimiste. Les anciens Grecs savaient que la vie a une face de nuit et une face de soleil et ils savaient que l'homme doit tenir les yeux fixés en même temps sur cette lumière et sur cette ténèbre afin de rester fidèle à sa condition. Et une civilisation se juge toujours à la façon dont elle a su surmonter cette contradiction dans une synthèse supérieure. Quoi qu'on puisse penser en Europe et en Amérique, nous sommes tous en marche vers cette synthèse et nous avons tous notre mot à dire sur ce problème. Si l'un échoue, les autres périront et de nouveau la boue et le sang remplaceront le soleil et la nuit. Et il est vrai peut-être que dans cette grande aventure de l'esprit occidental, beaucoup de choses ne dépendent pas de nous. Mais ce qui dépend toujours de nous, c'est la possibilité d'affirmer, de maintenir et de ne jamais trahir ce que nous croyons être la vérité.

Et la vérité est que le monde d'aujourd'hui n'est ni celui du bonheur ni celui du malheur. Il est un champ clos entre l'exigence du bonheur qui est dans le cœur de tous les hommes et une fatalité historique où la crise de l'homme est arrivée à son maximum. Il faut donc que nous ayons d'une part une juste idée de cette crise et d'autre part un sentiment précis du bonheur que chaque homme peut désirer. Il faut donc que nous ayons de la lucidité.

La crise de l'homme est faite, pour moitié au moins, de l'inertie et de la fatigue des individus en face des principes stupides ou des actions mauvaises qu'on continue d'accumuler sur le monde. C'est que la tentation la plus forte de l'homme est la tentation de l'inertie. Et parce que le monde n'est plus peuplé par le cri des victimes, beaucoup peuvent penser qu'il continuera d'aller son train pendant quelques générations encore. Et parce qu'il est plus facile de faire son travail quotidien et d'attendre en paix que la mort vienne un jour, les gens croient qu'ils ont assez fait pour le bien de l'homme en ne tuant personne directement, et en s'efforçant de ne mentir que le moins possible. Mais en vérité aucun homme ne peut mourir en paix s'il n'a pas remis au moins une fois en question sa vie et celle des autres et s'il n'a pas fait ce qu'il faut pour que la condition humaine dans son ensemble soit pacifiée autant qu'il est possible.

C'est ainsi que les gens qui n'ont pas envie de penser trop longtemps à la misère humaine préfèrent en parler d'une façon très générale. C'est ainsi que certains m'ont demandé si j'étais bien sûr qu'il y ait une crise de l'homme et si après tout cette crise n'était pas de tous les temps. Tout cela est à la fois vrai et faux. Et si cela est vrai c'est en tout cas le genre de vérité qu'on ne peut pas dire aux pensionnaires des camps de concentration. Et je crois impossible que ceux qui ont connu la torture aient pu se dire calmement, pendant qu'on s'occupait d'eux, qu'après tout il en avait toujours été ainsi et qu'ils devaient s'en consoler. Oui, je crois bien que, pour eux, il y avait une crise de l'homme. Et pour tous les hommes de ma génération, cette crise n'a pas cessé. À ceux qui me posent cette question, j'ai toujours répondu que je ne savais pas tout et que je ne disposais d'aucune explication générale du monde. Mais je sais du moins que, depuis longtemps, nous ne sommes pas à l'aise dans notre peau et que nous ne sommes pas sûrs de notre avenir et qu'en somme ce n'est pas un état normal pour des hommes supposés civilisés. C'est là ce qu'à tort ou à raison, nous appelons crise de l'homme. Et j'ai dit alors ce que je répète, parce qu'il faut se répéter, qu'il y a crise parce qu'il y a terreur. Et il y a terreur parce que les gens croient que rien n'a de sens, ou bien que seule la réussite historique en a, parce que les valeurs humaines ont été remplacées par les valeurs du mépris et de l'efficacité, la volonté de liberté par la volonté de domination. On n'a plus raison parce qu'on a la justice avec soi, on a raison parce qu'on réussit. Et plus on réussit, plus on a raison. À la limite, c'est la justification du meurtre. Et c'est pourquoi les hommes ont raison d'avoir peur, parce que dans un pareil monde, c'est toujours par hasard ou par une arbitraire bienveillance que leur vie ou celle de leurs enfants sont épargnées. Et c'est pourquoi les hommes ont raison aussi d'avoir honte parce que ceux qui vivent dans un pareil monde sans le condamner de toutes leurs forces (c'est-à-dire presque tous) sont, à leur manière, aussi meurtriers que les autres. Ceci aussi est la vérité.

Mais ceci est encore la vérité que nous disposons d'une autre force qui est la volonté de l'homme quand elle s'applique au bonheur et la justice. Là aussi, il suffit de savoir d'abord ce que nous voulons. Et ce que nous voulons, justement, c'est ne plus jamais donner raison à la force, ne plus jamais nous incliner devant la puissance des armes ou de l'argent. Bien entendu, c'est le genre d'affirmation qui fait rire les réalistes. Parce que les réalistes savent, eux, que c'est une tâche qui n'a pas de fin, et, que par conséquent, ils ne voient pas de bonnes raisons de la continuer. Ils ne veulent entreprendre que les tâches qui réussissent. Et c'est ainsi qu'ils n'en entreprennent aucune qui soit vraiment importante ou vraiment humaine, c'est ainsi que même sans le vouloir, ils consacrent le monde du meurtre, c'est ainsi qu'ils ne s'aperçoivent pas que même si cette tâche n'a pas de fin, nous sommes là pour la continuer. Je ne souscris pas assez à la raison pour croire au progrès absolu, ni à aucune philosophie de l'histoire, mais je crois du moins que les hommes n'ont jamais cessé d'avancer dans la conscience qu'ils prenaient de leur destin. Nous n'avons pas surmonté notre condition, mais nous la connaissons mieux. Nous savons ainsi que nous sommes dans la contradiction, mais que nous devons refuser la contradiction, et faire ce qu'il faut pour la réduire. Notre tâche d'hommes est de trouver ainsi les quelques formules qui apaiseront l'angoisse infinie des âmes libres. Nous avons à concilier ce qui se déchire, rendre la justice imaginable dans un monde si évidemment injuste, le bonheur significatif pour des peuples empoisonnés par le malheur du siècle. Naturellement, c'est une tâche surhumaine. Mais on appelle surhumaines les tâches que les hommes mettent longtemps à accomplir. De ce point de vue, il n'y a rien qui ne soit surhumain dans la condition de l'homme.

Est-ce là du pessimisme ? Non, c'est l'effort de la lucidité pour bien définir préalablement ce qu'elle veut et ce qu'elle ne veut pas. Quand on est malade, il faut d'abord savoir de quelle maladie on souffre, ensuite on recherche et on applique les remèdes. Puisque nous souffrons d'abstraction et de terreur, il vaut mieux le savoir, afin de décider résolument ce que nous devons faire. Nous autres, jeunes Français, appelons pessimistes au contraire ceux qui disent que tout va bien et qu'il n'y a rien de changé dans le monde. Car c'est de ceux-là que nous ne pouvons rien attendre. C'est à cause de ceux-là que le monde continuera en effet à aller son train, mais au milieu des prisons et des chaînes. Et c'est parce qu'il y a suffisamment d'hommes lucides parmi nous qu'il y a en même temps suffisamment d'hommes qui sont décidés, et plus décidés qu'on ne l'imagine en Amérique, à faire ce qui est en leur pouvoir pour se guérir et guérir le monde de sa maladie présente.

On me demande souvent ici ce que vaut la jeunesse européenne d'aujourd'hui. Je n'en sais rien, n'étant pas habitué à juger dans le général. Mais pour les jeunes gens que je connais, je sais qu'ils vivent sans illusions, et que cela pourtant n'a fait que fortifier leur décision et leur courage. Et quand on me répond qu'il n'est pas bon qu'une jeunesse vive sans illusions, je dis que la question n'est pas de savoir ce qui est souhaitable ou ce qui ne l'est pas. La question est de savoir ce qui est. Et ce qui est, c'est que cette jeunesse a été obligée de vivre sans illusions au contact direct des réalités les plus directes de l'existence, et que, cependant, elle n'a pas péri, puisqu'elle est encore à même aujourd'hui de se formuler les problèmes qui se posent au monde et de garder la volonté de les résoudre. C'est la preuve que l'énergie peut se concilier avec la lucidité, et que la passion peut rejoindre le courage tranquille. Voilà l'expérience qui se déroule aujourd'hui dans le cœur de quelques Européens et qui engage l'avenir de notre civilisation, au même titre, ni plus ni moins, que les découvertes scientifiques ou l'ingénieuse invention du droit de veto. Cette expérience, en somme, se résume dans le mot d'un de nos grands révolutionnaires, Saint-Just, qui disait : « Je pense donc que nous devons être exaltés. Cela n'exclut ni le sens commun, ni la sagesse. »

Nous savons le genre de civilisation que nous voulons et l'horreur de ce que nous ne voulons pas. Mais qu'est-ce que nous pouvons attendre ? Nous pouvons attendre pour un temps que le monde continue entre les mains de ceux qui n'ont pas d'imagination ; de ceux qui veulent préserver ce qui ne peut plus être préservé, qui veulent détruire ce qui ne peut jamais être détruit. Entre les mains de ceux qui mentent et de ceux qui obligent les autres à mentir, entre les mains des fonctionnaires et des policiers. Et si cela continue, un jour tout sera balayé par ceux qui tuent et qui trouvent facile d'être des tueurs. C'est logique. Mais il est aussi logique pour nous de continuer à défendre, contre les assauts des aveugles et des cupides, ces choses dignes de la défense de l'homme. Nous continuerons à le faire parce que nous avons convenu qu'il n'est pas nécessaire de réussir pour persévérer, et parce que nous savons que c'est la longue obstination de certains hommes qui, seule, a fini par changer le monde. Les premiers chrétiens appelaient le grand mouvement qui les soutenait « la folie de la Croix ».

Aujourd'hui, ce dont nous avons besoin c'est une folie de l'homme. Une grande folie, qui pense loin, solide et bâtie sur l'immense espoir, la détermination silencieuse qui a soutenu dans le passé et qui continuera à soutenir des esprits européens dans un monde auquel ils ont fait face sans le bénéfice de l'illusion. Quand on sait cela, peut-être est-il plus facile de répondre à la question : sommes-nous des pessimistes[1] ?

1. Les deux derniers paragraphes apparaissent dans la traduction anglaise du texte de Camus, publiée par *Vogue* en juillet 1946.

INTERVENTION À LA TABLE RONDE DE CIVILISATION

1946

Au début de l'année 1946, le pionnier de l'esthétique industrielle Jacques Viénot fonde l'association Civilisation autour de laquelle gravitent notamment Jacques Heurgon, ancien professeur de Camus à la Faculté de lettres d'Alger, et Roger Caillois, que l'auteur côtoie au comité de lecture des Éditions Gallimard. Le 22 octobre 1946, Civilisation invite Albert Camus, Georges Friedmann, Maurice de Gandillac, Pierre de Lanux, Maurice Merleau-Ponty[1] *et Jean Wahl à débattre sur « le destin de l'individu dans le monde actuel », thème du troisième numéro de sa revue* Chemins du monde *qui publiera un compte rendu sténographié de la table ronde. Les interventions de Camus sont ici reproduites dans*

1. Maurice Merleau-Ponty et Albert Camus se brouillent suite à la parution, au mois d'octobre 1946 dans *Les Temps modernes,* de la première des trois parties de *Le Yogi et le Prolétaire* (repris en 1947 dans *Humanisme et Terreur*). Camus considère que cette réponse ironique faite par Merleau-Ponty au livre d'Arthur Koestler *Le Yogi et le Commissaire* (Charlot, 1946) n'est pas loin de justifier les procès de Moscou. Koestler et Camus garderont une estime mutuelle renforcée par des convictions communes, comme en atteste l'ouvrage *Réflexions sur la peine capitale* qu'ils cosignent en 1957.

leur intégralité, les propos des autres intervenants ont été résumés et mis entre crochets.

[Se fondant sur une optique technocratique, l'idéologie nazie, selon Maurice de Gandillac, voit les individus comme « autant de forces créatrices » vivant dans une « coexistence de lutte » où domine « l'individualisme des chefs ». Quel est, en revanche, le rôle de l'individualisme dans la civilisation américaine ? Peut-il y avoir un individu libre et quelle est sa place dans la civilisation capitaliste libérale et dans le monde communiste ? Celui-ci est-il une « phase transitoire » qui amorce « une libération réelle de l'homme » ? Pour sa part, Jean Wahl refuse de voir dans le national-socialisme une forme d'individualisme alors que Georges Friedmann reconnaît dans « la civilisation technicienne » un « dénominateur [*qui est*] commun à l'Amérique, l'URSS [*et*] à l'Allemagne » dont les sociétés vivent dans un « nouveau milieu » urbain qui s'oppose au « milieu naturel » rural. La mécanisation de la vie, qui ne se limite pas à ces seuls pays, suscite « par la présence de la technique toujours plus dense des substituts à la présence de l'homme ». Cette action des techniques sur l'individu « est psychique et nous transforme », elle conduit à une aliénation sociale. Chez les soldats américains Friedmann observe « une connivence intime avec la technique » mais aussi « l'absence d'un certain nombre de sentiments qui, chez nous, sont communs ». S'il s'empresse d'ajouter qu'un « État socialiste est beaucoup mieux armé qu'un État capitaliste pour résoudre la plupart de ces problèmes », il reconnaît que, depuis le XIXe siècle, l'étatisme croissant des démocraties modernes menace la liberté de l'individu. Il s'agit aujourd'hui « non pas de regretter le passé, mais de voir comment aider à l'épanouissement de l'individu dans les civilisations qui se préparent aujourd'hui ». Pierre de Lanux entend corriger le cliché de la standardisation américaine. Il détecte, à partir de la crise économique de 1929, « un retour vers les valeurs individuelles », une renaissance des valeurs jeffersoniennes. « Le problème, ce n'est pas la conquête de la liberté, mais l'usage de la liberté [...]. »

À la question « Qu'est-ce qui peut et doit être sauvé ? » Camus répond :]

Je suis un peu embarrassé parce que je trouve qu'il faudrait parler de nuances beaucoup plus que d'affirmations catégoriques, ce qu'on est obligé de faire quand on parle. C'est pour des nuances que des millions d'hommes se sont battus pendant cinq ans, aussi extraordinaire que cela paraisse. Si nous posons le problème de l'individu, en supposant que nous sachions ce que c'est, il faut poser catégoriquement : « Quel est le destin de l'individu ? » Nous savons tous et avons tous senti obscurément qu'il va être tué.

Si cet individu va être tué, si nous en avons le sentiment, il faut d'abord se demander ceci : est-ce que nous pensons que l'individu est quelque chose qui doit être sauvé ? ou est-ce que nous ne voulons pas ?...

Il se peut que le faisceau de valeurs que constitue l'individu paraisse à certains esprits quelque chose de périmé et d'inutile à sauver. Dans ce cas il n'y a qu'à attendre la fin de l'histoire.

Si nous voulons le sauver, il se pose deux questions. Premièrement : Quels sont les principes de faiblesse qui dans l'individu aujourd'hui le poussent à être sacrifié un jour ou l'autre ? et, deuxièmement, quels sont les faits extérieurs, historiques ou idéologiques, qui menacent cet individu et le sacrifieront un jour ou l'autre ?

Pour la première question, il me semble qu'on pourrait dire ceci qui va dans le sens de ce qu'a dit Friedmann : l'individualisme anarchique est dépassé, il est dépassé par l'histoire. Mais nous portons en nous un individu anarchique et devons régler notre compte par rapport à lui ; c'est un individu mauvais. Je crois, pour ma part, qu'il présuppose la solitude de l'homme d'une certaine manière et je suis profondément persuadé que l'homme n'est pas seul. Nous avons appris pendant ces quelques années que lorsqu'on giflait un officier à Prague, l'ouvrier de Belleville allait se faire tuer un jour ou l'autre.

L'individualisme libéral dont nous avons parlé, nous l'avons aussi en nous. Il me paraît aussi condamné, et de ce point de vue je suis de l'avis de Friedmann ; l'analyse de la conscience mystifiée dans Marx reste valable entièrement.

En deuxième lieu : qu'est-ce qui menace l'individu de l'extérieur ? Ne faisons pas non plus de la psychologie concrète, mais de la sociologie concrète. Qu'est-ce qui fait que nous avons ce sentiment de peur ? Incontestablement, c'est d'abord le silence. Ce que nous avons appris pendant ces quelques années, c'est que nous ne pouvons vivre que dans un monde où nous pensons qu'en tenant à un homme des raisonnements humains, nous en recevrons des actions humaines. Or, nous avons appris qu'il y a des types d'hommes avec lesquels il ne sert à rien de tenir des raisonnements humains. Aucun interné des camps de concentration n'aurait eu l'idée de persuader aux SS qui s'occupaient de lui qu'il ne fallait pas le faire. Nous sommes à ce point de vue dans le monde du silence, c'est-à-dire de la violence.

Le deuxième point rejoint Friedmann sur un autre plan : l'abstraction. Il est vrai, sur le plan de la technique, que de plus en plus la présence humaine, le contact humain est remplacé par l'intermédiaire de l'instrument mécanique. Cela est vrai aussi sur le plan de la société, car il y a un phénomène international qui s'appelle la bureaucratie et fait qu'à tous les échelons des rapports avec l'État on ne tombe jamais sur une personne humaine.

Une troisième caractéristique de l'époque actuelle est le remplacement progressif et inévitable de l'homme réel, de l'homme de tous les jours, de l'homme concret par l'homme historique. De plus en plus, nous sommes politisés. Vous pouvez le lire partout et vous pouvez vous le demander à vous-même ; vous savez que de plus en plus la politique interfère sur vos réactions et sur votre façon de considérer le monde.

Le quatrième caractère qu'il me semble qu'on pourrait détecter, c'est la volonté de puissance, cet ensemble de caractères représente la terreur. Il me paraît incontestable que nous vivons dans le monde de la terreur, et avec le sentiment plus ou moins confus et plus ou moins précis de la terreur. À quoi tient-elle ? Je crois que sans philosopher on pourrait tout de même dire ceci : dans la mesure où un homme croit au progrès inévitable, dans la mesure où un homme croit à une logique historique inévitable, croit par exemple que la société féodale doit fatalement succéder à l'anarchie première, que les nations doivent sortir de cet état féodal, puis l'internationalisme, ou si vous voulez la Société des Nations, et ensuite la société sans classes, en se basant sur ce rationalisme absolu, on met ces valeurs historiques qu'il s'agit d'atteindre au-dessus des valeurs que nous sommes habitués par éducation ou par préjugés à considérer comme valables.

Si donc nous nous basons sur le rationalisme absolu ou sur l'idée de progrès quel qu'il soit, nous admettons le principe que la fin justifie les moyens : s'il est inévitable que nous devons arriver à cette société sans classes, nous n'allons pas hésiter sur le choix des moyens, et le mensonge, la violence, le meurtre de l'homme sera quelque chose de regrettable peut-être dans les mœurs des gens, mais qui, en tout cas, ne devra pas être refusé si ce à quoi on doit arriver représente une chose inévitable, historique et souhaitable.

Si nous pensons que l'individu a ses erreurs en lui d'une part, et a, d'autre part, devant lui ces phénomènes coercitifs, nous devons donc nous dire qu'il faut essayer de s'opposer autant qu'il sera possible à ce destin. Mais nous vivons dans la contradiction, parce que si nous prenons l'Européen moyen, ou même l'intellectuel moyen, quels principes a-t-il à opposer à ces principes quand il n'y croit pas ?

Les esprits chrétiens me concéderont que quatre-vingts pour cent des Européens vivent hors de la grâce, et que parmi les vingt derniers, le nombre des chrétiens authentiques est assez limité.

Donc, il n'est pas question de valeurs religieuses, traditionnelles, à opposer à ces valeurs qui aujourd'hui pèsent sur le monde. Nous n'avons aucune Valeur fondée à opposer à ces valeurs et si nous n'avons aucune Valeur nous sommes — et je me borne à constater un état de fait — dans le nihilisme. Et, aujourd'hui, le problème qui se pose, comme il s'est posé pendant la guerre, c'est de savoir comment l'immense quantité d'hommes européens pourrait s'opposer aux entreprises de coercition sans disposer eux-mêmes de valeurs précises.

Les gens qui ne croyaient à rien pendant la guerre n'avaient rien à dire à Hitler parce que le nihilisme absolu a sur ce plan le même effet que le rationalisme absolu. Nous devons constater que nous sommes dans la contradiction, et nous devons constater que nous avons à la dépasser. C'est là qu'est exactement, à mon avis, le problème historique qui se pose à nous. Pour dépasser cette contradiction, il faut penser d'une certaine manière, avec les mains ou avec la tête. L'entreprise de pensée, de reconstruction, de conciliation entre les aspects contradictoires, ne peut se faire dans le climat de la peur.

L'individu, s'il tient à se sauver, doit d'abord se renforcer contre la peur et même demander la suppression de la peine de mort, ce qui, sur le plan juridique, pourrait peut-être alléger les tensions. Si cette chose peut être faite, je crois que nous arriverons, et que c'est la seule entreprise qui puisse aujourd'hui sauver l'individu.

Les gens qui n'ont pas la Vérité absolue ne veulent tuer personne et ils demandent qu'on ne les tue pas. Ils demandent à chercher la vérité et par conséquent ils ont besoin d'un certain nombre de conditions historiques qui leur permettent cette recherche. C'est ce que j'appelle les conditions d'une pensée modeste. Nous pouvons définir ces conditions et nous pouvons agir pour que ces conditions soient réalisées. Dans mon idée, cette action pourrait avoir quelque chose comme une chance sur mille. Ce n'est pas une raison pour ne pas la tenter. Bien entendu, cette action doit tirer ses principes, si vous voulez, de la petite analyse que je me suis permis de faire devant vous : puisque la politique de ce monde, quelle qu'elle soit, est basée sur la volonté de puissance, sur le réalisme et sur des principes qui sont par conséquent faux, nous devrons les rejeter totalement et retirer totalement la confiance à tous les gouvernements quels qu'ils soient.

Aujourd'hui, si nous voulons aller encore plus loin sur ce plan, nous devons nous rendre compte qu'il faut dire les choses clairement, et pour ne citer qu'un exemple je penserais assez comme Socrate qu'on ne pense pas mal parce qu'on est un criminel, mais qu'on est un criminel parce qu'on pense mal. Et si on mène le monde, dans le cas qui nous intéresse, suivant des principes qui sont faux, on produit mathématiquement le crime et le meurtre ; tous ceux qui, directement ou indirectement, approuvent des principes de ce genre doivent se considérer comme meurtriers et admettre que jusqu'à présent ils sont des manières de meurtriers, indirects ou directs quelquefois.

Ceci posé, il faudra dire que si nous condamnons cette société telle qu'elle est régie et basée sur ces principes, nous devons réaliser à l'intérieur de la société un nouveau contrat social entre individus, et de ce point de vue, je ne vois rien de mieux, étant donné que la question ne peut se poser sur le plan national, et qu'il n'y a que des problèmes internationaux, que de réaliser internationalement cette sorte de société avec des individus qui commenceront par payer de leur personne. Ce que je reproche à l'individualisme libéral c'est qu'il n'a de la liberté que les avantages. Il faudra donc que ces gens paient de leur personne, par exemple en refusant les honneurs et tout ce que cette société peut leur donner, en se limitant, en acceptant un certain niveau d'argent, en refusant d'avoir plus d'argent qu'un certain niveau, et en disposant du reste pour des choses qu'il faudrait définir. Il faut qu'ils paient de leur personne, sinon nous sommes encore dans la mystification ; d'autre part, il faudra que ces individus s'exercent à la prédication. Nous avons encore des journaux, la parole, un certain nombre d'éléments d'action qui ne sont pas le meurtre. C'est un élément provisoire et modeste qu'il faut absolument que nous mettions en batterie pour préserver ce qui peut rester de l'individu. Ceci n'est qu'un cadre donnant un certain nombre de suggestions pour exciter les esprits.

Le destin de l'individu, il est dans cette décision à prendre, dans l'analyse historique que nous devons faire et, d'autre part, dans des décisions. C'est-à-dire qu'il ne s'agit pas d'être d'accord et ensuite de recommencer à lire son journal et à ne pas sympathiser avec les meurtres qui ensanglantent l'Europe aujourd'hui sur divers points : il s'agit de prendre position. Et par cette décision, à ce moment-là, si des valeurs exemplaires peuvent être proposées en opposition à ces valeurs de puissance, je dis qu'il y aura une chance sur mille pour que l'individu puisse encore conserver sa place dans un monde qui menace de la lui supprimer totalement. Sans vouloir faire d'assimilation : il y a eu un mouvement de ce genre à la fin du monde antique, quand tout allait mal, et cela s'appelait la société des stoïciens, internationale elle aussi autant qu'on pouvait l'être alors, et qui a préparé un tournant de civilisation, la civilisation nouvelle étant le christianisme.

Nous sommes à un tournant, et ce sera la mort ou une nouvelle civilisation ; c'est notre génération, je veux dire les gens qui sont vivants aujourd'hui, qui doit la préparer. Cette génération est inévitablement sacrifiée, il s'agit de savoir si son sacrifice sera stérile ou fécond, et cela c'est à nous de le choisir.

[Merleau-Ponty se demande si Camus, dont il apprécie la modestie des propositions, apporte vraiment une solution ou s'il ne retombe pas plutôt, en recommandant une attitude apolitique, dans le genre d'individualisme qu'il veut bannir. Rentrer en soi n'empêche pas le gouvernement de nous imposer « les ravages que nous redoutons ». Pareillement, les stoïciens n'ont amené une nouvelle civilisation qu'en devenant chrétiens, en cessant par cet engagement extérieur de « rechercher la pureté intérieure ». Si l'on ne cherche pas à trouver une forme d'État organisé, on tombe « dans la pure morale ».

Camus répond :]

C'est vrai dans un sens ; mais naturellement j'ai réfléchi à cette objection et voilà ce que je me suis dit :

Veut-on ou non sauver l'individu ? Si on le veut, à mon avis on refuse le meurtre. Mais aujourd'hui je me trouve dans un dilemme, obligé de choisir entre deux pensées également nobles au départ et toutes deux ignobles à l'arrivée. L'analyse marxiste de la conscience mystifiée peut s'appliquer à l'idéologie marxiste dans la mesure où elle est idéologie.

Nous n'avons pas le critérium nécessaire pour choisir au départ, mais nous l'avons à l'arrivée, et la gravité, la déformation que cet effort des hommes à travers le monde peut se voir infliger, me paraît moindre qu'une gravité qui est devant les yeux et qui est la politique de réalisme, de puissance, qu'elle soit de droite ou de gauche, et qui aboutit au meurtre. Pour tous les hommes qui ont vécu pendant six ans dans l'enfer où nous avons vécu, pour tous ces hommes il y a quelque chose qui est devenu physiologiquement impossible, c'est l'idée qu'on puisse accepter le meurtre.

Il se peut que la solution que je propose arrive à se déformer ; la probabilité est moindre au départ. Je crois que de toute façon elle fera moins de mal à l'homme que l'autre choix.

Je répondrai maintenant à l'idée qu'il s'agit d'une pure morale. Vous me dites que les stoïciens ont créé une Église. C'est bien ce que j'entends. Je ne prétends pas que nous vivions retirés dans notre maison de campagne en étudiant les Antiques. Je prétends que nous restions dans la vie et dans la politique, que nous témoignions à chaque endroit, mais que ce témoignage soit en même temps que le nôtre celui de beaucoup. Et si j'ai employé le mot prédication, ce n'est pas inutilement.

[Gandillac se demande alors si l'idée du progrès et la conviction de détenir une vérité doivent nécessairement conduire au meurtre. La violence exprime aussi une incertitude, « une angoisse de la liberté non entièrement déterminée ». L'incertitude et la certitude peuvent inciter à la protestation.

Camus répond :]

Je pense ceci (c'est en cela que je ne suis pas marxiste) : je crois que s'il y a un Absolu, il est l'affaire de chacun et non pas l'affaire de tous, et qu'en conséquence une action comme celle que je me bornais à décrire de très haut consisterait à réunir un certain nombre d'hommes autour de valeurs que je dirais provisoires ou intermédiaires, lesquelles valeurs suffiraient à définir un monde qui deviendrait respirable pour eux. Je crois par exemple qu'une certaine justice, je ne dis pas la Justice avec un grand J, ou une certaine liberté, sont des valeurs qui sont indispensables pour que nous puissions vivre entre nous d'une part, et que nous puissions poursuivre cette recherche, cette conciliation qui me semble être une des tâches de l'époque…

Si cette action dont nous parlions a besoin de valeurs absolues pour être mise en branle, elle ne sera jamais faite, attendu que ce monde souffre de nihilisme. Il faut donc que nous renversions la question ; non pas la poser comme vous l'avez posée, mais la poser en disant : la seule chose qui reste à faire c'est que nous ayons l'énergie, la décision, la lucidité suffisantes pour réunir un certain nombre d'hommes autour de volontés provisoires. Il s'agit aujourd'hui de préparer une suite et un avenir, et je reviens à ma fameuse société stoïcienne, cette espèce d'attitude d'hommes qui maintiennent un certain ordre des choses à l'intérieur même du monde. J'ai dit une fois, à une époque où je m'occupais de journalisme, « la vérité est commerciale », c'est-à-dire qu'elle se vend, et si nous disons à un certain nombre d'hommes : il ne s'agit pas de vous donner quoi que ce soit qui ressemble à une vérité absolue, il s'agit de vous donner un but afin que vous puissiez le poursuivre de votre côté, ces hommes trouveront peut-être la capacité nécessaire. Si nous avions à choisir entre quelque chose qui nous donnera, si vous voulez, soixante-quinze chances de réussite, nous n'aurions aucun mérite. Si l'époque a un certain tragique c'est parce qu'en effet il y a peu de chances de réussir.

[Une longue intervention de Friedmann critique le scepticisme politique de Camus. Au lendemain de la guerre, l'humanité n'a-t-elle pas « besoin d'une organisation rationnelle de ses moyens de production et de distribution [...], d'une action sociale » ? Le livre de Koestler, *Le Yogi et le Commissaire*, fait bien ressortir l'opposition entre celui qui croit à la seule réforme intérieure et celui qui se fie entièrement aux institutions. Il s'agit cependant d'un « faux dilemme », le vrai problème étant « celui de l'interaction entre l'inéluctable révolution des institutions et un effort de l'homme sur lui-même ». De même, il faut éviter de donner de Marx une lecture mécaniste. La dialectique de Hegel axée sur « l'action réciproque de la cause et de l'effet » est au cœur du problème et permet de « trouver comment réaliser concrètement cette interaction de l'effort politique et moral ». Coincée entre les deux grands blocs politiques, la France est particulièrement bien placée pour intégrer les « valeurs humaines permanentes » dans le travail politique. Le destin de l'individu moderne dépend de la résolution de ce problème.

Réponse de Camus :]

Ce serait donner une mauvaise idée de ma position que de prendre seulement la branche yogi. Koestler dit lui-même un peu plus loin que ce qu'il faut pour demain, c'est l'alliance dans les mêmes hommes du Yogi et du Commissaire... Il y a une communauté dont on a beaucoup ri dans les journaux, à tort à mon sens. Cela s'appelle la communauté Barbu[1]. Vous avez là l'exemple type de cent cinquante individus qui, lassés d'attendre pour la quatrième génération le triomphe de l'histoire, se sont réunis et ont réalisé entre cent cinquante un état de choses où ils mènent une vie digne, qu'ils reconnaissent eux-mêmes comme étant digne. Il y a dans le statut de la communauté Barbu, que la communauté ne reconnaît comme lois imposées par le cadre provisoire où elle se trouve que celles qui sont conformes aux principes édictés par ses règles. C'est une marque frappante de la volonté d'individus qui se désolidarisent de ce qu'il y a de mauvais et continuent dans la société ce qu'il y a de bon. C'est une position qui essaie de maintenir ce qu'il y a de valable...

Je ne suis pas si pessimiste. Il faudrait que j'analyse presque tous les exemples qu'a pris au début mon ami Friedmann... De même doit être

1. Durant l'Occupation, Marcel Barbu (1907-1984), propriétaire d'une usine de boîtiers de montres, fonde à Valence une communauté de travail en cédant les droits de propriété de son entreprise à ses ouvriers. Au-delà du partage des moyens et des revenus de production, la communauté Barbu propose un idéal de vie communautaire qui englobe la vie familiale, matérielle, morale, culturelle et spirituelle. Après la guerre, Barbu est élu député de la Drôme et propose des projets de loi sur les communautés de travail qui n'aboutiront pas. Souvent raillé par ses pairs à l'Assemblée, il démissionne de son mandat en juin 1946.

examinée de près l'idée de liberté parce qu'on en parle toujours ; il faudrait savoir ce que c'est que la liberté. La liberté de penser, on ne nous l'enlèvera jamais ; donc c'est la liberté d'expression. Il faudrait analyser... Vous parliez du coinçage de l'individu, et par là même du coinçage de la liberté. C'est une assez bonne chose ; non pas qu'il soit coincé !... mais il n'y a de vraie liberté que lorsqu'il y a une sorte de coinçage : il y a liberté, libération et lutte. C'est la condition de l'homme de ne pas posséder une liberté toute faite.

MESSAGE LU PAR JEAN AMROUCHE À LA MAISON DE LA CHIMIE

1946

*Le 18 novembre 1946, la délégation à Paris du parti de l'Istiqlal (parti de l'Indépendance) célèbre à la Maison de la chimie le XIX*e *anniversaire de l'accession au trône du sultan marocain Sidi Mohamed Ben Youssef. Des personnalités arabes et françaises sont invitées à s'exprimer lors de cette réunion placée « sous le signe de l'amitié et des affinités spirituelles qui rapprochent la pensée orientale de l'esprit occidental ». Absent, Albert Camus confie la lecture du texte qui suit à Jean Amrouche*[1]*, Kabyle chrétien dont il a fait la connaissance par l'intermédiaire des Éditions Charlot*[2] *et de la revue* L'Arche. *Le texte de cette allocution, de même que celles des autres intervenants, sera publié par le Bureau de documentation et d'information de l'Istiqlal.*

1. Jean Amrouche fonde la revue *L'Arche* en février 1944 à Alger, sous le patronage d'André Gide. La revue publia *Le Minotaure ou la Halte d'Oran* dans son treizième numéro.

2. Les Éditions Charlot, du nom de leur fondateur Edmond Charlot, publièrent les premières œuvres d'Albert Camus à Alger — dont *L'Envers et l'Endroit* et *Noces*. Camus y dirigea par ailleurs la collection « Poésie et Théâtre ».

« Pendant des années, nous avons vécu côte à côte, dans un désert nu, sous un ciel indifférent[1]... » Ainsi commence le grand livre d'un homme qui a beaucoup vécu et combattu avec les Arabes et qui n'a jamais guéri de la déception que son propre pays lui a infligée en traitant ensuite comme une monnaie d'échange ce peuple où lui-même n'avait trouvé que des frères de combat.

Toutes proportions gardées, j'éprouve le même sentiment de communion et de solitude lorsque je pense à mes amis arabes. Et pour les avoir souvent rejoints dans la peine, je voudrais pouvoir les rejoindre dans le bonheur et la fierté. Mais les occasions en sont rares.

Voilà pourquoi je saisis avec joie celle qui s'offre aujourd'hui de manifester cette solidarité. Puisque vous voilà tous réunis pour fêter votre souverain et lui rendre ce qui lui revient, il ne me sera pas difficile d'adresser, au nom de quelques écrivains français, à Sa Majesté Sidi Mohamed Ben Youssef, sultan du Maroc, des félicitations et des vœux qui n'ont rien d'officiel et qui ne sont que la libre expression de l'amitié respectueuse que des hommes libres portent à celui qui représente aujourd'hui l'espérance, et donc la dignité, de millions de Marocains.

Et il y a peut-être une raison encore plus particulière à l'attention et à la sympathie que des écrivains libres peuvent aujourd'hui porter à votre souverain. Nous n'ignorons pas que son plus grand souci est de répandre l'enseignement

1. Citation des *Sept piliers de la sagesse* de T.E. Lawrence.

dans son peuple autant qu'il le pourra. Et cela est bien calculé. Car la connaissance est toujours universelle, et c'est elle qui réunit, au lieu que l'ignorance sépare. Le meurtre, la haine et la violence ne viennent pas d'un cœur méchant, mais d'une âme ignorante. Celui qui sait, au contraire, se refusera toujours à dominer et à violenter. À la puissance, il préférera toujours l'exemple.

Voilà pourquoi ce souverain, assez averti pour donner tant de place et malgré tant d'obstacles à l'enseignement, travaille pour l'homme tout entier, en même temps qu'il travaille pour son peuple. Je ne serai probablement jamais musulman et je doute qu'aucun d'entre vous, réunis ici, puisse jamais devenir cet animal étrange, instable et démesuré, avide de tout connaître et de tout goûter, vivant de ses contradictions et fou d'une sagesse impossible, qu'on appelle Européen. Mais à un certain degré de la connaissance, ces différences apparaissent nécessaires et même fructueuses, à condition qu'elles s'accompagnent du respect mutuel. Le jour où les Européens cesseront de considérer les Arabes comme un peuple pittoresque et incompréhensible, le jour où les Arabes cesseront de confondre les Européens avec les policiers qui les représentent quelquefois, ce jour-là, le monde sera plus doux à vivre.

Peut-être ce jour est-il encore lointain. Les nations occidentales s'épuisent aujourd'hui dans les querelles de la puissance et rien ne sera réglé tant que la volonté de puissance ne sera pas tuée. Mais, de plus en plus, des hommes s'élèvent qui ont compris cela. Ils sont marocains ou français ou de tout autre pays. Ce qui est sûr, c'est qu'ils sont ensemble et qu'ils mènent ensemble le même combat. Leur devoir est de travailler pour la connaissance et de créer par là les valeurs universelles qui nous permettront de vivre le cœur en paix dans un monde en paix. Voilà pourquoi le respect que nous portons à votre souverain se nuance de gratitude, pour avoir compris cela.

Amis marocains, le seul langage qui soit à la mesure de ce jour anniversaire est celui de la vérité. Disons donc qu'il est vrai que nos cœurs ne sont pas en paix et que nous aspirons à cette entente qui, enfin, fera de nous les frères égaux que nous sommes. Disons encore que nous sommes tous conscients des obstacles que l'égoïsme et l'intérêt dressent encore aujourd'hui devant nous. Mais disons aussi que, chacun de notre côté, et jamais dans l'esprit de la haine, nous allons continuer de faire ce qu'il faut pour que les barrières tombent enfin. D'ici là, soyez sûrs que sous le ciel indifférent de la puissance, et dans ce désert nu d'Afrique où j'ai vécu et qui m'a fait une âme un peu semblable à la vôtre, nous continuerons de combattre côte à côte pour une plus grande et meilleure idée de l'homme.

PHARISIEN : Membre d'une secte juive apparue au IIème S a. JC. (L'attachement des pharisiens à la loi de Moïse et aux traditions des anciens a sauvé le Judaïsme après 70. Leur intransigeance et leur formalisme leur valurent bien des attaques dont on retrouve des échos dans les Evangiles. Litt. "homme hypocrite ou orgueilleux"

L'INCROYANT ET LES CHRÉTIENS. CONFÉRENCE AU COUVENT DE LATOUR-MAUBOURG

1946

Répondant à l'invitation du révérend-père Jean Maydieu, qu'il a rencontré sous l'Occupation, Albert Camus participe le 1er décembre 1946 à une rencontre avec des chrétiens au couvent de Latour-Maubourg dans le septième arrondissement de Paris. Il donne à cette occasion une conférence que l'on retrouve dans Actuelles, *sous le titre « L'Incroyant et les chrétiens ». Cependant, un compte rendu de la même réunion, qui paraît en avril 1949 dans la revue dominicaine* La Vie intellectuelle, *cite des propos tenus par Camus qui n'apparaissent pas dans la version d'*Actuelles. *Aucune indication ne permettant de situer ces propos dans l'exposé original de Camus, ils ont été ici placés à la suite de la version parue dans* Actuelles.

Puisque vous avez bien voulu demander à un homme qui ne partage pas vos convictions de venir répondre à la question très générale que vous posez au cours de ces entretiens — avant de vous dire ce qu'il me semble que les incroyants attendent des chrétiens —, je voudrais tout de suite reconnaître cette générosité d'esprit par l'affirmation de quelques principes.

Il y a d'abord un pharisaïsme laïque auquel je m'efforcerai de ne pas céder. J'appelle pharisien laïque celui qui feint de croire que le christianisme est chose facile, et qui fait mine d'exiger du chrétien, au nom d'un christianisme vu de l'extérieur, plus qu'il n'exige de lui-même. Je crois en effet que le chrétien a beaucoup d'obligations, mais que ce n'est pas à celui qui les rejette lui-même d'en rappeler l'existence à celui qui les a déjà reconnues. Si quelqu'un peut exiger quelque chose du chrétien, c'est le chrétien lui-même. La conclusion est que si je me permettais, à la fin de cet exposé, de revendiquer de vous quelques devoirs, il ne pourrait s'agir que des devoirs qu'il est nécessaire d'exiger de tout homme aujourd'hui, qu'il soit chrétien ou qu'il ne le soit pas.

En second lieu, je veux déclarer encore que, ne me sentant en possession d'aucune vérité absolue et d'aucun message, je ne partirai jamais du principe que la vérité chrétienne est illusoire, mais seulement de ce fait que je n'ai pu y entrer. Pour illustrer cette position, j'avouerai volontiers ceci : il y a trois ans, une controverse m'a opposé à l'un d'entre vous et non des moindres[1]. La fièvre de ces années, le souvenir difficile de deux ou trois amis assassinés, m'avaient donné cette prétention. Je puis témoigner cependant que, malgré quelques excès de langage venus de François Mauriac, je

1. En 1944-1945, une vive polémique oppose François Mauriac à Albert Camus sur le sujet de l'épuration. Si le premier s'inquiète dans *Le Figaro* des dérives d'une justice populaire, le second défend dans *Combat* une justice réparatrice « sans haine mais sans pitié » pour les élites compromises.

* PHARISAÏSME : Attachement exagéré aux détails de la pratique religieuse // Manifestation ostentatoire et hypocrite de vertu ou de piété.

n'ai jamais cessé de méditer ce qu'il disait. Au bout de cette réflexion, et je vous donne ainsi mon opinion sur l'utilité du dialogue croyant-incroyant, j'en suis venu à reconnaître en moi-même, et publiquement ici, que, pour le fond, et sur le point précis de notre controverse, M. François Mauriac avait raison contre moi.

Ceci dit, il me sera plus facile de poser mon troisième et dernier principe. Il est simple et clair. Je n'essaierai pas de modifier rien de ce que je pense ni rien de ce que vous pensez (pour autant que je puisse en juger) afin d'obtenir une conciliation qui nous serait agréable à tous. Au contraire, ce que j'ai envie de vous dire aujourd'hui, c'est que le monde a besoin de vrai dialogue, que le contraire du dialogue est aussi bien le mensonge que le silence, et qu'il n'y a donc de dialogue possible qu'entre des gens qui restent ce qu'ils sont et qui parlent vrai. Cela revient à dire que le monde d'aujourd'hui réclame des chrétiens qu'ils restent des chrétiens. L'autre jour, à la Sorbonne, s'adressant à un conférencier marxiste, un prêtre catholique disait en public que, lui aussi, était anticlérical. Eh bien ! je n'aime pas les prêtres qui sont anticléricaux pas plus que les philosophies qui ont honte d'elles-mêmes. Je n'essaierai donc pas pour ma part de me faire chrétien devant vous. Je partage avec vous la même horreur du mal. Mais je ne partage pas votre espoir et je continue à lutter contre cet univers où des enfants souffrent et meurent.

Et pourquoi ici ne le dirais-je pas comme je l'ai écrit ailleurs ? J'ai longtemps attendu pendant ces années épouvantables qu'une grande voix s'élevât à Rome. Moi incroyant ? Justement. Car je savais que l'esprit se perdrait s'il ne poussait pas devant la force le cri de la condamnation. Il paraît que cette voix s'est élevée. Mais je vous jure que des millions d'hommes avec moi ne l'avons pas entendue et qu'il y avait alors dans tous les cœurs, croyants ou incroyants, une solitude qui n'a pas cessé de s'étendre à mesure que les jours passaient et que les bourreaux se multipliaient.

On m'a expliqué depuis que la condamnation avait bel et bien été portée. Mais qu'elle l'avait été dans le langage des encycliques qui n'est point clair. La condamnation avait été portée et elle n'avait pas été comprise ! Qui ne sentirait ici où est la vraie condamnation et qui ne verrait que cet exemple apporte en lui-même un des éléments de la réponse, peut-être la réponse tout entière que vous me demandez. Ce que le monde attend des chrétiens est que les chrétiens parlent, à haute et claire voix, et qu'ils portent leur condamnation de telle façon que jamais le doute, jamais un seul doute, ne puisse se lever dans le cœur de l'homme le plus simple. C'est qu'ils sortent de l'abstraction et qu'ils se mettent en face de la figure ensanglantée qu'a prise l'histoire d'aujourd'hui. Le rassemblement dont nous avons besoin est un rassemblement d'hommes décidés à parler clair et à payer de leur personne. Quand un évêque espagnol bénit des exécutions politiques, il n'est plus un évêque ni un chrétien et pas même un homme, il est un chien, tout comme celui qui du haut d'une idéologie commande cette exécution sans faire lui-même le travail. Nous attendons et j'attends que se rassemblent ceux qui ne veulent pas être des chiens et qui sont décidés à payer le prix qu'il faut payer pour que l'homme soit quelque chose de plus que le chien.

Et maintenant que peuvent faire les chrétiens pour nous ?

D'abord en finir avec les vaines querelles dont la première est celle du pessimisme. Je crois par exemple que M. Gabriel Marcel aurait avantage à laisser la paix à des formes de pensée qui le passionnent en l'égarant. M. Marcel ne peut pas se dire démocrate et demander en même temps l'interdiction de la pièce de Sartre[1]. C'est une position fatigante pour tout le monde. C'est que M. Marcel veut défendre des valeurs absolues, comme la pudeur et la vérité divine de l'homme, alors qu'il s'agit de défendre les quelques valeurs provisoires qui permettront à M. Marcel de continuer à lutter un jour, et à son aise, pour ces valeurs absolues.

De quel droit d'ailleurs un chrétien ou un marxiste m'accuserait-il par exemple de pessimisme. Ce n'est pas moi qui ai inventé la misère de la créature, ni les terribles formules de la malédiction divine. Ce n'est pas moi qui ai crié ce Nemo bonus, ni la damnation des enfants sans baptême. Ce n'est pas moi qui ai dit que l'homme était incapable de se sauver tout seul et que du fond de son abaissement il n'avait d'espérance que dans la grâce de Dieu. Quant au fameux optimisme marxiste ! Personne n'a poussé plus loin la

1. Philosophe, dramaturge et chroniqueur de théâtre, Gabriel Marcel (1889-1973) jugea honteuses les scènes de torture de la pièce de Jean-Paul Sartre *Morts sans sépulture* en regrettant que cette dernière ne fût pas interdite à Paris après avoir suscité des incidents à Copenhague (*Les Nouvelles littéraires*, 10 novembre 1946).

méfiance à l'égard de l'homme et finalement les fatalités économiques de cet univers apparaissent plus terribles que les caprices divins.

Les chrétiens et les communistes me diront que leur optimisme est à plus longue portée, qu'il est supérieur à tout le reste et que Dieu ou l'histoire, selon les cas, sont les aboutissants satisfaisants de leur dialectique. J'ai le même raisonnement à faire. Si le christianisme est pessimiste quant à l'homme, il est optimiste quant à la destinée humaine. Eh bien ! je dirai que pessimiste quant à la destinée humaine, je suis optimiste quant à l'homme. Et non pas au nom d'un humanisme qui m'a toujours paru court, mais au nom d'une ignorance qui essaie de ne rien nier.

Cela signifie donc que les mots pessimisme et optimisme ont besoin d'être précisés et qu'en attendant de pouvoir le faire, nous devons reconnaître ce qui nous rassemble plutôt que ce qui nous sépare.

• C'est là, je crois, tout ce que j'avais à dire. Nous sommes devant le mal. Et pour moi il est vrai que je me sens un peu comme cet Augustin d'avant le christianisme qui disait : « Je cherchais d'où vient le mal et je n'en sortais pas. » Mais il est vrai aussi que je sais, avec quelques autres, ce qu'il faut faire, sinon pour diminuer le mal, du moins pour ne pas y ajouter. Nous ne pouvons pas empêcher peut-être que cette création soit celle où des enfants sont torturés. Mais nous pouvons diminuer le nombre des enfants torturés. Et si vous ne nous y aidez pas, qui donc dans le monde pourra nous y aider ?

Entre les forces de la terreur et celles du dialogue,

un grand combat inégal est commencé. Je n'ai que des illusions raisonnables sur l'issue de ce combat. Mais je crois qu'il faut le mener et je sais que des hommes, du moins, y sont décidés. Je crains simplement qu'ils se sentent parfois un peu seuls, qu'ils le soient en effet, et qu'à deux millénaires d'intervalle nous risquions d'assister au sacrifice plusieurs fois répété de Socrate. Le programme pour demain est la cité du dialogue, ou la mise à mort solennelle et significative des témoins du dialogue. Après avoir apporté ma réponse, la question que je pose à mon tour aux chrétiens est celle-ci : « Socrate sera-t-il encore seul et n'y a-t-il rien en lui et dans votre doctrine qui vous pousse à nous rejoindre ? »

Il se peut, je le sais bien, que le christianisme réponde négativement. Oh ! non par vos bouches, je le crois. Mais il se peut, et c'est encore le plus probable, qu'il s'obstine dans le compromis, ou bien à donner aux condamnations la forme obscure de l'encyclique. Il se peut qu'il s'obstine à se laisser arracher définitivement la vertu de révolte et d'indignation qui lui a appartenu, voici bien longtemps. Alors les chrétiens vivront et le christianisme mourra. Alors ce seront les autres en effet qui paieront le sacrifice. C'est un avenir en tout cas qu'il ne m'appartient pas de décider malgré tout ce qu'il remue en moi d'espérance et d'angoisses. Je ne puis parler que de ce que je sais. Et ce que je sais, et qui fait parfois ma nostalgie, c'est que, si les chrétiens s'y décidaient, des millions de voix, des millions vous entendez, s'ajouteraient dans le monde au cri d'une poignée de solitaires, qui sans foi ni loi plaident aujourd'hui un peu partout et sans relâche, pour les enfants et pour les hommes.

[Ici débutent les propos d'Albert Camus rapportés par *La Vie intellectuelle*, avril 1949 :]

Puisque vous avez bien voulu demander à un homme qui ne partage pas vos convictions de venir répondre à la question. Mais je ne partage pas votre espoir quand je vois cet univers où les enfants souffrent et meurent.

Ceci dit, comment répondre à votre question : qu'est-ce que nous attendons des catholiques de France ? Je l'élargirai en disant : qu'est-ce que le monde attend des chrétiens ?

Il faudrait peut-être se demander : qu'est-ce que le monde attend ? Nous demandant ce que le monde attend, nous pourrions peut-être nous demander ce qu'est ce monde d'aujourd'hui.

Aujourd'hui, vous me l'accorderez sans doute, le monde vit hors de la grâce, et 80 % des Européens d'aujourd'hui vivent et meurent privés des valeurs qui permettent de fonder une action ou de pacifier une mort. J'ai été, et je suis encore de ceux-là, et les hommes de ma génération, pour peu qu'ils aient une conscience claire, sont de bons exemples de ce que le monde souffre et attend. Et c'est en parlant d'eux que je serai le plus scrupuleux puisque je les connais, et que j'ai la plus grande chance de répondre à votre question.

Je le dirai tout de suite, le grand problème qui travaille le monde aujourd'hui est le problème du mal, et je définis ainsi l'intérêt que le christianisme peut y prendre. Il me semble qu'il sera plus enseignant pour nous tous que je lui garde son caractère historique, en essayant de résumer l'expérience des hommes de ma génération, et en me demandant ce que le christianisme peut faire pour ces hommes au point exact où ils en sont arrivés.

Les Français de ma génération sont nés juste avant la Grande Guerre ; ils sont arrivés à l'âge d'homme à l'époque de la crise économique ; ils avaient vingt ans l'année de la prise du pouvoir par Hitler ; ils ont connu la guerre d'Espagne, Munich, puis la guerre de 1939, puis la défaite et quatre années d'occupation et de luttes clandestines. C'est une génération intéressante, en effet, parce que c'est une génération qui a vécu dans la révolte en face du monde absurde que ses aînés lui fabriquaient.

Si vous vouliez bien y penser, vous reconnaîtriez que tout dans cette génération a été signe de révolte. La littérature était en révolte contre la phrase, le sens, la clarté elle-même ; la peinture contre la forme, le sujet, la réalité ; la musique contre la mélodie. La philosophie nous a enseigné qu'il n'y avait pas de vérité, mais des phénomènes, qu'il pouvait y avoir M. Smith, M. Durand, Herr Vogel, mais qu'entre ces trois entités partielles il n'y avait rien de commun.

L'attitude morale de cette génération était encore plus extrême. Le nationalisme paraissait une vérité dépassée, la religion un exil, vingt-cinq ans de politique internationale nous avaient appris à douter de toute vérité et tout le monde pouvait avoir raison puisque personne n'avait tort. La morale de notre société n'avait pas cessé d'être une monstrueuse hypocrisie.

Ainsi, nous étions donc dans la négation. Et bien entendu ce qui était vrai pour cette génération n'était pas nouveau. Beaucoup d'autres générations dans l'histoire se sont trouvées, elles aussi, dans la négation. Mais ce qu'il y a de nouveau, c'est que cette génération a été obligée, en l'absence de valeurs qui auraient pu l'aider, à se mettre en règle avec le meurtre et avec la terreur. Autrement dit, cette génération s'est trouvée les mains vides, jetée dans une crise de l'homme qu'il faudrait essayer de définir brièvement pour que nous puissions nous rendre compte du problème qui s'est posé.

Comment la définir ? J'ai cherché la façon la plus rapide et la plus concrète : il m'a semblé que si je vous racontais deux courtes anecdotes j'arriverais plus vite à mes fins.

Un de mes camarades avait été arrêté par la Gestapo. Il se trouvait dans l'immeuble de la rue de la Pompe un matin dans une pièce avec deux autres camarades torturés aussi. La concierge de l'immeuble était montée faire le ménage, et comme les gens qui se trouvaient là lui faisaient le reproche de faire le ménage dans des circonstances pareilles, elle répondit : « Je ne m'occupe jamais de ce que font mes locataires ! »

Une autre de ces anecdotes est arrivée à l'un de mes camarades. Il avait été tiré de sa cellule pour être interrogé un peu brutalement ; il portait un pansement autour des oreilles. Revenant le chercher une deuxième fois, un officier allemand, le même qui l'avait interrogé précédemment, lui dit avec une nuance d'affection et même de sollicitude : « Comment vont ces oreilles ? »

Si je vous raconte ces histoires, ce n'est pas à cause de leur caractère sensationnel ; c'est parce qu'il me semble qu'elles caractérisent bien l'état d'esprit devant lequel nous nous sommes trouvés ;

elles caractérisent bien ce que j'appelle la crise de l'homme, car elles nous ont permis à nous de répondre d'une façon autre qu'abstraite à cette question : y a-t-il une crise de l'homme ? Elles ont permis de répondre qu'il y avait certainement une crise de l'homme, si on pouvait envisager la douleur ou la torture avec ces sentiments moyens, avec ces réactions de sensibilité à la fois quotidiennes et médiocres, qui font que ces phénomènes de douleur étaient engagés dans la vie de tous les jours, étaient considérés comme une servitude un peu ennuyeuse, la même que celle qui consiste à faire la queue pour avoir ses tickets.

Il nous était possible peut-être d'accuser l'autre, je veux dire, de dire que tout cela, c'était la faute à Hitler, et que la bête étant morte le venin allait disparaître. Mais nous savons bien que le venin n'a pas disparu, que nous le portons tous dans notre cœur, et que cela se sent encore à la façon dont les hommes, les partis et les nations se regardent avec un reste, ou beaucoup, de colère. J'ai toujours pensé qu'une nation était solidaire de ses traîtres comme de ses héros. Et une civilisation aussi ; et la civilisation blanche occidentale me paraît responsable de ses réussites comme de ses perversions. Il me semble que nous sommes tous solidaires de l'hitlérisme, nous le sommes encore, et nous commençons à devenir solidaires d'autre chose, d'une autre expérience qui commence à se dérouler à travers le monde et dans plusieurs nations.

Eh bien, quelle était cette idéologie, cette crise que j'ai essayé de concrétiser par ces histoires ?

Les gens de mon âge ont été un peu désarçonnés et ont peur. Ensuite, je suppose que quelques-uns ont essayé de réfléchir. Il n'a pas été difficile de voir que pour eux cette crise c'était la montée de la terreur ; je n'insiste pas là-dessus ; et que cette montée de la terreur était due à une série de jugements des valeurs ou des non-valeurs qui consistent à juger non plus un homme en fonction de sa dignité ou de ce que valait sa vie individuelle, mais en fonction d'autres notions comme la réussite ou l'efficacité. La concierge certainement avait un cœur comme tout le monde, mais il y avait un fait qui était l'occupation allemande ; cette occupation allemande signifiait une victoire d'un certain ordre, et cet ordre, puisqu'il était vainqueur, devait fatalement — c'était ennuyeux, mais l'on ne pouvait pas s'y opposer — exercer un certain nombre de libertés dont la liberté de torturer : le plus simple était donc de continuer à faire son ménage et à laisser passer les choses.

Si je précise que cette montée de la terreur est basée sur cette absence de valeurs, c'est qu'il fallait bien que nous essayions de faire un diagnostic pour essayer d'imaginer les remèdes.

Nous avons essayé d'en faire d'autres. Il me semble que cette terreur, cet état d'angoisse, est basé sur l'impossibilité de la persuasion. Les hommes vivent et ne peuvent vivre que sur l'idée qu'en parlant humainement à un homme, on en tire des réactions humaines. Or, il y a des hommes qu'on ne persuade pas. J'imagine même que dans les camps de concentration le SS qui torturait ait pu être persuadé que ce qu'il faisait était bien et que c'était ainsi qu'il fallait procéder. Le camarade à qui on avait tiré les oreilles pouvait-il être persuadé que l'officier allemand était dans la vérité en faisant ce qu'il faisait ? Il y a l'absence de valeurs communes. Ce sera là le refrain de ce court exposé.

• Il y a absence de valeurs communes en ce sens que n'importe qui, vous ou moi, aurait parlé au nom d'un certain nombre de valeurs, confuses mais sur lesquelles on pourrait se mettre d'accord, tandis que pour l'officier allemand il n'y avait pas de valeur commune : il avait l'impression, dans son bureau, d'être le représentant de l'idéologie et un fonctionnaire, mais il trouvait naturel, quand il n'était plus fonctionnaire, d'être humain ; sinon, il devait défendre les valeurs à la base de son État. C'est cela qui fait que Himmler rentrait tous les soirs par la porte de derrière pour ne pas réveiller un canari favori.

Je crois encore que cette terreur est constituée par le remplacement de l'objet naturel par l'abstraction et la bureaucratie. Je n'insisterai pas sur le problème des tickets : vous m'avez compris.

À force de papier, de bureaux et de fonctionnaires, à force de mettre entre les hommes des escaliers et des formules qu'il faut remplir, à force d'interdire toute communication humaine, on arrive à créer ce monde abstrait, où les gens ne jugent plus sur ce que sont les hommes, mais sur ce qu'ils sont en fonction de la doctrine qui préside à l'organisation de cette bureaucratie. Je crois que par exemple aujourd'hui on ne meurt plus, on n'aime plus, on ne tue plus que par procuration. Et c'est cela une bonne organisation. Le problème de la peine de mort serait réglé de tout autre façon si les gens qui prononcent la condamnation à mort étaient obligés de faire ce que j'appellerai le travail.

Cela revient à dire que nous étions, et que nous

sommes toujours, dans un monde où l'homme réel est remplacé par l'homme politique. Il n'y a plus de passion individuelle, mais des passions collectives, c'est-à-dire abstraites. Si nous sommes tous introduits de gré ou de force dans la politique, nous sommes obligés de dire que ce qui compte ce n'est pas qu'on respecte la souffrance d'un homme ou d'une femme, ce qui compte c'est de faire triompher une doctrine.

Tous ces symptômes se résument dans le culte de l'efficacité, basé lui-même sur la suppression des valeurs communes et traditionnelles, et aussi dans le culte de l'abstraction et de l'idéologie. Voilà pourquoi les hommes de l'Europe ne connaissent plus que la solitude et ne peuvent rejoindre tous les autres hommes dans des valeurs qui soient communes. Et comme nous ne sommes plus défendus, ni vous ni moi, par un respect de l'homme basé sur ces valeurs, la seule alternative donnée à ces hommes, c'est d'être, comme je l'ai dit ailleurs[1], ou bien des victimes ou bien des bourreaux.

Voilà ce que les hommes de ma génération ont compris. Ils l'ont compris de façon moins claire et moins détachée que j'ai eu les moyens de vous le dire. Ils l'ont compris de façon obscure, et quelquefois beaucoup plus dans leur peau que dans leur esprit. Mais ils se sont dit qu'il fallait régler leurs rapports avec cet état de choses. C'est là que commence le problème. Nous devions régler cela avec les valeurs dont nous disposions, c'est-à-dire

1. Camus fait ici référence à son article « Sauvez les corps », paru dans la série « Ni victimes, ni bourreaux » (*Combat*, 19-30 novembre 1946).

avec rien. C'est ainsi qu'il nous a fallu entrer dans cette guerre et cette terreur à la fois sans consolation et sans certitude, et comme des aveugles qui cherchaient l'issue. Nous savions vaguement par un sursaut du corps que nous ne pourrions pas céder à un certain ordre de choses, mais nous ne savions pas justifier cela. Les plus clairvoyants s'apercevaient qu'ils n'avaient en eux-mêmes aucun principe pour s'opposer à la terreur, et s'ils le faisaient, ils le faisaient de façon gratuite.

Car si l'on ne croit rien, si rien n'a de sens, si l'on ne peut affirmer ni nier aucune valeur, tout est permis et rien n'a d'importance. Faire son ménage ou torturer des hommes et des femmes, tout cela ne représente pas de différence tellement considérable. Personne n'a tort ni raison. On peut passer des millions d'innocents au four crématoire comme on peut se dévouer à soigner des lépreux. Tout cela s'équivaut parfaitement. Et puisque nous pensions que rien n'a de sens, il fallait conclure que celui qui a raison, c'est celui qui réussit afin de ne pas être dupe dans cet univers où rien ne pouvait se justifier. Des tas de gens intelligents et sceptiques disent que si Hitler avait gagné la guerre, l'Histoire aurait consacré son règne et dit qu'il était un grand homme d'État. Et il n'y a pas de doute qu'alors beaucoup des hommes qui [*se*] sont opposés à lui auraient fini par dire et écrire, pour que cela rentre dans l'Histoire, que d'une certaine manière ses moyens pouvaient se justifier puisque la fin avait été atteinte.

Quelques-uns parmi nous, reculant tout de même devant ces extrémités, ont cru pouvoir penser qu'en l'absence de toute valeur supérieure, on pouvait croire que l'Histoire avait un sens ; en tout cas, ils ont agi comme s'ils le pensaient. Ils disaient que cette guerre était nécessaire parce qu'elle liquiderait l'ère des nationalismes et préparerait l'ère des Empires auxquels succéderait le paradis sur terre.

Ils arrivaient ainsi au même résultat que s'ils avaient pensé que rien n'a de sens, car l'Histoire a un sens total ou ce n'est rien. Ils ont agi comme si nous nous dirigions tous ensemble vers un but définitif. Ils pensaient et agissaient suivant un principe de Hegel que je me permets de trouver détestable : « L'homme est fait pour l'Histoire et non pas l'Histoire pour l'homme. » En vérité, tout le réalisme qui guide les destinées du monde me paraît sortir d'une philosophie politique à l'allemande, suivant laquelle l'univers se dirige selon des voies rationnelles vers un univers définitif. Les résultats sont les mêmes. S'il est vrai que l'Histoire obéit à une logique et à une fatalité, s'il est vrai que l'État féodal doit succéder à l'État anarchique, puis les nations à la féodalité, et les Empires aux nations, et la Société Universelle aux Empires ; alors tout ce qui sert cette marche de l'Histoire est bon et les accomplissements de l'Histoire, ce sont les vérités définitives : il n'y a qu'à attendre qu'elles arrivent.

Comme elles ne peuvent arriver que par les moyens ordinaires, guerres, mensonges, ruses et meurtres individuels et collectifs, on justifie tous les actes non pas en ce qu'ils sont bons ou mauvais, mais en ce qu'ils sont efficaces ou non.

C'est ainsi que dans le monde d'aujourd'hui, et depuis dix ans, les hommes de ma génération ont été livrés pendant des années à la double tentation de penser que rien n'avait de sens ou que seul avait de sens l'abandon à la fatalité historique. C'est ainsi que beaucoup ont succombé à l'une ou l'autre de ces tentations, et que le monde est resté livré à la volonté de puissance, c'est-à-dire à la terreur.

Regardez les choses autour de vous, et dites-moi si ce tableau est exagéré. Nous sommes véritablement dans les chaînes de la violence et de la puissance, et nous y étouffons. Que ce soit à l'intérieur des nations ou par-dessus les frontières, la cupidité, le ressentiment, la ruse, la méfiance, le mensonge, l'arrière-pensée, sont en train de nous fabriquer un univers assez désespérant, où l'homme se trouve privé de cette part de lui-même qui n'appartient pas à l'Histoire, la réflexion, le loisir, un certain avenir ; je n'en demande pas beaucoup, seulement le culte du bonheur et du loisir le plus simple.

Régler ce problème, je n'ai pas besoin de vous dire que cela ne nous a pas été donné. Les problèmes de ce genre, qui sont à l'échelle de l'Histoire, ne se règlent sans doute ni par l'œuvre de quelques-uns ni même par l'œuvre d'une génération. Il y faut du temps, et c'est peut-être une des logiques de l'Histoire qu'il y faille beaucoup de sacrifices et quelquefois des sacrifices gratuits.

Cependant, je crois pouvoir dire qu'il nous a semblé que nous étions justifiés, nous qui pensions que rien ou peu de chose avait du sens, à lutter contre cet ordre et contre cet univers. Si je ne refais pas le raisonnement, non pas philosophique mais moral, qui nous a amenés à cette conclusion, c'est qu'il m'amènerait un peu loin.

Je vais le résumer. Étant donné que nous nous trouvions devant ce monde et qu'il fallait faire quelque chose pour ne pas l'accepter, comme nous ne pouvions nous dresser devant ce monde qu'avec rien, il a fallu que nous trouvions dans notre révolte les moyens et les raisons de nous opposer à ce monde.

Est-ce un sophisme ou une vérité sur le plan de l'Évangile, je n'en sais rien, mais nous y sommes arrivés. Je voudrais insister là-dessus. Quand nous refusions un certain ordre de choses, un certain ordre de valeurs, il y avait peut-être un non dans ce refus, mais il y avait peut-être aussi un oui. Je veux dire que d'une certaine manière nous affirmions qu'il y avait un certain ordre dont nous ne voulions pas, mais aussi qu'il y avait en nous quelque chose qui valait mieux que cela. Et nous pouvions dire que, dans la mesure où les gens qui ont lutté et se sont battus sur ce plan et dans cette direction acceptaient de mourir pour cette vérité qu'ils entrevoyaient, ils prouvaient par là même qu'il s'agissait d'une vérité qui les dépassait. Pratiquement, ce n'était pas parce que eux étaient les victimes de cette oppression qu'ils entraient dans cette lutte, mais parce que beaucoup de gens pour qui ils acceptaient de mourir étaient les victimes de cette oppression.

Il ne serait pas difficile de trouver là-dedans les fondements d'une théorie de la communication des hommes entre eux qui pourrait nous donner les deux ou trois valeurs provisoires dont nous avons besoin.

C'est cela que nous ne pouvions pas admettre, que les hommes soient séparés par la terreur, ou la dureté, ou la bureaucratie. Nous ne pouvions pas accepter cette scission fondamentale entre des hommes qui communient pour une certaine partie des valeurs.

Il nous a été facile de penser, et c'est ma seule conviction aujourd'hui, que c'est cette communication que nous avons à défendre. Il n'est pas difficile de tirer des valeurs de sincérité, de justice et de liberté, qui permettraient de donner la règle d'une action provisoire. Si nous voulons maintenir cette communication entre nous, nous sommes obligés de demander la justice entre les hommes. Entre opprimés et oppresseurs il n'y a qu'un silence ; entre maîtres et esclaves, de même. Et de la même façon, nous sommes obligés de demander la sincérité, car ce qui sépare les hommes, c'est autant le mensonge que l'avarice.

C'est là que personnellement j'en suis, et que peut-être beaucoup d'hommes en sont encore. Et c'est là peut-être que nous pouvons nous demander ce que le christianisme peut faire pour nous.

Si nous pensons cela, et je le pense, qu'est-ce que nous devons faire ? Je dirai d'abord : qu'est-ce que je dois faire ; cela entraînera : qu'est-ce que les chrétiens doivent faire ?

Je dirai que nous devons appeler les choses par leur nom et bien nous rendre compte que nous tuons des millions d'hommes, ou que nous souscrivons au meurtre de millions d'hommes, chaque fois que nous consentons à penser certaines pensées. On ne pense pas mal quand on est un meurtrier. On est un meurtrier parce qu'on pense mal. On peut être un meurtrier sans avoir tué apparemment. Et c'est ainsi que plus ou moins nous sommes tous ici des meurtriers. La première chose à faire, c'est le rejet pur et simple par la pensée et par l'action de toute forme de pensée réaliste et fataliste.

La deuxième chose à faire, c'est de décongestionner le monde de la terreur qui y règne. Si le mal qui règne dans le monde aujourd'hui tient en partie à l'absence de valeurs, peut-être que nous avons besoin de réfléchir à ces valeurs, de pousser notre réflexion jusqu'au point où nous pourrons trouver les choses qui nous unissent. Mais, nous ne les trouverons pas dans la terreur. Et, pour des raisons de pur réalisme, je pense que la suppression de la peine de mort peut être un procédé de décongestionnement.

La troisième chose à faire est de remettre la politique à sa vraie place. C'est un langage anachronique. Il ne s'agit pas de donner à ce monde un évangile ou un catéchisme politique ou moral. Le grand malheur de notre temps, c'est qu'il prétend nous munir d'un catéchisme, d'un évangile, et même d'un art d'aimer. Le rôle de la politique, c'est de faire le ménage. J'ignore s'il existe un absolu, mais je sais qu'il n'est pas de l'ordre politique. L'absolu n'est pas l'affaire de tous, mais l'affaire de chacun. Et tous doivent régler leurs rapports entre eux de façon que chacun puisse s'occuper quand il le voudra de l'absolu. Je pense que notre vie appartient aux autres, mais je pense aussi que notre mort nous appartient tout à fait exclusivement. Et c'est ma définition de la liberté.

La quatrième chose à faire me paraît être de rechercher et de créer, à partir de la négation pour ceux qui ne sont pas chrétiens, et à partir de la certitude pour les gens qui sont chrétiens, les valeurs provisoires et intermédiaires qui permettront à des hommes de bonne volonté, et quelle que soit leur croyance, de se réunir à ce plan intermédiaire, sur ce plan commun. C'est le travail des philosophes, et je n'insisterai pas là-dessus.

La cinquième chose me paraît être de bien comprendre que cette attitude revient à créer un universalisme moyen, c'est-à-dire un universalisme au niveau moyen de l'homme. Pour sortir de la solitude, je crois qu'il faut parler, et parler franc, et ne jamais mentir, et dire toute la vérité que l'on sait. Et en particulier je crois qu'il est impossible de réaliser cet universalisme sans faire la part de la personnalité. Cela revient à dire qu'aucun homme à lui seul ne peut donner pour aucun peuple les mots de la fin, les mots de l'explication et la doctrine qui peut servir à tous. Cela me paraît absolument irréalisable si ce n'est pas basé sur une morale commune.

Cela revient à dire que nous avons à réaliser des communautés, entre vous chrétiens, entre nous, disons solitaires, et entre d'autres gens qui sont des partis et par conséquent pas solitaires ; lesquelles communautés auront pour règle de faire ce travail de spéculation et de défendre les valeurs dont nous avons besoin dans la vie de tous les jours, dans la politique de tous les jours, chaque fois que cela sera nécessaire. Et c'est ici qu'intervient le rôle des chrétiens.

Que peuvent faire les chrétiens pour nous ? Cela signifie que les mots de pessimisme et d'optimisme, comme beaucoup d'autres mots, sont des mots qu'on aurait besoin de préciser et de réviser, et qui sous-tendent des querelles qu'il faut essayer de repousser un peu pour régler les problèmes les plus importants et les plus urgents.

La deuxième chose à dire devant un auditoire chrétien, c'est que la situation est aujourd'hui sans compromis, et que les chrétiens n'ont que faire du compromis. Ceci représente la condamnation du MRP pour moi. Le chrétien doit crier. Nous n'avons pas besoin de son sourire : il y en a beaucoup autour de Saint-Sulpice ! Nous avons besoin de son cri. Je ne le dirai jamais assez fort.

En troisième lieu, le chrétien doit définir ces valeurs provisoires. Il doit y jouer son rôle. Et simplement je pense qu'il faut que nous définissions — et que le chrétien se définisse bien à lui-même — quelle est la qualité du travail qu'on peut être à même de lui demander aujourd'hui. Pour le christianisme, cela consiste à rester lui-même, c'est-à-dire à rejeter sans nuance absolument toutes les idéologies modernes. Il y a un travail d'adaptation qui a été souvent la richesse et le retentissement du christianisme, mais qui peut lui devenir funeste s'il n'est pas capable de se raidir sur ses bases morales et traditionnelles qui sont les siennes. Il doit être à même de bien comprendre qu'aujourd'hui je ne pense pas que le monde ait besoin d'une morale de héros et de saints ; ce qui lui a fait le plus de mal, c'est certainement l'héroïsme. La première chose à faire devrait être une critique en forme de l'héroïsme. Je ne serais pas d'avis que ce soit M. Duhamel qui la fît, mais je suis d'avis que ce pourrait être quelqu'un qui ait donné des preuves qu'il était à même de considérer ces problèmes avec une sorte d'égalité dans le niveau, si j'ose dire.

Il s'agit enfin pour le chrétien — et c'est là-dessus que je risque de terminer — de prendre clairement son propre langage. Il y a dans la métaphysique chrétienne et dans l'attitude chrétienne en général quelque chose qui a fait sa richesse et qui devrait continuer de la faire : à ma connaissance, c'est une des rares philosophies cohérente, capable de jouer à la fois sur le plan historique et sur le plan éternel. Malheureusement, cela a pu conduire à quelques excès. Le sens historique s'est transformé en réalisme, et le sens éternel en quasi-indifférence à l'égard des problèmes sociaux et des problèmes immédiats. Je crois au contraire que les chrétiens dans leur pensée et dans leur action devraient essayer de se servir de leur sens historique pour reconnaître l'urgence du problème qui se pose, mais aussi du problème éternel, pour en refuser jusqu'au bout la dégradation. Cela demande un langage clair.

Et je ne vois pas pourquoi ici je ne le dirais pas, comme je l'ai écrit ailleurs, en espérant ne pas vous choquer trop. J'ai longtemps attendu, pendant les années épouvantables de la guerre, qu'une grande voix s'élevât à Rome. Quand un évêque espagnol bénit des exécutions politiques — je m'excuse de ce que je vais dire — il n'est ni un évêque ni un chrétien, pas même un homme : il est un assassin. Et je pense que le devoir du chrétien — et Dieu sait que certains l'ont soutenu ! —, ce devoir, c'est de dire qu'en effet cet évêque est un assassin. Et tous les hommes n'ont pas d'autre tâche que de faire ce qu'il faut pour que le moins possible de gens soient des assassins, et pour que le métier d'homme puisse être élevé au-dessus du métier d'assassin.

C'est tout ce que j'avais à dire. Ce que je sais et qui fait parfois ma nostalgie, c'est que si les chrétiens s'y décidaient dans le monde, des millions de voix se joindraient à une poignée de solitaires qui un peu partout et sans relâche sont en train de plaider aujourd'hui pour les enfants et pour les hommes.

L'ESPAGNE ? JE CROIS QUE JE NE SAIS PLUS EN PARLER...

1946-1947

« Deuxième patrie » d'Albert Camus, dont les grands-parents maternels étaient originaires de Minorque, l'Espagne occupe une place particulière dans la vie, l'œuvre et l'engagement de l'auteur. Des révoltes minières de 1934, sujet de la pièce Révolte dans les Asturies *(1936) dont il est un des co-auteurs, à sa protestation contre l'entrée de l'Espagne de Franco à l'UNESCO, en passant par le sort des exilés fuyant le franquisme, Camus ne cessera de multiplier les appels, articles et interventions en faveur des républicains espagnols. Le texte qui suit semble avoir été rédigé fin 1946 ou début 1947 et rien ne permet d'affirmer que son auteur l'a prononcé en public. Son style laissant supposer qu'il était destiné à l'être, le parti a été pris de l'intégrer au présent volume.*

L'Espagne ? Je crois que je ne sais plus en parler. En 1938, les hommes de mon sang et de mon âge ont partagé la révolte et le désespoir de la République espagnole. En 1944, nous avons partagé son immense espoir et j'ai parlé pour elle comme je le pouvais. Puisque nous avions été dans la même défaite, mon idée était que nous devions être dans la même victoire. Mais apparemment, mon idée n'était pas raisonnable. Et nous avons parlé en vain et il n'y a de victoire aujourd'hui pour personne puisqu'il n'y a pas de justice pour l'Espagne. La justice est comme la démocratie, elle est totale ou elle n'est pas. Qui osera me dire que je suis libre quand les plus fiers de mes amis sont encore dans les prisons d'Espagne ? Non, il ne reste plus qu'à se taire et à être fidèle.

Camarades espagnols, nous savons maintenant que le monde est lâche. Vous avez cru être un exemple et vous n'étiez qu'un enjeu. C'est une histoire qui remonte loin et c'est une dérision qui nous est commune. Le sang, la lutte, l'exil, la fureur, tout cela pour le moment est vain. Quand on n'a pour soi que la justice, la noblesse et le droit, autant dire qu'on n'a rien aux yeux des réalistes. Et les réalistes aujourd'hui gouvernent le monde et se déchirent entre eux. Vous avez cru que votre terre était celle de Cervantès, de Calderón, de Goya et de Machado. On vous démontre tous les jours qu'elle n'est aux yeux des réalistes que la terre du mercure et de quelques ports qui intéressent les militaires.

Mais un jour viendra peut-être où l'on ne mesurera plus la grandeur au nombre de canons et à l'échelle des destructions, où la civilisation déjà agonisante voudra revenir aux sources de l'esprit et retrouver un art de vivre. Cette heure-là, cette heure de vérité sera d'abord et surtout celle de l'Espagne, dernier pays de la civilisation vraie. Oui, c'est cette heure que j'attends au milieu de vous tous, avec le même espoir invincible et aveugle, la même obstination à vivre qui finit par forcer les victoires, compenser la douleur et relever la justice. Ce jour-là, et pour la première fois depuis huit ans, un énorme poids de honte et d'amertume sera soulevé et je pourrai enfin respirer librement. Ce jour-là votre liberté sera la nôtre. Comme est le nôtre votre dur silence d'aujourd'hui.

JE RÉPONDS...

1948

Le 25 mai 1948, l'acteur de théâtre et ancien pilote Garry Davis renonce à la nationalité américaine et s'autoproclame « citoyen du monde ». En septembre, il demande asile aux Nations unies, dont l'assemblée générale se réunit à Paris, et appelle à la création d'un gouvernement mondial. Camus rejoint le comité de solidarité de Davis qui se crée alors. Après un premier article sur le sujet paru le 20 novembre dans Franc-Tireur, *il participe à un meeting le 3 décembre à la Salle Pleyel à Paris. Albert Camus y prononce une allocution qui sera reproduite sous la forme d'une entrevue dans la première livraison de* Patrie mondiale, *revue éphémère lancée par le comité de solidarité de Davis, puis le 9 décembre dans* Combat.

Q. : Que faites-vous là ?

R. : Ce que nous pouvons.

Q. : À quoi cela sert-il ?

R. : À quoi sert l'ONU ?

Q. : Pourquoi Davis ne va-t-il pas parler en Russie soviétique ?

R. : Parce que l'on ne l'y laisse pas entrer. En attendant, il le dit au délégué soviétique comme aux autres.

Q. : Pourquoi Davis ne va-t-il pas parler aux USA ?

R. : Soyons logiques. Vous dites tous les jours que l'ONU est une colonie américaine.

Q. : Pourquoi n'abandonnez-vous pas la nationalité française ?

R. : C'est une bonne objection, un peu perfide, ce qui est naturel puisqu'elle nous vient de nos amis. Voici ma réponse : Davis a abandonné de très nombreux privilèges en abandonnant la nationalité américaine. Or, être Français suppose, aujourd'hui, plus de charges que de privilèges. Il est bien difficile, si on a de l'exigence, de renoncer à son pays quand il est dans le malheur.

Q. : Le geste de Davis ne vous paraît-il pas spectaculaire, partant suspect ?

R. : Ce n'est pas de sa faute si la simple évidence est aujourd'hui spectaculaire. Toute proportion gardée, Socrate aussi donnait des spectacles permanents sur la place des marchés. Et on n'est pas arrivé à lui prouver qu'il avait tort, sinon en le condamnant à mort. C'est justement la forme de réfutation qui est la plus usitée dans la société politique contemporaine. Mais c'est aussi la manière la plus ordinaire qu'a cette société d'avouer sa dégradation et son impuissance.

Q. : Ne voyez-vous pas que Davis sert l'impérialisme américain ?

R. : Davis, en abandonnant la nationalité américaine, se désolidarise de cet impérialisme-là comme des autres. Cela lui donne le droit de condamner cet impérialisme, droit qu'il me paraît difficile d'accorder à ceux qui veulent limiter toutes les souverainetés, sauf la soviétique.

Q. : Ne voyez-vous pas que Davis sert l'impérialisme soviétique ?

R. : Même réponse que la précédente en inversant, j'ajoute ceci : les impérialismes sont comme les jumeaux, ils grandissent ensemble et ne peuvent se passer l'un de l'autre.

Q. : Les souverainetés sont des réalités, ne voyez-vous pas qu'il faut tenir compte des réalités ?

R. : Le cancer aussi est une réalité. On cherche pourtant à le guérir et personne n'a eu encore le front de dire que pour guérir un cancer qui s'est greffé sur un tempérament trop sanguin, il faille manger de plus en plus de beefsteaks. Il est vrai que les médecins ne se sont jamais pris pour des chefs d'Église qui détiennent toute la vérité. C'est leur avantage sur nos hommes politiques.

Q. : Cela empêche-t-il que dans les circonstances historiques actuelles la limitation des souverainetés soit une utopie ? (Objection présentée par *Le Rassemblement*[1], article non signé.)

R. : C'est le général de Gaulle qui va répondre au *Rassemblement*. Il a dit en effet, à propos de la Ruhr, qu'on n'était pas obligé d'avoir une bonne solution en main pour discerner et refuser une mauvaise solution. Par ailleurs, Davis propose une solution et c'est vous qui la déclarez utopique. Vous nous faites penser à ces chefs de famille qui, au nom des réalités justement, mettent en garde leur rejeton contre l'esprit d'aventure. Finalement

1. Publication hebdomadaire du Rassemblement du peuple de France (RPF) du général de Gaulle, *Le Rassemblement* était dirigé par Albert Ollivier que Camus avait côtoyé à *Combat*.

il arrive que le rejeton honore la famille dans la mesure où il a désobéi à son père et quitté l'épicerie natale. L'histoire ainsi n'est jamais qu'une utopie qui prend chair.

Q. : Ne voyez-vous pas que les USA sont le seul obstacle à l'établissement du socialisme dans le monde ? (Cette question se trouve formulée parfois d'une autre manière : Ne voyez-vous pas que l'URSS est le seul obstacle à la liberté du monde ?)

R. : Si vous avez la guerre que vous prévoyez avec une obstination digne d'un meilleur emploi, la somme des destructions et des souffrances qui s'abattront sur le monde, et dont la Deuxième Guerre mondiale ne donne qu'une faible idée, rendra tout avenir historique imprévisible. Je ne donnerai pas cher ni de la liberté ni du socialisme dans une Europe couverte de ruines et où les hommes n'auront même plus la force de crier leur douleur.

Q. : Cela veut-il dire que vous choisirez la capitulation plutôt que la guerre ?

R. : Je sais que certains d'entre vous donnent volontiers à choisir entre la pendaison ou la fusillade. C'est l'idée qu'ils se font de la liberté humaine. Nous, nous faisons ce que nous pouvons pour que ce choix ne devienne pas inévitable. Vous, vous faites ce qu'il faut pour que ce choix devienne inévitable.

Q. : Mais s'il est inévitable, que ferez-vous ?

R. : Si vous arrivez, ce que je ne crois pas, à rendre cela inévitable, nous n'aurons pas d'autre choix que l'agonie du monde. Le reste, c'est du journalisme, et du pire.

J'ai terminé et je poserai, pour finir, une question à nos contradicteurs. C'est bien mon tour. Sont-ils sûrs, dans le fond de leur cœur, que la conviction politique ou la doctrine qui les anime est assez infaillible pour qu'ils rejettent sans y réfléchir les avertissements de ceux qui leur rappellent le malheur de millions de créatures, le cri de l'innocence, le bonheur le plus simple, et qui leur demandent de mettre ces pauvres vérités en balance avec leurs espérances même légitimes. Sont-ils sûrs d'avoir suffisamment raison pour risquer ne fût-ce qu'une chance sur mille de rapprocher encore le danger de la guerre atomique. Oui, sont-ils si sûrs d'eux-mêmes, et si prodigieusement infaillibles qu'il leur faille passer sur tout, c'est une question que nous leur posons, qui leur a déjà été posée et dont nous attendons toujours qu'ils y répondent.

★ CARLO LEVI 1902 - 1975
Son récit "Le Christ s'est arrêté à EBOLI" (1945) est consacré à à son séjour d'exilé politique pour activité antifasciste, dans un petit village de LUCANIE.

LE TÉMOIN DE LA LIBERTÉ

1948

Fin 1947, David Rousset, Jean-Paul Sartre et Georges Altman, entre autres, créent le Rassemblement démocratique révolutionnaire (RDR), mouvement politique proposant une troisième voie alternative à la division de la gauche entre le bloc atlantiste et le bloc soviétique. Sans en être membre, Camus est un sympathisant du RDR et de sa revue La Gauche *dans laquelle il publie deux textes au cours de l'année 1948. Le 13 décembre, Camus s'exprime à la Salle Pleyel (Paris) devant plus de 4 000 personnes à l'occasion d'un meeting du RDR auquel participent également André Breton, Jean-Paul Sartre, Richard Wright ou encore Carlo Levi. Le texte de l'allocution d'Albert Camus sera publié dans le dixième numéro de* La Gauche *du 20 décembre 1948 puis dans le premier numéro de la revue* Empédocle[1] *(avril 1949) sous le titre « L'Artiste est le témoin de la liberté ».*

1. Créée par Albert Béguin, Albert Camus, René Char, Guido Meister et Jean Vagne, la revue mensuelle *Empédocle* paraît d'avril 1949 à juillet-août 1950.

Nous sommes dans un temps où les hommes, poussés par de médiocres et féroces idéologies, s'habituent à avoir honte de tout. Honte d'eux-mêmes, honte d'être heureux, d'aimer ou de créer. Un temps où Racine rougirait de *Bérénice* et où Rembrandt, pour se faire pardonner d'avoir peint la *Ronde de nuit*, courrait s'inscrire à la permanence du coin. Les écrivains et les artistes d'aujourd'hui ont ainsi la conscience souffreteuse et il est de mode parmi nous de faire excuser notre métier. À la vérité, on met quelque zèle à nous y aider. De tous les coins de notre société politique, un grand cri s'élève à notre adresse et qui nous enjoint de nous justifier. Il faut nous justifier d'être inutiles en même temps que de servir, par notre inutilité même, de vilaines causes. Et quand nous répondons qu'il est bien difficile de se laver d'accusations aussi contradictoires, on nous dit qu'il n'est pas possible de se justifier aux yeux de tous, mais que nous pouvons obtenir le généreux pardon de quelques-uns, en prenant leur parti, qui est le seul vrai d'ailleurs si on les en croit. Si ce genre d'argument fait long feu, on dit encore à l'artiste : « Voyez la misère du monde. Que faites-vous pour elle ? » À ce chantage cynique, l'artiste pourrait répondre : « La misère du monde ? Je n'y ajoute pas. Qui parmi vous peut en dire autant ? » Mais il n'en reste pas moins vrai qu'aucun d'entre nous, s'il a de l'exigence, ne peut rester indifférent à l'appel qui monte d'une humanité désespérée. Il faut donc se sentir coupable, à toute force. Nous voilà traînés au confessionnal laïque, le pire de tous.

Et pourtant ce n'est pas si simple. Le choix qu'on nous demande de faire ne va pas de lui-même ; il est déterminé par d'autres choix, faits antérieurement. Et le premier choix que fait un artiste, c'est précisément d'être un artiste. Et s'il a choisi d'être un artiste, c'est en considération de ce qu'il est lui-même et à cause d'une certaine idée qu'il se fait de l'art. Et si ces raisons lui ont paru assez bonnes pour justifier son choix, il y a des chances pour qu'elles continuent d'être assez bonnes pour l'aider à définir sa position vis-à-vis de l'histoire. C'est là du moins ce que je pense et je voudrais me singulariser un peu, ce soir, en mettant l'accent, puisque nous parlons ici librement, à titre individuel, non sur une mauvaise conscience, que je n'éprouve pas, mais sur les deux sentiments qu'en face et à cause même de la misère du monde, je nourris à l'égard de notre métier, c'est-à-dire la reconnaissance et la fierté. Puisqu'il faut se justifier, je voudrais dire pourquoi il y a une justification à exercer, dans les limites de nos forces et de nos talents, un métier qui, au milieu d'un monde desséché par la haine, permet à chacun de nous de dire tranquillement qu'il n'est l'ennemi mortel de personne. Mais ceci demande à être expliqué et je ne puis le faire qu'en parlant un peu du monde où nous vivons, et de ce que nous autres, artistes et écrivains, sommes voués à y faire.

Le monde autour de nous est dans le malheur et on nous demande de faire quelque chose pour le changer. Mais quel est ce malheur ? À première vue, il se définit simplement : on a beaucoup tué dans le monde ces dernières années et quelques-uns prévoient qu'on tuera encore. Un si grand nombre de morts, ça finit par alourdir l'atmosphère. Naturellement, ce n'est pas nouveau. L'histoire officielle a toujours été l'histoire des grands meurtriers. Et ce n'est pas d'aujourd'hui que Caïn tue Abel. Mais c'est aujourd'hui que Caïn tue Abel au nom de la logique et réclame ensuite la Légion d'honneur. Je prendrai un exemple pour me faire mieux comprendre.

Pendant les grandes grèves de novembre 1947, les journaux annoncèrent que le bourreau de Paris cesserait aussi son travail. On n'a pas assez remarqué, à mon sens, cette décision de notre compatriote. Ses revendications étaient nettes. Il demandait naturellement une prime pour chaque exécution, ce qui est dans la règle de toute entreprise. Mais, surtout, il réclamait avec force le statut de chef de bureau. Il voulait en effet recevoir de l'État, qu'il avait conscience de bien servir, la seule consécration, le seul honneur tangible, qu'une nation moderne puisse offrir à ses bons serviteurs, je veux dire un statut administratif. Ainsi s'éteignait, sous le poids de l'histoire, une de nos dernières professions libérales. Car c'est bien sous le poids de l'histoire, en effet. Dans les temps barbares, une auréole terrible tenait à l'écart du monde le bourreau. Il était celui qui, par métier, attente au mystère de la vie et de la chair. Il était et il se savait un objet d'horreur. Et cette horreur consacrait en même temps le prix de la vie humaine. Aujourd'hui, il est seulement un objet de pudeur. Et je trouve dans ces conditions qu'il a raison de ne plus vouloir être le parent pauvre qu'on garde à la cuisine parce qu'il n'a pas les ongles nets. Dans une civilisation où le meurtre et la violence sont déjà des doctrines et sont en passe de devenir des institutions, les bourreaux ont tout à fait le droit d'entrer dans les cadres administratifs. À vrai dire, nous autres Français sommes un peu en retard. Un peu partout dans le monde, les exécuteurs sont déjà installés dans les fauteuils ministériels. Ils ont seulement remplacé la hache par le tampon à encre.

Quand la mort devient affaire de statistiques et d'administration, c'est en effet que les affaires du monde ne vont pas. Mais si la mort devient abstraite, c'est que la vie l'est aussi. Et la vie de chacun ne peut pas être autrement qu'abstraite à partir du moment où on s'avise de la plier à une idéologie. Le malheur est que nous sommes au temps des idéologies et des idéologies totalitaires, c'est-à-dire assez sûres d'elles-mêmes, de leur raison imbécile ou de leur courte vérité, pour ne voir le salut du monde que dans leur propre domination. Et vouloir dominer quelqu'un ou quelque chose, c'est souhaiter la stérilité, le silence ou la mort de ce quelqu'un. Il suffit, pour le constater, de regarder autour de nous.

Il n'y a pas de vie sans dialogue. Et sur la plus grande partie du monde, le dialogue est remplacé aujourd'hui par la polémique. Le XXe siècle est le siècle de la polémique et de l'insulte. Elle tient, entre les nations et les individus, et au niveau même des disciplines autrefois désintéressées, la place que tenait traditionnellement le dialogue réfléchi. Des milliers de voix, jour et nuit, poursuivant chacune de son côté un tumultueux monologue, déversent sur les peuples un torrent de paroles mystificatrices, attaques, défenses, exaltations. Mais quel est le mécanisme de la polémique ? Elle consiste à considérer l'adversaire en ennemi, à le simplifier par conséquent et à refuser de le voir. Celui que j'insulte, je ne connais plus la couleur de son regard, ni s'il lui arrive de sourire et de quelle manière. Devenus aux trois quarts aveugles par la grâce de la polémique, nous ne vivons plus parmi des hommes, mais dans un monde de silhouettes.

Il n'y a pas de vie sans persuasion. Et l'histoire d'aujourd'hui ne connaît que l'intimidation. Les hommes vivent et ne peuvent vivre que sur l'idée qu'ils ont quelque chose en commun où ils peuvent toujours se retrouver. Mais nous avons découvert ceci : il y a des hommes qu'on ne persuade pas. Il était et il est impossible à une victime des camps de concentration d'expliquer à ceux qui l'avilissent qu'ils ne doivent pas le faire. C'est que ces derniers ne représentent plus des hommes, mais une idée, portée à la température de la plus inflexible des volontés. Celui qui veut dominer est sourd. En face de lui, il faut se battre ou mourir. C'est pourquoi les hommes d'aujourd'hui vivent dans la terreur. Dans le *Livre des morts*, on lit que le juste égyptien pour mériter son pardon devait pouvoir dire : « Je n'ai causé de peur à personne. » Dans ces conditions, on cherchera en vain nos grands contemporains, le jour du jugement dernier, dans la file des bienheureux.

Quoi d'étonnant à ce que ces silhouettes, désormais sourdes et aveugles, terrorisées, nourries de tickets, et dont la vie entière se résume dans une fiche de police, puissent être ensuite traitées comme des abstractions anonymes. Il est intéressant de constater que les régimes qui sont issus de ces idéologies sont précisément ceux qui, par système, procèdent au déracinement des populations, les promenant à la surface de l'Europe comme des symboles exsangues qui ne prennent une vie dérisoire que dans les chiffres des statistiques. Depuis que ces belles philosophies sont entrées dans l'histoire, d'énormes masses d'hommes, dont chacun pourtant avait autrefois une manière de serrer la main, sont définitivement ensevelies sous les deux initiales des personnes déplacées, qu'un monde très logique a inventées pour elles.

Oui, tout cela est logique. Quand on veut unifier le monde entier au nom d'une théorie, il n'est pas d'autres voies que de rendre ce monde aussi décharné, aveugle et sourd que la théorie elle-même. Il n'est pas d'autres voies que de couper les racines mêmes qui attachent l'homme à la vie et à la nature. Et ce n'est pas un hasard si l'on ne trouve pas de paysages dans la grande littérature européenne depuis Dostoïevski. Ce n'est pas un hasard si les livres significatifs d'aujourd'hui, au lieu de s'intéresser aux nuances du cœur et aux vérités de l'amour, ne se passionnent que pour les juges, les procès et la mécanique des accusations, si au lieu d'ouvrir les fenêtres sur la beauté du monde, on les y referme avec soin sur l'angoisse des solitaires. Ce n'est pas un hasard si le philosophe qui inspire aujourd'hui toute la pensée européenne est celui qui a écrit que seule la ville moderne permet à l'esprit de prendre conscience de lui-même et qui est allé jusqu'à dire que la nature est abstraite et que la raison seule est concrète. C'est le point de vue de Hegel, en effet, et c'est le point de départ d'une immense aventure de l'intelligence, celle qui finit par tuer toutes choses. Dans le grand spectacle de la nature, ces esprits ivres ne voient plus rien qu'eux-mêmes. C'est l'aveuglement dernier.

Pourquoi aller plus loin ? Ceux qui connaissent les villes détruites de l'Europe savent ce dont je parle. Elles offrent l'image de ce monde décharné, efflanqué d'orgueil, où le long d'une monotone apocalypse, des fantômes errent à la recherche d'une amitié perdue, avec la nature et avec les êtres. Le grand drame de l'homme d'Occident, c'est qu'entre lui et son devenir historique, ne s'interposent plus ni les forces de la nature ni celles de l'amitié. Ses racines coupées, ses bras desséchés, il se confond déjà avec les potences qui lui sont promises. Mais du moins, arrivé à ce comble de déraison, rien ne doit nous empêcher de dénoncer la duperie de ce siècle qui fait mine de courir après l'empire de la raison, alors qu'il ne cherche que les raisons d'aimer qu'il a perdues. Et nos écrivains le savent bien qui finissent tous par se réclamer de ce succédané malheureux et décharné de l'amour, qui s'appelle la morale. Les hommes d'aujourd'hui peuvent peut-être tout maîtriser en eux, et c'est leur grandeur. Mais il est au moins une chose que la plupart d'entre eux ne pourront jamais retrouver, c'est la force d'amour qui leur a été enlevée. Voilà pourquoi ils ont honte, en effet. Et il est bien juste que les artistes partagent cette honte puisqu'ils y ont contribué. Mais qu'ils sachent dire au moins qu'ils ont honte d'eux-mêmes et non pas de leur métier.

Car tout ce qui fait la dignité de l'art s'oppose à un tel monde et le récuse. L'œuvre d'art, par le seul fait qu'elle existe, nie les conquêtes de l'idéologie. Un des sens de l'histoire de demain est la lutte, déjà commencée, entre les conquérants et les artistes. Tous deux se proposent pourtant la même fin. L'action politique et la création sont les deux faces d'une même révolte contre les désordres du monde. Dans les deux cas, on veut donner au monde son unité. Et longtemps la cause de l'artiste et celle du novateur politique ont été confondues. L'ambition de Bonaparte est la même que celle de Goethe. Mais Bonaparte nous a laissé le tambour dans les lycées et Goethe les *Élégies romaines*. Mais depuis que les idéologies de l'efficacité, appuyées sur la technique, sont intervenues, depuis que par un subtil mouvement, le révolutionnaire est devenu conquérant, les deux courants de pensée divergent. Car ce que cherche le conquérant de droite ou de gauche, ce n'est pas l'unité qui est avant tout l'harmonie des contraires, c'est la totalité, qui est l'écrasement des différences. L'artiste distingue là où le conquérant nivelle. L'artiste qui vit et crée au niveau de la chair et de la passion, sait que rien n'est simple et que l'autre existe. Le conquérant veut que l'autre n'existe pas, son monde est un monde de maîtres et d'esclaves, celui-là même où nous vivons. Le monde de l'artiste est celui de la contestation vivante et de la compréhension. Je ne connais pas une seule grande œuvre qui se soit édifiée sur la seule haine, alors que nous connaissons les empires de la haine. Dans un temps où le conquérant, par la logique même de son attitude, devient exécuteur et policier, l'artiste est forcé d'être réfractaire. En face de la société politique contemporaine, la seule attitude cohérente de l'artiste, ou alors il lui faut renoncer à l'art, c'est le refus sans concession. Il ne peut être, quand même il le voudrait, complice de ceux qui emploient le langage ou les moyens des idéologies contemporaines.

Voilà pourquoi il est vain et dérisoire de nous demander justification et engagement. Engagés, nous le sommes, quoique involontairement. Et, pour finir, ce n'est pas le combat qui fait de nous des artistes, mais l'art qui nous contraint à être des combattants. Par sa fonction même, l'artiste est le témoin de la liberté, et c'est une justification qu'il lui arrive de payer cher. Par sa fonction même, il est engagé dans la plus inextricable épaisseur de l'histoire, celle où étouffe la chair même de l'homme. Le monde étant ce qu'il est, nous y sommes engagés quoi que nous en ayons, et nous sommes par nature les ennemis des idoles abstraites qui y triomphent aujourd'hui, qu'elles soient nationales ou partisanes. Non pas au nom de la morale et de la vertu, comme on essaie de le faire croire, par une duperie supplémentaire. Nous ne sommes pas des vertueux. Et à voir l'air anthropométrique que prend la vertu chez nos réformateurs, il n'y a pas à le regretter. C'est au nom de la passion de l'homme pour ce qu'il y a d'unique en l'homme, que nous refuserons toujours ces entreprises qui se couvrent de ce qu'il y a de plus misérable dans la raison.

Mais ceci définit en même temps notre solidarité à tous. C'est parce que nous avons à défendre le droit à la solitude de chacun que nous ne serons plus jamais des solitaires. Nous sommes pressés, nous ne pouvons pas œuvrer tout seuls. Tolstoï a pu écrire, lui, sur une guerre qu'il n'avait pas faite, le plus grand roman de toutes les littératures. Nos guerres à nous ne nous laissent le temps d'écrire sur rien d'autre que sur elles-mêmes et, dans le même moment, elles tuent Péguy et des milliers de jeunes poètes. Voilà pourquoi je trouve, par-dessus nos différences qui peuvent être grandes, que la réunion de ces hommes, ce soir, a du sens. Au-delà des frontières, quelquefois sans le savoir, ils travaillent ensemble aux mille visages d'une même œuvre qui s'élèvera face à la création totalitaire. Tous ensemble, oui, et avec eux, ces milliers d'hommes qui tentent de dresser les formes silencieuses de leurs créations dans le tumulte des cités. Et avec eux, ceux-là mêmes qui ne sont pas ici et qui par la force des choses nous rejoindront un jour. Et ces autres aussi qui croient pouvoir travailler pour l'idéologie totalitaire par les moyens de leur art, alors que dans le sein même de leur œuvre la puissance de l'art fait éclater la propagande, revendique l'unité dont ils sont les vrais serviteurs, et les désigne à notre fraternité forcée en même temps qu'à la méfiance de ceux qui les emploient provisoirement.

Les vrais artistes ne font pas de bons vainqueurs politiques, car ils sont incapables d'accepter légèrement, ah, je le sais bien, la mort de l'adversaire ! Ils sont du côté de la vie, non de la mort. Ils sont les témoins de la chair, non de la loi. Par leur vocation, ils sont condamnés à la compréhension de cela même qui leur est ennemi. Cela ne signifie pas, au contraire, qu'ils soient incapables de juger du bien et du mal. Mais, chez le pire criminel, leur aptitude à vivre la vie d'autrui leur permet de reconnaître la constante justification des hommes, qui est la douleur. Voilà ce qui nous empêchera toujours de prononcer le jugement absolu et, par conséquent, de ratifier le châtiment absolu. Dans le monde de la condamnation à mort qui est le nôtre, les artistes témoignent pour ce qui dans l'homme refuse de mourir. Ennemis de personne, sinon des bourreaux ! Et c'est ce qui les désignera toujours, éternels girondins, aux menaces et aux coups de nos montagnards en manchettes de lustrine. Après tout, cette mauvaise position, par son incommodité même, fait leur grandeur. Un jour viendra où tous le reconnaîtront, et, respectueux de nos différences, les plus valables d'entre nous cesseront alors de se déchirer comme ils le font. Ils reconnaîtront que leur vocation la plus profonde est de défendre jusqu'au bout le droit de leurs adversaires à n'être pas de leur avis. Ils proclameront, selon leur état, qu'il vaut mieux se tromper sans assassiner personne et en laissant parler les autres que d'avoir raison au milieu du silence et des charniers. Ils essaieront de démontrer que si les révolutions peuvent réussir par la violence, elles ne peuvent se maintenir que par le dialogue. Et ils sauront alors que cette singulière vocation leur crée la plus bouleversante des fraternités, celle des combats douteux et des grandeurs menacées, celle qui, à travers tous les âges de l'intelligence, n'a jamais cessé de lutter pour affirmer contre les abstractions de l'histoire ce qui dépasse toute histoire, et qui est la chair, qu'elle soit souffrante ou qu'elle soit heureuse. Toute l'Europe d'aujourd'hui, dressée dans sa superbe, leur crie que cette entreprise est dérisoire et vaine. Mais nous sommes tous au monde pour démontrer le contraire.

LE TEMPS DES MEURTRIERS

1949

Durant l'été 1949, Albert Camus est invité par les Relations culturelles du ministère des Affaires étrangères à donner une série de conférences en Amérique du Sud : au Brésil principalement, mais aussi au Chili (il effectue par ailleurs un bref séjour en Argentine et transitera par l'Uruguay, sans y apparaître publiquement toutefois). C'est à l'occasion de ce voyage qu'il donne, à plusieurs reprises, la conférence qui suit et dont le dactylogramme conservé dans les archives de l'auteur porte le titre « Le temps des meurtriers ». Si les problématiques abordées par Camus s'inscrivent dans la continuité de celles de ses conférences nord-américaines de 1946, elles annoncent aussi L'Homme révolté, *essai qui paraît en 1951 et dont « Le temps des meurtriers » constitue l'un des travaux préparatoires.*

Mesdames, Messieurs,

Quelques-uns d'entre vous ont la générosité de s'intéresser à l'Europe. Et je reconnais qu'ils y ont du mérite. Ce vieux continent porte beaucoup de cicatrices qui lui font le visage patibulaire. Il a l'humeur souvent méchante et une assez injuste prétention à croire que rien n'existe hors de ses limites, qui ne dépassent pourtant pas celles du seul Brésil. Mais enfin il a un passé, des siècles de gloire, ce qui n'est rien, et de culture, ce qui vaut mieux. Et dans le grand désert d'un monde stérilisé par l'esprit de puissance, dans un temps où les hommes, poussés par de médiocres et féroces idéologies, s'habituent à avoir honte de tout et du bonheur lui-même, il arrive qu'ici ou là des hommes dispersés sur les continents se tournent encore vers la malheureuse Europe et s'interrogent sur son avenir, sachant bien que l'esclavage ou le désespoir de l'Europe ne peuvent aller sans l'obscurcissement de deux ou trois valeurs dont aucun citoyen d'aucun pays ne pourra jamais se passer sans renoncer au nom d'homme.

Je partage cette inquiétude et je voudrais y répondre. Je n'ai pas le don de prophétie et je ne suis pas qualifié pour décider si l'Europe a encore un avenir. Il est fort probable aussi que l'Europe a besoin de se retremper au contact des peuples libres. Mais je puis dire au moins ceci : l'Europe pour être encore utile au monde doit guérir d'un certain nombre de maladies. Parmi ces maux, il en est qui sont tout à fait hors de ma compétence. D'autres hommes aujourd'hui s'essaient à les nommer et à les guérir. Mais il est au moins une maladie de l'Europe que j'ai partagée avec les hommes de ma génération et sur laquelle il m'est arrivé de réfléchir. Il me semble donc que je ne puis rien faire de mieux, venant ici et pour répondre à notre inquiétude commune, que de dire aussi simplement que je le puis ce que je sais de cette maladie, et de contribuer au diagnostic qui doit toujours précéder une éventuelle guérison.

Ce faisant, il me semble que j'aiderai en même temps à compléter l'idée qu'on se fait de l'Europe. Car elle est considérée comme la terre de l'humanisme et cela est juste dans un sens. Mais depuis quelques années, elle est autre chose : la terre des camps de concentration et de la destruction froide et scientifique. Comment la terre de l'humanisme a-t-elle produit les camps de concentration et une fois la chose faite comment les humanistes eux-mêmes se sont arrangés des camps de concentration, voilà les questions qui sont de la compétence des hommes de ma génération et que je voudrais aborder, laissant à d'autres, plus qualifiés, le soin de vous parler de l'humanisme et de l'Europe fraternelle.

L'Europe, aujourd'hui, est dans le malheur. Quel est ce malheur ? À première vue, il se définit simplement : on y a beaucoup tué ces dernières années et quelques-uns prévoient même qu'on tuera encore. Un si grand nombre de morts finit par alourdir l'atmosphère. Naturellement, ce n'est pas nouveau. L'histoire officielle a toujours été l'histoire des grands meurtriers. Et ce n'est pas d'aujourd'hui que Caïn tue Abel ! Mais c'est d'aujourd'hui que Caïn tue Abel au nom de la logique et réclame ensuite la Légion d'honneur. Je prendrai un exemple pour me faire mieux comprendre.

Pendant les grèves de 1947, les journaux annoncèrent que le bourreau de Paris cesserait aussi son travail. On n'a pas assez remarqué, à mon sens, cette décision de notre compatriote. Ses revendications étaient nettes. Il demandait naturellement une prime pour chaque exécution, ce qui est dans la règle de toute entreprise. Mais, surtout, il réclamait avec force le statut de chef de bureau. Il voulait en effet recevoir de l'État, qu'il avait conscience de bien servir, la seule consécration, le seul honneur tangible qu'une nation moderne puisse offrir à ses bons serviteurs, je veux dire, un statut administratif. Ainsi s'éteignait, sous le poids de l'histoire, une de nos dernières professions libérales. Car c'est bien sous le poids de l'histoire, en effet. Dans les temps barbares, une auréole terrible tenait à l'écart du monde le bourreau. Il était celui qui, par métier, attente au mystère de la vie et de la chair. Il était et il se savait un objet d'horreur. Et cette horreur consacrait en même temps le prix de la vie humaine. Aujourd'hui, il est seulement un objet de pudeur. Et je trouve, dans ces conditions, qu'il a raison de ne plus vouloir être le parent pauvre qu'on garde à la cuisine parce qu'il n'a pas les ongles nets. Dans une civilisation où le meurtre et la violence sont déjà des doctrines et sont en passe de devenir des institutions, les bourreaux ont tout à fait le droit d'entrer dans les cadres administratifs. Et, à vrai dire, le bourreau de Paris avait raison, nous autres Français sommes un peu en retard. Un peu partout dans le monde, les exécuteurs sont déjà installés dans les fauteuils ministériels. Ils ont seulement remplacé la hache par le tampon à encre.

Quand la mort devient affaire de statistique et d'administration, c'est en effet que quelque chose ne va pas. Anecdote du train[1]. L'Europe est malade

1. Voir ci-dessus, « La Crise de l'Homme », p. 48 : « Les Français de la Résistance que j'ai connus et qui lisaient Montaigne dans les trains où ils transportaient leurs tracts prou-

puisque la mise à mort d'un être peut y être envisagée autrement qu'avec l'horreur et le scandale qu'elle devrait susciter, puisque la torture des hommes y est admise comme une servitude un peu ennuyeuse, au même titre que le ravitaillement et l'obligation de faire la queue pour obtenir le moindre gramme de beurre. L'Europe souffre ainsi de meurtre et d'abstraction. Mon opinion est qu'il s'agit de la même maladie. Je vous propose simplement, et ce sera les deux parties de mon exposé, d'examiner comment nous y sommes entrés et comment nous pouvons en sortir.

I

La réponse à la première question est simple. Nous y sommes entrés par la pensée. Et c'est une maladie que, d'une certaine manière, nous avons voulue.

Bien entendu, aucun d'entre nous, sauf exception, n'a jamais exercé réellement le métier d'exécuteur. Mais nous nous sommes trouvés et nous nous trouvons encore devant des entreprises historiques d'extermination à grande échelle. Il se peut même que nous les ayons combattues, par exemple, avec courage et ténacité. Mais de quels arguments pouvions-nous soutenir la condamnation que nous portions contre elles ? N'avions-nous jamais entretenu des pensées ou des doctrines qui pour finir donnaient leurs raisons aux charniers ? En ce qui concerne les hommes de ma généra-

vaient qu'on pouvait, du moins chez nous, comprendre les sceptiques tout en ayant une idée de l'honneur. »

tion, il se trouve malheureusement que oui. On ne pense pas mal parce qu'on est un meurtrier, mais on est un meurtrier parce qu'on pense mal. C'est la première réflexion dont je voudrais vous faire part.

Beaucoup parmi nous, en effet, ont été portés par le nihilisme de l'entre-deux-guerres. Et la question en ce qui les concerne n'est pas de savoir s'ils avaient des excuses à vivre dans la négation. Ils en avaient. Ce qui importe, c'est de savoir s'ils y ont vécu. Les hommes de mon âge en France et en Europe, par exemple, sont nés juste avant ou pendant la première grande guerre, sont arrivés à l'adolescence au moment de la crise économique mondiale et ont eu vingt ans l'année de la prise de pouvoir par Hitler. Pour compléter leur éducation, on leur a offert ensuite la guerre d'Espagne, Munich, la guerre de 1939, la défaite et quatre années d'occupation et de luttes clandestines. Pour finir, on leur promet le feu d'artifice atomique. Je suppose donc que c'est ce qu'on appelle une génération intéressante. Mais d'autant plus intéressante qu'elle est entrée dans cette interminable expérience avec les seules forces de la révolte, puisqu'elle ne croyait à rien. La littérature de son temps était en révolte contre la clarté, le récit et la phrase elle-même. La peinture était en révolte contre le sujet, la réalité et la simple harmonie. La musique refusait la mélodie. Quant à la philosophie, elle enseignait qu'il n'y avait pas de vérité, mais simplement des phénomènes, qu'il pouvait y avoir Mr. Smith, M. Durand, Herr Vogel, mais rien de commun entre ces trois phénomènes particuliers. L'attitude morale de cette génération était encore plus catégorique : le nationalisme lui paraissait une vérité dépassée, la religion un exil, vingt ans de politique internationale lui avaient appris à douter de toutes les puretés et à penser que personne n'avait jamais tort puisque tout le monde estimait avoir raison. Quant à la morale traditionnelle de la société, elle lui paraissait ce qu'elle n'a pas cessé d'être, c'est-à-dire une démission, ou une monstrueuse hypocrisie.

Cette génération a donc vécu dans le nihilisme. Bien entendu, cela non plus n'était pas nouveau. D'autres générations, d'autres pays ont vécu à d'autres périodes de l'histoire cette expérience. Mais ce qu'il y a de nouveau, c'est que ces mêmes hommes, étrangers à toutes valeurs, ont eu à régler leur position personnelle par rapport au meurtre et à la terreur. Car ils sont entrés, par exemple, dans la guerre, comme on entre dans l'enfer, s'il est vrai que l'enfer est le reniement. Ils n'aimaient ni la guerre, ni la violence. Ils ont dû accepter la guerre et exercer la violence. Ils n'avaient de haine que pour la haine. Il leur a fallu pourtant apprendre cette difficile science. Pour se battre, il faut croire à quelque chose. Ces hommes-là, apparemment, ne croyaient à rien. Ils pouvaient donc ne pas se battre. Mais si l'on ne se bat pas, on adopte alors les valeurs de l'ennemi, même si ce sont des valeurs méprisables, puisqu'on les laisse triompher.

Nous savions instinctivement que nous ne pouvions pas céder aux bêtes qui s'élevaient aux quatre coins de l'Europe. Mais nous ne savions pas justifier cette obligation où nous étions. Ceci était la maladie de l'Europe, qu'on peut encore définir ainsi : il n'y a pas si longtemps, c'étaient les mauvaises actions qui demandaient à être justifiées, et aujourd'hui, ce sont les bonnes. Et elles n'étaient pas faciles à justifier, puisque les plus conscients d'entre nous apercevaient qu'ils n'avaient encore dans la pensée aucun principe qui pût leur permettre de s'opposer à la terreur et de désavouer le meurtre.

Car si l'on ne croit à rien, en effet, si rien n'a de sens et si nous ne pouvons affirmer aucune valeur, alors tout est permis et rien n'a d'importance. Alors, il n'y a ni bien ni mal, et Hitler par exemple n'a eu ni tort ni raison. Malice et vertu sont hasard ou caprice. On peut passer des milliers d'innocents au four crématoire comme on peut se dévouer à soigner les lépreux. On peut aussi bien honorer les morts que les jeter à la poubelle. Tout cela est équivalent. [*Quatre mots illisibles.*] « Une paire de bottes, écrivait le nihiliste Pissarev, vaut mieux que Shakespeare. »

Et lorsque nous pensons que rien n'a de sens, il faut conclure que celui qui a raison, c'est celui qui réussit. La seule règle est de se montrer le plus efficace, c'est-à-dire, le plus fort. Le monde n'est plus partagé entre les justes et les injustes, mais entre les maîtres et les esclaves. Et c'est si vrai qu'aujourd'hui encore, des tas de gens intelligents et sceptiques vous déclarent que si par hasard Hitler avait gagné cette guerre, l'Histoire lui aurait rendu hommage et aurait consacré l'atroce piédestal sur lequel il s'était juché. Quoi d'étonnant à cela ! « L'histoire officielle consiste à croire les meurtriers sur parole[1] », a dit Simone

1. En 1949, Albert Camus fait paraître à titre posthume l'ouvrage de Simone Weil *L'Enracinement* dans la collection « Espoir » qu'il dirige aux Éditions Gallimard. Il en reformule ici l'un des passages : « C'est d'ailleurs seulement parce que

Weil. Et nous ne pouvons pas douter en vérité que l'Histoire telle que nous la concevons, aurait consacré Hitler et justifié la terreur et le meurtre, comme nous tous les consacrons et les justifions aux moments où nous osons penser que rien n'a de sens.

• Ainsi de quelque côté qu'on se tourne, au cœur de la négation et du nihilisme, le meurtre et le meurtre scientifique, le meurtre *utile* a sa place privilégiée. Au bout de ce raisonnement se trouvaient, de la façon la plus naturelle, les C[*amps*] de C[*oncentration*]. Si donc nous estimions légitime de nous installer dans la négation totale, nous devions nous préparer à tuer et à tuer scientifiquement. Bien entendu, il y faut quelques dispositions. Mais, en somme, moins qu'on ne le croit, si l'on juge par l'expérience, sans compter qu'il est toujours possible de faire tuer, comme cela se voit ordinairement. Dans tous les cas, rien de ce que nous pensions ne pouvait nous permettre de réfuter ce que nous étions en train de voir, même s'il s'agissait de Dachau. Et c'est pourquoi tant d'hommes de ma génération se sont trouvés jetés un peu au hasard dans cette misérable aventure sans rien dans l'esprit qui puisse empêcher le meurtre ou le légitimer, entraînés par toute une époque enfiévrée de nihilisme, mais dans la solitude cependant, les armes à la main et le cœur serré.

*

---

l'esprit historique consiste à croire les meurtriers sur parole, que ce dogme [*du progrès*] semble si bien répondre aux faits ».

C'est parce qu'ils avaient une conscience aiguë de ce délaissement qu'un certain nombre d'autres hommes ont réfuté en apparence le nihilisme et choisi, toujours en rejetant les principes d'explication supérieurs, les valeurs de l'Histoire. Le matérialisme historique en particulier était là, qui leur semblait un refuge, où ils croyaient pouvoir trouver une règle d'action sans renoncer à rien de leur révolte. Il suffisait d'agir dans le sens de l'Histoire. Ces hommes disaient, par exemple, que cette guerre, et bien d'autres choses, étaient nécessaires parce qu'elle liquiderait l'ère des nationalismes et qu'elle préparerait le temps des Empires auquel succéderait, après de nouveaux conflits ou non, la société universelle.

Mais, pensant cela, ils arrivaient au même résultat que s'ils avaient pensé que rien n'avait de sens. Car si l'Histoire a un sens, c'est un sens total ou ce n'est rien. Ces hommes pensaient et agissaient comme si l'Histoire obéissait à une dialectique souveraine et comme si nous nous dirigions tous ensemble vers un but définitif. Ils pensaient et agissaient suivant le principe de Hegel : « L'homme est fait pour l'Histoire et non l'Histoire pour l'homme. » En vérité, tout le réalisme politique et moral qui guidait et guide encore les destinées du monde obéit, souvent sans le savoir, et avec cent ans de retard, à une philosophie de l'Histoire née en Allemagne, selon laquelle l'humanité entière se dirige selon des voies rationnelles vers un univers définitif. On a remplacé le nihilisme par un rationalisme sans nuances et dans les deux cas, les résultats sont les mêmes. Car, s'il est vrai que l'Histoire obéit à une logique souveraine, s'il est vrai, selon cette même philosophie, que l'état féodal doit inévitablement succéder à l'état anarchique, puis les nations à la féodalité, et les Empires aux nations pour aboutir enfin à la Société universelle, alors tout ce qui sert cette marche inévitable est bon et les accomplissements de l'Histoire sont les vérités définitives.

Et comme ces accomplissements ne peuvent être servis que par les moyens ordinaires qui sont les guerres, les intrigues et les meurtres, individuels et collectifs, on justifie tous les actes non pas en ce qu'ils sont bons ou mauvais, mais en ce qu'ils sont efficaces ou non. Au bout de ce raisonnement se retrouvent de façon non moins naturelle le C[*amp*] de C[*oncentration*] et le meurtre scientifique. Dans leurs conséquences, il n'y a pas de différences entre les deux attitudes dont j'ai parlé. Toutes les deux se trouvent à l'extrémité de cette longue aventure de l'esprit moderne qui, depuis ce que Nietzsche a appelé la mort de Dieu, n'a pas cessé d'écrire dans le sang de l'Histoire la tragédie de l'orgueil européen. Toute idée fausse finit dans le sang et c'est la justice de cette terre. Mais il s'agit toujours du sang des autres, et c'est l'injustice de notre condition.

II

Ce sont donc bien ces idées fausses qui ont rendu l'Europe malade. Elles lui ont donné le virus de l'efficacité et elles ont rendu le meurtre nécessaire. Être efficace c'est le grand mot d'aujourd'hui et dans la mesure où nous avons souhaité l'efficacité par désespoir ou par logique, dans cette mesure même, nous sommes tous responsables des meurtres de l'Histoire. Car la volonté d'efficacité, c'est la volonté de domination. Vouloir dominer quelqu'un ou quelque chose, c'est souhaiter la stérilité, le silence, ou la mort de ce quelqu'un. Voilà pourquoi nous vivons un peu en fantômes dans un monde désormais abstrait, silencieux à force de hurlements et menacé de ruine. Car les philosophies qui placent l'efficacité au sommet de toutes les valeurs sont des philosophies de mort. C'est sous leur influence que les forces de vie ont déserté l'Europe et que la civilisation de ce continent présente aujourd'hui des signes de dépérissement. Les civilisations aussi ont leur scorbut qui est ici le mal d'abstraction.

[*Mots illisibles.*] Je ne prendrai que quelques exemples. Et d'abord la polémique. Il n'y a pas de vie sans dialogue. Et sur la plus grande partie du monde, le dialogue est remplacé aujourd'hui par la polémique, langage de l'efficacité. Le XXe siècle est, chez nous, le siècle de la polémique et de l'insulte. Elle tient, entre les nations et les individus, et au niveau même des disciplines autrefois désintéressées la place que tenait traditionnellement le dialogue réfléchi. Des milliers de voix, jour et nuit, poursuivant chacune de son côté un tumultueux monologue, déversent sur les peuples un torrent de paroles mystificatrices. Mais quel est le mécanisme de la polémique ? Elle consiste à considérer l'adversaire en ennemi, à le simplifier par conséquent et à refuser de le voir. Celui que j'insulte, je ne connais plus la couleur de son regard. Grâce à la polémique, nous ne vivons plus dans un monde d'hommes, mais dans un monde de silhouettes.

Il n'y a pas de vie non plus sans persuasion. Et l'histoire d'aujourd'hui ne connaît que l'in-

* Et c'est encore mieux (ou pire !) au XXIème S.

timidation, politique d'efficacité. Les hommes vivent et ne peuvent vivre que sur l'idée qu'ils ont quelque chose en commun où ils peuvent toujours se retrouver. Mais nous avons découvert ceci : il y a des hommes qu'on ne persuade pas. Il était et il est impossible à une victime des camps de concentration d'expliquer à ceux qui l'avilissent qu'ils ne doivent pas le faire. C'est que ces derniers ne représentent plus des hommes, mais une idée portée à la température de la plus inflexible volonté. Celui qui veut dominer est sourd. En face de lui, il faut se battre ou mourir. C'est pourquoi les hommes d'aujourd'hui vivent dans la terreur. Dans le « Livre des morts » on lit que le juste égyptien pour mériter son pardon devait pouvoir dire : « Je n'ai causé de peur à personne. » Dans ces conditions, on cherchera en vain nos grands contemporains, le jour du Jugement dernier, dans la file des bienheureux.

Quoi d'étonnant à ce que ces silhouettes désormais sourdes et aveugles, terrorisées, nourries de tickets, et dont la vie entière se résume dans une fiche de police, puissent être ensuite traitées comme des abstractions anonymes. Il est intéressant de constater que les régimes qui sont issus des idéologies dont je parle sont précisément ceux qui, par système, procèdent au déracinement des populations, les promenant à la surface de l'Europe, comme des symboles exsangues qui ne prennent une vie dérisoire que dans les chiffres des statistiques. Depuis que ces belles philosophies sont entrées dans l'histoire, d'énormes masses d'hommes, dont chacun pourtant avait autrefois une manière de serrer la main, sont définitivement ensevelis sous les deux initiales des personnes déplacées qu'un monde très logique a inventées pour elles.

Car tout cela est logique. Quand on veut unifier le monde entier au nom d'une théorie, par le moyen de l'efficacité, il n'est pas d'autres voies que de rendre ce monde aussi décharné, aveugle et sourd que la théorie elle-même, aussi froid que la raison, aussi cruel que [*un mot illisible*]. Il n'est pas d'autres voies que de couper les racines mêmes qui attachent l'homme à la vie et à la nature. La nature est ce qui échappe à l'histoire et à la raison. C'est elle qu'il faut donc [*un mot illisible*]. Et ce n'est pas un hasard si l'on ne trouve pas de paysage dans la grande littérature européenne depuis Dostoïevski. Ce n'est pas un hasard si les livres significatifs d'aujourd'hui, au lieu de s'intéresser aux nuances du cœur et aux vérités de l'amour, ne se passionnent que pour les juges, les procès et la mécanique des accusations, si au lieu d'ouvrir les fenêtres sur la beauté du monde, on les y referme avec soin sur l'angoisse des solitaires. [*Sept mots illisibles.*] Les personnages sont une littérature de paysages. Ce n'est pas un hasard si le philosophe qui inspire aujourd'hui une grande partie de la pensée européenne est celui qui a écrit que seule la ville moderne permet à l'esprit de prendre conscience de lui-même et qui est allé jusqu'à dire que la nature est abstraite et que la raison seule est concrète. C'est le point de vue de Hegel, en effet, et c'est le point de départ d'une immense aventure de l'intelligence, celle qui finit par tuer toutes choses. Dans le grand spectacle de la nature, ces esprits ivres ne voient plus rien qu'eux-mêmes. C'est l'aveuglement dernier.

Pourquoi aller plus loin ? Ceux qui connaissent

les villes détruites de l'Europe savent ce dont je parle. Elles offrent l'image de ce monde décharné, efflanqué d'orgueil, où le long d'une monotone apocalypse, des fantômes errent à la recherche d'une amitié perdue, avec la nature et les êtres. Le grand drame de l'homme d'Occident, c'est qu'entre lui et son devenir historique, ne s'interposent plus ni les forces de la nature, ni celles de l'amitié. Ses racines coupées, ses bras desséchés, il se confond déjà avec les potences que ses meurtres et idéologies lui promettent.

III

J'arrêterai ici cette description, bien qu'elle soit incomplète. Trop d'êtres dans l'Europe d'aujourd'hui sont les témoins misérables de sa réalité pour qu'il soit possible de s'y complaire. Ce qui m'intéresse, c'est de savoir comment sortir de cet état et si justement nous sommes capables d'en sortir. Il fut un temps où les commandements divins donnaient à chacun sa règle et j'entends bien que ceci était une solution. Mais ces temps ne sont plus et 80 % des Européens d'aujourd'hui vivent hors de la grâce.

La seule conclusion pratique, c'est que l'Europe ne peut plus tirer la force d'une renaissance que de ce dont elle dispose, c'est-à-dire ses négations et sa révolte. Mais, après tout, direz-vous, ce sont ses philosophies de la révolte qui l'ont conduite où elle est. Elle s'est d'abord révoltée contre un monde qui n'avait pas de sens et elle en a tiré l'idée qu'il fallait dominer ce monde par les voies de la puissance. Elle a choisi l'efficacité. Elle a ce qu'elle voulait. Et il est vrai que la plupart des Européens ont choisi, sans le savoir, de vivre comme ils vivent. Dans ce cas, il n'y aurait plus d'autre issue que les cloîtres et les déserts. L'avenir du monde pourrait être abandonné alors à ces peuples enfants qui rient au sommet de leurs machines.

Ma réponse est différente cependant, et je la donne pour ce qu'elle vaut. La révolte ne conduit pas à la domination et c'est par une perversion de l'orgueil intellectuel qu'on en a tiré tant d'affreuses conséquences. Rien ne justifie cette rage de destruction sinon l'aveuglement d'une indignation qui n'aperçoit même plus ses raisons. Supprimant la justification supérieure, le nihilisme rejette toute limite et finit par juger qu'il est indifférent de tuer ce qui est déjà voué à la mort.

Mais ceci est la folie. Et la révolte peut encore nous donner, au niveau même qui est le sien, une règle d'action qui diminue la douleur des hommes au lieu de l'accroître. Dans ce monde privé de valeurs, dans ce désert du cœur où nous avons vécu, que signifiait en effet cette révolte ? Elle faisait de nous des hommes qui disaient *Non*. Mais nous étions en même temps des hommes qui disaient *Oui*. Nous disions *Non* à ce monde, à son absurdité essentielle, aux abstractions qui nous menaçaient, à la civilisation de mort qu'on nous préparait. En disant *non*, nous affirmions que les choses avaient assez duré, qu'il y avait une limite qu'on ne pouvait dépasser. Mais dans ce même temps, nous affirmions tout ce qui était en deçà de cette limite, nous affirmions qu'il y avait quelque chose en nous qui refusait le scandale et qu'il n'était pas possible d'humilier trop longtemps. Et, bien sûr, c'était une contradiction qui devait nous faire réfléchir. Nous pensions que ce monde vivait et luttait sans valeur réelle. Et voilà que nous luttions pourtant contre l'Allemagne, par exemple. Et tous, par conséquent, par le seul fait de refuser et de lutter, nous affirmions quelque chose.

ANECDOTE ALLEMANDE[1]

Mais ce quelque chose avait-il une valeur générale, dépassait-il l'opinion d'un individu, pouvait-il servir de règle de conduite ? La réponse a déjà été donnée. Les hommes dont je parle acceptaient de mourir dans le mouvement de leur révolte. Et cette mort prouvait qu'ils se sacrifiaient au bénéfice d'une vérité qui dépassait leur existence personnelle, qui allait plus loin que leur destinée individuelle. Ce que nos révoltés défendaient contre un destin ennemi, c'était une valeur commune à tous. Quand des hommes étaient torturés avec application, quand des mères se voyaient obligées de condamner leurs enfants à mort, quand les justes étaient enterrés comme des pourceaux, ces révoltés jugeaient que quelque chose en eux

1. Cette anecdote est rapportée par Herbert Lottman dans sa biographie *Albert Camus* (1978) : « [...] des officiers allemands avaient entendu de jeunes Français discuter philosophie au restaurant ; l'un de ces garçons avait déclaré qu'aucune idée ne valait qu'on mourût pour elle : les Allemands l'appelèrent à leur table et l'un d'eux, lui appuyant un pistolet contre la tempe, lui demanda de répéter ce qu'il venait de dire ; il répéta sa phrase et l'officier le félicita : "Je pense que vous venez de prouver votre erreur. Vous venez de démontrer que certaines idées valent qu'on meure pour elles." »

était nié qui ne leur appartenait pas seulement, mais qui était un lieu commun où les hommes ont une solidarité toute prête. Mais il y avait en même temps, dans cette absurdité, cette leçon que nous étions dans une tragédie collective, dont l'enjeu était une dignité partagée, une communion des hommes entre eux qu'il s'agissait de défendre et de maintenir, avant d'en savoir plus long.

Oui, c'est la grande leçon de ces années terribles que l'injure faite à un étudiant de Prague touchait un ouvrier de la banlieue parisienne et que le sang versé quelque part sur les bords d'un fleuve européen allait amener un paysan d'Écosse à verser le sien sur le sol de ces Ardennes qu'il voyait pour la première fois. Et cela même était absurde et fou, impossible, ou presque, à penser.

À partir de là, nous savions comment agir et nous apprenions comment, dans le dénuement moral le plus absolu, l'homme peut retrouver des valeurs suffisantes à régler sa conduite. Car, si cette communion des hommes entre eux, dans la reconnaissance mutuelle de leur chair et de leur dignité était la vérité, c'est cette communication même, c'est ce dialogue qu'il fallait servir.

Et pour maintenir cette communication, il fallait que les hommes fussent libres, puisqu'il n'y a rien de commun entre un maître et un esclave, et qu'on ne peut parler et communiquer avec un homme asservi. La servitude est un silence, et le plus terrible de tous.

Et pour maintenir cette communication, nous devions aussi faire en sorte que l'injustice disparût, parce qu'il n'y a pas de dialogue entre l'opprimé et le profiteur. L'envie aussi est du domaine du silence.

Et pour maintenir cette communication, nous devions enfin proscrire le mensonge et la violence, car l'homme qui ment se ferme aux autres hommes et celui qui torture et contraint impose le silence définitif.

Ainsi, à partir de la négation et par le simple mouvement de notre révolte, il était possible de retrouver une morale de la liberté et de la sincérité, une morale du dialogue.

Pour guérir l'Europe, pour servir l'avenir du monde, c'est cette morale du dialogue que nous avons provisoirement à opposer à la morale du meurtre. Nous devons lutter contre l'injustice, contre la servitude et la terreur, parce que ces trois fléaux sont ceux qui font régner le silence entre les hommes, qui élèvent des barrières entre eux, qui les obscurcissent l'un à l'autre et qui les empêchent de se retrouver dans la seule valeur qui puisse les sauver de ce monde désespérant : la longue fraternité des hommes en lutte contre leur destin. Au bout de cette interminable nuit, maintenant et enfin, nous savons ce que nous devons faire.

Qu'est-ce que cela signifie pratiquement ? Cela signifie que l'Europe ne guérira pas si nous n'appelons pas les choses par leur nom, si nous n'acceptons pas l'idée que nous tuons des hommes chaque fois que nous nous complaisons dans certaines pensées. La première chose à faire est donc le rejet pur et simple, par la pensée et l'action, de toute philosophie cynique. Nous ne dirons pas ainsi que nous refusons toute violence, ce qui serait utopique, mais que nous refusons la violence confortable, je veux dire la violence légitimée par la raison d'État ou par une philosophie. Aucune violence ne peut être exercée par procuration, aucune justifiée en général. Chaque acte violent doit tout remettre en question pour l'homme qui le commet. La suppression de la peine de mort et la condamnation des systèmes concentrationnaires, dans tous les cas, devraient être le premier article du Code international dont chacun de nous attend la création. La peine de mort ne s'imagine qu'en fonction d'hommes qui croient posséder la vérité absolue. Ce n'est pas notre cas. Et nous sommes alors obligés de conclure que nous ne pouvons dire de personne qu'il soit absolument coupable. Il est donc impossible de prononcer le châtiment absolu.

L'Europe ne guérira pas si nous ne refusons pas aux philosophies politiques le droit de tout régler. Il ne s'agit pas, en effet, de donner à ce monde un catéchisme politique et moral. Le grand malheur de notre temps est que justement la politique prétend nous munir, en même temps, d'un catéchisme, d'une philosophie complète, et même quelquefois d'un art d'aimer. Or, le rôle de la politique est de faire le ménage et non pas de régler nos problèmes intérieurs. J'ignore, pour moi, s'il existe un absolu. Mais je sais qu'il n'est pas de l'ordre politique. L'absolu n'est pas l'affaire de tous : il est l'affaire de chacun. Et tous doivent régler leurs rapports entre eux de façon que chacun ait le loisir intérieur de s'interroger sur l'absolu. Notre vie appartient sans doute aux autres et il est juste de la donner quand cela est nécessaire. Mais notre mort n'appartient qu'à nous, c'est ma définition de la liberté.

L'Europe ne guérira pas si elle ne recherche pas à créer, à partir de la négation, les valeurs provisoires qui permettront de concilier une pensée négative et les possibilités d'une action positive. C'est là le travail des philosophes dont je n'ai donné qu'une esquisse. Mais il nous permettrait au moins de remettre en question un certain nombre de valeurs falsifiées sur lesquelles vivent nos contemporains, et dont la première est l'héroïsme. Il faut le dire tranquillement, il y a un procès à faire à l'héroïsme et ce sera un procès d'usurpation. Car cette valeur est falsifiée en ce sens que nos philosophies de l'exaltation lui donnent trop souvent une place qui n'est pas la sienne, je veux dire la première. « Le courage, disait Schopenhauer, simple vertu de sous-lieutenant ! » N'allons pas si loin. Mais disons au moins que nous ne voulons pas de n'importe quel héros. Beaucoup d'entre nous peuvent témoigner que les SS allemands étaient courageux. Cela ne prouve pas qu'ils avaient raison en organisant les camps de concentration. L'héroïsme est donc une vertu secondaire, qui dépend d'autres valeurs pour garder un sens. Celui qui meurt pour l'injustice n'en est pas justifié pour autant. Il y aurait aussi du courage, mais d'une autre sorte, à savoir reconnaître que la première des vertus n'est pas l'héroïsme, mais l'honneur, sans lequel le courage perd son sens et l'héroïsme s'avilit.

Pour finir, l'Europe ne guérira pas sans réinventer un universalisme où tous les hommes de bonne volonté pourront se retrouver. Pour sortir de la solitude et de l'abstraction, il faut parler. Mais il faut parler franc, et, en toutes occasions, dire toute la vérité que l'on sait. Mais on ne peut dire la vérité que dans un monde où elle est définie et fondée sur des valeurs communes à tous les hommes. Aucun homme au monde, aujourd'hui ni demain, ne peut jamais décider que sa vérité est assez bonne pour pouvoir l'imposer aux autres. Car la conscience commune des hommes peut seule assumer cette ambition. Et il faut retrouver les valeurs dont vit cette conscience commune détruite aujourd'hui par la terreur. Cela signifie que nous avons tous à créer en dehors des partis des communautés de réflexion qui entameront le dialogue, par-dessus les frontières, et qui affirmeront par leurs vies et leurs discours que ce monde doit cesser d'être celui des policiers, des soldats et de l'argent pour devenir celui de l'homme et de la femme, du travail fécond et du loisir réfléchi. La liberté que nous avons à conquérir, pour finir, est le droit de ne pas mentir. À cette condition seulement, nous connaîtrons nos raisons de vivre et de mourir. À cette condition seulement nous pourrons, dans la complicité générale où nous vivons, essayer au moins d'être des meurtriers innocents.

CONCLUSION

J'en ai terminé avec les quelques réflexions que je voulais vous proposer. On pensera peut-être que l'attitude assez limitée dont j'ai parlé n'a que des chances modestes contre les forces du meurtre. Mais, et je conclurai ainsi, ce n'est pas mon avis. Car il s'agit d'une prudence bien calculée, d'ailleurs provisoire, qui demande de la force et de l'obstination. Plus simplement, elle demande qu'on aime la vie plus que l'idée. Voilà peut-être ce qui la rend difficile, dans une Europe qui a désappris d'aimer la vie et fait semblant d'aimer l'avenir par-dessus tout, pour tout lui sacrifier. Mais si elle veut reprendre goût à la vie, il lui faudra remplacer les valeurs d'efficacité par les valeurs d'exemple.

Et à la vérité si elle ne le fait pas, personne au monde ne le fera à sa place. Elle a trempé dans les mêmes entreprises meurtrières que les autres puissances qui font semblant aujourd'hui de mener le monde. Mais ces puissances n'ont fait que suivre les leçons de l'Europe. Et cette dernière, [*deux mots illisibles*], est capable de former une solution, et capable de former les pensées dont dépend désormais notre salut commun.

Quelqu'un, dans le monde antique, nous a laissé justement l'exemple et le chemin de ce salut. Il savait que la vie comporte une part d'ombre et une part de lumière, que l'homme ne pouvait prétendre tout régler, qu'il fallait lui démontrer sa vanité. Il savait qu'il y a des choses qu'on ne sait pas et que si l'on prétend tout savoir, alors on finit par tout tuer. Pressentant ce que devait dire Montaigne : « C'est mettre à bien haut prix ses conjectures que d'en faire cuire un homme tout vif[1] ! » il prêchait dans les rues d'Athènes la valeur d'ignorance [*mots illisibles*], afin que l'homme devienne supportable à l'homme. À la fin, naturellement, on l'a mis à mort. Socrate mort, alors commence la décadence du monde grec. Et on a tué beaucoup de Socrate en Europe depuis quelques années. C'est une indication. C'est l'indication que seul l'esprit socratique d'indulgence envers les autres et de rigueur envers soi-même est dangereux en ce moment pour notre civili-

1. Montaigne, *Essais,* III, 11, « Des boiteux ».

sation du meurtre. Nietzsche le savait bien qui avait su distinguer en Socrate le pire ennemi de la volonté de puissance. C'est donc l'indication que seul cet esprit peut faire du bien au monde. Tout autre effort, si admirable soit-il, dirigé vers la domination ne peut que mutiler l'homme plus gravement encore. Socrate avait raison, il n'y a pas d'homme sans dialogue. Et il semble que le moment est venu, pour l'Europe et le monde, de regrouper contre les idéologies de la puissance les forces du dialogue.

Et ici, je me souviendrai que je suis écrivain. Car un des sens de l'histoire d'aujourd'hui et plus encore de demain, c'est la lutte entre les artistes et les conquérants, et si dérisoire que cela puisse paraître, entre les mots et les balles. Les conquérants et les artistes veulent la même chose et vivent de la même révolte. Mais les conquérants modernes veulent l'unité du monde et ils ne peuvent l'obtenir qu'en passant par la guerre et la violence. Ils n'ont qu'un rival, et bientôt qu'un ennemi, qui est l'art. Car les artistes veulent aussi cette unité, mais ils la recherchent et la trouvent parfois dans la beauté, au terme d'une longue ascèse intérieure. « Les poètes, dit Shelley, sont les législateurs non reconnus du monde[1]. » Mais par là il définit, en même temps, la grande responsabilité des artistes contemporains qui doivent reconnaître ce qu'ils sont, et que, par exemple, ils sont du côté de la vie, non de la mort. Ils sont les témoins de la chair, non de la loi. Par leur vocation, ils sont condamnés à la compréhension de cela même qui leur est ennemi. Ce qui ne signifie

1. Percy Bysshe Shelley, « Défense de la Poésie » (1821).

pas, au contraire, qu'ils soient incapables de juger du bien et du mal. Mais, chez le pire criminel, leur aptitude à vivre la vie d'autrui leur permet de reconnaître la constante justification des hommes, qui est la douleur. C'est cette compassion au sens fort du mot qui a fait d'eux dans l'histoire autrefois déjà [*mots illisibles*]. Plutôt que de fuir ce risque et cette responsabilité, les artistes doivent les accepter [*mots illisibles*]. Et lutter à leur manière qui ne peut être que [*un mot illisible*].

L'Europe ne guérira pas si elle ne refuse pas d'adorer l'événement, le fait, la richesse, la puissance, l'histoire comme elle se fait et le monde comme il va, si elle ne consent pas à voir la condition humaine comme elle est. Et ce qu'elle est, nous le savons. C'est cette condition terrible qui demande des tombereaux de sang et des siècles d'histoire pour aboutir à une modification imperceptible dans le destin des hommes. Telle est la loi. Pendant des années, au XVIIIe siècle, les têtes sont tombées en France comme la grêle, la Révolution française a brûlé tous les cœurs d'enthousiasme et de terreur. Et, pour finir, au début du siècle suivant, on a abouti au remplacement de la monarchie légitime par la monarchie constitutionnelle. Nous autres Français du XXe siècle connaissons trop bien cette terrible loi. Il y a eu la guerre, l'occupation, les massacres, des milliers de murs de prison, une Europe échevelée de douleur et tout cela pour que dans le monde dévasté deviennent perceptibles les deux ou trois nuances qui nous aideront à moins désespérer. C'est l'optimisme des repus ici qui serait le scandale. L'Europe doit réapprendre la modestie. Car celui qui espère en la condition humaine est peut-être un fou. Mais celui qui désespère des événements est certainement un lâche.

Par leur œuvre et par leur exemple, il ne leur reste plus désormais qu'à démontrer que la compassion aussi est une force, qu'il vaut mieux se tromper sans assassiner personne et en laissant parler les autres que d'avoir raison au milieu du silence et des charniers. Il leur reste à proclamer que si les révolutions peuvent réussir par la violence, elles ne peuvent se maintenir que dans le dialogue. Une part de l'avenir européen est entre les mains de nos penseurs et de nos artistes, qui connaissent ainsi, et à la fois, misère et grandeur. Mais il en a toujours été ainsi et cela même est exaltant. L'histoire met aujourd'hui au premier plan l'éternelle vocation de l'intelligence, celle qui, à travers des siècles de combats douteux et de grandeurs menacées, n'a jamais cessé de lutter pour affirmer contre les abstractions de l'histoire ce qui dépasse toute l'histoire et qui est la chair, qu'elle soit souffrante ou qu'elle soit heureuse. Toute l'Europe d'aujourd'hui dressée dans sa superbe nous crie que cette entreprise est dérisoire et vaine. Mais nous sommes tous au monde pour démontrer le contraire.

L'EUROPE DE LA FIDÉLITÉ

1951

Le 12 avril 1951, l'Association des amis de la République espagnole, qui compte parmi ses animateurs Édouard Herriot, René Cassin ou encore Pierre Mendès France, organise une réunion à la Salle Saulnier, à Paris. Invité à s'exprimer, Camus réaffirme que l'Europe ne peut se construire qu'avec une Espagne libérée du franquisme, au moment même où les États-Unis, l'Angleterre et la France renouent diplomatiquement avec Franco. Le texte de l'allocution de Camus est publié dès le mois de mai 1951 dans le cinquantième numéro de la revue syndicaliste-révolutionnaire de Pierre Monatte, La Révolution prolétarienne[1].

Les démocraties de l'Ouest se font apparemment une tradition de trahir leurs amis ; les régimes de l'Est se créent une obligation de les dévorer. Entre les deux, nous avons à faire une Europe qui ne

1. Dès la reprise de sa publication après la guerre, en 1947, Camus s'intéresse de près à cette revue à laquelle il donnera une douzaine de textes.

sera ni celle des menteurs ni celle des esclaves. Car il faut faire sans doute une Europe, on a raison de nous le dire au Sénat américain. Simplement, nous ne voulons pas de n'importe quelle Europe. Accepter de bâtir une Europe avec les généraux criminels de l'Allemagne et le général rebelle Franco serait accepter l'Europe des renégats. Et après tout, si c'est cette Europe-là que veulent les démocraties de l'Ouest, il leur était facile de l'avoir. Hitler a tenté de la bâtir, y a presque réussi ; il suffisait de se mettre à genoux, et l'Europe idéale aurait été bâtie sur les os et les cendres des hommes libres assassinés. Les hommes d'Occident n'ont pas voulu cela. Ils ont lutté, de 1936 à 1945, et des millions sont morts ou ont agonisé dans la nuit des prisons, pour que l'Europe et sa culture restent un espoir et gardent un sens. Si certains ont oublié cela aujourd'hui, nous ne l'avons pas oublié. L'Europe est d'abord une fidélité. C'est pourquoi nous sommes ici ce soir.

Si j'en crois les journaux franquistes, le maréchal Pétain appelait Franco l'épée la plus claire de l'Europe. Ce sont des politesses militaires, qui ne tirent pas à conséquence. Mais, précisément, nous ne voulons pas d'une Europe défendue par cette sorte d'épée. Le serviteur des grands nazis, Serrano Súñér[1], vient aussi d'écrire un article où il réclame une Europe aristocratique. Je n'ai rien contre l'aristocratie. Je crois au contraire que le

1. Serrano Súñér (1901-2003) fut ministre du gouvernement de Franco de 1938 à 1940, puis ministre des Affaires étrangères de 1940 à 1942. Haut dignitaire du franquisme, il organisa notamment la rencontre entre Hitler et Franco à Hendaye le 23 octobre 1940.

problème qui se pose à la civilisation européenne est la création de nouvelles élites, les siennes ayant été déshonorées. Mais l'aristocratie de Súñér ressemble trop aux seigneurs de Hitler. C'est l'aristocratie d'un gang, la royauté du crime, la cruelle seigneurie de la médiocrité. Je ne connais pour moi que deux sortes d'aristocraties, qui sont celles de l'intelligence et du travail. Elles sont opprimées, insultées, ou utilisées cyniquement, dans le monde d'aujourd'hui, par une race de valets et de fonctionnaires aux ordres de la puissance. Libérées et réconciliées, réconciliées surtout, elles feront la seule Europe qui puisse durer ; non pas celle du travail forcé et de l'intelligence asservie à la doctrine, ni celle, où nous vivons, de l'hypocrisie et de la morale des boutiquiers, mais l'Europe vivante des communes et des syndicats, qui préparera la renaissance que nous attendons. Dans cet immense effort, ma conviction est que nous ne pouvons nous passer de l'Espagne.

L'Europe n'est devenue, en effet, cette terre inhumaine où tout le monde parle pourtant d'humanisme, ce campement d'esclaves et ce monde d'ombres et de ruines, que parce qu'elle s'est livrée sans pudeur aux doctrines les plus démesurées, qu'elle a rêvé d'être une terre de dieux et qu'elle a choisi, pour diviniser l'homme, d'asservir tous les hommes aux moyens de la puissance. Les philosophies du Nord l'ont aidée et conseillée dans cette belle entreprise. Et aujourd'hui, dans l'Europe de Nietzsche, de Hegel et de Marx, nous recueillons les fruits de cette folie. Si l'homme est devenu Dieu, on est bien obligé de dire qu'il est devenu peu de chose ; ce dieu a une face d'ilote ou de procureur. Jamais dieux si mesquins n'ont régné sur le monde. Qui s'étonnerait, les voyant à la première page des journaux ou sur les écrans de nos cinémas, que leurs Églises soient d'abord des polices ?

L'Europe n'a jamais été grande que dans la tension qu'elle a su introduire entre ses peuples, ses valeurs, ses doctrines. Elle est cet équilibre et cette tension, ou elle n'est rien. Dès qu'elle y a renoncé, et choisi de faire régner, par la violence, l'unité abstraite d'une doctrine, elle a dépéri, elle est devenue cette mère épuisée qui ne donne plus naissance qu'à des créatures avares et haineuses. Et peut-être est-il juste que ces créatures en viennent à se jeter les unes sur les autres pour trouver enfin une paix impossible dans une mort désespérée. Mais notre tâche, et notre rôle à tous, n'est pas de servir cette terrible justice. Elle est de recréer une justice plus modeste dans une Europe renaissante, de renoncer par conséquent aux doctrines qui prétendent tout sacrifier à l'histoire, à la raison et à la puissance. Et pour cela, il nous faut retrouver le chemin du monde, équilibrer l'homme par la nature, le mal par la beauté, la justice par la compassion. Il nous faut renaître enfin dans la dure tension attentive qui fait les sociétés fécondes. C'est ici que l'Espagne doit nous aider.

Comment se passer en effet de cette culture espagnole où jamais, pas une seule fois, en des siècles d'histoire, la chair et le cri de l'homme n'ont été sacrifiés à l'idée pure, qui a su donner au monde, en même temps, don Juan et don Quichotte, les plus hautes images de la sensualité et du mysticisme, qui, dans ses créations les plus folles, ne se sépare pas du réalisme quotidien, culture complète enfin, qui couvre de sa force créatrice l'univers entier, du soleil à la nuit. C'est cette culture qui peut nous aider à refaire une Europe qui n'exclura rien du monde, ni ne mutilera rien de l'homme. Aujourd'hui encore, elle contribue à nourrir, en partie, notre espérance. Et dans le temps même où cette culture était bâillonnée en Espagne, elle donnait encore son sang, le meilleur, à cette Europe et à cette espérance. Les morts espagnols des camps allemands, des Glières[1], de la division Leclerc et les vingt-cinq mille tués dans les déserts de Libye, étaient cette culture et cette Europe. C'est à eux que nous sommes fidèles. Et s'ils peuvent revivre quelque part, aujourd'hui, dans leur pays, c'est au milieu de ces étudiants et de ces ouvriers de Barcelone qui viennent de dire au monde étonné que la véritable Espagne n'est pas morte et qu'elle réclame de nouveau sa place.

Mais si l'Europe de demain ne peut se passer de l'Espagne, elle ne peut, non plus, pour les mêmes raisons, se faire avec l'Espagne de Franco. L'Europe est une expression contrastée, elle ne peut s'accommoder de doctrines assez sottes et assez féroces pour interdire toute autre expression que la leur. Dans le même temps où, il y a quelques mois, un ministre espagnol faisait le vœu que les élites de France et d'Espagne s'interpénètrent davantage, sa censure interdisait Anouilh et Marcel Aymé. Ces écrivains n'ayant jamais passé pour d'implacables révolutionnaires, on devine ce qui peut pénétrer en Espagne de Sartre, de Malraux, ou de Gide. Quant à nous, nous consentons volon-

1. Le plateau des Glières, dans le massif des Bornes, fut un haut lieu de la Résistance. Plus de cent maquisards sont tués par la Wehrmacht suite à l'assaut du plateau à la fin du mois de mars 1944.

tiers à lire M. Benavente[1]. Ce sont les livres de M. Benavente qui ne se laissent pas lire, voilà tout. De récents articles franquistes ont prétendu que la censure avait été assouplie. Après examen des textes, on peut se rassurer. L'assouplissement se résume à affirmer que tout est permis, sauf ce qui est défendu. Franco qui s'inspire volontiers d'un de nos grands écrivains, je veux dire Joseph Prudhomme, a déclaré que « l'Espagne de l'Alcazar de Tolède était attachée à la chaire de Saint-Pierre ». Mais il censure le pape lui-même quand le pape plaide pour la liberté de la presse. Dans l'Europe qui est la nôtre, le pape a le droit de parler, comme aussi ceux qui pensent que le pape use mal de ce droit.

L'Europe que nous voulons est aussi un ordre. Et quand n'importe qui peut arrêter n'importe qui, quand la délation est encouragée, quand les femmes enceintes dans les prisons sont généreusement dispensées de travail, mais au neuvième mois seulement, alors nous sommes dans le désordre, et Franco prouve au monde entier qu'il est bien plus dangereux anarchiste que nos amis de la CNT[2] qui, eux, veulent un ordre. Et le désordre est à son comble, pour moi du moins, dans cette hideuse confusion où la religion est mêlée aux exécutions et où le prêtre se profile derrière le bourreau. Les ordres d'exécution se terminent en Espagne franquiste par ce souhait pieux adressé au direc-

1. Jacinto Benavente y Martínez (1866-1954), écrivain et dramaturge espagnol, auteur de plus de cent cinquante pièces ; il obtint le prix Nobel de littérature en 1922.

2. Fondée en 1911, de tendance anarchiste et libertaire, la Confédération nationale du travail était le principal syndicat ouvrier espagnol au début du XXe siècle.

teur de la prison : « Que Dieu vous assure longue vie. » On fait souscrire aussi, aux prisonniers, des abonnements à l'hebdomadaire *Rédemption*. Cette Europe où Dieu est réservé à l'usage particulier des directeurs de prison, est-ce la civilisation pour laquelle nous devons combattre et mourir ? Non ! Il y a, par bonheur, une rédemption à laquelle on ne s'abonne pas et qui réside dans le jugement des hommes libres. S'il y a un Christ en Espagne, il est dans les prisons en effet, mais sur le bat-flanc des cellules, il est avec les catholiques qui refusent la communion parce que le prêtre bourreau l'a rendue obligatoire dans certaines prisons. Ceux-là sont nos frères, et les fils de la libre Europe.

Notre Europe est aussi celle de la vraie culture. Et, je regrette d'avoir à le dire, je ne vois aucun signe de culture dans l'Espagne de Franco. J'ai lu dernièrement la philosophie de l'histoire qui est personnelle au caudillo. Elle se résume en ceci, et je cite, que « la franc-maçonnerie cachée dans le cheval de Troie de l'*Encyclopédie* a été introduite en Espagne par les Bourbons ». J'ai lu en même temps qu'un pèlerin catholique d'Amérique, reçu par Franco, l'avait trouvé « extraordinairement intelligent ». Un pèlerin est toujours enthousiaste. Il ne veut pas s'être dérangé pour rien. Mais enfin, je trouve la phrase de Franco et celle du pèlerin légèrement incompatibles. Et ma conviction que la culture et l'Espagne officielle d'aujourd'hui n'ont que des rapports de politesse s'affirme lorsque je lis que « Franco doit trancher avec son épée les nœuds gordiens de problèmes séculaires dont la solution était réservée à son génie », ou encore qu'« il semble que Dieu ait placé le destin de Franco sous le signe de ces apparitions historiques fulgurantes en détachant cette tête auréolée sur l'horizon de notre siècle ». Non, l'idolâtrie n'est pas la culture. La culture, elle du moins, meurt du ridicule. Franco enfin, exigeant sa place dans le concert des nations et réclamant le droit (que nous réclamons avec lui) pour l'Espagne d'avoir le gouvernement qui lui plaît, résume sa doctrine en cette formule, sur laquelle je ne cesse pas, vous le comprendrez, de réfléchir : « Ce n'est pas que nous marchions dans une direction différente… C'est que nous marchons plus vite que les autres et que nous sommes déjà sur le chemin du retour alors que les autres marchent encore vers le but. » Cette métaphore hardie suffit en effet à tout expliquer et à justifier que, pour notre culture, nous préférions l'Europe d'Unamuno[1] à celle de M. Rocamora[2].

Notre Europe enfin, et cela résume tout, ne peut se passer de la paix. L'Espagne de Franco, elle, ne vit et ne se survit que parce que la guerre nous menace tandis que la République espagnole se renforce chaque fois que la paix voit grandir ses chances. Si l'Europe, pour exister, doit passer par la guerre, elle sera l'Europe des polices et des ruines. Et l'on comprend alors que Franco soit jugé indispensable, en raison de l'absence malencontreuse de Hitler et de Mussolini. C'est bien ainsi qu'en ont jugé ceux qui se font de l'Europe une idée qui nous fait horreur. Franco a été jugé sévèrement jusqu'au moment où l'on s'est avisé qu'il avait trente divisions. C'est alors qu'il est

1. Voir « L'Espagne et le don quichottisme », p. 265.
2. Pedro Rocamora (1911-1993) était à l'époque le directeur général de la Propagande au sein du sous-secrétariat de l'Éducation populaire, rattaché au ministère de l'Éducation nationale du gouvernement franquiste.

entré dans la vérité. On a refait à son usage le mot de Pascal[1] qui est devenu : « erreur en deçà de la trentième division, vérité au-delà ». Dans ces conditions, pourquoi faire la guerre à la Russie ? Elle est plus vraie que la vérité puisqu'elle a cent soixante-quinze divisions. Mais elle est l'ennemie et tout est bon qui peut la combattre. Pour triompher, il faut d'abord trahir la vérité. Eh bien, c'est le moment de dire que l'Europe que nous voulons ne sera jamais celle où la justice d'une cause s'évalue au nombre de ses canons. Il y a déjà de la stupidité à calculer la force d'une armée sur le nombre de ses officiers. À ce compte, l'armée espagnole est, en effet, la plus forte du monde.

Mais elle est aussi la plus faible. Il faut être un penseur du *State Department* pour imaginer que le peuple espagnol se battra au nom d'une liberté qu'il n'a pas. Mais la stupidité n'est rien. Ce qui est plus grave, c'est la trahison d'une cause sacrée, celle de la seule Europe dont nous voulions. En signant la reprise des relations avec Franco, l'Amérique officielle et ses alliés ont signé la rupture avec une certaine Europe qui est la nôtre — et que nous continuerons à défendre et à servir ensemble. Et nous ne la servirons bien qu'en nous distinguant justement de tous ceux qui n'ont plus aucun droit moral de la servir, de ceux qui, à la faveur d'une provocation policière, laissent chez nous torturer des militants irréprochables de la CNT comme José Peirats[2], de ceux qui laissent

1. « Vérité en deçà des Pyrénées, erreur au-delà » (Blaise Pascal, *Pensées*).

2. José Peirats Valls (1908-1989), ouvrier, journaliste, fut secrétaire de la CNT et rédacteur dans le journal anarcho-syndicaliste *Solidaridad Obrera*. Contraint à l'exil suite à la vic-

truquer les élections algériennes, de ceux aussi qui se lavent les mains du sang des fusillés de Prague et qui insultent les prisonniers concentrationnaires des camps russes. Ceux-là s'enlèvent le droit de parler de l'Europe et de dénoncer Franco. Qui parlera alors ? Qui le dénoncera ? Amis espagnols, la réponse est simple : la voix tranquille de la fidélité. Mais la fidélité est solitaire ? Non, nous sommes de par le monde des millions de fidèles qui préparons le jour de la réunion. Trois cent mille Barcelonais viennent de vous le crier[1]. C'est à nous de nous unir, de ne rien faire qui puisse nous séparer. Oui, unissons-nous seulement, et unissez-vous, je vous en supplie. L'Espagne de l'exil a ici sa justification, dans cette union enfin réalisée, dans cette lutte patiente et inflexible. Un jour viendra où l'Europe triomphera de ses misères et de ses crimes, où elle revivra enfin.

Mais ce jour sera exactement le même, voilà ce que j'ai voulu vous dire, que celui où l'Espagne de la fidélité, venue des quatre coins du monde, se regroupera au sommet des Pyrénées, et verra s'étendre, devant elle, la vieille terre blessée que tant d'entre vous ont attendue en vain, et qui vous attend silencieusement depuis si longtemps. Ce jour-là, nous autres Européens, retrouverons avec vous une patrie de plus.

---

toire de Franco, il publie au début des années 1950 un ouvrage de référence sur l'anarcho-syndicalisme espagnol : *La CNT en la revolución española*.

1. En mars 1951, un appel au boycott des tramways barcelonais, suite à l'augmentation du prix du ticket, se transforme en un mouvement de grève générale qui paralyse la ville durant deux semaines.

CONFÉRENCE AU CASAL DE CATALUNYA [CALENDRIER DE LA LIBERTÉ : 19 JUILLET 1936]

1951

Le 19 juillet 1951, le Casal de Catalunya célèbre dans les locaux de la Ligue de l'enseignement, rue Récamier à Paris, le quinzième anniversaire de la révolution sociale et libertaire du 19 juillet 1936 en Espagne. Invité à s'exprimer aux côtés d'Octavio Paz, Jean-Paul Sartre ou encore Jean Cassou, Albert Camus prononce cette allocution dont le texte paraît le 4 août 1951 dans l'hebdomadaire de la CNT espagnole Solidaridad Obrera. *Il sera de nouveau publié trois ans plus tard, dans la cinquième livraison de la revue* Témoins *du printemps 1954, augmenté de l'allocution prononcée par Albert Camus à la Mutualité (Paris) le 30 juin 1953 suite aux révoltes ouvrières de Berlin-Est*[1]. *Les deux textes réunis paraissent sous le même titre : « Calendrier de la liberté ».*

Le 19 juillet 1936 a commencé en Espagne la Deuxième Guerre mondiale. Nous commémorons aujourd'hui cet événement. Cette guerre est ter-

1. Voir ci-dessous, p. 209.

minée partout aujourd'hui sauf précisément en Espagne. Le prétexte pour ne pas la terminer est l'obligation de se préparer à la troisième guerre mondiale. Ceci résume la tragédie de l'Espagne républicaine qui s'est vu imposer la guerre civile et étrangère par des chefs militaires rebelles et qui se voit aujourd'hui imposer les mêmes chefs au nom de la guerre étrangère. Pendant quinze années l'une des causes les plus justes qu'on puisse rencontrer dans une vie d'homme s'est trouvée constamment déformée et, à l'occasion, trahie pour les intérêts plus vastes d'un monde livré aux luttes de la puissance. La cause de la république s'est trouvée et se trouve toujours identifiée à celle de la paix et c'est là sans doute sa justification. Par malheur, le monde n'a pas cessé d'être en guerre depuis le 19 juillet 1936 et la République espagnole en conséquence n'a pas cessé d'être trahie ou cyniquement utilisée. C'est pourquoi il est peut-être vain de s'adresser comme nous l'avons fait si souvent à l'esprit de justice et de liberté, à la conscience des gouvernements. Un gouvernement, par définition, n'a pas de conscience. Il a, parfois, une politique, et c'est tout. Et peut-être la plus sûre manière de plaider pour la République espagnole n'est-elle plus de dire qu'il est indigne pour une démocratie de tuer une seconde fois ceux qui se sont battus et qui sont morts pour notre liberté à tous. Ce langage est celui de la vérité, il retentit donc dans le désert. La bonne manière sera de dire plutôt que si le maintien de Franco ne se justifie que par la nécessité d'assurer la défense de l'Occident, il n'est justifié par rien. Cette défense de l'Occident, il faut qu'on le sache, perdra ses justifications et ses combattants les meilleurs si elle autorise le maintien d'un régime d'usurpation et de tyrannie.

Puisque les gouvernements occidentaux ont décidé de ne tenir compte que des réalités, autant leur dire que les convictions de toute une partie de l'Europe font partie aussi de la réalité et qu'il ne sera pas possible de les nier jusqu'au bout. Les gouvernements du XXe siècle ont une tendance regrettable à croire que l'opinion et les consciences peuvent se gouverner comme les forces du monde physique. Et il est vrai que, par les techniques de la propagande ou de la terreur, ils sont arrivés à donner aux opinions et aux consciences une consternante élasticité. Il y a cependant une limite à toutes choses, et particulièrement à la souplesse de l'opinion. On a pu mystifier la conscience révolutionnaire jusqu'à lui faire exalter les misérables exploits de la tyrannie. L'excès même de cette tyrannie rend cependant cette mystification évidente et voici qu'au milieu du siècle la conscience révolutionnaire de nouveau s'éveille et se retourne vers ses origines. D'un autre côté, on a pu mystifier l'idéal de liberté pour lequel des peuples et des individus ont su se battre alors même que leurs gouvernements capitulaient. On a pu faire patienter ces peuples, leur faire admettre des compromis de plus en plus graves. Mais une limite est désormais atteinte qu'il faut annoncer clairement, et passée laquelle il ne sera plus possible d'utiliser les consciences libres : il faudra au contraire les combattre elles aussi. Cette limite pour nous autres Européens qui avons pris conscience de notre destin et de nos vérités le 19 juillet 1936, c'est l'Espagne et ses libertés.

La pire faute que puissent commettre les gouvernements occidentaux serait d'ignorer la réalité de cette limite. Notre pire lâcheté serait de la leur laisser ignorer. J'ai lu, dans les très curieux articles[1] qu'un journal qui nous a habitués à plus de neutralité consacre à ce qu'il appelle le problème espagnol, que les chefs républicains espagnols ne croient plus guère à la république. Si cela était vrai, cela justifierait les pires entreprises contre cette république. Mais l'auteur de ces articles, M. Créach, parlant de ces chefs républicains, ajoute « ceux du moins qui vivent en Espagne ». Par malheur pour M. Créach, par bonheur pour la liberté de l'Europe, les chefs républicains ne vivent pas en Espagne. Ou, s'ils y vivent, M. Créach ne peut les rencontrer dans les ministères et les salons de Madrid. Ceux qu'il connaît et qu'il dit être républicains ont cessé de croire à la république en effet. Mais ils ont cessé d'y croire à partir du moment où ils ont accepté de la soumettre une deuxième fois à ses meurtriers. Les vrais, les seuls chefs républicains qui vivent en Espagne ont une opinion si catégorique que je crains qu'elle ne puisse plaire à M. Créach, ni à ceux qui, pour servir Franco, ne cessent de se réclamer du danger de guerre et des nécessités de la défense occidentale. C'est l'opinion de ces combattants clandestins qu'il faut faire connaître parce que, seule, elle peut indiquer la limite sur laquelle nous nous tenons tous et que, en ce qui nous concerne, nous ne laisserons pas franchir. C'est pourquoi je voudrais que ma voix fût bien plus forte qu'elle n'est et qu'elle parvînt directe-

1. En juillet 1951, *Le Monde* publie une série d'articles de Jean Créach intitulée « Éléments du problème espagnol ».

ment à ceux dont c'est la tâche de définir la politique occidentale en fonction de la réalité pour leur porter des déclarations sans ambiguïtés du responsable du plus puissant mouvement clandestin espagnol. Ces déclarations dont je certifie l'origine et l'authenticité sont courtes. Les voici : « Par les coutumes, la culture, la civilisation, nous appartenons au monde occidental et nous sommes contre le monde oriental. Mais Franco restant au pouvoir, nous ferons ce qu'il faut pour empêcher qu'aucun homme jamais ne prenne chez nous les armes pour l'Occident. Nous sommes organisés pour cela. »

Ceci est une réalité que les réalistes de l'Occident feront bien de méditer. Et non pas seulement en ce qui concerne l'Espagne. Car le combattant qui parle ici, et dont la vie aujourd'hui est un perpétuel danger, est le frère d'armes de centaines de milliers d'Européens qui lui ressemblent, qui sont décidés à lutter pour leurs libertés et certaines valeurs d'Occident, qui savent aussi que toute lutte suppose un minimum de réalisme, mais qui ne confondront jamais réalisme et cynisme et qui ne prendront pas les armes pour défendre l'Occident avec les Maures de Franco et la liberté avec les admirateurs de Hitler. Il y a là en effet une limite qui ne sera pas dépassée. Pendant près de dix ans, nous avons mangé le pain de la honte et de la défaite. Au jour de la délivrance, au sommet de la plus grande espérance, nous avons appris de surcroît que la victoire aussi était trahie et qu'il nous fallait renoncer à quelques-unes de nos illusions. À quelques-unes ? Sans doute ! Après tout, nous ne sommes pas des enfants. Mais non point à toutes, mais non point à notre fidélité la plus essentielle. Sur cette limite clairement tracée se tient en tout cas l'Espagne qui, une fois de plus, nous aide à voir clair. Nul combat ne sera juste s'il se fait en réalité contre le peuple espagnol. Et s'il se fait contre lui, il se fera sans nous. Nulle Europe, nulle culture ne sera libre si elle se bâtit sur la servitude du peuple espagnol. Et si elle se bâtit sur cette servitude elle se fera contre nous. L'intelligent réalisme des politiques occidentaux aboutira finalement à gagner à leur cause cinq aérodromes et trois mille officiers espagnols et à s'aliéner définitivement des centaines de milliers d'Européens. Après quoi, ces génies politiques se congratuleront au milieu des ruines. À moins que les réalistes entendent réellement le langage du réalisme et comprennent enfin que le meilleur allié du Kremlin n'est pas aujourd'hui le communisme espagnol, mais le général Franco lui-même et ses soutiens occidentaux.

Ces avertissements peut-être seront inutiles. Mais pour le moment, et malgré tout, il reste une petite place pour l'espérance. Que ces avertissements soient faits, qu'un combattant espagnol ait pu tenir le langage que j'ai dit et cela prouve au moins que nulle défaite ne sera définitive tant que le peuple espagnol, comme il vient de le prouver[1], garde sa force de combat. Paradoxalement, c'est ce peuple affamé, asservi, exilé de la communauté des nations qui est aujourd'hui le gardien et le témoin de notre espérance. Lui du moins, bien différent en cela des chefs de M. Créach, est vivant, souffre et lutte. Il l'est à ce point qu'il embarrasse les théoriciens du réalisme qui affirmaient que

1. Voir ci-dessus, note 1, p. 164.

ce peuple songeait d'abord à sa tranquillité. Il y songeait si peu qu'il a fallu que ces théoriciens jettent du lest. Les journaux où s'exprime laborieusement aujourd'hui ce qui prétend être l'élite européenne se sont évertués à expliquer le phénomène des grèves espagnoles d'une manière qui laissait intactes les vraies forces du régime franquiste. Leur dernière trouvaille est que ces grèves ont été favorisées par la bourgeoisie et l'armée. Mais ces grèves ont été faites d'abord par ceux qui travaillaient et souffraient, voilà la vérité. Et si comme il est possible des patrons et des évêques espagnols y ont vu une occasion d'exprimer, sans payer de leur personne, leur opposition, alors ils ne sont que plus méprisables d'avoir compté sur la peine et le sang du peuple espagnol pour dire ce qu'ils étaient incapables de crier eux-mêmes. Ces mouvements ont été spontanés et cet élan garantit la réalité des déclarations de notre camarade et fonde le seul espoir que nous puissions nourrir.

Gardons-nous de croire que la cause républicaine vacille ! Gardons-nous de croire que l'Europe agonise ! Ce qui agonise, de l'Est à l'Ouest, ce sont ses idéologies. Et l'Europe peut-être, dont l'Espagne est solidaire, n'est si misérable que parce qu'elle s'est détournée tout entière, et jusque dans sa pensée révolutionnaire, d'une source de vie généreuse, d'une pensée où la justice et la liberté se rencontraient dans une unité charnelle, également éloignée des philosophies bourgeoises et du socialisme césarien. Les peuples d'Espagne, d'Italie et de France gardent le secret de cette pensée, et le garderont encore pour qu'il serve au moment de la renaissance. Alors le 19 juillet 1936 sera aussi l'une des dates de la deuxième révolution du siècle, celle qui prend sa source dans la Commune de Paris, qui chemine toujours sous les apparences de la défaite, mais qui n'a pas encore fini de secouer le monde et qui pour finir portera l'homme plus loin que n'a pu le faire la révolution de 17. Nourrie par l'Espagne et, en général, par le génie libertaire, elle nous rendra un jour une Espagne et une Europe, et avec elles de nouvelles tâches et des combats enfin à ciel ouvert. Ceci du moins fait notre espoir et nos raisons de lutter.

Camarades espagnols, en disant cela je n'oublie pas, croyez-le bien, que, si quinze années sont peu de chose au regard de l'histoire, les quinze années que nous venons de passer ont pesé d'un terrible poids sur beaucoup d'entre vous, dans le silence de l'exil. Il y a quelque chose dont je ne sais plus parler, pour l'avoir trop dit, et c'est le désir passionné qui est le mien de vous voir retrouver la seule terre qui soit à votre mesure. Ce soir encore, je sens l'amertume qu'il peut y avoir à ne vous parler que de luttes et de combats renouvelés au lieu du juste bonheur auquel vous avez droit. Mais tout ce que nous pouvons faire pour justifier tant de souffrances et de morts, c'est de porter en nous leurs espoirs, de ne pas faire que ces souffrances aient été vaines et que ces morts soient solitaires. Ces quinze années implacables qui ont usé tant d'hommes à la tâche en ont forgé quelques autres dont c'est le destin que de justifier les premiers. Si lourd que cela soit, c'est ainsi que les peuples et les civilisations s'élèvent. Et après tout, c'est de vous, c'est de l'Espagne en partie, que quelques-uns d'entre nous ont appris à se tenir debout et à accepter sans défaillance le dur devoir de la liberté. Pour l'Europe et pour nous, souvent sans le savoir, vous avez été et vous êtes des maîtres de liberté. Ce dur devoir qui n'en finit plus, c'est à notre tour maintenant de le partager avec vous, sans défaillance et sans compromission. Là est votre justification. J'ai rencontré dans l'histoire depuis que j'ai l'âge d'homme beaucoup de vainqueurs dont j'ai trouvé la face hideuse. Parce que j'y lisais la haine et la solitude. C'est qu'ils n'étaient rien quand ils n'étaient pas vainqueurs. Pour être seulement, il leur fallait tuer et asservir. Mais il est une autre race d'hommes, qui nous aide à respirer, qui n'a jamais trouvé d'existence et de liberté que dans la liberté et le bonheur de tous et qui puise par conséquent jusque dans les défaites des raisons de vivre et d'aimer. Ceux-là, même vaincus, ne seront jamais solitaires.

ALBERT CAMUS TALKS ABOUT THE GENERAL ELECTION IN BRITAIN

1951

À partir de la fin 1947, la British Broadcasting Company (BBC) invite des intellectuels français à s'exprimer dans le cadre d'une chronique mensuelle intitulée « Letter from Paris » *et diffusée lors de son émission* Third Programme. *Albert Camus accepte d'y commenter les élections générales britanniques anticipées d'octobre 1951 au cours desquelles les travaillistes de Clement Attlee, recueillant le plus grand nombre de suffrages, sont cependant défaits par les conservateurs au nombre de sièges. Six ans après sa défaite inattendue aux élections de 1945, Churchill redevient Premier ministre. L'allocution de Camus, dont il est vraisemblable qu'elle fut enregistrée à Paris et non à Londres, fut radiodiffusée une première fois le 8 novembre 1951 sous le présent titre. Elle fit ensuite l'objet d'une deuxième diffusion le 10 novembre, dans une traduction anglaise, puis d'une troisième le 30 du même mois, accompagnée pour l'occasion d'une intervention de Raymond Aron réagissant aux propos de Camus.*

Je me garderai de dire, comme il est d'usage, que la politique intérieure de l'Angleterre ne me concerne pas. J'ai au contraire l'impression qu'elle me concerne, comme elle concerne, directement ou indirectement, des millions d'Européens. En revanche, je puis très bien admettre que mes auditeurs anglais estiment que mon opinion, comme celle de n'importe quel Français sans responsabilité politique, reste pour eux privée d'importance immédiate. C'est bien pourquoi je parlerai à la fois sincèrement et librement de vos dernières élections. Sincèrement, puisque je sens très bien leur gravité. Librement, puisque je n'engage ici que moi-même et que je n'ai pas à déguiser ma pensée. Et puis, je m'adresse à des hommes libres.

Avant toute chose, je trouverais malhonnête de cacher mes préférences. Bien que je ne sois pas réellement socialiste, ma sympathie allant aux formes libertaires du syndicalisme, j'ai souhaité que les travaillistes fussent vainqueurs de ces élections. Si l'on me demandait pourquoi, je confesserais évidemment que je raisonne d'abord par analogie : j'aimerais mieux voir en Europe continentale des gouvernements travaillistes que des ministères conservateurs. La raison en est simple. Ceux de mes auditeurs anglais qui connaissent la révoltante disproportion qui s'étale dans les villes du continent entre la misère des banlieues et le luxe écrasant de quelques-uns, comprendront qu'on souhaite, par simple décence, un ensemble de mesures qui élèvent le niveau de vie des travailleurs par l'abaissement proportionnel de bruyantes fortunes dont certaines ne se cachent même pas d'être élevées sur la fraude. Je sais bien que les Anglais ont payé la relative justice sociale où ils vivent par beaucoup d'austérité, et je n'ai pas de préjugés personnels en faveur de l'austérité.

Mais, à tout prendre, nous pouvons constater tous les jours autour de nous que l'austérité est un mal infiniment moindre que l'injustice.

Je m'intéresse aussi au travaillisme comme à l'exemple d'un socialisme sans philosophie, ou presque. Depuis un siècle, le socialisme européen a fait passer la philosophie de ses chefs avant les intérêts concrets de ses troupes ouvrières. Comme cette philosophie, efficace dans son aspect critique, est irréelle dans sa partie positive, elle s'est constamment heurtée aux réalités et les socialistes du continent n'ont pas eu d'autre choix que l'opportunisme qui sanctionne leur échec, ou la terreur, dont le but profond est de faire plier la réalité humaine et économique à des principes qui ne lui conviennent pas. Quand elle entre dans l'histoire, la philosophie peut mener très loin. En Europe, elle a produit en tout cas des menteurs et des bourreaux, alors que le socialisme se proposait de créer une cité d'hommes libres et généreux. Il me semble, au contraire, que le travaillisme anglais, comme le socialisme scandinave, est resté à peu près fidèle à ses origines, quoique parfois contaminé par l'opportunisme, et qu'il est arrivé à réaliser, un peu à tâtons, un minimum de justice dans un maximum de liberté politique. L'exemple qu'à cet égard l'Angleterre nous a donné devrait faire la mauvaise conscience de beaucoup de gouvernants européens.

Cet exemple est instructif, en tout cas, pour un Européen du continent. Et à ce point qu'il me paraît impossible de juger des élections anglaises et de leur importance internationale, sans tenir compte précisément des problèmes posés chez vous et sur le continent par la justice sociale. Je veux dire qu'il n'y a pas deux problèmes : la justice sociale qui serait une affaire intérieure et la paix qui resterait un problème extérieur. Il n'y en a qu'un qui fait dépendre la paix de la justice intérieure, comme la justice intérieure est liée au sort de la paix et de la guerre. L'Europe, soyons-en sûrs, n'aura pas la paix sans la justice sociale. On nous dit par exemple que M. Churchill a renforcé tous les départements qui concernent la défense et que, dans des circonstances à nouveau tragiques, il prendra la barre d'une main ferme. Je le crois sans peine. J'ai admiré pendant toutes les années de guerre le langage de M. Churchill. Il n'a pas seulement porté l'espoir et la fierté de votre pays, mais aussi notre espoir et notre fierté à nous qui étions bâillonnés. Ce sont des choses que quelques hommes au moins, dont je suis, n'oublieront pas, malgré tout ce qui les sépare de M. Churchill. Mais on nous dit aussi que votre Premier [*Ministre*] veut achever sa grande vie d'homme d'État en affermissant la paix. Je m'en réjouis sans réserve. Je suis persuadé, simplement, que M. Churchill ne pourra pas se borner à rencontrer Staline qu'au demeurant, si mes souvenirs sont bons, il a déjà rencontré à Yalta ; il aura aussi, sur beaucoup de points, à continuer la même politique intérieure que M. Attlee. Il me semble, en somme, que sous la pression des circonstances internationales le travaillisme n'est pas sorti tout à fait vaincu de vos dernières élections puisque M. Churchill, dans une mesure assez grande, va être obligé par son désir même de paix de se faire travailliste. Je m'explique.

On ne peut douter en effet que la paix dépende de la manière dont les démocraties occidentales gagneront la guerre froide sans se jeter dans les flammes de la guerre tout court. L'Angleterre est la seule de toutes les démocraties européennes à avoir déjà gagné cette guerre froide, pour son compte, du fait que le communisme y a pratiquement disparu. Nous ne pouvons pas en dire autant. Quand en Italie et en France le quart du corps électoral vote pour l'ennemi qu'on lui désigne, il est évident que nous ne sommes pas en mesure, malgré tous les réarmements, de résister efficacement à cet adversaire. Ceux qui disent le contraire mentent. Et ce qui fait la force du parti communiste dans l'Europe continentale, ce n'est pas l'absurde propagande de ce parti, ni, bien entendu, l'exemple des camps de concentration russes, c'est le scandale permanent où nous vivons quant à la justice sociale. Que penser d'une nation en lutte contre une puissance communiste et qui laisse subsister chez elle un désordre tel qu'il suscite des communistes comme l'humidité multiplie les plantes ? On ne peut penser qu'une chose : c'est que cette nation s'offre en victime à toutes les entreprises et risque de précipiter ainsi l'entreprise dernière, qui mettra le feu aux poudres.

Nos démocraties européennes ont toutes un réel désir de paix. Elles savent, à défaut d'autre chose, et nous Français le savons mieux que personne, que la guerre n'est plus une bonne affaire et que la guerre atomique serait une absurdité et un suicide. Mais si nous en sommes tous conscients, nous n'avons pas tous également les moyens d'offrir la paix. De quoi sert à l'homme renversé qu'il offre la paix à celui qui le domine de toutes ses armes ? À supposer même que deux hommes également armés se tiennent face à face, de quoi sert à l'un d'offrir la paix à l'autre, s'il se trouve, derrière le premier, un membre de sa famille prêt à l'étrangler ? C'est pourquoi, et je le dis en pesant mes mots, les démocraties du continent ne peuvent plus servir réellement la paix dans l'état actuel des choses. Tout ce que nous pouvons faire est, en premier lieu, d'essayer de guérir du cancer qui nous ronge, ou, ce qui revient au même, de ramener l'entente dans notre propre famille. Au contraire, l'Angleterre est le pays qui, dans ces dernières années de guerre froide, a donné le plus de gages à la paix, tout en laissant clairement entendre qu'elle ne céderait pas à l'esprit d'agression. Peut-être ne respirons-nous librement, aujourd'hui encore, que grâce à la sagesse dont votre gouvernement, plusieurs fois, a su faire la preuve. Mais votre pays n'a pu s'offrir le luxe de maintenir la paix après avoir assuré la victoire que parce qu'il a délibérément renoncé à un certain luxe intérieur. L'injustice sociale est en effet un luxe extravagant que, seules, peuvent s'offrir des nations qui ont beaucoup d'argent pour en compenser les ravages ou beaucoup de policiers pour en faire taire les révoltes. L'Angleterre qui manque de devises, mais non de liberté, a su renoncer à ce luxe et c'est pourquoi elle a gagné provisoirement la guerre froide que l'Europe continentale est en train de perdre à cause de la cupidité et de l'inconscience de ses élites.

Ce sont les raisons pour lesquelles il me semble qu'un gouvernement conservateur, s'il veut faire une politique de paix tout en décourageant l'agression, devra laisser intact l'essentiel des réformes sociales dont vient de bénéficier l'Angleterre. Ce n'est pas seulement la précarité de sa victoire ni l'augmentation des suffrages travaillistes qui devraient l'en persuader, mais les nécessités de la guerre froide elle-même. Ma seule inquiétude serait que les conservateurs imaginent pouvoir mener une politique extérieure de paix tout en revenant sur la politique intérieure de leurs rivaux. Cette inquiétude n'est pas celle d'un partisan politique, elle est celle d'un homme qui, vivant à l'écart des partis et des milieux officiels, a pu réfléchir en toute indépendance sur les causes de la faiblesse dont souffre actuellement l'Europe démocratique, et les a trouvées dans l'indifférence ou la désaffection de masses de plus en plus grandes qui s'estiment à juste titre lésées par la répartition du revenu national. Les dictatures peuvent se permettre de faire la guerre avec des misérables : elles ont les moyens de les persuader. Les démocraties, au contraire, ont besoin de soldats qui aient quelque chose à défendre. Quand on retire tout à un homme, même l'espoir, il n'a plus rien à défendre. Plusieurs millions d'Européens estiment, apparemment, qu'ils n'ont rien à défendre en défendant leur nation. Voilà le fait le plus important de notre histoire, la tragique évidence qui fait votre force et notre faiblesse. C'est à nous qu'il revient de surmonter cette faiblesse. Mais quant à vous, gardez au moins votre force la plus sûre en maintenant la justice à tout prix. Pour finir, si M. Churchill, ce que je souhaite de toutes mes forces, gagne la paix, il le devra aussi aux réformes commencées par le gouvernement de coalition et consolidées par M. Attlee, et ceci symbolisera bien, sous les oppositions apparentes, la cohésion profonde d'un peuple qui, une fois de plus dans sa longue histoire, aura mérité notre estime et notre gratitude.

Mais, si je puis me permettre de parler avec la même liberté, j'ajouterai que votre pays aura acquis des droits plus grands encore à la gratitude des hommes libres à partir du moment où il cessera d'exercer ses vertus à l'écart. L'Europe, à cause même de ses désordres, a besoin de l'Angleterre et, si misérable que ce continent puisse apparaître, il est sûr que l'Angleterre ne pourra se sauver sans l'Europe. Les préjugés ou l'indifférence que vos hommes politiques nourrissent souvent à l'égard du continent sont peut-être légitimes, ils n'en sont pas moins regrettables. La méfiance peut être bonne en tant que méthode. Elle est détestable en tant que principe : il vient toujours un moment où le principe contredit au fait. Les faits disent que pour le meilleur et le pire l'Angleterre et l'Europe sont solidaires. Ce mariage peut sembler mal assorti. Mais un de nos moralistes l'a dit : il est de bons mariages, il n'en est point de délicieux. Puisque le nôtre n'est pas délicieux, faisons au moins qu'il soit bon, puisque le divorce est impossible. Car le divorce est impossible. L'Angleterre aura beau donner les plus grands gages à la paix, elle entrera en guerre si l'Europe, incapable de trouver une cohésion personnelle, s'abandonne sans rémission à chacun des deux blocs. Et il n'y aura pas de cohésion européenne si notre continent ne trouve pas le chemin de la justice. Et l'Europe ne trouvera pas ce chemin si les forces et les hommes qui, de tout temps, ont été au service de la paix et de la justice ne s'unissent pas. Ces forces et ces hommes, en Europe, sont le plus souvent socialistes, c'est un fait. Mais le socialisme européen, démoralisé par ses folies doctrinaires ou ses excès opportunistes, ne peut se passer du trade-unionisme anglais. La très grande faute du gouvernement travailliste a été de négliger ou de rebuter cette Europe fraternelle et de laisser ainsi notre continent se transformer peu à peu en champ clos d'une guerre aujourd'hui froide, demain chaude, et dont personne ne veut. Si la cure d'opposition que vont faire les travaillistes les amenait à mieux comprendre cela, si, par son réalisme ou sous l'inspiration d'une de ces grandes conceptions qui viennent parfois couronner les longues carrières politiques, M. Churchill se sentait solidaire à la fois des réformes travaillistes et de l'Europe laborieuse, s'il montrait ainsi l'habilité suprême de mener en même temps les intérêts de la justice et de la paix, alors l'Europe, la France et les Français solitaires qui me ressemblent pourraient se réjouir, malgré leurs préférences, de vos dernières élections, au nom de quelque chose qui dépasse les partis et les nations et qui s'appelle, suivant les cas, la dignité ou le bonheur des hommes.

APPEL POUR DES CONDAMNÉS À MORT

1952

« Franco assassine toujours ! » s'insurge la Ligue des droits de l'homme sur l'affiche annonçant le 22 février 1952, à la Salle Wagram (Paris), un grand meeting de protestation contre la condamnation à mort par le régime franquiste de onze syndicalistes espagnols de la Confédération nationale du travail (CNT). De nombreux intellectuels sont présents à la tribune, parmi lesquels Georges Altman, André Breton, Albert Béguin, Albert Camus, Louis Guilloux, Jean-Paul Sartre, René Char ou encore Ignazio Silone. C'est au cours de cette réunion qu'Albert Camus lance l'appel reproduit ci-dessous qui sera publié par la revue Esprit *en avril 1952. En dépit de cette importante mobilisation, cinq des onze syndicalistes (Santiago Amir Gruañas, Pedro Adrover Font, Jorge Pons Argilés, José Pérez Pedrero et Ginés Urrea Piña) seront fusillés le 14 mars 1952.*

Un quotidien parisien annonce, aujourd'hui, à ses lecteurs alléchés, une étude sur les grandes directives de la politique franquiste. Ce soir, nous sommes par malheur obligés de nous borner à l'examen d'une seule des directions où cette politique s'est engagée, et cette direction est indiquée par la mire des fusils d'exécution. Cette direction a pour elle, au moins, d'avoir été constante et obstinée.

Voici près de quinze ans, en effet, que le franquisme vise le même but : le visage et la poitrine des Espagnols libres.

Reconnaissons qu'il l'a souvent atteint et, s'il n'a pas encore, malgré tant de balles, défiguré ce visage sans cesse renaissant, il a bon espoir, maintenant, d'en venir à bout grâce à la complicité inattendue d'un monde qui se dit libre.

Eh bien, cette complicité, nous refuserons jusqu'au bout qu'elle soit la nôtre ! Une fois de plus, nous voici placés devant l'intolérable scandale de la conscience européenne ; une fois de plus, sans nous lasser, nous le dénoncerons. Ces nouvelles victimes nous crient, après tant d'autres, du fond de leurs cellules, que la mystification, au moins sur ce point, ne peut durer plus longtemps.

Il faut choisir, en effet, entre le franquisme et la démocratie. Car, entre ces deux conceptions, il n'y a pas de moyen terme. Le moyen terme est justement cette immonde confusion où nous sommes et où les démocraties s'essaient à être cyniques pendant que le franquisme, par courtoisie, s'essaie à devenir respectueux des lois. Il donne alors quatre avocats à onze inculpés qu'une banquette d'officiers, avant que les avocats aient pu parler, jugent en un tournemain, en vertu d'une loi spéciale. Et de même, Franco se refuse à condamner à mort un enfant de seize ans : c'est pourquoi il le garde en cellule jusqu'à sa majorité pour pouvoir enfin le fusiller dans les règles. Il est temps, il est grand temps, que les représentants des démocraties désavouent cette caricature et renient en public, définitivement, la curieuse théorie qui consiste à dire : « Nous allons donner des armes à un dictateur et il deviendra démocrate. » Non ! Si vous lui donnez des armes, il tirera à bout portant, comme c'est son métier, dans le ventre de la liberté.

Il faut choisir entre le Christ et le tueur et il est temps, il est grand temps, que la hiérarchie catholique dénonce en public, définitivement, cet affreux accouplement. On a pu reprocher à Philippe II d'avoir tendance à croire que Dieu était espagnol. Mais Philippe II était un modeste auprès de Franco qui se fait répéter sans trêve, au son des tambours d'exécution, que Dieu est phalangiste. Oui, qu'attend-on pour condamner cette étrange religion qui, depuis quinze ans, s'occupe à bénir de hideuses communions où des hosties de plomb sont distribuées par douze, en feu roulant, pour consacrer le sang des justes ?

Si cette dénonciation, en tout cas, ne se fait pas sans tarder, je ne vois pas quelle raison il y aurait de choisir entre l'hypocrisie et la terreur, puisque l'hypocrisie se serait faite pour toujours servante de la terreur. Alors l'unité du monde serait consacrée, en effet, mais dans l'infamie. Pour nous, du moins, au milieu de cette surenchère répugnante, nous resterons fermes, nous saurons voir ce qui reste à sauver ce soir comme demain. Et ce qui reste à sauver, c'est la vie, la fragile, la précieuse vie des hommes libres. Car, si nous laissons tuer ces hommes, ils vont nous manquer, n'en doutez pas, nous ne sommes pas si nombreux. Nous étouffons, au contraire, dans une Europe où la

Philippe II : 1527-1598
Roi d'Espagne, Roi du Portugal, fils et successeur de CHARLES QUINT.

qualité humaine est dégradée de jour en jour au plus vite. À chaque homme libre qui tombe, dix esclaves naissent et l'avenir s'assombrit un peu plus.

C'est cet avenir que nous avons à maintenir ouvert. C'est cette chance de vie, et avec elle la chance de la grandeur, que nous avons à préserver. Et le cri qui nous vient devant ces meurtres multiples est d'abord une protestation révoltée contre la destruction systématique de tous ceux dont la seule existence sauve encore ce monde du déshonneur.

On a pu dire que le peuple espagnol était l'aristocratie de l'Europe. Qui en douterait à voir ce qui nous entoure ? Par malheur, cette aristocratie est aujourd'hui celle du sacrifice. C'est une élite qu'on tue alors que nous avons besoin qu'elle vive et qu'elle nous aide à vivre. C'est pourquoi il faut agir sans tarder là où chaque jour, chaque heure peut être comptée.

Que chacun d'entre nous fasse ce qu'il peut, mais tout ce qu'il peut. Ne nous endormons pas, n'ayons pas la mélancolie et le découragement trop facile. Ne prenons pas trop facilement notre parti du martyre des autres. Ne cédons pas surtout à la tentation de dire que ce martyre ne sera pas inutile. Car si ce martyre ne peut compter, pour être utile, que sur la mémoire des hommes, il risque un jour d'être vain. Il y a trop de victimes aujourd'hui, et de tous les bords : la mémoire n'y suffit plus. Nous n'avons pas besoin de la mort de ces hommes, nous avons besoin de leur vie d'abord.

Non, ne les laissons pas mourir, le cœur des hommes n'est pas assez sûr. Tandis que leur vie du moins est sûre, la chaleur de leur sang, leur fierté d'hommes libres. C'est tout cela qu'il nous faut encore garder parmi nous. Mais, pour cela, il nous faut arracher ces hommes aux bourreaux, aux messes de sang, aux calculs dérisoires des chancelleries, aux chefs d'État qui saluent les présidents démocrates après avoir décoré les maîtres de la Gestapo : il nous faut les arracher surtout à l'indifférence du monde. À chaque homme libre que nous sauvons, dix futurs esclaves meurent et l'avenir, à nouveau, devient possible. C'est là le sens de notre action, ce soir. En face des bourreaux d'Espagne, comme en face de toutes les tyrannies, c'est aussi le sens de notre espoir.

L'ESPAGNE ET LA CULTURE

1952

Le 30 novembre 1952, un grand meeting est organisé à la Salle Wagram (Paris) pour protester contre l'admission, une dizaine de jours plus tôt, de l'Espagne franquiste à l'UNESCO. Albert Camus, qui avait signifié dès le mois de juin son refus de collaborer avec l'institution aussi longtemps qu'il sera question d'y faire entrer l'Espagne franquiste, est présent à ce rassemblement aux côtés de Jean Cassou, Louis Martin-Chauffier, Émile Kahn, Charles-André Julien, Salvador de Madariaga et Eduardo Santos. Il y prononce cette allocution qui sera publiée dès le mois de décembre dans le journal anarcho-syndicaliste espagnol Solidaridad Obrera *puis dans le numéro 22 de la revue* Preuves. *L'auteur retiendra par ailleurs le texte pour la rubrique « Création et Liberté » de ses* Actuelles II, *qui paraissent au mois d'octobre 1953.*

Nous avons à célébrer aujourd'hui une nouvelle et réconfortante victoire de la démocratie. Mais c'est une victoire qu'elle a remportée sur elle-même et sur ses propres principes. L'Espagne de

Franco est introduite à la sauvette dans le temple bien chauffé de la culture et de l'éducation pendant que l'Espagne de Cervantès et d'Unamuno[1] est une fois de plus jetée à la rue. Quand on sait qu'à Madrid le ministre actuel de l'Information, collaborateur désormais direct de l'UNESCO, est celui-là même qui fit la propagande des nazis pendant le règne de Hitler, quand on sait que le gouvernement qui vient de décorer le poète chrétien Paul Claudel est celui-là même qui décora de l'ordre des Flèches rouges Himmler, organisateur des crématoires, on est fondé à dire, en effet, que ce n'est pas Calderón ni Lope de Vega[2] que les démocraties viennent d'accueillir dans leur société d'éducateurs mais Joseph Goebbels. Sept ans après la fin de la guerre, ce superbe reniement devrait valoir nos félicitations au gouvernement de M. Pinay[3]. Ce n'est pas à lui, en effet, qu'on pourra reprocher de s'embarrasser de scrupules quand il s'agit de haute politique. Tout le monde croyait jusqu'ici que le sort de l'histoire dépendait un peu de la lutte des éducateurs contre les bourreaux. Mais on n'avait pas pensé qu'il suffisait, en somme, de nommer officiellement les bourreaux éducateurs. Le gouvernement de M. Pinay y a pensé.

Bien sûr, l'opération est un peu gênante et il

1. Voir ci-dessous, « L'Espagne et le don quichottisme », p. 265.

2. Albert Camus adapte pour le Festival d'Angers *La Dévotion à la Croix* de Pedro Calderón de la Barca en 1953 puis *Le Chevalier d'Olmedo* de Lope de Vega en 1957.

3. Au cours de ses différents ministères dans les années 1950, le conservateur modéré Antoine Pinay (1891-1994) joue un rôle important dans la réconciliation franco-espagnole en encourageant la coopération entre les deux pays.

a fallu la faire à toute allure. Mais quoi, l'école est une chose, le marché en est une autre ! Dans cette histoire, à vrai dire, c'est un peu le marché d'esclaves. On échange les victimes de la Phalange contre les sujets des colonies. Quant à la culture, ce sera pour plus tard. Du reste ce n'est pas l'affaire des gouvernements. Les artistes font la culture, les gouvernements la contrôlent ensuite et à l'occasion suppriment les artistes pour mieux la contrôler. Un jour vient enfin où une poignée de militaires et d'industriels peut dire « nous » en parlant de Molière et de Voltaire ou imprimer en les défigurant les œuvres du poète qu'ils ont préalablement fusillé[1]. Ce jour-là, qui est celui où nous sommes, devrait nous inspirer au moins une pensée de compassion pour le pauvre Hitler. Au lieu de se tuer par excès de romantisme, il lui eût suffi d'imiter son ami Franco et de patienter. Il serait aujourd'hui délégué de l'UNESCO à l'éducation du Haut-Niger, et Mussolini lui-même contribuerait à élever le niveau culturel de ces petits Éthiopiens dont il massacra un peu les pères, il n'y a pas si longtemps[2]. Alors, dans une Europe enfin réconciliée, on assisterait au triomphe définitif de la culture, à l'occasion d'un immense banquet de généraux et de maréchaux servis par une escouade de ministres démocrates, mais résolument réalistes.

Le mot dégoût serait ici un mot bien faible. Mais il me paraît désormais inutile de dire une fois de plus notre indignation. Puisque nos gou-

1. Camus fait ici référence au poète et dramaturge Federico García Lorca (1898-1936), fusillé au début de la guerre civile.
2. L'Italie de Mussolini envahit l'Éthiopie en octobre 1935 et l'occupe jusqu'en 1941.

vernants sont assez intelligents et réalistes pour se passer d'honneur et de culture, ne cédons rien au sentiment et tâchons au contraire d'être réalistes. Puisque c'est la considération objective de la situation historique qui porte Franco à l'UNESCO, huit ans après que la puissance des dictatures s'est écroulée dans les ruines de Berlin, soyons donc objectifs et raisonnons froidement sur les arguments qu'on nous présente pour justifier le maintien de Franco.

Le premier argument touche au principe de non-intervention. On peut le résumer ainsi : les affaires intérieures d'un pays ne regardent que ce pays. Autrement dit, un bon démocrate reste toujours chez lui. Ce principe est inattaquable. Il a des inconvénients sans doute. L'arrivée au pouvoir de Hitler ne concernait que l'Allemagne, et les premiers concentrationnaires, juifs ou communistes, étaient allemands en effet. Mais, huit ans après, Buchenwald, capitale de la douleur, était une ville européenne. Il n'empêche, le principe est le principe, le voisin est maître chez lui. Admettons-le donc et reconnaissons que notre voisin de palier peut parfaitement battre sa femme et faire boire du calvados à ses enfants. Il y a bien dans notre société un petit correctif. Si le voisin exagère, on lui enlèvera ses enfants et on les confiera à une œuvre d'utilité publique. Franco, lui, peut exagérer. Mais supposons encore que le voisin puisse se payer sans limites sur la bête domestique. Vous n'y pouvez rien, c'est entendu. La correction qu'il mérite, vous l'avez au bout des doigts, mais vous mettez vos mains dans vos poches parce que ce ne sont pas vos affaires. Seulement, si ce voisin est en même temps commerçant, vous n'êtes pas forcé de vous servir chez lui. Rien ne vous oblige non plus à le ravitailler, à lui prêter de l'argent, ni à dîner avec lui. Vous pouvez, en somme, sans intervenir dans ses affaires, lui tourner le dos. Et si même assez de gens dans le quartier le traitent ainsi, il aura l'occasion de réfléchir, de voir où sont ses intérêts, et une chance au moins de changer la conception qu'il a de l'amour familial. Sans compter que cette quarantaine peut donner un argument à sa femme. Ce serait là, n'en doutons pas, la véritable non-intervention. Mais à partir du moment où vous dînez avec lui, où vous lui prêtez de l'argent, vous lui donnez les moyens, et la bonne conscience, nécessaires pour continuer, et vous pratiquez cette fois une véritable intervention, mais contre les victimes. Et quand, enfin, vous collez subrepticement l'étiquette « vitamines » sur la bouteille de calvados dont il réconforte ses enfants, quand surtout vous décidez aux yeux du monde de lui confier l'éducation des vôtres, alors vous voilà plus criminel que lui pour finir, et deux fois criminel puisque vous encouragez le crime et que vous l'appelez vertu.

Ici intervient un second argument qui consiste à dire qu'on aide Franco, malgré ses inconvénients, parce qu'il s'oppose au communisme. Il s'y oppose d'abord chez lui. Il s'y oppose ensuite en fournissant les bases nécessaires à la stratégie de la prochaine guerre. Là encore ne nous demandons pas si ce raisonnement est glorieux, demandons-nous s'il est intelligent.

Remarquons d'abord qu'il contredit absolument le raisonnement précédent. On ne peut être pour la non-intervention et vouloir empêcher un parti, quel qu'il soit, de triompher dans un pays qui n'est pas le vôtre. Mais cette contradiction n'effraie personne. C'est que personne n'a jamais cru réellement, sauf peut-être Ponce Pilate, à la non-intervention en politique étrangère. Soyons donc sérieux, supposons qu'on puisse imaginer une seule seconde de s'allier avec Franco pour conserver nos libertés et demandons-nous en quoi il pourra aider les stratèges atlantiques dans leur lutte contre les stratèges orientaux. C'est d'abord une expérience constante dans l'Europe contemporaine que le maintien d'un régime totalitaire signifie à plus ou moins brève échéance le renforcement du communisme. C'est dans les pays où la liberté est une pratique nationale en même temps qu'une doctrine que le communisme ne prospère pas. Rien ne lui est plus facile au contraire, l'exemple des pays d'Europe orientale le prouve, que de mettre ses pas dans ceux du fascisme. C'est certainement en Espagne que le communisme a le moins de chances parce qu'il a devant lui une véritable gauche populaire et libertaire, et le caractère espagnol tout entier. Aux dernières élections libres en Espagne, en 1936, les communistes n'obtinrent que quinze sièges sur quatre cent quarante-trois aux Cortès. Et il est bien vrai qu'il ne faudra pas moins que la conjuration de la sottise internationale pour faire un marxiste conséquent d'un Espagnol. Mais à supposer encore, ce qui est absurde, que le régime de Franco soit le seul rempart devant le communisme, et puisque nous en sommes au réalisme, que penser d'une politique qui, voulant affaiblir le communisme sur un point, le renforcerait sur dix autres ? Car rien ne pourra jamais empêcher que, pour des millions d'hommes en Europe, l'affaire d'Espagne, comme l'antisémitisme, comme les camps de concentration ou la technique des procès d'aveux, constitue un test qui permet de juger la sincérité d'une politique démocratique. Et le maintien systématique de Franco empêchera toujours ces hommes de croire à la sincérité des gouvernements démocratiques lorsqu'ils prétendent représenter la liberté et la justice. Ces hommes ne pourront jamais consentir à défendre la liberté aux côtés des assassins de toute liberté. Une politique qui met tant d'hommes libres dans cette impasse peut-elle s'appeler une politique réaliste ? Elle est seulement une politique criminelle puisque, consolidant le crime, elle ne tend qu'à désespérer tous ceux, Espagnols et autres, qui refusent le crime, d'où qu'il vienne.

Quant à la valeur purement stratégique de l'Espagne, je n'ai pas qualité pour en parler, étant un éternel débutant dans l'art militaire. Mais je ne donnerai pas cher de la plateforme ibérique le jour où les parlements français et italien compteront quelques centaines de députés communistes nouveaux. Pour avoir voulu arrêter le communisme en Espagne par des moyens indignes, on donnera une chance sérieuse à la communisation de l'Europe, et si elle s'accomplit, l'Espagne sera communisée par-dessus le marché et de cette plateforme stratégique partiront alors des arguments qui convaincront enfin les penseurs de Washington. « Nous ferons donc la guerre », diront ces derniers. Sans doute, et peut-être même vaincront-ils. Mais je pense à Goya et à ses cadavres mutilés. Savez-vous ce qu'il dit ? « *Grande hazana, con muertos*[1] », « grande prouesse, contre des morts ».

1. Titre de l'une des quatre-vingt-deux gravures de la série *Les Désastres de la guerre* de Francisco de Goya (1746-1828).

Ce sont là pourtant les misérables arguments qui justifient aujourd'hui le scandale qui nous a réunis. Je n'ai pas voulu faire mine de croire, en effet, qu'il pouvait s'agir de considérations culturelles. Il ne s'agit que d'un marchandage derrière le paravent de la culture. Mais même en tant que marchandage, il ne peut se justifier. Peut-être enrichira-t-il pour finir quelques marchands de primeurs, mais il ne sert aucun pays et aucune cause, il dessert seulement les quelques raisons que les hommes d'Europe peuvent encore avoir de lutter. Voilà pourquoi il ne saurait y avoir pour un intellectuel deux attitudes lorsque Franco est reçu à l'UNESCO. Et ce n'est pas suffisant de dire que nous refuserons toute collaboration avec une organisation qui accepte de couvrir une semblable opération. Chacun à notre place, désormais, nous la combattrons de face, et fermement, afin de faire éclater au plus vite qu'elle n'est pas ce qu'elle prétend être et qu'au lieu d'une réunion d'intellectuels dévoués à la culture, elle est une association de gouvernements au service de n'importe quelle politique.

Oui, dès l'instant où Franco est entré à l'UNESCO, l'UNESCO est sortie de la culture universelle, et c'est cela que nous devons dire. On nous objecte que l'UNESCO est utile. Il y aurait beaucoup à dire sur les rapports des bureaux et de la culture, mais soyons sûrs au moins que rien ne peut être utile de ce qui perpétue le mensonge où nous vivons. Si l'UNESCO n'a pas été capable de préserver son indépendance il vaut mieux qu'elle disparaisse. Après tout, les sociétés de culture passent et la culture reste. Soyons sûrs au moins qu'elle ne disparaîtra pas parce qu'un organisme de haute politique sera dénoncé pour ce qu'il est. La vraie culture vit de vérité et meurt de mensonge. Elle vit toujours d'ailleurs, loin des palais et des ascenseurs de l'UNESCO, loin des prisons de Madrid, sur les routes de l'exil. Elle a toujours sa société, la seule que je reconnaisse, celle des créateurs et des hommes libres qui, contre la cruauté des totalitaires et la lâcheté des démocraties bourgeoises, contre les procès de Prague et les exécutions de Barcelone, reconnaît toutes les parties, mais n'en sert qu'une, la liberté. Et c'est dans cette société que nous recevrons, nous, l'Espagne de la liberté. Non pas en la faisant entrer par la porte de la buvette et en escamotant le débat, mais ouvertement, avec solennité, avec le respect et la tendresse que nous lui devons, l'admiration que nous portons à ses œuvres et à son âme, la gratitude enfin que nous nourrissons pour le grand pays qui nous a donné et nous donne encore nos plus hautes leçons.

LE PAIN ET LA LIBERTÉ

1953

Le 10 mai 1953, les sections locales de plusieurs syndicats français, en lien avec des organisations syndicales espagnoles en exil, organisent à la Bourse du travail de Saint-Étienne une grande réunion sur le thème « Défense de toutes les libertés ». Après diverses allocutions consacrées notamment aux grèves ouvrières, à l'indépendance des syndicats vis-à-vis de la politique, à la répression coloniale, à la dictature franquiste ou encore au régime soviétique, Albert Camus est le dernier orateur à s'exprimer. Le texte de son intervention est publié une première fois en septembre 1953 dans le numéro 75 de la revue La Révolution prolétarienne*, sous le titre « Restaurer la valeur de liberté », il figure également au chapitre « Création et Liberté » des* Actuelles II *publiées au mois d'octobre de la même année.*

Si on additionne les violations et les multiples exactions qui viennent d'être dénoncées devant nous, on peut envisager un temps où, dans une Europe de concentrationnaires, il n'y aura plus que des gardiens de prison en liberté, qui devront encore s'emprisonner les uns les autres. Quand il n'en restera plus qu'un, on le nommera gardien-chef et ce sera la société parfaite où les problèmes de l'opposition, cauchemar des gouvernements du XXe siècle, seront enfin, et définitivement, réglés.

Bien entendu, ce n'est qu'une prophétie et quoique, dans le monde entier, les gouvernements et les polices, avec beaucoup de bonne volonté, essaient d'arriver à cette heureuse conclusion, nous n'en sommes pas encore là. Chez nous, par exemple, dans l'Europe de l'Ouest, la liberté est officiellement bien vue. Simplement, elle me fait penser à ces cousines pauvres qu'on voit dans certaines familles bourgeoises. La cousine est devenue veuve, elle a perdu son protecteur naturel. Alors, on l'a recueillie, on lui a donné une chambre au cinquième et on l'accepte à la cuisine. On la montre parfois en ville, le dimanche, pour prouver qu'on a de la vertu et qu'on n'est pas chien. Mais pour tout le reste, et surtout dans les grandes occasions, elle est priée de la fermer. Et si même un policier distrait la viole un peu dans les coins, on n'en fait pas une histoire, elle en a vu d'autres, surtout avec le maître de maison, et, après tout, ça ne vaut pas la peine de se mettre mal avec les autorités constituées. À l'Est, il faut bien dire qu'on est plus franc. On a réglé son affaire à la cousine une fois pour toutes et on l'a flanquée dans un placard, avec deux bons verrous. Il paraît qu'on la ressortira dans un demi-siècle, à peu près, quand la société idéale aura été définitivement instaurée. On fera des fêtes en son honneur à ce moment-là. Mais à mon avis elle risque d'être alors un peu mangée des mites et j'ai bien peur qu'on ne puisse plus s'en servir. Quand on ajoutera que ces deux conceptions de la liberté, celle du placard et celle de la cuisine, ont décidé de s'imposer l'une à l'autre, et sont obligées dans tout ce remue-ménage de réduire encore les mouvements de la cousine, on comprendra sans peine que notre histoire soit plus celle de la servitude que de la liberté, et que le monde où nous vivons soit celui qu'on vient de vous dire, qui nous saute du journal aux yeux tous les matins pour faire de nos jours et de nos semaines un seul jour de révolte et de dégoût.

Le plus simple, et donc le plus tentant, est d'accuser les gouvernements, ou quelques puissances obscures, de ces vilaines manières. Il est bien vrai d'ailleurs qu'ils sont coupables, et d'une culpabilité si dense et si longue qu'on n'en voit même plus l'origine. Mais ils ne sont pas les seuls responsables. Après tout, si la liberté n'avait jamais eu que les gouvernements pour surveiller sa croissance, il est probable qu'elle serait encore en enfance, ou définitivement enterrée, avec la mention « un ange au ciel ». La société de l'argent et de l'exploitation n'a jamais été chargée, que je sache, de faire régner la liberté et la justice. Les États policiers n'ont jamais été suspectés d'ouvrir des écoles de droit dans les sous-sols où ils interrogent leurs patients. Alors, quand ils oppriment et qu'ils exploitent, ils font leur métier, et quiconque leur remet sans contrôle la disposition de la liberté n'a pas le droit de s'étonner qu'elle soit immédiatement déshonorée. Si la liberté est aujourd'hui humiliée ou enchaînée, ce n'est pas parce que ses ennemis ont usé de traîtrise. C'est parce qu'elle a perdu son protecteur naturel, justement. Oui, la liberté se trouve veuve, mais il faut le dire parce que cela est vrai, elle est veuve de nous tous.

La liberté est l'affaire des opprimés et ses protecteurs traditionnels sont toujours sortis des peuples opprimés. Ce sont les communes qui dans l'Europe féodale ont maintenu les ferments de liberté, les habitants des bourgs et des villes qui l'ont fait triompher fugitivement en 89, et à partir du XIXe siècle, ce sont les mouvements ouvriers qui ont pris en charge le double honneur de la liberté et de la justice, dont ils n'ont jamais songé à dire qu'elles étaient inconciliables. Ce sont les travailleurs manuels et intellectuels qui ont donné un corps à la liberté, et qui l'ont fait avancer dans le monde jusqu'à ce qu'elle devienne le principe même de notre pensée, l'air dont nous ne pouvons plus nous passer, que nous respirons sans y prendre garde, jusqu'au moment où, privés de lui, nous nous sentons mourir. Et si, aujourd'hui, sur une si grande part du monde, elle est en recul, c'est sans doute parce que jamais les entreprises d'asservissement n'ont été plus cyniques et mieux armées, mais c'est aussi parce que ses vrais défenseurs, par fatigue, par désespoir, ou par une fausse idée de la stratégie et de l'efficacité, se sont détournés d'elle. Oui, le grand événement du XXe siècle a été l'abandon des valeurs de liberté par le mouvement révolutionnaire, le recul progressif du socialisme de liberté devant le socialisme césarien et militaire. Dès cet instant, un certain espoir a disparu du monde, une solitude a commencé pour chacun des hommes libres.

Quand, après Marx, le bruit a commencé à se répandre et à se fortifier que la liberté était une balançoire bourgeoise, un seul mot n'était pas à sa place dans cette formule, mais nous payons encore cette erreur de place dans les convulsions du siècle. Car il fallait dire seulement que la liberté bourgeoise était une balançoire, et non pas toute liberté. Il fallait dire justement que la liberté bourgeoise n'était pas la liberté, ou dans le meilleur des cas, qu'elle ne l'était pas encore. Mais qu'il y avait des libertés à conquérir et à ne jamais plus abandonner. Il est bien vrai qu'il n'y a pas de liberté possible pour un homme rivé au tour toute la journée et qui, le soir venu, s'entasse avec sa famille dans une seule pièce. Mais cela condamne une classe, une société et la servitude qu'elle suppose, non la liberté elle-même dont le plus pauvre d'entre nous ne peut se passer. Car même si la société se trouvait transformée subitement et devenait décente et confortable pour tous, si la liberté n'y régnait pas, elle serait encore une barbarie. Et parce que la société bourgeoise parle de la liberté sans la pratiquer, faut-il donc que la société ouvrière renonce aussi à la pratiquer, en se vantant seulement de n'en point parler ? Pourtant la confusion s'est opérée et, dans le mouvement révolutionnaire, la liberté peu à peu s'est trouvée condamnée parce que la société bourgeoise en faisait un usage mystificateur. D'une juste et saine méfiance à l'égard des prostitutions que cette société bourgeoise infligeait à la liberté, on en est venu à se défier de la liberté même. Au mieux, on l'a renvoyée à la fin des temps, en priant que d'ici là on veuille bien ne plus en parler. On a déclaré qu'il fallait d'abord la justice, et que, pour la liberté, on verrait après, comme si des esclaves pouvaient jamais espérer obtenir justice. Et des intellectuels dynamiques ont annoncé au travailleur que c'était le pain seul qui l'intéressait et non la liberté, comme si le travailleur ne savait pas que son pain dépend aussi de sa liberté. Et certes, devant la longue injustice de la société bourgeoise, la tentation était forte de se porter à ces extrémités. Après tout, il n'est peut-être pas un seul d'entre nous, ici, qui, dans l'action ou la réflexion, n'y ait cédé. Mais l'histoire a marché et ce que nous avons vu doit maintenant nous faire réfléchir. La révolution faite par des travailleurs a triomphé en 17 et ce fut alors vraiment l'aube de la liberté réelle et le plus grand espoir que ce monde ait connu. Mais cette révolution, encerclée, menacée à l'intérieur comme à l'extérieur, s'est armée, s'est munie d'une police. Héritière d'une formule et d'une doctrine qui par malheur lui rendaient la liberté suspecte, la révolution alors s'est peu à peu essoufflée pendant que la police se renforçait, et le plus grand espoir du monde s'est sclérosé dans la dictature la plus efficace du monde. La fausse liberté de la société bourgeoise ne s'en porte pas plus mal, aussi bien. Ce qui a été tué dans les procès de Moscou et d'ailleurs, et dans les camps de la révolution, ce qui est assassiné quand on fusille, comme en Hongrie, un cheminot pour faute professionnelle, ce n'est pas la liberté bourgeoise, c'est la liberté de 17[1]. La liberté bourgeoise, elle, peut procéder en même temps à toutes ses mystifications. Les procès, les perversions de la société révolutionnaire lui donnent à la fois une bonne conscience et des arguments.

Pour finir, ce qui caractérise le monde où nous

1. Camus fait ici référence au soulèvement des ouvriers de Petrograd qui déclencha la révolution russe de février 1917.

vivons, c'est justement cette dialectique cynique qui oppose l'injustice à l'asservissement et qui renforce l'une par l'autre. Lorsqu'on fait entrer dans le palais de la culture Franco[1], l'ami de Goebbels et de Himmler, Franco, le vrai vainqueur de la Deuxième Guerre mondiale, à ceux qui protestent et disent que les droits de l'homme inscrits dans la charte de l'UNESCO sont ridiculisés tous les jours dans les prisons de Franco, on répond sans rire que la Pologne est aussi à l'UNESCO et qu'en fait de respect des libertés publiques, l'une ne vaut pas mieux que l'autre. Argument idiot, bien sûr ! Si vous avez eu le malheur de marier votre fille aînée à un adjudant des bataillons d'Afrique, ce n'est pas une raison pour marier la cadette à un inspecteur de la brigade mondaine : il suffit d'une brebis galeuse dans la famille. Pourtant, l'argument idiot est efficace, on nous le prouve tous les jours. À celui qui présente l'esclave des colonies en criant justice, on montre le concentrationnaire russe, et inversement. Et si vous protestez contre l'assassinat à Prague d'un historien opposant comme Kalandra[2], on vous jette à la figure deux ou trois nègres américains. Dans cette dégoûtante surenchère, une seule chose ne change pas, la victime, toujours la même, une seule valeur est constamment violée ou prostituée, la liberté, et l'on s'aperçoit alors que partout, en même temps qu'elle, la justice est aussi avilie.

1. Voir ci-dessus, « L'Espagne et la culture », p. 188.
2. L'historien, journaliste et essayiste tchèque Záviš Kalandra adhéra au parti communiste tchèque dans les années 1920 avant d'en être exclu en 1936 pour trotskisme. Pour les mêmes raisons, il est arrêté en 1949 et condamné à mort en 1950 après un simulacre de procès. Malgré des demandes de grâce venues du monde entier, il est pendu à Prague le 27 juin 1953.

Comment rompre alors ce cercle infernal ? Il est bien évident qu'on ne peut le faire qu'en restaurant, dès à présent, en nous-mêmes et autour de nous, la valeur de liberté — et en ne consentant plus jamais à ce qu'elle soit sacrifiée, même provisoirement, ou séparée de notre revendication de justice. Le mot d'ordre d'aujourd'hui, pour nous tous, ne peut être que celui-ci : sans rien céder sur le plan de la justice, ne rien abandonner sur celui de la liberté. En particulier, les quelques libertés démocratiques dont nous jouissons encore ne sont pas des illusions sans importance, et que nous puissions nous laisser ravir sans protester. Elles représentent exactement ce qui nous reste des grandes conquêtes révolutionnaires des deux siècles derniers. Elles ne sont donc pas, comme tant d'astucieux démagogues nous le disent, la négation de la vraie liberté. Il n'y a pas une liberté idéale qui nous sera donnée un jour d'un coup, comme on reçoit sa retraite à la fin de sa vie. Il y a des libertés à conquérir, une à une, péniblement, et celles que nous avons encore sont des étapes, insuffisantes à coup sûr, mais des étapes cependant sur le chemin d'une libération concrète. Si on accepte de les supprimer, on n'avance pas pour autant. On recule au contraire, on revient en arrière et un jour à nouveau il faudra refaire cette route, mais ce nouvel effort s'accomplira une fois de plus dans la sueur et le sang des hommes.

Non, choisir la liberté aujourd'hui, ce n'est pas, comme un Kravchenko[1], passer de l'état de profi-

1. Viktor Kravchenko (1905-1966), capitaine dans l'Armée rouge, fut envoyé au cours de la Seconde Guerre mondiale à la Chambre de commerce soviétique de Washington DC. En 1944, il demande l'asile politique aux États-Unis et dénonce

teur du régime soviétique à celui de profiteur du régime bourgeois. Car ce serait, au contraire, choisir deux fois la servitude, et, condamnation dernière, la choisir deux fois pour les autres. Choisir la liberté, ce n'est pas comme on nous le dit choisir contre la justice. Au contraire, on choisit la liberté aujourd'hui au niveau de ceux qui partout souffrent et luttent, et là seulement. On la choisit en même temps que la justice et, à la vérité, désormais nous ne pouvons plus choisir l'une sans l'autre. Si quelqu'un vous retire votre pain, il supprime en même temps votre liberté. Mais si quelqu'un vous ravit votre liberté, soyez tranquille, votre pain est menacé, car il ne dépend plus de vous et de votre lutte, mais du bon plaisir d'un maître. La misère croît à mesure que la liberté recule dans le monde, et inversement. Et si ce siècle implacable nous a appris quelque chose, c'est que la révolution économique sera libre ou elle ne sera pas, de même que la libération sera économique ou elle ne sera rien. Les opprimés ne veulent pas seulement être libérés de leur faim, ils veulent l'être aussi de leurs maîtres. Ils savent bien qu'ils ne seront effectivement affranchis de la faim que lorsqu'ils tiendront leurs maîtres, tous leurs maîtres, en respect.

J'ajouterai pour finir que séparer la liberté de la justice revient à séparer la culture et le travail, ce qui est le péché social par excellence. Le désarroi du mouvement ouvrier en Europe vient en partie de ce qu'il a perdu sa vraie patrie, celle où il reprenait force après toutes les défaites, et qui était la foi dans la liberté. Mais, de même, le

le régime stalinien dans son livre *I Chose Freedom* qui paraît en 1946.

désarroi des intellectuels européens vient de ce que la double mystification, bourgeoise et pseudo-révolutionnaire, les a séparés de leur seule source d'authenticité, le travail et la souffrance de tous, les a coupés de leurs seuls alliés naturels, les travailleurs. Je n'ai jamais reconnu quant à moi que deux aristocraties, celle du travail et celle de l'intelligence, et je sais maintenant qu'il est fou et criminel de vouloir soumettre l'une à l'autre, je sais qu'à elles deux elles ne font qu'une seule noblesse, que leur vérité et surtout leur efficacité sont dans l'union, que séparées, elles se laisseront réduire une à une par les forces de la tyrannie et de la barbarie, mais que, réunies au contraire, elles feront la loi du monde. C'est pourquoi toute entreprise qui vise à les désolidariser et à les séparer est une entreprise dirigée contre l'homme et ses espoirs les plus hauts. Le premier effort de toute entreprise dictatoriale est ainsi d'asservir en même temps le travail et la culture. Il faut, en effet, les bâillonner tous les deux ou alors, les tyrans le savent bien, tôt ou tard l'un parlera pour l'autre. C'est ainsi que, selon moi, il y a pour un intellectuel deux façons de trahir aujourd'hui et, dans les deux cas, il trahit parce qu'il accepte une seule chose : cette séparation du travail et de la culture. La première caractérise les intellectuels bourgeois qui acceptent que leurs privilèges soient payés de l'asservissement des travailleurs. Ceux-là disent souvent qu'ils défendent la liberté, mais ils défendent d'abord les privilèges que leur donne, et à eux seuls, la liberté*. La seconde caractérise

* Et du reste, la plupart du temps, ils ne défendent même pas la liberté, dès qu'il y a du risque à le faire. *(N.d.A.)*

des intellectuels qui se croient à gauche et qui, par méfiance de la liberté, acceptent que la culture, et la liberté qu'elle suppose, soient dirigées, sous le vain prétexte de servir une justice à venir. Dans les deux cas, qu'on soit profiteur de l'injustice ou renégat de la liberté, on ratifie, on consacre la séparation du travail intellectuel et manuel qui voue à l'impuissance à la fois le travail et la culture, on ravale en même temps la liberté et la justice !

Il est vrai que la liberté insulte au travail et le sépare de la culture quand elle est faite d'abord de privilèges. Mais la liberté n'est pas faite d'abord de privilèges, elle est faite surtout de devoirs. Et dès l'instant où chacun de nous essaie de faire prévaloir les devoirs de la liberté sur ses privilèges, dès cet instant, la liberté réunit le travail et la culture et met en marche une force qui est la seule à pouvoir servir efficacement la justice. La règle de notre action, le secret de notre résistance, peut alors se formuler simplement : tout ce qui humilie le travail humilie l'intelligence, et inversement. Et la lutte révolutionnaire, l'effort séculaire de libération se définit d'abord comme un double et incessant refus de l'humiliation.

À vrai dire, nous ne sommes pas encore sortis de cette humiliation. Mais la roue tourne, l'histoire change, un temps s'approche, j'en suis sûr, où nous ne serons plus seuls. Pour moi, notre réunion d'aujourd'hui est déjà un signe. Que des syndiqués se réunissent et se pressent autour des libertés pour les défendre, oui, cela méritait vraiment que, de toutes parts, tous accourent, pour manifester leur union et leur espoir. La route est longue à parcourir. Pourtant, si la guerre ne vient pas tout mêler dans sa hideuse confusion, nous aurons le temps de donner une forme enfin à la justice et à la liberté dont nous avons besoin. Mais pour cela, nous devons désormais refuser clairement, sans colère, mais irréductiblement, les mensonges dont on nous a gavés. Non, on ne construit pas la liberté sur les camps de concentration, ni sur les peuples asservis des colonies, ni sur la misère ouvrière ! Non, les colombes de la paix ne se perchent pas sur les potences, non, les forces de la liberté ne peuvent pas mêler les fils des victimes avec les bourreaux de Madrid et d'ailleurs ! De cela, au moins, nous serons désormais bien sûrs comme nous serons sûrs que la liberté n'est pas un cadeau qu'on reçoit d'un État ou d'un chef, mais un bien que l'on conquiert tous les jours, par l'effort de chacun et l'union de tous.

CONFÉRENCE À LA MUTUALITÉ [CALENDRIER DE LA LIBERTÉ : 17 JUIN 1953]

1953

Le 16 juin 1953, une révolte ouvrière éclate à Berlin-Est suite à la décision du gouvernement d'augmenter les cadences de travail sans compensations de salaire. Très vite, le mouvement gagne le reste du pays. Le 17 juin, des dizaines de milliers de personnes se mettent en grève et se rassemblent dans les principales villes de la RDA. Dépassé, le secrétaire général du SED[1], *Walter Ulbricht, sollicite les troupes soviétiques dont l'intervention fait une cinquantaine de morts et de nombreux blessés parmi les manifestants. Le 30 juin 1953, un meeting de soutien est organisé à la Mutualité (Paris). Camus y prononce cette allocution dont le texte est publié dans la cinquième livraison de la revue* Témoins *du printemps 1954, précédé de son discours du 19 juillet 1951 au Casal de Catalunya (Paris) à l'occasion du quinzième anniversaire de la révolution sociale espagnole*[2]. *Les deux textes réunis paraissent sous le même titre : « Calendrier de la liberté ».*

1. *Sozialistische Einheitspartei Deutschlands* (Parti socialiste unifié d'Allemagne).

2. Voir ci-dessus, p. 142.

N'appartenant à aucun parti, et fort peu tenté pour le moment d'entrer dans aucun, il me semble que ce serait donner son sens à notre réunion de ce soir si je parvenais à rendre claires en quelques phrases les raisons qui m'ont conduit à cette tribune. Pour bien situer ces raisons, il faut dire avant toute chose que les événements de Berlin ont suscité dans certains milieux une assez ignoble joie qui ne peut être la nôtre. Au moment où après deux ans d'agonie les Rosenberg[1] étaient conduits à la mort, la nouvelle qu'on tirait sur les ouvriers de Berlin-Est, loin de faire oublier le supplice des Rosenberg comme l'a tenté la presse qu'on appelle communément bourgeoise, ajoutait seulement pour nous au malheur obstiné d'un monde où un à un, systématiquement, tous les espoirs sont assassinés. Quand *Le Figaro* parle avec éloquence du peuple révolutionnaire de Berlin, il nous donnerait à rire si le même jour *L'Humanité* fustigeant ce qu'elle appelle comme au bon temps « les meneurs » ne nous mettait devant les yeux la tragédie où nous vivons et la double mystification qui prostitue jusqu'à notre langage.

Mais si je crois impossible que les émeutes de Berlin fassent oublier les Rosenberg, il me semble bien plus affreux encore que des hommes qui se disent de gauche puissent essayer de dissimuler dans l'ombre des Rosenberg les fusillés allemands. C'est pourtant ce que nous avons vu et ce que

1. Condamnés à mort en 1951 pour espionnage au service de l'URSS, les époux Julius et Ethel Rosenberg sont exécutés aux États-Unis le 19 juin 1953. Leur procès, jugé inéquitable et partial, soulève de nombreuses protestations dans le monde entier.

nous voyons tous les jours, et c'est pourquoi justement nous sommes ici. Nous y sommes parce que si nous n'y étions pas, personne apparemment, parmi ceux dont c'est la vocation proclamée de défendre le travailleur, n'y serait. Nous sommes ici parce que les ouvriers de Berlin risquent d'être trahis après avoir été tués, et d'être trahis par ceux-là mêmes dont ils pouvaient espérer la solidarité.

Quand on se prétend voué à l'émancipation des travailleurs, le soulèvement d'ouvriers qui, en Allemagne et en Tchécoslovaquie[1], refusent que leurs normes de travail soient augmentées et qui en viennent logiquement à réclamer des élections libres, démontrant ainsi à tous les intellectuels dynamiques qui leur prêchaient le contraire que la justice ne peut se séparer de la liberté, ce soulèvement et la grande leçon qu'il entraîne, et la répression qui l'a suivi, oui, ce soulèvement ne méritait-il pas quelques réflexions ? Ne méritait-il pas, après tant de positions proclamées à tort et à travers, une affirmation ferme et claire de solidarité ? Quand un travailleur, quelque part au monde, dresse ses poings nus devant un tank et crie qu'il n'est pas un esclave, que sommes-nous donc si nous restons indifférents ? Et que signifie alors que nous intervenions pour les Rosenberg si nous nous taisons devant Goettling[2] ?

C'est pourtant la démission à laquelle nous

1. Le 1er juin 1953, une grève à l'usine Škoda de Plzeň amorce un vaste mouvement protestataire dans plusieurs villes tchécoslovaques. La répression de la manifestation par la police et l'armée ne fait pas de victimes, mais plus de deux mille personnes sont arrêtées.

2. Accusé d'être l'un des meneurs de l'insurrection, Willi Göttling, ouvrier de Berlin-Ouest né en 1918, est condamné à mort par une cour martiale et exécuté le 18 juin 1953.

avons assisté, et c'est pourquoi, autant que l'indignation, c'est le dégoût qui nous fait parler ce soir. En ce qui me concerne en tout cas, il m'a semblé qu'on ne pouvait pas avoir la conscience tranquille à si peu de frais. J'admire et j'envie, bien entendu, l'heureuse facilité avec laquelle certaine presse de gauche et ses collaborateurs ont neutralisé, le mot est juste, la tragédie de Berlin. J'admire que, dès le premier jour, nos organes du progrès aient si spontanément discerné que les manifestations de la *Stalin Allee*[1] avaient été inspirées par le gouvernement russe. Cette ingénieuse explication s'est trouvée un peu obscurcie à partir du moment où les balles ont fauché les manifestants du Kremlin. Mais elle avait réussi déjà à brouiller quelques idées. Après quoi, il a suffi de quelques maquillages typographiques pour exiler en page trois la nouvelle la plus importante qu'on ait reçue depuis des années. J'admire encore qu'un journaliste ait pu conclure un récit des événements de Berlin, qu'il avait vus surtout par personnes interposées, en nous avertissant que le départ des Russes, abandonnant les Allemands à eux-mêmes, laisserait le champ libre à des atrocités plus sinistres encore que celles qu'a vues notre libération. On peut s'émerveiller en effet que la seule leçon qu'il nous faille tirer des émeutes de Berlin est que nous aurions dû, en somme, pleurer sur le départ de Hitler. Ce n'est plus enfin de l'admiration, mais une sorte de considération respectueuse que j'éprouve devant ce journaliste d'un hebdomadaire, supposé de gauche, qui, à l'occasion d'une

1. Le mouvement de grève des ouvriers du bâtiment de la Stalin Allee, à Berlin, est à l'origine de l'insurrection.

relation des mêmes événements, a pu écrire sans blêmir qu'il fallait admirer la discipline et le sang-froid des troupes russes.

Mais enfin, malgré toute cette admiration il y a au moins un argument dont il me semble qu'on ne peut se contenter ; celui qui consiste à dire que nous ne sommes pas suffisamment renseignés. Car, après tout, on n'est jamais qu'à moitié renseigné sur ce qui se passe dans les régimes totalitaires, quels qu'ils soient. Et faut-il alors que la dictature seule soit soustraite au jugement de l'opinion publique parce que seule elle se refuse à informer l'opinion publique ? Et faut-il se taire sur toutes les Bastilles sous prétexte que leurs prisonniers ne sont pas reliés directement et par un fil spécial aux directeurs de nos journaux ? Le fait que les événements qui nous occupent se soient passés à quelques pas du secteur occidental a seul empêché qu'ils ne soient entièrement camouflés. Sans cela nous aurions ignoré cette émeute ou nous ne l'aurions apprise que comme nous avons appris les révoltes en Tchécoslovaquie, peu à peu, à travers les murs épais des polices et des prisons. Mais ces événements se sont déroulés sous les yeux des Berlinois, sous une caméra hollandaise aussi, et nous ne pouvons plus ignorer qu'il s'est agi d'abord, et quelle que soit l'exploitation que des deux côtés on ait voulu en faire, d'une révolte ouvrière contre un gouvernement et une armée qui se voulaient au service des ouvriers. Et si nous n'en étions pas suffisamment persuadés les discours du gouvernement de Berlin-Est nous le confirmeraient. Ceux qui après cela disent publiquement qu'ils ne sont pas suffisamment renseignés, je les mets au défi de se le dire eux-mêmes, dans la solitude, à l'heure de la vérité. Dès lors, l'obscurité qui pèse sur certaines régions de la révolte, l'ignorance où nous sommes du sort de milliers d'hommes, il est indigne de les utiliser au préjudice des seules victimes. Si cette ignorance accuse quelqu'un, ce sont les auteurs de la répression, non les révoltés. Car enfin c'est cela qu'il faut dire, qui pour moi est la condamnation dernière, qu'aujourd'hui même des hommes sont encore tués pour avoir crié la liberté ouvrière, et que pourtant nous ne saurons jamais leurs noms. Mais parce que ces victimes à jamais resteront anonymes, faut-il les liquider une fois de plus, et cette fois dans notre mémoire ? Nous savons seulement qu'ils sont des travailleurs dressés pour la défense de leur condition et, parce que nous ne savons même pas leurs noms, vous en tireriez prétexte pour les faire encore plus anonymes, pour leur refuser l'état qui est le leur, leur disputer leur titre de travailleur et même, chaque fois qu'il est possible, les déshonorer en les traitant de canailles et de fascistes ?

Non, c'est cette besogne que nous refusons de servir, c'est pour compenser un peu cette répugnante cuisine que nous sommes tous ici. Et pour éclairer enfin en une phrase les raisons de notre présence à tous, il faut dire que, devant les travailleurs allemands et tchèques réduits maintenant au silence, nous refusons qu'il puisse nous être crié un jour : « Ils les ont assassinés et vous, vous les avez enterrés honteusement. »

*

J'ai peu de choses à ajouter pour clôturer cette réunion. Bien des choix décisifs ont été faits par chacun d'entre nous depuis la Libération. Mais aujourd'hui, devant l'événement le plus grave qui se soit produit depuis cette libération voici, à mon sens, l'heure du choix définitif. Il me paraît impossible que des hommes qui se disent attachés à la dignité et à l'émancipation des travailleurs puissent, par leur silence, accepter l'exécution d'ouvriers dont le seul crime est de s'être dressés contre une condition matérielle insupportable. Ni les uns ni les autres n'avons pu empêcher cette tragédie, cela est vrai. Mais la répression n'est pas arrêtée et nous pouvons encore, par la manifestation de notre opinion, peser, si peu que ce soit, sur la suite. Lorsque les premiers signes d'antisémitisme sont apparus à l'Est, c'est l'indignation spontanée de ceux qui, à l'Ouest, n'étaient pas seulement des partisans qui, d'une certaine manière, a démontré aux gouvernements populaires qu'ils ne pouvaient pas laisser s'établir cette perversion. Et c'est pourquoi, avec vous tous, je m'adresse à ceux dont nous n'avons pas oublié qu'ils furent nos camarades pour leur dire : quand même nous ne sauverions qu'une vie de travailleur allemand dans les jours qui viennent, cette vie vaudrait la peine que nous soyons réunis et elle vaut la peine que ceux au moins qui se sont tus parlent maintenant et nous aident à la sauver. Ne préférez pas vos raisonnements et vos rêves à cette misère qui crie vers nous depuis deux semaines, n'excusez pas le sang et la douleur d'aujourd'hui sur la considération d'un avenir historique qui sera privé de sens au moins pour ceux qu'il aura tués. Croyez-nous, pour la dernière fois, quand nous vous disons qu'aucun rêve d'homme, si grand soit-il, ne justifie qu'on tue celui qui travaille et qui est pauvre.

Personne ne vous demande de rien renier de ce que vous croyez ou voulez. Mais au nom même de la vérité que vous prétendez servir, réclamez seulement avec nous cette commission d'enquête où seront représentées toutes les centrales syndicales et qui servira du moins de médiateur dans un drame dont l'enjeu n'est pas la société idéale dont vous disputez et dont vous rêvez pour un jour encore invisible, mais la terrible mort dont des humiliés sont menacés aujourd'hui même pour avoir cru, comme le Marx dont on leur parlait tous les jours, que l'égalité ne pouvait et ne devait pas se passer de la liberté.

« Après le soulèvement du 17 JUIN
Le secrétaire de l'UNION DES ECRIVAINS a fait
distribuer dans l'allée STALINE des tracts
où l'on pouvait lire que le peuple
s'était mis sans légèreté, aliéné
la confiance du gouvernement
Et que c'était seulement en
redoublant d'efforts
qu'il pourrait ~~la~~ reconquérir. Ne
serait-ce pas
Plus simple que le Gouvernement
décide
de dissoudre le peuple
et d'en élire un autre ? »

Bertolt BRECHT

(Voir "carnet" P. 38)

L'AVENIR DE LA CIVILISATION EUROPÉENNE
1955

Au mois d'avril 1955, Albert Camus se rend en Grèce dans le cadre des échanges franco-helléniques organisés par l'ambassade de France en Grèce. C'est au cours de ce séjour de trois semaines qu'il participe le 28 avril, à l'Union culturelle gréco-française d'Athènes, à cette discussion sur l'avenir de la civilisation européenne. C'est Camus lui-même, lors d'échanges préalables à sa visite, qui en choisit le thème et demande que ce dernier soit développé sous la forme de questions-réponses plutôt que sous celle d'une conférence formelle. Le texte reproduit ci-dessous est une dactylographie réalisée d'après un enregistrement. Il est publié en 1956 par la Bibliothèque de l'Institut français d'Athènes. Les interventions de Camus sont ici retranscrites dans leur intégralité, les propos des autres intervenants ont été résumés et mis entre crochets.

[M. Papanoutsos demande à l'écrivain de définir les caractéristiques essentielles de la civilisation européenne (il en distingue lui-même deux : d'une part, la volonté de se baser sur la science et la technique, malgré le désenchantement qui peut en résulter, et de subordonner la nature aux désirs humains ; de l'autre, le souci de la dignité de la personne humaine), de préciser les propriétés qui doivent être conservées à tout prix et de dire dans quelle mesure elles sont menacées par les grandes forces historiques du moment.]

— Eh bien, je dois dire que je suis très intimidé par l'ampleur de la question. Si, en effet, ce problème a été posé comme un cadre à notre discussion de ce soir, je pense tout de même que c'est un cadre un peu ambitieux. En particulier, je voudrais d'abord parler de mon empêchement à dire des choses définitives sur ce sujet.

J'ai d'abord de grandes difficultés à me placer dans une perspective d'avenir. J'ai le sens du présent, de façon assez aiguë et forte, je crois, et un peu le sens du passé. Quant à l'avenir, au contraire, je crois que mes provisions d'imagination sont insuffisantes. Il me faut toujours un véritable effort pour essayer d'imaginer l'avenir d'une pensée ou d'une position.

Le second empêchement est un empêchement d'ordre beaucoup plus général. Il me semble que, pour trancher de ces sujets, étant donné la somme de connaissances de tout ordre qui sont engagées dans le destin de l'Europe et de la civilisation, il faudrait une culture que je n'ai pas.

Cela dit, je crois, monsieur, que vous avez bien établi la distinction qu'on peut introduire dans le phénomène de civilisation en général, et en particulier dans la nôtre. Il est vrai que la réponse est différente suivant les points de vue où l'on se place. Si l'on considère que la civilisation occidentale, c'est l'humanisation de la nature, c'est-à-dire les techniques et la science, non seulement l'Europe a triomphé, mais les forces qui la menacent aujourd'hui sont des forces qui ont pris à l'Europe occidentale ses techniques, ou ses ambitions techniques et, en tout cas, sa méthode scientifique, ou sa méthode de raisonnement. Dans ces cas-là, en effet, la civilisation européenne n'est pas menacée, sinon d'un suicide général, et par elle-même, en quelque sorte.

Si l'on considère au contraire que notre civilisation se centre autour de la notion de personne humaine, ce point de vue, qui peut se défendre aussi, entraîne, vous avez raison de le souligner, une réponse absolument différente. À savoir que probablement, je dis probablement, il est difficile de trouver une époque où la quantité des personnes humiliées soit si grande. Je ne dirai pas cependant que cette époque est particulièrement dédaigneuse de la personne humaine. En même temps que ces forces, que nous dirons du mal pour simplifier les choses, il n'y a pas de doute, en effet, que la réaction de la conscience collective et, en particulier, de la conscience des droits de la personne s'est étendue de plus en plus depuis des siècles. Simplement deux guerres mondiales l'ont un peu piétinée et on doit, je crois, répondre raisonnablement que notre civilisation est menacée, dans la mesure exacte où cette personne humaine, qu'elle avait réussi à mettre au centre de la réflexion, est aujourd'hui humiliée un peu partout.

Ce que je peux ajouter à cette distinction utile, c'est qu'on pourrait se demander (je parlerai toujours de manière conditionnelle), on pourrait se demander si justement la singulière réussite de la civilisation occidentale dans son aspect scientifique n'est pas en partie responsable du singulier échec moral de cette civilisation. Autrement dit, si la croyance absolue, aveugle en quelque sorte, dans le pouvoir de la raison (disons la raison cartésienne, pour simplifier les choses, puisque c'est elle qui est au centre du savoir contemporain), si cette croyance absolue dans la raison rationaliste n'est pas responsable dans une certaine mesure d'un rétrécissement de la sensibilité humaine qui a pu, par des étapes qu'il serait évidemment trop long de définir, amener peu à peu cette dégradation de l'univers personnel. L'univers technique, en lui-même, n'est pas une mauvaise chose, et je suis absolument opposé à toutes les pensées qui voudraient revenir au rouet ou à la charrue à bras. Mais la raison technique, mise au centre de l'Univers, considérée comme l'agent mécanicien le plus important d'une civilisation, finit par provoquer une sorte de perversion, à la fois dans l'intelligence et dans les mœurs, qui risque d'amener cet échec dont nous avons parlé. Il serait intéressant de chercher comment.

Maintenant, il faut répondre aux trois questions précises que vous m'avez posées. Quels sont, d'abord, les éléments qui constituent la civilisation européenne ? Je répondrai que je ne sais pas. Mais chacun d'entre nous a une perspective privilégiée, sentimentale en quelque sorte (qui ne l'empêche pas d'ailleurs d'être raisonnée et appuyée sur des observations) qui lui fait choisir un de ces éléments parmi d'autres. Quant à moi (et pour une fois, je pourrai répondre nettement), la civilisation européenne est d'abord une civilisation pluraliste. Je veux dire qu'elle est le lieu de la diversité des pensées, des oppositions, des valeurs contrastées et de la dialectique qui ne se termine pas. La dialectique vivante en Europe est celle qui n'aboutit pas à une sorte d'idéologie à la fois totalitaire et orthodoxe. Ce pluralisme qui a toujours été le fondement de la notion de liberté européenne me semble l'apport le plus important de notre civilisation. C'est lui qui justement est en danger aujourd'hui et c'est lui qu'il faut essayer de préserver.

Le grand mot de Voltaire, je crois, qui disait : « Je ne pense pas comme vous, mais je me ferais tuer pour vous laisser le droit d'exprimer votre pensée[1] », est évidemment un grand mot de la pensée européenne.

Il n'y a pas de doute que, sur le plan de la liberté intellectuelle (mais cela se retrouve sur les autres plans), c'est ce principe-là qui est en cause aujourd'hui, est attaqué et qui me paraît devoir être défendu. Quant à la question de savoir s'il sera sauvé et si l'avenir est à nous, comme on dit, eh bien, je fais à ce genre de questions la réponse que je fais à d'autres questions que je me pose à moi-même et dans des situations semblables. Dans certaines circonstances, il me semble qu'un homme peut répondre : « Ceci est vrai, selon moi, ou probablement vrai. Ceci donc doit vivre. Il n'est pas sûr que je puisse le faire vivre, il n'est pas sûr que la mort n'attende pas cette chose qui me paraît essentielle. En tout cas, la seule chose que je puisse faire, c'est de lutter pour qu'elle vive. »

1. L'authenticité de cette citation attribuée à Voltaire n'a pu être établie.

[M. Papanoutsos se demande si les développements de la science et de la technique (cybernétique, machines) pourront être harmonisés avec les droits de la personne humaine.]

— Sur ce point, je dirai pour une fois que je ne suis pas pessimiste. Je veux dire qu'il faut être patient. Il y a tout de même deux phénomènes caractéristiques de l'histoire européenne. Le premier est que le monde a beaucoup plus changé, disons de 1800 à 1950, qu'il n'a changé pendant les longs siècles qui ont séparé par exemple les communautés du Moyen Âge de notre âge classique. En un siècle, il y a eu là une sorte de départ foudroyant, une accélération de l'histoire telle qu'il me paraît difficile que l'homme ait pu, avec les seuls moyens de l'intelligence, qui sont des moyens de méditation et de réflexion et qui, par conséquent, supposent le temps, que l'homme, donc, ait pu aller aussi vite que les machines qu'il avait lâchées. Le deuxième point qu'a très bien souligné Ortega y Gasset[1] dans sa *Révolte des masses* tient dans un chiffre. Du VIe au XVIIIe siècle la population de l'Europe n'a jamais dépassé cent quatre-vingts millions d'habitants. De 1800 à 1914, c'est-à-dire à peine en un peu plus d'un siècle, elle est passée de cent quatre-vingts millions d'habitants à quatre cent soixante millions. L'avènement des masses éclate dans ce chiffre. Accompagné (et naturellement ces deux facteurs ont une interaction) de l'accélération de l'histoire, cet avènement nous a menés à une situation qui

1. José Ortega y Gasset (1883-1955), philosophe, sociologue et essayiste espagnol.

dépasse très nettement les cadres intellectuels et les cadres rationnels qui lui ont donné naissance. Aujourd'hui, notre problème, c'est d'abord l'adaptation de notre intelligence aux nouvelles réalités que nous fournit le monde. Les idéologies sur lesquelles nous vivons sont des idéologies qui sont de cent ans en retard. Et c'est pourquoi elles acceptent si mal les innovations. Il n'y a rien de plus sûr de sa vérité qu'une idéologie périmée.

[Le deuxième intervenant, M. Tsatsos, considère que la culture européenne est traversée par deux courants opposés, un courant classique et un courant romantique. Le premier est rationnel, il met l'accent sur les limites et s'oppose à l'illimité, il affirme la mesure, le relatif dans le monde historique et rejette l'absolu, l'extrême, le messianisme. Il est attaché au présent, à l'immanence, à l'individu vivant auquel il accorde une valeur éminente. Le courant romantique affirme ce que la tendance classique rejette : l'irrationnel, l'intuition ; les idéologies totalitaires, à première vue bien organisées, sacrifient en fait le présent à l'avenir et le messianisme de l'au-delà est remplacé par le culte de l'avenir. L'hellénisme, qui participe du courant humaniste classique, n'a-t-il pas à apporter une contribution essentielle au renouvellement social et culturel de l'Europe ?]

— Eh bien, je me sens encore très intimidé devant cette question. Cela dit, je trouve votre distinction entre romantisme et classicisme à ce point séduisante qu'on pourrait l'étendre à toute l'histoire des civilisations. Dans ce cas, il serait raisonnable d'espérer. Car, puisque toutes les civilisations ont été obligées de se mettre en règle avec ces deux tendances de la nature humaine, incarnée dans l'histoire, et puisque l'histoire a continué jusqu'à présent, rien n'empêche de penser que nous aussi pourrons faire quelques pas en avant. Mais je veux préciser ma pensée. Vous avez raison de penser que ce monde n'offre que des attitudes négatives, mais je crois qu'on aurait tort de considérer la notion de mesure, qui est une des rares notions auxquelles j'ai réfléchi, comme une notion négative. Vous savez qu'elle ne l'est pas, je n'ai pas à vous l'apprendre. Mais pourquoi ne l'est-elle pas ?

Si aujourd'hui, dans un colloque parisien, vous évoquiez la notion de mesure, mille paires de bras romantiques se lèveraient au plafond. La mesure n'est rien d'autre pour nos intellectuels que la diabolique modération bourgeoise. Or il n'en est rien. La mesure n'est pas le refus de la contradiction, ni la solution de la contradiction. La mesure, dans l'hellénisme, si mes connaissances sur ce point sont suffisantes, a toujours été la reconnaissance de la contradiction, et la décision de s'y maintenir, quoi qu'il arrive. Une formule de ce genre n'est pas seulement une formule rationnelle, humaniste et aimable. Elle suppose en réalité un héroïsme. Elle a des chances en tout cas de nous fournir non pas la solution, ce n'est pas ce que nous attendons, mais une méthode pour aborder l'étude des problèmes qui se posent à nous et pour marcher vers un avenir supportable.

Appliquons, si vous voulez, cette méthode à l'Europe contemporaine. Il y a une Europe bourgeoise, individualiste, celle qui pense à ses frigidaires, à ses restaurants gastronomiques, qui dit « moi, je ne vote pas », c'est l'Europe bourgeoise, c'est vrai. Celle-là ne veut pas vivre. Elle dit sans doute qu'elle veut vivre, mais elle a mis la vie à un niveau si bas qu'elle n'a pas de chance de se prolonger dans l'histoire, elle végète, et aucune société n'a végété longtemps. Mais je ne vois rien là qui soit l'expression de la mesure classique. Je vois seulement un nihilisme individualiste, celui qui consiste à dire « nous ne voulons ni romantisme ni excès, nous ne voulons pas vivre aux frontières, ni connaître le déchirement ». Si vous ne voulez pas vivre aux frontières ni connaître le déchirement, vous ne vivrez pas et, en particulier, votre société ne vivra pas.

La grande leçon, et je le dis parce que je suis formellement opposé à l'idéologie des démocraties populaires, la grande leçon qui nous vient de l'Est, c'est justement le sens de la participation à un effort commun, et il n'y a aucune raison pour que nous rejetions cet exemple.

De ce point de vue, je n'ai aucune approbation à porter à l'Europe bourgeoise. Mais je ferais mienne au contraire une position qui consisterait à dire : « nous connaissons l'extrême, nous l'avons vécu, nous le vivrons quand ce sera nécessaire, et nous pouvons dire que nous l'avons vécu parce que nous avons traversé des événements qui nous ont permis de le connaître ». Il y a eu en effet une solidarité nationale française et il y a eu une solidarité nationale grecque, celle de la souffrance. Cette solidarité, nous pouvons la retrouver à toute heure et pas seulement sous les dehors de la souffrance. Si nous méditions suffisamment cette expérience, je suis persuadé que nous comprendrions mieux cette notion de la mesure conçue comme la conciliation des contradictions et, particulièrement dans le domaine social et politique, comme la conciliation des droits et des devoirs de l'individu. La position de l'Europe bourgeoise, en effet, revient à revendiquer uniquement les droits de l'homme. Les droits de l'homme sont des valeurs que nous avons à défendre, mais non si ces droits signifient la négation des devoirs. Et inversement. Les devoirs de l'homme que l'on nous vante à l'Est ne sont pas des devoirs que nous accepterons s'ils signifient la négation de tout ce qui constitue le droit de l'homme à être ce qu'il est.

Il me semble alors que nous pourrions définir, dans cette direction, des formules sociales où cette espèce d'équilibre, difficile à maintenir, sera réalisé, étant bien entendu que l'équilibre en question ne peut pas être par définition un confort. Aujourd'hui, on dit d'un homme « c'est un homme équilibré » avec une nuance de dédain. En fait l'équilibré est un effort et un courage de tous les instants. La société qui aura ce courage est la vraie société de l'avenir. Elle est, d'ailleurs, à mon avis, en voie d'apparition, de divers côtés du monde et c'est là qu'encore je ne serai pas tout à fait pessimiste. L'espoir existe. Il nous vient de l'hellénisme qui l'a défini le premier, qui lui a donné les illustrations les plus émouvantes à travers les siècles. Nous pouvons aujourd'hui espérer que cette semence fructifiera encore et nous aidera à trouver la solution de nos problèmes.

[M. Théotocas, le troisième intervenant, constate que l'opposition romantique au monde de la science et de la technique est dépassée et que le problème actuel consiste à harmoniser ces nouvelles forces avec la nature humaine. L'Europe actuelle est condamnée par sa structure : elle est divisée en de multiples États et est incapable de maîtriser la dynamique scientifique et technique. Sans l'unité politique, l'Europe n'est-elle pas incapable d'assurer cette harmonisation ?]

— Je vous dirai d'abord mon accord total sur le fond. Je ferai ensuite une petite réserve. Je pense comme vous que l'Europe est en ce moment corsetée dans une vingtaine de gaines ou elle n'arrive pas à respirer. Au moment où Athènes est à six heures de Paris, où on va de Rome à Paris en trois heures, et où les frontières n'existent que pour les douaniers et les passagers soumis à leur juridiction, nous vivons dans un état féodal. L'Europe, qui a conçu de toutes pièces les idéologies qui, aujourd'hui, dominent le monde, qui les voit aujourd'hui se retourner contre elle, incarnées qu'elles sont dans des pays plus grands et plus puissants industriellement, cette Europe, qui a eu le pouvoir et la puissance de concevoir ces idéologies, peut avoir aussi la puissance de concevoir les notions qui permettront de maîtriser ou d'équilibrer ces idéologies. Simplement, elle a besoin d'une respiration, elle a besoin d'aisance, de pensées qui ne soient pas provinciales comme le sont actuellement toutes nos pensées. Les idées parisiennes sont des idées provinciales ; les idées athéniennes sont des idées provinciales aussi, en ce sens que nous avons tous la plus grande difficulté à avoir assez de contacts, assez de connaissances, à mêler assez nos pensées pour que se fécondent mutuellement les valeurs errantes, qui sont isolées dans nos pays respectifs. Eh bien, je crois que cet idéal enfin auquel nous tendons tous, que nous devons défendre, pour lequel nous devons faire tout ce qu'il est possible de faire, cet idéal, nous ne l'atteindrons pas tout de suite. Vous avez prononcé tout à l'heure un mot fatidique, c'est le mot « souveraineté ». Ce mot « souveraineté » depuis longtemps a mis des bâtons dans toutes les roues de l'histoire internationale. Il continuera de le faire. Les blessures de la guerre toute proche sont encore trop fraîches, trop douloureuses, pour qu'on puisse espérer que des collectivités nationales fassent cet effort dont seuls des individus supérieurs sont capables et qui consiste à dominer ses propres ressentiments. Nous nous trouvons donc, psychologiquement, devant des obstacles qui rendront cette réalisation difficile. Ceci dit, je suis de votre avis, il faut lutter pour arriver à vaincre ces obstacles et faire l'Europe, l'Europe enfin, où Paris, Athènes, Rome, Berlin seront les centres nerveux d'un empire du Milieu, si j'ose dire, qui, d'une certaine manière, pourra jouer son rôle dans l'histoire de demain.

La petite réserve que j'introduirai est celle-ci. Vous avez dit qu'on ne peut pas aborder intellectuellement le problème de l'avenir européen, on ne peut pas y réfléchir tant que nous n'aurons pas cette structure sur laquelle nous pourrons nous appuyer. Ma réserve consistera à dire : nous devons quand même aborder le problème, donner un contenu aux valeurs européennes, même si l'Europe n'est pas pour demain.

Vous avez donné un exemple qui m'a frappé tout à l'heure. Vous avez dit : « en somme l'Allemagne, au moment où son unité n'était pas faite, eh bien, ce n'était pas une puissance ». C'est tout à fait vrai. Il n'empêche que nous pouvons dire qu'une grande partie des idéologies contemporaines a été formée dans l'idéologie allemande du XIXe siècle et que tous les philosophes allemands, et particulièrement le plus grand, qui ont donné naissance à cette nouvelle forme de pensée précèdent l'unité allemande (si nous considérons que l'unité allemande s'achève en 71, naturellement). Il y a donc possibilité d'influencer une civilisation, même dans l'état de déréliction et de pauvreté où nous sommes. En tout cas, le rôle des intellectuels et des écrivains est, d'une certaine manière, de continuer leur effort sur leur plan, tout en poussant à la roue de l'histoire s'ils le peuvent et s'ils en ont le temps, afin qu'au moment voulu, les valeurs nécessaires, je ne dis pas soient prêtes, mais puissent déjà servir de ferments.

[M. Véglèris rappelle que deux éléments sont essentiels à la culture européenne : le principe de liberté et le principe de justice sociale, lequel doit corriger ce que le premier peut avoir de destructeur. Il se demande si l'Europe est capable de mieux conjuguer ces deux principes.]

— Si on schématisait grossièrement les choses, on pourrait dire qu'aujourd'hui l'Ouest prétend faire passer la liberté avant la justice, l'Est prétend faire passer la justice avant la liberté. Nous n'examinerons pas la question de savoir si la liberté règne à l'Ouest et si la justice règne à l'Est, nous nous bornerons à enregistrer les prétentions des deux sociétés. Il se peut que la liberté brandissant la bombe atomique et la justice en brandissant une autre se détruisent mutuellement sur une frontière qu'il est facile de prévoir. Dans ce cas-là, j'avoue n'avoir pas d'imagination pour ce qui peut suivre une troisième guerre mondiale, sous la forme atomique. Et je considère, pour ma part, comme très coupables des chefs d'État qui laissent croire à leurs peuples que cet avenir peut être imaginé après une telle guerre. Cependant, si cette guerre atomique, ce suicide, n'a pas lieu, nous allons nous trouver toujours devant les deux statues de la liberté et de la justice se faisant face en fronçant leur nez. Je crois que le rapport des forces est à peu près équivalent aujourd'hui, l'abondance des populations du côté de l'Est étant compensée du côté de l'Ouest par une perfection plus poussée de la technique. Je crois alors qu'inévitablement l'histoire elle-même, à qui tant de gens font tant de confiance, va justifier cette confiance et qu'en effet la notion de mesure et de contradiction va jouer son jeu à cet endroit. Car elle est inscrite dans la nature humaine et dans la nature de l'histoire. On arrivera par exemple à cette conception à laquelle tout de même un certain nombre d'intelligences en Europe sont arrivées, à savoir que la liberté a une limite, que la justice aussi a une limite, que la limite de la liberté se trouve dans la justice, c'est-à-dire dans l'existence de l'autre et la reconnaissance de l'autre, et que la limite de la justice se trouve dans la liberté, c'est-à-dire le droit de la personne à exister telle qu'elle est au sein d'une collectivité.

[Suivent une série de questions de divers intervenants :]

— *La civilisation européenne n'est pas une mais plurielle et plus que d'une fusion en une unité ne faudrait-il pas parler de collaboration harmonieuse ?*

— Monsieur, je crois que je peux répondre brièvement. L'harmonie est une excellente chose. Malheureusement, elle n'est pas toujours possible. On peut dire, par exemple, que le mariage est une excellente institution, à condition que les conjoints soient d'accord. Mais il arrive qu'ils ne le soient pas, si bien que le mariage est, dans certains cas, rares je le reconnais, une catastrophe. Si nous comptons donc sur la seule bonne volonté des peuples européens, et il faut y compter parce que, sans elle évidemment, on ne peut pas avancer, elle ne suffira pas à nous faire avancer. Il faut donc des institutions. Votre objection à ces institutions, qui seraient naturellement des institutions communes, est que la différence des mœurs et des modes de vie entre les peuples européens s'y oppose. Je vous opposerai l'exemple de la France. Un Marseillais est certainement plus près d'un Napolitain que d'un habitant de Brest. Il y a une très grande différence entre un Perpignanais et un Roubaisien. Il n'empêche que l'unité de la France s'est faite et qu'aujourd'hui Perpignan et Roubaix élisent un même gouvernement, qu'il soit bon ou mauvais.

— *Quelle est la contribution à la culture européenne de l'œuvre de Jean Genet, des* Mandarins[1] *et d'*Histoire *d'O*[2] *?*

— Contribution à l'avenir européen ou contribution à la littérature française ?

— *À la civilisation européenne.*

— Je dirai qu'elle est nulle, franchement.

1. Publié en 1954, le roman de Simone de Beauvoir obtient le prix Goncourt la même année.

2. Roman de Dominique Aury publié en 1954 sous le pseudonyme de Pauline Réage. Il est l'un des classiques de la littérature érotique du XXe siècle.

— *La diversité européenne est-elle un handicap ou un espoir de salut ?*

— Elle est un espoir de salut pour la raison excellente que, toujours, dans l'histoire, quand un Empire massif s'est étendu au-delà de certaines limites, il s'est écroulé. Si Alexandre était resté dans les limites de la Macédoine, il y aurait probablement aujourd'hui encore une Grèce descendant en droite ligne d'Alexandre. La diversité a évidemment des inconvénients. Ce sont exactement les inconvénients de la liberté. Ce sont aussi ceux de la loyauté et de l'objectivité. Il n'empêche que c'est par l'objectivité et la liberté que le monde a progressé sur le plan qui nous intéresse et nous devons en accepter les inconvénients. Mais, franchement, je crois que les inconvénients des Empires et des continents massifs peuvent être au moins aussi grands, en ce qui concerne leur essor futur, que les inconvénients de la diversité pour l'Europe. Il me semble, par exemple, si la recherche scientifique aujourd'hui est à la base de la puissance matérielle, que la recherche scientifique ne sera véritablement probante, efficace et féconde à la longue, que dans un climat de liberté.

— *La civilisation européenne ne doit-elle pas se garder des attaques qui viennent à la fois de l'Est et de l'Ouest ?*

— C'est ce qu'on appelle la question piège. Bon. Je vous répondrai d'abord en Normand et ensuite tout à fait directement. Mais je vous répondrai en Normand en disant que pour moi le principal ennemi d'une civilisation c'est généralement elle-même. Si la civilisation européenne est en danger, c'est sans doute parce que des Empires ou des civilisations exercent sur elle des pressions de l'extérieur, mais c'est principalement parce qu'elle n'a pas en elle assez de santé ni assez de force pour répondre à ce défi de l'histoire. Réflexion faite, ma réponse n'est pas tellement normande.

Mais je vous répondrai plus directement encore que je ne suis pas de ceux qui pensent que la menace de l'Est et la menace de l'Ouest soient égales en force. Je pense que la menace de l'Est, étant donné que c'est une menace militaire et qu'elle traîne derrière elle un danger de totalitarisme, est une menace plus importante que la menace que peuvent présenter pour notre civilisation des formes de culture américaine qui sont difficilement assimilables par nous. Pour le moment, il s'agit d'une confrontation pacifique entre les formes de la civilisation américaine et la nôtre, tandis qu'au contraire il s'agit d'une confrontation belliqueuse ou quasi belliqueuse entre l'Est et l'Ouest. Voilà du moins ce que je pense. Il est bien entendu que je parle ici à titre personnel. Cela dit, je crois qu'au fond vous me posez cette question non pas pour savoir mon point de vue, tel que je viens de le donner, mais pour me demander ce que je pense des dangers que peut présenter pour nous la civilisation américaine. Je vais donc essayer de vous dire ce que j'en pense personnellement.

Je connais peu l'Amérique : je n'y ai passé que trois mois[1]. Ceci dit, je connais assez bien sa littérature et son histoire. L'Amérique représente

1. Voir ci-dessus, « La Crise de l'Homme », p. 34 ; et « Sommes-nous des pessimistes ? », p. 59.

pour moi la réalisation des espoirs du XVIIIe siècle français. Je préciserai tout de suite. Je veux parler de ce que nous appelons chez nous les encyclopédistes qui, les premiers en Europe, ont défini ce qu'ils appelaient une philosophie du bonheur. C'est eux qui ont rêvé d'un bonheur rationnel basé sur une harmonieuse organisation du monde et qui ont surtout mis l'accent sur ce que la nature et le monde pouvaient apporter de bonheur à l'homme. Ce sont les philosophes du bonheur en général. Et il n'y a pas de doute, et c'est ce que j'ai trouvé, moi, de fort sympathique en Amérique, dès que j'y ai débarqué, qu'il y ait en Amérique la volonté du bonheur ; cette volonté se manifeste par des signes purement négatifs, d'autres fois positifs, les signes purement négatifs étant le refus de considérer les philosophies pessimistes comme véritablement sérieuses, le refus de considérer, de souligner le malheur. On enterre vite en Amérique, par exemple. On enterre vite alors que l'usage dans la civilisation méditerranéenne, comme vous le savez, c'est au contraire la prolongation du contact avec la mort, du contact avec l'être aimé qu'on vient de perdre. Ce petit exemple, qu'il ne faut pas extrapoler absolument, me semble illustrer un certain refus du malheur et, positivement, le désir d'organiser toutes choses pour que la vie soit plus facile et plus lumineuse. En ce sens, il n'y a pas de doute que la philosophie du XVIIIe siècle, par des voies qu'il serait d'ailleurs facile de retrouver, a trouvé là une incarnation assez sensationnelle, il faut bien le dire.

Ceci dit, je crois qu'il manque, pour des raisons qu'on pourrait définir aussi, mais ce serait trop long de le faire, il manque au tempérament américain cette chose qui, dans la philosophie du bonheur de nos encyclopédistes, jouait le rôle de frein et de régulateur. C'était ce que nous appelons d'un mot difficile à définir : le goût. Je veux dire la répugnance à pousser une chose trop loin (par exemple un homme comme Benjamin Constant, qui était athée, disait un peu plus tard « l'irréligion a quelque chose de vulgaire et d'usé » d'un air un peu dégoûté, parce que l'athéisme militant, selon lui, était trop poussé, pas assez nuancé). On dit beaucoup de bêtises sur la culture américaine et des quantités d'injustices, en Europe en particulier. Cette culture nous offre des intellectuels de premier ordre, une littérature, une science. Si aujourd'hui il y a de moins en moins de tuberculeux en Europe, à qui le devons-nous ? Mais enfin, passons. Cependant, il y a chez vous, dans l'exercice de cette philosophie du bonheur, une sorte d'excès qui est dans le tempérament américain, une sorte de volonté de conquête totale qui a fini par prendre des formes qui, naturellement, ont dépassé les limites, ont pulvérisé les nuances. C'est ce qui rend votre vie quotidienne difficilement adaptable à l'Européen moyen, et j'en parle objectivement, puisque, étant africain du Nord et non pas européen, je me suis trouvé à l'aise dans le rythme de la vie américaine. Il n'empêche que ce rythme désoriente l'Européen. De la même manière ce refus systématique de l'idée générale, ce goût du concret, de l'empirisme, du fait, c'est-à-dire de tout ce qui peut être immédiatement perçu, immédiatement compris et entendu, a poussé la pensée américaine à se détourner de l'idée générale. En ceci, elle est d'ailleurs directement inspirée par les empiristes français et anglais

* 1767-1830 - Ami de Mme de STAËL. Hostile au despotisme impérial, leader des libéraux, il contribua à la révolution de 1830.

du XVIIIe siècle. Cette méfiance à l'égard de l'idée générale l'a condamnée, et je serai ici beaucoup plus affirmatif que dans tout ce que je viens de dire, l'a condamnée, presque irrémédiablement, à ne rien comprendre au drame européen. Un certain nombre des gaffes, car on ne peut pas appeler cela autrement, un certain nombre des gaffes américaines, en ce qui concerne les questions européennes, viennent de ce refus de considérer certains fondements de la tragédie européenne, les fondements idéologiques et métaphysiques. Mais j'ajouterai que l'Amérique est aussi un peuple jeune et que le leadership qu'elle exerce, depuis 1945 à peu près, est un leadership tout frais. Elle a le temps encore de s'y exercer. Mais la sorte de danger qui peut nous venir de l'Amérique est justement cette tendance à nous pousser au niveau direct des faits de la vie telle qu'elle vient, et qui risque, s'adressant à des gens peu préparés (l'influence du cinéma est particulièrement frappante), qui risque de ramener un certain nombre de sensibilités à des niveaux où il n'est pas désirable que des sensibilités soient ramenées. Voilà ce que je pense exactement.

— *Comment expliquer que la philosophie française soit à ce point dépendante de la philosophie allemande ?*

— Vous savez, monsieur, par profession, combien la question des influences est une question difficile dans l'histoire de la pensée. Je veux donc vous dire simplement ceci : c'est une question que je me suis posée moi aussi puisque j'ai échappé à la contagion, et que, d'une certaine manière, j'ai été étonné de me trouver tant de raisons profondes de désaccord avec la société intellectuelle où je vis. Voici la réponse que je me suis faite. Je crois simplement que l'Allemagne a découvert le malheur de l'existence avant la France. Non pas qu'elle ait eu une histoire plus douloureuse, mais parce qu'elle a été enfantée tardivement et difficilement en tant que nation. Et ensuite, peut-être, à cause de ce que Stendhal disait du caractère allemand. Il parlait en effet du destin allemand de se rendre toute chose difficile. En tout cas, les philosophes allemands ont réfléchi dès le XIXe siècle sur le malheur de l'existence. Notre philosophie de cette époque, vous la connaissez. C'est une philosophie qui était véritablement à l'écart des vrais problèmes de notre civilisation. Ces problèmes se sont posés en Allemagne, en Russie sous une autre forme ; pas en France. Notre philosophie du XIXe siècle a été l'idéologie d'une classe satisfaite et par conséquent ancrée dans sa satisfaction, détachée de l'histoire, et pas décidée du tout à y entrer. Sur ce, deux guerres, dont une malheureuse pour commencer, et ensuite gagnée au prix de terribles sacrifices, l'autre où tout fut perdu et sauvé. Les Français se sont trouvés alors devant le malheur historique. S'ils se sont retournés à ce moment-là vers leurs philosophes, qu'ont-ils trouvé ? Ils n'ont rien trouvé qui puisse leur parler du malheur ou ils étaient plongés. Ils se sont donc tournés vers les philosophes qui, eux, ont parlé du malheur de l'histoire, de la conscience malheureuse, de la difficulté de vivre, de l'être pour la mort, enfin de tout ce que vous connaissez. Et il est bien évident que ce mouvement a été, selon moi, beaucoup trop passionné, beaucoup trop exclusif, mais il n'empêche qu'il peut s'expliquer. Ceci dit, on peut trouver une explication supplémentaire au problème qui vous intéresse dans le fait que la majorité des penseurs français sont aujourd'hui des penseurs de gauche, donc en partie marxisants. Or Marx sort tout droit de l'idéologie allemande. En fonction de leurs convictions, ils sont retournés aux sources. De là un renouveau des études hégéliennes, un renouveau des études marxistes aussi, et un renouveau de la philosophie existentialiste allemande en général. Mais il semble que les signes d'une évolution apparaissent. Une conversion retentissante, dit-on, se prépare. M. Merleau-Ponty[1], qui était un des représentants de la tendance qui nous inquiète, vient de publier un livre qui s'appelle *Les Aventures de la dialectique*, qui semble marquer une certaine rupture avec cette tendance et par conséquent inaugurer un tournant dans l'idéologie française, si on peut employer ce mot affreux.

— *La faiblesse de l'Europe et son nihilisme ne sont-ils pas dus au fait qu'elle n'a plus de foi alors que les pays de l'Est en ont une ?*

— Bon, mais vous savez, je suis aussi un écrivain. Je regrette un peu d'être affronté sans arrêt à des questions qui dépassent ma compétence. En littérature, j'ai une petite compétence, enfin je pourrais parler, je pourrais m'exprimer, même avec vivacité, tandis que je suis là un peu ligoté. Oui, l'Est a une foi. L'a-t-il ? Le savez-vous ? Nous n'avons pas de foi ? Qui l'a dit ? Je connais des tas

1. Sur la relation entre Camus et Merleau-Ponty, voir ci-dessus, « Intervention à la table ronde de Civilisation », p. 67, note 1.

d'hommes qui en ont : nous n'avons pas de foi, cela n'est pas écrit dans les textes, nos Constitutions ne font pas la preuve de la foi. Mais, en 45, toutes les nations d'Europe ont montré qu'elles avaient une foi lorsqu'elles étaient sous la domination allemande. Cela n'est pas si vieux. Je suis toujours devant ces problèmes un peu… enfin, pour parler sincèrement, je ne les crois pas profondément vrais. Naturellement, on peut, on doit les discuter, mais je crois que le nihilisme n'est pas que d'un seul côté. C'est la position que j'ai toujours défendue. Je considère qu'il n'y a qu'un seul capitalisme dans le monde, mais qu'il peut revêtir des formes différentes : capitalisme privé ou capitalisme d'État. Le manque de foi n'est pas d'un seul côté, la foi ne pousse pas toute seule de l'autre. Après tout, il y a aussi une foi chrétienne, il y a un mouvement chrétien en Occident. Pourquoi la foi chrétienne ne produirait-elle pas aujourd'hui ses œuvres et ses formes institutionnelles ? Elle l'a essayé, elle l'essaie toujours, elle y réussira peut-être ? Qu'en savons-nous ?

Je crois que le vrai problème n'est pas là. Le vrai problème est de savoir si nous voulons survivre en tant que civilisation. Et cette volonté n'est pas forcément rationnelle. Si je dis que je veux continuer à vivre, ce n'est pas parce que je sais parfaitement ce que je suis, mais parce que j'ai un sentiment extrêmement vif et extrêmement aigu de ce que je suis en tant qu'être et que j'ai envie de continuer dans mon être. Ce n'est donc pas la raison qui passe d'abord, c'est l'instinct de vivre. Eh bien, si les jeunes gens d'aujourd'hui, en Occident, n'ont pas cet instinct de vivre, il faut qu'ils le retrouvent, parce que le problème est là. Et ils le retrouveront non pas, je crois, en se confiant à des gens qui leur diront, dans l'ordre, ce qu'il faut croire et faire. Ils le retrouveront en se confiant à eux-mêmes. Je veux dire à leur expérience de la vie et à leur propre réflexion.

— *Le rationalisme de la science et le rationalisme cartésien ne sont-ils pas battus en brèche par le développement de la science elle-même (en physique, en chimie les fonctions les plus élémentaires échappent à toute possibilité de les concevoir de manière rationnelle) et cette évolution ne menace-t-elle pas la civilisation européenne ?*

— Je crois que la découverte des irrationnels par la science contemporaine est un progrès. C'est un progrès parce que si la science contemporaine arrivait à démontrer le déterminisme total, ce qui lui correspondrait dans les formes de la civilisation, c'est un totalitarisme, par une voie directe, et qu'il serait facile de démontrer si vraiment nous n'avions pas si peu de temps. Quant au rationalisme cartésien, j'en ai parlé tout à l'heure pour y faire allusion. Il fait partie de notre civilisation. Mais à cause de l'interprétation qu'on a faite, de la notion de l'individu qu'on a fondée sur lui, le rationalisme cartésien est à la base d'une certaine dégénérescence de la société occidentale. Je précise encore qu'il ne s'agit pas de Descartes lui-même. Les philosophes restent de grands esprits et de grands hommes. Mais ce qu'on leur prend n'est pas le meilleur, c'est toujours le déchet. Une des faiblesses de la civilisation occidentale, en tout cas, c'est la constitution de cet individu séparé de la communauté, de l'individu considéré comme un tout. Pour résumer un peu tout ce que j'ai mal dit tout à l'heure, il me semble que la société occidentale aujourd'hui meurt d'un individualisme excessif alors que la société orientale n'est même pas née, à cause d'un collectivisme excessif. Dans la mesure où notre individualisme sera ramené vers une notion plus certaine des devoirs de la communauté, et où, parallèlement, le collectivisme oriental verra surgir les premiers ferments de la liberté individuelle, nous progresserons. C'est en ce sens que je ne me sens pas inquiet du tout si les travaux d'un homme comme Heisenberg finissent par mettre en péril une certaine notion, statique et purement rationaliste, de l'homme, telle qu'on l'a installée en Occident.

— *Si l'artiste doit réclamer la liberté pour parler au nom de ceux qui ne le peuvent, ne limite-t-il pas cette liberté du fait qu'il doit choisir ceux pour qui il va parler et exclure les autres ?*

— Eh bien, c'est la liberté limitée, mademoiselle. La liberté sans limites, c'est le contraire de la liberté. La liberté sans limites, seuls les tyrans peuvent l'exercer ; et par exemple Hitler était relativement un homme libre, le seul d'ailleurs de tout son empire. Mais si on veut exercer une véritable liberté, elle ne peut pas s'exercer uniquement dans l'intérêt de l'individu qui l'exerce. La liberté a toujours eu pour limite, c'est une vieille histoire, la liberté des autres. J'ajouterai à ce lieu commun qu'elle n'existe et qu'elle n'a de sens et de contenu que dans la mesure où elle est limitée par la liberté des autres. Une liberté qui ne comporterait que des droits ne serait pas une liberté, ce serait une toute-puissance, ce serait une tyrannie. Une liberté qui comporte aussi des droits et des devoirs est une liberté qui a un contenu et qui peut se vivre. Le reste, la liberté sans limites, ne se vit pas ou se vit aux dépens de la mort des autres, à la limite. La liberté limitée est la seule chose qui fasse vivre en même temps celui qui l'exerce et ceux en faveur desquels elle s'exerce.

— *La conception de l'artiste comme porte-parole du peuple souffrant ne ramène-t-elle pas au temps des cathédrales ou au mythe et est-elle le seul remède à la littérature bourgeoise et individualiste ?*

— Je comprends la question et elle est dans le sens de la vérité, n'est-ce pas ? Simplement, on ne revient pas aux cathédrales, la chose est réglée d'avance, ni, d'ailleurs, aux temples grecs. Quand nous parlons d'hellénisme, je pense qu'aucun d'entre nous ici ne souhaite de refaire une agora où nous nous promènerions en robes courtes ? Nous ne reviendrons donc pas à la cathédrale. Revenir au mythe, c'est un tout autre problème et cela a déjà plus de sens parce qu'en fait quelques-unes des grandes œuvres de l'époque, comme par exemple *Moby Dick* de Melville[1], sont des œuvres qui ont versé dans un mythe, susceptible d'être compris par tout le monde, des vérités profondes et subtiles. Ce livre, *Moby Dick*, est donné en livre de prix aux enfants des écoles américaines, et pourtant il représente une des réflexions les plus profondes et les plus pathétiques qu'un artiste ait pu mener sur le problème du mal. Il n'y a pas de doute, par conséquent, que le mythe reste encore

1. Albert Camus voue une grande admiration à l'auteur américain qu'il situe parmi « les plus grands génies de l'Occident » (*Herman Melville*, texte paru dans *Les Écrivains célèbres*, 1952).

parmi nous une des formes possibles de la renaissance littéraire et artistique. Mais le chemin pour aller vers cette renaissance artistique, vers cet art qui sera sensible à tous, ne passe pas par tel ou tel genre. La renaissance sera peut-être une renaissance de la tragédie ou une floraison considérable du roman, ou au contraire une renaissance épique, je n'en sais rien. Mais ce qui est beaucoup plus important pour cette renaissance, c'est l'attitude intérieure de l'artiste. Cette attitude intérieure ne peut être que la sincérité. On comprendra mieux ce que je veux dire par sincérité en considérant que, selon moi, on ne peut exercer cette sincérité dans la solitude. Les artistes qui se séparent volontairement du monde sont obligés de sacrifier une certaine part de sincérité pour la raison excellente que la sincérité n'est pas cet état de pureté, ce fer porté au rouge blanc, c'est une manière de se présenter à l'autre, au lecteur, en l'occurrence, ou au spectateur, s'il s'agit d'un tableau, d'une pièce, c'est de se présenter à l'autre de la manière qui est la plus simple et la plus vraie. Ce qui a l'air, après tout, bien facile, mais il est évident que c'est le sommet de l'art, et qu'aucun d'entre nous n'y arrive. Présentement, nous sommes tous en tant qu'artistes, en Europe, tellement liés par des empêchements, des considérations, le poids de l'histoire, l'accélération des choses, la multiplicité des informations, nous sommes tellement liés par tout cela que la simple et naturelle sincérité d'Homère, par exemple, est une chose qui nous est impossible. Mais c'est vers cette sincérité, cette simplicité que nous devons tendre pour la raison excellente qu'elle est le lieu commun où se rencontrent l'artiste et le public. Pour le reste, je ne suis pas prophète et ne puis dire quelle forme prendra cette renaissance.

— *Pourquoi accepter de parler de l'avenir de la civilisation européenne dès lors qu'on dit s'intéresser surtout au présent ?*

— Eh bien, j'ai d'abord une réponse de circonstance à vous faire, j'accepte les sujets qu'on me propose.

En second lieu, ce sujet a son intérêt pour moi. J'ai dit en effet que le seul présent m'intéressait, mais j'entends par présent quelque chose qui déborde le jour ou l'année qui vient. Le présent historique, en gros, c'est la génération vivante. Ce qui implique malgré tout l'avenir de l'Europe. Au moment où ma génération quittera la scène pour prendre enfin ses vacances, c'est mon présent d'une certaine manière qui finira. Si je n'ai pas d'imagination pour, disons, l'an 2000, j'ai tout de même une assez forte imagination pour les années qui vont venir. Ce sont des années qui m'appartiennent. En ce sens, elles me sont présentes. Tout ce qui est devant moi d'une manière sensible, tout ce qui peut me faire souffrir ou me donner de la joie, c'est mon présent.

C'est donc moi qui suis dans mon tort. J'ai donné d'une façon abrupte une définition du présent qui n'était pas la bonne. Votre question est judicieuse, parce que ma formule ne l'était pas.

— *Dans la conférence sur « L'Artiste et son temps », vous avez critiqué l'art pour l'art et l'art réaliste. Mais plutôt que de penser le processus de la création dans le cadre de l'opposition du sujet et de l'objet, ne faut-il pas le comprendre comme l'identification progressive de l'artiste avec son objet ? Pour un peintre, comme Braque par exemple, il y a toute une élaboration par laquelle le peintre s'identifie à l'objet qu'il peint. Ce processus d'identification est-il possible en littérature ?*

— Je crois qu'il est possible en poésie, du moins je le suppose, n'étant pas poète. Je crois qu'il est impossible en littérature, pour la raison excellente qu'en prose, en tout cas, on ne peut pas supprimer totalement l'intermédiaire rationnel. La littérature passe par le langage et le langage ne peut se passer de l'intermédiaire rationnel. On l'a essayé comme vous le savez. Les expériences d'écriture automatique, comme on disait, ont été intéressantes en tant qu'expériences. Il est possible même, dans une certaine mesure (nous le faisons tous, même les écrivains apparemment les plus maîtres d'eux-mêmes), il est possible de se prêter à l'écriture automatique. Il n'est pas possible d'en faire un système de composition, comme Braque, dans les textes que je connais, fait un système de composition de cette identification quasi mystique, n'est-ce pas ? Ce qui est possible en peinture puisque les faits sont là, Braque l'a fait, me paraît impossible en littérature. Je n'en vois aucun exemple.

— *L'écrivain ne s'identifie-t-il pas à ses personnages ?*

— Oui, dans cette mesure-là. Mais c'est une mesure partielle. Car la composition d'un livre, d'un roman particulièrement, est une composition rationnelle. Elle fait intervenir une esthétique qui est elle-même un exercice de l'intelligence. C'est pourquoi je dis qu'on peut se prêter à une méthode comme celle-ci, on ne peut pas s'y donner, si on est écrivain.

— Ne faut-il pas dissocier la civilisation européenne de l'aire géographique à laquelle on la limite habituellement et définir la culture comme Isocrate concevait la culture hellénique : « Nous considérons comme Grecs ceux qui participent de notre culture » ? Abandonner le caractère universaliste de la civilisation européenne, sa force de rayonnement en dehors de son aire géographique ne revient-il pas à hâter sa mort ?

— Mon sentiment est très favorable à ce que vous dites. Aucun phénomène spirituel ne peut avoir une assise territoriale raisonnablement définie. Les limites de la géographie n'ont jamais été celles de l'esprit. Il n'y a pas de doute que l'influence de la civilisation européenne a débordé les limites où elle est née. Elle a tant débordé d'ailleurs qu'on peut en retrouver des traces dans des nations ou dans des territoires qui ne sont pas spécifiquement européens. Il n'y a pas de doute non plus que l'Angleterre n'est qu'à moitié européenne, aussi bien géographiquement que culturellement.

Ces diversités, ces nuances, ces divergences n'empêchent pas qu'on puisse, pour la commodité de la discussion, tracer les limites géographiques qui, en gros, et conventionnellement, délimiteraient l'aire de la civilisation européenne.

Quant à savoir si cette civilisation doit influencer d'autres peuples sous peine de périr, eh bien, je suis plutôt de votre avis, mais c'est une des raisons de mon espoir. Pour le moment, l'Europe est menacée d'abord par les idées européennes et particulièrement par l'insurrection des colonies qui ont appris les idées de liberté dans les écoles européennes. Il me semble que cela représente (en même temps qu'une inquiétude sur l'avenir naturellement) un élément de confiance.

— *L'œuvre de Kazantzakis*[1] *est-elle estimée en France ?*

— Je crois l'avoir dit, elle est très estimée. Deux de ses romans sont traduits. Certains recueils de poésie, ou plutôt, je devrais dire, de prose poétique, comme l'*Ascèse*, ont été traduits aussi. Deux de ses pièces ont été traduites et publiées. Nous ne désespérons pas de les voir jouées.

Peu d'écrivains étrangers ont, à l'heure actuelle, chez nous, cette situation littéraire. Il y a des écrivains étrangers qui ont une situation littéraire plus grande, des hommes comme Faulkner ou Thomas Mann, des hommes qui sont universellement connus et beaucoup plus lus, beaucoup plus traduits en France. Mais parmi les écrivains qui commencent d'être connus en France et dont j'espère qu'ils le seront de plus en plus, eh bien, Kazantzakis est véritablement un des plus grands. Au reste on traduit aussi votre jeune littérature puisque Mme Libéraki[2] a été traduite et que deux de ses romans ont paru chez Gallimard.

— *Le roman français est-il en progrès depuis Balzac et Stendhal ?*

— Aucun écrivain vivant ne se chargerait aujourd'hui de se comparer à ces grandes ombres.

1. Nikos Kazantzakis (1883-1957), écrivain, philosophe, dramaturge et poète grec, connu notamment pour ses romans *Alexis Zorba ou le Rivage de Crète* (1946) et *La Dernière Tentation du Christ* (1954).

2. Margarita Libéraki (1919-2001), écrivain et dramaturge grecque ; ses romans *L'Autre Alexandre* et *Trois étés* furent publiés par les Éditions Gallimard en 1950 et 1953.

SUR L'AVENIR DE LA TRAGÉDIE

1955

Le lendemain de sa participation à la discussion sur le thème « L'avenir de la civilisation européenne » à l'Union culturelle gréco-française[1]*, Albert Camus donne le 29 avril 1955 à l'Institut français d'Athènes la conférence suivante sur le thème du théâtre contemporain. Le texte de cette conférence demeurera inédit jusqu'à sa parution en 1965 dans le volume* Essais *des premières œuvres complètes d'Albert Camus éditées par Roger Quilliot dans la « Bibliothèque de la Pléiade ». Les extraits d'œuvres théâtrales dont Camus ponctue son intervention n'ont pas été reproduits.*

Un sage oriental demandait toujours dans ses prières que la divinité voulût bien lui épargner de vivre dans une époque intéressante. Cette chance ne nous a pas été épargnée. Notre époque est tout à fait intéressante, c'est-à-dire qu'elle est tragique. Avons-nous du moins, pour nous purger de nos malheurs, le théâtre de notre époque ou

1. Voir ci-dessus, p. 217.

pouvons-nous espérer l'avoir ? Autrement dit, la tragédie moderne est-elle possible, c'est la question que je voudrais me poser aujourd'hui. Mais cette question est-elle raisonnable ? N'est-elle pas du type : « Aurons-nous un bon gouvernement ? » ou « Nos écrivains deviendront-ils modestes ? » ou bien encore « Les riches partageront-ils bientôt leur fortune entre les pauvres ? », questions intéressantes sans doute, mais qui donnent à rêver plus qu'à penser.

Je ne le crois pas. Je crois au contraire, et pour deux raisons, qu'on peut s'interroger légitimement sur la tragédie moderne. La première raison est que les grandes périodes de l'art tragique se placent, dans l'histoire, à des siècles charnières, à des moments où la vie des peuples est lourde à la fois de gloire et de menaces, où l'avenir est incertain et le présent dramatique. Après tout, Eschyle est le combattant de deux guerres et Shakespeare le contemporain d'une assez belle suite d'horreurs. En outre ils se tiennent tous deux à une sorte de tournant dangereux dans l'histoire de leur civilisation.

On peut remarquer en effet que dans les trente siècles de l'histoire occidentale, depuis les Doriens jusqu'à la bombe atomique, il n'existe que deux périodes d'art tragique et toutes deux étroitement resserrées dans le temps et l'espace. La première est grecque, elle présente une remarquable unité, et dure un siècle, d'Eschyle à Euripide. La seconde dure à peine plus et fleurit longtemps, avec des éthiques différentes, dans des pays limitrophes à la pointe de l'Europe occidentale. En effet, on n'a pas assez remarqué que l'explosion magnifique du théâtre élisabéthain, le théâtre espagnol du Siècle d'or et la tragédie française du XVIIe siècle sont à très peu près contemporains. Quand Shakespeare meurt, Lope de Vega a cinquante-quatre ans et a fait jouer une grande partie de ses pièces ; Calderón et Corneille sont vivants. Enfin il n'y a pas plus de distance dans le temps entre Shakespeare et Racine qu'entre Eschyle et Euripide. Historiquement au moins, nous pouvons considérer qu'il s'agit, à l'époque de la Renaissance, d'une seule et magnifique floraison, qui naît dans le désordre inspiré de la scène élisabéthaine et s'achève en perfection formelle un siècle plus tard dans la tragédie française.

Entre ces deux moments tragiques, près de vingt siècles s'écoulent. Pendant ces vingt siècles, rien. Rien, sinon le mystère chrétien qui peut être dramatique mais n'est pas tragique, je dirai plus loin pourquoi. On peut donc dire qu'il s'agit d'époques très exceptionnelles qui devraient, par leur singularité même, nous renseigner sur les conditions de l'expression tragique. C'est là une étude extrêmement passionnante selon moi et qui devrait être poursuivie avec rigueur et patience par de véritables historiens. Mais elle dépasse ma compétence et je voudrais seulement évoquer à son propos les réflexions d'un homme de théâtre.

Lorsqu'on examine le mouvement des idées dans ces deux époques aussi bien que dans les œuvres tragiques du temps, on se trouve devant une constante. Les deux périodes marquent en effet une transition entre des formes de pensée cosmique, toutes imprégnées par la notion du divin et du sacré, et d'autres formes animées au contraire par la réflexion individuelle et rationaliste. Le mouvement qui va d'Eschyle à Euripide est en gros celui qui va des grands penseurs présocratiques à

Socrate lui-même (Socrate qui dédaignait la tragédie faisait une exception pour Euripide). De même, de Shakespeare à Corneille nous allons du monde des forces obscures et mystérieuses, qui est encore celui du Moyen Âge, à l'univers des valeurs individuelles affirmées et maintenues par la volonté humaine et la raison (presque tous les sacrifices raciniens sont des sacrifices de raison). C'est le même mouvement, en somme, qui va des théologies passionnées du Moyen Âge à Descartes. Bien que cette évolution soit plus claire, parce que plus simple et resserrée dans un seul lieu, en Grèce, elle est la même dans les deux cas. Chaque fois, dans l'histoire des idées, l'individu se dégage peu à peu d'un corps sacré et se dresse face au monde ancien de la terreur et de la dévotion. Chaque fois, dans les œuvres, nous passons de la tragédie rituelle et de la célébration quasi religieuse à la tragédie psychologique. Et chaque fois le triomphe définitif de la raison individuelle, au IVe siècle en Grèce, au XVIIIe siècle en Europe, tarit pour de longs siècles la production tragique.

En ce qui nous concerne, que peut-on tirer de ces observations ? D'abord cette remarque très générale que l'âge tragique semble coïncider chaque fois avec une évolution où l'homme, consciemment ou non, se détache d'une forme ancienne de civilisation et se trouve devant elle en état de rupture sans, pour autant, avoir trouvé une nouvelle forme qui le satisfasse. En 1955, nous en sommes là, il me semble, et dès lors la question peut se poser de savoir si ce déchirement intérieur trouvera parmi nous une expression tragique. Simplement, les vingt siècles de silence qui séparent Euripide de Shakespeare doivent nous inviter à la prudence. Après tout, la tragédie est une fleur rarissime et la chance de la voir s'épanouir dans notre époque reste mince.

Mais une deuxième raison encourage encore à s'interroger sur cette chance. Il s'agit, cette fois, d'un phénomène très particulier que nous avons pu observer en France depuis une trentaine d'années, exactement depuis la réforme de Jacques Copeau[1]. Ce phénomène est la venue des écrivains au théâtre, colonisé jusque-là par les fabricants et les commerçants de la scène. L'intervention des écrivains amène ainsi la résurrection de formes tragiques qui tendent à remettre l'art dramatique à sa vraie place, au sommet des arts littéraires. Avant Copeau (exception faite pour Claudel que personne ne jouait) le lieu privilégié du sacrifice théâtral était chez nous le lit à deux places. Lorsque la pièce était particulièrement réussie, les sacrifices se multipliaient et les lits aussi. En bref, un commerce, comme tant d'autres, où tout se payait, si j'ose dire, au poids de la bête. Du reste, voici ce qu'en disait Copeau :

« [...] si l'on veut que nous nommions plus clairement le sentiment qui nous anime, la passion qui nous pousse, nous contraint, nous oblige, à laquelle il faut que nous cédions enfin : c'est *l'indignation*.

« Une industrialisation effrénée qui, de jour en jour plus cyniquement, dégrade notre scène fran-

1. Albert Camus tient Jacques Copeau (1879-1949), fondateur du théâtre et de la troupe du Vieux-Colombier, pour l'un de ses maîtres théâtraux. Dès 1937 à Alger, il mit en scène *Les Frères Karamazov* dans l'adaptation de Copeau. En 1959, à l'occasion des dix ans de la mort de ce dernier, Camus rédigera un hommage intitulé *Copeau, seul maître* et publié dans une plaquette portant le titre *Cahier Jacques Copeau* (octobre-novembre 1959).

çaise et détourne d'elle le public cultivé ; l'accaparement de la plupart des théâtres par une poignée d'amuseurs à la solde de marchands éhontés ; partout, et là encore où de grandes traditions devraient sauvegarder quelque pudeur, le même esprit de cabotinage et de spéculation, la même bassesse ; partout le bluff, la surenchère de toute sorte et l'exhibitionnisme de toute nature parasitant un art qui se meurt, et dont il n'est même plus question ; partout veulerie, désordre, indiscipline, ignorance et sottise, dédain du créateur, haine de la beauté ; une production de plus en plus folle et vaine, une critique de plus en plus consentante, un goût public de plus en plus égaré : voilà ce qui nous indigne, et nous soulève[1]. »

Depuis ce beau cri, suivi de la création du Vieux-Colombier, le théâtre chez nous, et c'est notre dette inépuisable envers Copeau, a retrouvé peu à peu ses lettres de noblesse, c'est-à-dire un style. Gide, Martin du Gard, Giraudoux, Montherlant, Claudel et tant d'autres lui ont redonné un faste et des ambitions disparus depuis un siècle. En même temps un mouvement d'idées et de réflexion sur le théâtre dont le produit le plus significatif est le beau livre d'Antonin Artaud *Le Théâtre et son double*, l'influence de théoriciens étrangers comme Gordon Craig[2] et Appia[3] ont réinstallé la dimension tragique au centre de nos préoccupations.

1. Jacques Copeau, « Un essai de rénovation dramatique », *La Nouvelle Revue française*, 1er septembre 1913.

2. Acteur, metteur en scène et décorateur, le Britannique Gordon Craig (1872-1966) compte parmi les grands théoriciens de l'art dramatique.

3. Adolphe Appia (1862-1928), décorateur et metteur en scène suisse, est considéré comme l'un des pionniers du théâtre moderne.

En rapprochant toutes ces observations, je pourrai donc donner des limites claires au problème que je voulais évoquer devant vous. Notre époque coïncide avec un drame de civilisation qui pourrait favoriser, aujourd'hui comme autrefois, l'expression tragique. En même temps beaucoup d'écrivains, en France et ailleurs, se préoccupent de donner à l'époque sa tragédie. Ce rêve est-il raisonnable, cette entreprise est-elle possible et à quelles conditions, voilà la question d'actualité, selon moi, pour tous ceux que le théâtre passionne à l'égal d'une seconde vie. Bien entendu, personne aujourd'hui n'est en état de faire à cette question une réponse décisive du genre : « Conditions favorables. Tragédie suit. » Je me bornerai donc à quelques suggestions concernant ce grand espoir des hommes de culture en Occident.

Qu'est-ce, d'abord, qu'une tragédie ? La définition du tragique a beaucoup occupé les historiens de la littérature, et les écrivains eux-mêmes, bien qu'aucune formule n'ait reçu l'accord de tous. Sans prétendre trancher un problème devant lequel tant d'intelligences hésitent on peut, au moins, procéder par comparaison et essayer de voir en quoi, par exemple, la tragédie diffère du drame ou du mélodrame. Voici quelle me paraît être la différence : les forces qui s'affrontent dans la tragédie sont également légitimes, également armées en raison. Dans le mélodrame ou le drame, au contraire, l'une seulement est légitime. Autrement dit, la tragédie est ambiguë, le drame simpliste. Dans la première, chaque force est en même temps bonne et mauvaise. Dans le second, l'une des forces est le bien, l'autre le mal (et c'est pourquoi de nos jours le théâtre de propagande n'est rien d'autre que la résurrection du mélodrame). Antigone a raison, mais Créon n'a pas tort. De même Prométhée est à la fois juste et injuste et Zeus qui l'opprime sans pitié est aussi dans son droit. La formule du mélodrame serait en somme : « Un seul est juste et justifiable » et la formule tragique par excellence : « Tous sont justifiables, personne n'est juste. » C'est pourquoi le chœur des tragédies antiques donne principalement des conseils de prudence. Car il sait que sur une certaine limite tout le monde a raison et que celui qui, par aveuglement ou passion, ignore cette limite court à la catastrophe pour faire triompher un droit qu'il croit être le seul à avoir.

Le thème constant de la tragédie antique est ainsi la limite qu'il ne faut pas dépasser. De part et d'autre de cette limite se rencontrent des forces également légitimes dans un affrontement vibrant et ininterrompu. Se tromper sur cette limite, vouloir rompre cet équilibre, c'est périr. On retrouvera aussi bien dans *Macbeth* ou dans *Phèdre* (quoique de façon moins pure que dans la tragédie grecque) cette idée de la limite qu'il ne faut pas franchir, et passé laquelle c'est la mort ou le désastre. On s'expliquera enfin pourquoi le drame idéal, comme le drame romantique, est d'abord mouvement et action puisqu'il figure la lutte du bien contre le mal et les péripéties de cette lutte, tandis que la tragédie idéale, et particulièrement la grecque, est d'abord tension puisqu'elle est l'opposition, dans une immobilité forcenée, de deux puissances, couvertes chacune des doubles masques du bien et du mal. Il va de soi, bien entendu, qu'entre ces deux types extrêmes du drame et de la tragédie, la littérature dramatique offre tous les intermédiaires.

Mais pour en rester aux formes pures, quelles sont les deux puissances qui s'opposent dans la tragédie antique par exemple ? Si l'on prend *Prométhée enchaîné*[1] comme type de cette tragédie, il est permis de dire que c'est, d'une part, l'homme et son désir de puissance, d'autre part le principe divin qui se reflète dans le monde. Il y a tragédie lorsque l'homme par orgueil (ou même par bêtise, comme Ajax) entre en contestation avec l'ordre divin personnifié dans un dieu ou incarné dans la société. Et la tragédie sera d'autant plus grande que cette révolte sera plus légitime et cet ordre plus nécessaire.

En conséquence, tout ce qui, à l'intérieur de la tragédie, tend à rompre cet équilibre détruit la tragédie elle-même. Si l'ordre divin ne suppose aucune contestation et n'admet que la faute et le repentir, il n'y a pas tragédie. Il peut seulement y avoir mystère ou parabole, ou encore ce que les Espagnols appelaient acte de foi ou acte sacramentel, c'est-à-dire un spectacle où la vérité unique est solennellement proclamée. Le drame religieux est donc possible, mais non la tragédie religieuse. On s'explique ainsi le silence de la tragédie jusqu'à la Renaissance. Le christianisme plonge tout l'univers, l'homme et le monde, dans l'ordre divin. Il n'y a donc pas tension entre l'homme et le principe divin, mais à la rigueur ignorance, et difficulté à dépouiller l'homme de chair, à renoncer aux passions pour embrasser la vérité spirituelle. Et peut-être après tout n'y a-t-il

1. En mars 1937, Albert Camus avait adapté et mis en scène le *Prométhée enchaîné* d'Eschyle avec le Théâtre du travail à Alger.

eu qu'une seule tragédie chrétienne dans l'histoire. Elle s'est célébrée sur le Golgotha, pendant un instant imperceptible, au moment du « Mon Dieu, pourquoi m'as-tu abandonné ? ». Ce doute fugitif, et ce doute seul, consacrait l'ambiguïté d'une situation tragique. Ensuite la divinité du Christ n'a plus fait de doute. La messe qui consacre chaque jour cette divinité est la vraie forme du théâtre religieux en Occident. Mais elle n'est pas invention ou création, elle est répétition.

Inversement, tout ce qui libère l'individu et soumet l'univers à sa loi tout humaine, en particulier par la négation du mystère de l'existence, détruit à nouveau la tragédie. La tragédie athée et rationaliste est donc elle aussi impossible. Si tout est mystère, il n'y a pas tragédie. Si tout est raison, non plus. La tragédie naît entre l'ombre et la lumière, et par leur opposition. Et cela se comprend. Dans le drame religieux ou athée, le problème est en effet résolu d'avance. Dans la tragédie idéale, au contraire, il n'est pas résolu. Le héros se révolte et nie l'ordre qui l'opprime ; le pouvoir divin, par l'oppression, s'affirme dans la mesure même où on le nie. Autrement dit, la révolte à elle seule ne fait pas une tragédie. L'affirmation de l'ordre divin, non plus. Il faut une révolte et un ordre, l'un s'arc-boutant à l'autre et chacun renforçant l'autre de sa propre force. Pas d'Œdipe sans le destin résumé par l'oracle. Mais le destin n'aurait pas toute sa fatalité si Œdipe ne le refusait pas.

Et si la tragédie s'achève dans la mort ou la punition, il est important de noter que ce qui est puni, ce n'est pas le crime lui-même, mais l'aveuglement du héros qui a nié l'équilibre et la tension. Bien entendu, il s'agit de la situation tragique idéale. Eschyle, par exemple, qui reste tout près des origines religieuses et dionysiaques de la tragédie, accordait un pardon à Prométhée dans le dernier terme de sa trilogie ; ses *Euménides* succédaient aux *Érinyes*. Mais dans Sophocle, la plupart du temps, l'équilibre est absolu et c'est en cela qu'il est le plus grand tragique de tous les temps. Euripide déséquilibrera au contraire la balance tragique dans le sens de l'individu et de la psychologie. Il annonce ainsi le drame individualiste, c'est-à-dire la décadence de la tragédie. De même, les grandes tragédies shakespeariennes sont encore enracinées dans une sorte de vaste mystère cosmique qui oppose une obscure résistance aux entreprises de ses individus passionnés, tandis que Corneille fait triompher la morale de l'individu et, par sa perfection même, annonce la fin du genre.

On a pu écrire ainsi que la tragédie balance entre les pôles d'un nihilisme extrême et d'un espoir illimité. Rien n'est plus vrai, selon moi. Le héros nie l'ordre qui le frappe et l'ordre divin frappe parce qu'il est nié. Tous deux affirment ainsi leur existence réciproque dans l'instant même où elle est contestée. Ainsi tout est justifiable et rien ne l'est. Le chœur en tire la leçon, à savoir qu'il y a un ordre, que cet ordre peut être douloureux, mais qu'il est pire encore de ne pas reconnaître qu'il existe. La seule purification revient à ne rien nier ni exclure, à accepter donc le mystère de l'existence, la limite de l'homme, et cet ordre enfin où l'on sait sans savoir. « Tout est bien », dit alors Œdipe et ses yeux sont crevés. Il sait désormais, sans jamais plus voir, sa nuit est une lumière, et sur cette face aux yeux morts resplendit la plus haute leçon de l'univers tragique.

*

Que tirer de ces observations ? Une suggestion et une hypothèse de travail, rien de plus. Il semble en effet que la tragédie naisse en Occident chaque fois que le pendule de la civilisation se trouve à égale distance d'une société sacrée et d'une société bâtie autour de l'homme. À deux reprises, et à vingt siècles d'intervalle, nous trouvons aux prises un monde encore interprété dans le sens du sacré et un homme déjà engagé dans sa singularité, c'est-à-dire armé de son pouvoir de contestation. Dans les deux cas, l'individu s'affirme par la suite de plus en plus, l'équilibre est détruit peu à peu et l'esprit tragique se tait enfin. Lorsque Nietzsche accuse Socrate d'être le fossoyeur de la tragédie antique[1], il a raison dans une certaine mesure. Dans la mesure exacte où Descartes a marqué la fin du mouvement tragique de la Renaissance. À l'époque de la Renaissance, en effet, c'est l'univers chrétien traditionnel qui est mis en cause par la Réforme, la découverte du monde et la floraison de l'esprit scientifique. L'individu se dresse peu à peu contre le sacré et le destin. Shakespeare lance alors ses créatures passionnées contre l'ordre à la fois mauvais et juste du monde. La mort et la pitié envahissent la scène et, de nouveau, retentissent les paroles définitives de la tragédie : « Mon désespoir enfante une plus haute vie. » Puis la balance

1. Thèse développée par Nietzsche dans *La Naissance de la tragédie* (1872).

penche à nouveau dans l'autre sens, et de plus en plus. Racine et la tragédie française achèvent le mouvement tragique dans la perfection d'une musique de chambre. Armée par Descartes et l'esprit scientifique, la raison triomphante crie ensuite les droits de l'individu et fait le vide sur la scène : la tragédie descendra dans la rue sur les tréteaux sanglants de la révolution. Le romantisme n'écrira aucune tragédie, mais seulement des drames, et parmi eux seuls ceux de Kleist et Schiller touchent à la vraie grandeur. L'homme est seul, il n'est donc confronté à rien, sinon à lui-même. Il n'est plus tragique, il est aventurier ; drame et roman le peindront mieux que tout autre art. L'esprit de la tragédie a disparu ainsi jusqu'à nos jours où les guerres les plus monstrueuses de l'histoire n'ont inspiré aucun poète tragique.

Qu'est-ce donc qui pourrait faire espérer une renaissance de la tragédie parmi nous ? Si notre hypothèse est valable, notre seule raison d'espoir est que l'individualisme se transforme visiblement aujourd'hui et que, sous la pression de l'histoire, l'individu reconnaît peu à peu ses limites. Le monde que l'individu du XVIIIe siècle croyait pouvoir soumettre et modeler par la raison et la science a pris une forme en effet, mais une forme monstrueuse. Rationnel et démesuré à la fois, il est le monde de l'histoire. Mais à ce degré de démesure, l'histoire a pris la face du destin. L'homme doute de pouvoir la dominer, il peut seulement y lutter. Paradoxe curieux, l'humanité par les mêmes armes avec lesquelles elle avait rejeté la fatalité s'est retaillé un destin hostile. Après avoir fait un dieu du règne humain, l'homme se retourne à nouveau contre ce dieu.

Il est en contestation, à la fois combattant et dérouté, partagé entre l'espoir absolu et le doute définitif. Il vit donc dans un climat tragique. Ceci explique peut-être que la tragédie veuille renaître. L'homme d'aujourd'hui qui crie sa révolte en sachant que cette révolte a des limites, qui exige la liberté et subit la nécessité, cet homme contradictoire, déchiré, désormais conscient de l'ambiguïté de l'homme et de son histoire, cet homme est l'homme tragique par excellence. Il marche peut-être vers la formulation de sa propre tragédie qui sera obtenue le jour du *Tout est bien*.

*

Et justement, ce que nous pouvons observer dans la renaissance dramatique française, par exemple, ce sont des tâtonnements dans cette direction. Nos auteurs dramatiques sont à la recherche d'un langage tragique parce qu'il n'est pas de tragédie sans langage, et que ce langage est d'autant plus difficile à former qu'il doit refléter les contradictions de la situation tragique. Il doit être à la fois hiératique et familier, barbare et savant, mystérieux et clair, hautain et pitoyable. Nos auteurs, à la recherche de ce langage, sont donc retournés instinctivement aux sources, c'est-à-dire aux époques tragiques dont j'ai parlé. Nous avons vu renaître ainsi chez nous la tragédie grecque mais sous les seules formes possibles à des esprits très individualistes. Ces formes sont la dérision, ou la transposition précieuse et littéraire, c'est-à-dire en somme l'humour et la fantaisie, le comique seul étant du règne de l'individu. Deux bons exemples de cette attitude nous sont fournis par l'*Œdipe* de Gide ou *La Guerre de Troie* de Giraudoux[1]. [*Lecture*.]

On a pu noter aussi, en France, un effort pour réintroduire le sacré sur la scène. Ce qui était logique. Mais il a fallu faire appel pour cela à des images anciennes du sacré, alors que le problème de la tragédie moderne consiste à recréer un nouveau sacré. Nous avons donc assisté soit à une sorte de pastiche, dans le style et le sentiment, comme dans le *Port-Royal* de Montherlant[2] qui triomphe en ce moment à Paris [*lecture*], soit à la résurrection d'un sentiment chrétien authentique, par exemple dans l'admirable *Partage de midi*[3]. [*Lecture*.] Mais on voit ici comment le théâtre religieux n'est pas tragique : il n'est pas le théâtre de la contestation entre la créature et la création, mais celui du renoncement à la créature. Dans un sens, les œuvres de Claudel antérieures à sa conversion, comme *Tête d'or* ou *La Ville*, étaient plus significatives pour ce qui nous occupe.

Mais, de toute manière, le théâtre religieux est toujours antérieur à la tragédie. Dans un certain sens, il l'annonce. Il n'est donc pas étonnant que l'œuvre dramatique où le style, sinon la situation tragique, soit déjà sensible reste l'œuvre d'Henry de Montherlant, *Le Maître de Santiago*[4], dont je voudrais vous lire les deux scènes principales. [*Lecture*.]

1. La pièce de Jean Giraudoux fut jouée pour la première fois à Paris le 21 novembre 1935.

2. La première représentation de *Port-Royal* fut donnée le 8 décembre 1954 à Paris.

3. Jean-Louis Barrault dirigea la première mise en scène de *Partage de midi* le 16 décembre 1948 au théâtre Marigny.

4. La première du *Maître de Santiago* a lieu au Théâtre Hébertot à Paris le 26 janvier 1948, dans une mise en scène de Paul Œttly.

Conclusion. On trouve selon moi dans une telle œuvre une tension authentique, quoique un peu rhétorique et surtout très individualiste. Mais il me semble que le langage tragique s'y forme et qu'il nous délivre alors plus de choses que le drame lui-même. De toute manière, les essais et les recherches dont j'ai essayé de vous faire connaître quelques exemples prestigieux, s'ils ne nous donnent pas la certitude qu'une renaissance tragique est possible, nous en laissent au moins l'espoir. Le chemin qui reste à faire doit d'abord être parcouru par notre société elle-même, à la recherche d'une synthèse de la liberté et de la nécessité, et par chacun d'entre nous qui devons préserver en nous-mêmes notre force de révolte sans céder à notre pouvoir de négation. À ce prix, la sensibilité tragique qui prend forme dans notre époque trouvera son épanouissement et son expression. C'est assez dire que la vraie tragédie moderne est celle que je ne vous lirai pas, puisqu'elle n'existe pas encore. Pour naître, elle a besoin de notre patience, et d'un génie.

Mais j'ai voulu vous faire sentir seulement qu'il existe aujourd'hui dans l'art dramatique français une sorte de nébuleuse tragique à l'intérieur de laquelle des noyaux de coagulation se préparent. Une tempête cosmique peut naturellement balayer la nébuleuse et, avec elle, les futures planètes. Mais si ce mouvement continue malgré les orages du temps, ces promesses porteront leurs fruits, et l'Occident connaîtra peut-être une renaissance dramatique. Elle se prépare assurément dans tous les pays. Cependant, et je le dis sans nationalisme (j'aime trop mon pays pour être nationaliste), c'est en France qu'on peut apercevoir les signes précurseurs de cette renaissance.

En France, oui, mais j'en ai assez dit pour que vous soyez déjà sûrs avec moi que le modèle, et la source inépuisable, reste pour nous le génie grec. Pour vous exprimer à la fois cet espoir et une double gratitude, celle d'abord des écrivains français à l'égard de la Grèce, patrie commune, et la mienne à l'égard de votre accueil, je ne puis mieux terminer cette dernière conférence qu'en vous lisant un passage de la transposition, superbe et savamment barbare, que Paul Claudel a faite des *Euménides* d'Eschyle[1] et où nos deux langues se transfigurent mutuellement en un seul verbe insolite et prestigieux. [*Lecture*.]

1. L'adaptation des *Euménides* d'Eschyle par Claudel a paru en 1920 à la NRF.

L'ESPAGNE ET LE DON QUICHOTTISME

1955

Le 23 octobre 1955, une cérémonie a lieu dans l'amphithéâtre Richelieu de la Sorbonne pour célébrer le trois cent cinquantième anniversaire de la parution de Don Quichotte[1]. *Albert Camus profite de l'occasion qui lui est donnée de s'exprimer pour honorer non seulement le classique de Cervantès, qu'il place parmi « les trois ou quatre œuvres [...] qui couronnent l'énorme entassement des créations de l'esprit[2] », mais aussi la mémoire de Miguel de Unamuno. L'intellectuel espagnol est considéré comme une figure importante de l'anti-franquisme depuis son fameux discours du 12 octobre 1936 à l'université de Salamanque, dont il est alors le recteur. Ce jour-là, face à une assemblée de responsables franquistes et de phalangistes, Unamuno en appelle à la raison et au droit tout en dénonçant la force brutale des troupes de Franco. Destitué de son poste, assigné à résidence, Unamuno y mourut de chagrin quelques mois plus tard. L'allocution*

1. La première partie du roman de Cervantès fut publiée à Madrid en 1605, la seconde en 1615.
2. Voir ci-dessous, « Pour Dostoïevski », p. 281.

de Camus fut publiée dans Le Monde libertaire *le 12 novembre 1955.*

En l'an 1085, pendant les guerres de reconquête, Alphonse VI, roi remuant qui eut cinq femmes dont trois Françaises, prit la mosquée de Tolède aux Arabes. Averti que cette victoire avait été rendue possible par une trahison, il fit rendre la mosquée à ses adversaires, puis reconquit par les armes Tolède et la mosquée. La tradition espagnole fourmille de traits semblables qui ne sont pas seulement des traits d'honneur, mais, plus significativement, des témoignages sur la folie de l'honneur.

À l'autre extrémité de l'histoire espagnole, Unamuno, devant ceux qui déploraient les faibles contributions de l'Espagne à la découverte scientifique, eut cette réponse incroyable de dédain et d'humilité : « C'est à eux d'inventer. » Eux étaient les autres nations. Quant à l'Espagne, elle avait sa découverte propre que, sans trahir Unamuno, on peut appeler la folie de l'immortalité.

Dans ces deux exemples, aussi bien chez le roi guerrier que chez le philosophe tragique, nous rencontrons à l'état pur le génie paradoxal de l'Espagne. Et ce n'est pas étonnant qu'à l'apogée de son histoire, ce génie paradoxal se soit incarné dans une œuvre elle-même ironique, d'une ambiguïté catégorique, qui devait devenir l'évangile de l'Espagne et, par un paradoxe supplémentaire, le plus grand livre d'une Europe intoxiquée pourtant de son rationalisme. Le renoncement hautain et loyal à la victoire volée, le refus têtu des réalités du siècle, l'inactualité enfin, érigée en philosophie, ont trouvé dans don Quichotte un ridicule et royal porte-parole.

Mais il est important de noter que ces refus ne sont pas passifs. Don Quichotte se bat et ne se résigne jamais. « Ingénieux et redoutable », selon le titre d'une vieille traduction française, il est le combat perpétuel. Cette inactualité est donc active, elle étreint sans trêve le siècle qu'elle refuse et laisse sur lui ses marques. Un refus qui est le contraire d'un renoncement, un honneur qui plie le genou devant l'humilité, une charité qui prend les armes, voilà ce que Cervantès a incarné dans son personnage en le raillant d'une raillerie elle-même ambiguë, celle de Molière à l'égard d'Alceste, et qui persuade mieux qu'un sermon exalté. Car il est vrai que don Quichotte échoue dans le siècle et les valets le bernent. Mais cependant, lorsque Sancho gouverne son île, avec le succès que l'on sait, il le fait en se souvenant des préceptes de son maître dont les deux plus grands sont d'honneur : « Fais gloire, Sancho, de l'humilité de ton lignage ; quand on verra que tu n'en as pas honte, nul ne songera à t'en faire rougir », et de charité : « […] que lorsque les opinions seraient en balance, qu'on eût plutôt recours à la miséricorde ».

Nul ne niera que ces mots d'honneur et de miséricorde ont aujourd'hui la mine patibulaire. On s'en méfie dans les boutiques d'hier ; et, quant aux bourreaux de demain, on a pu lire sous la plume d'un poète de service un beau procès du *Don Quichotte* considéré comme un manuel de l'idéalisme réactionnaire. En vérité, cette inactualité n'a cessé de grandir et nous sommes parvenus aujourd'hui au sommet du paradoxe espagnol, à ce moment où don Quichotte est jeté en prison et son Espagne hors de l'Espagne.

Certes, tous les Espagnols peuvent se réclamer de Cervantès. Mais aucune tyrannie n'a jamais pu se réclamer du génie. La tyrannie mutile et simplifie ce que le génie réunit dans la complexité. En matière de paradoxe, elle préfère Bouvard et Pécuchet à don Quichotte qui, depuis trois siècles, n'a pas cessé lui aussi d'être exilé parmi nous. Mais cet exilé, à lui seul, est une patrie que nous revendiquons pour nôtre.

Nous célébrons donc, ce matin, trois cent cinquante années d'inactualité. Et nous les célébrons avec cette partie de l'Espagne qui, aux yeux des puissants et des stratèges, est inactuelle. L'ironie de la vie et la fidélité des hommes ont ainsi fait que ce solennel anniversaire est placé parmi nous dans l'esprit même du quichottisme. Il réunit, dans les catacombes de l'exil, les vrais fidèles de la religion de don Quichotte. Il est un acte de foi en celui qu'Unamuno appelait déjà Notre Seigneur don Quichotte, patron des persécutés et des humiliés, lui-même persécuté au royaume des marchands et des polices. Ceux qui, comme moi, partagent depuis toujours cette foi, et qui même n'ont point d'autre religion, savent d'ailleurs qu'elle est une espérance en même temps qu'une certitude. La certitude qu'à un certain degré d'obstination la défaite culmine en victoire, le malheur flambe joyeusement et que l'inactualité elle-même, maintenue et poussée à son terme, finit par devenir l'actualité.

Mais il faut pour cela aller jusqu'au bout, il faut que don Quichotte, comme dans le rêve du philosophe espagnol, descende jusqu'aux Enfers pour ouvrir les portes aux derniers des malheureux. Alors, peut-être, en ce jour où, selon le mot bouleversant du Quichotte « la bêche et la houe s'accorderont avec l'errante chevalerie », les persécutés et les exilés seront enfin réunis, le songe hagard et fiévreux de la vie transfiguré dans cette réalité dernière que Cervantès et son peuple ont inventée et nous ont léguée pour que nous la défendions inépuisablement, jusqu'à ce que l'histoire et les hommes se décident à la reconnaître et à la saluer.

HOMMAGE
À UN JOURNALISTE EXILÉ
1955

Le 7 décembre 1955, Albert Camus prend la parole à l'occasion d'un banquet organisé à Paris en hommage à Eduardo Santos, président de la République de Colombie de 1938 à 1942, puis directeur du grand quotidien libéral de Bogotá El Tiempo. *Durant la guerre civile colombienne qui opposa libéraux et conservateurs dès 1948, le bâtiment du quotidien fut la cible de nombreux attentats et fut même incendié en 1952. Après le coup d'État militaire du général Gustavo Rojas Minilla en 1953,* El Tiempo *fut finalement interdit suite au refus d'Eduardo Santos de publier un communiqué imposé par le gouvernement. Le discours prononcé par Camus lors du banquet parut une première fois dans les* Cahiers des droits de l'homme *(janvier-février 1956), puis une seconde fois, augmenté d'un post-scriptum, dans la revue* La Révolution prolétarienne *de novembre 1957. C'est cette dernière version qui est ici reproduite.*

C'est avec fierté que nous accueillons ce soir parmi nous un ambassadeur qui ne ressemble pas aux autres. J'ai lu en effet que le gouvernement qui a eu le triste privilège de suspendre le plus grand journal d'Amérique du Sud avait offert auparavant à son directeur, le président Eduardo Santos, une ambassade à Paris. Vous avez refusé cet honneur, monsieur le président, non par dédain pour Paris, nous le savons, mais par amour pour la Colombie, et sans doute parce que vous savez que les gouvernements considèrent parfois les ambassades à l'étranger comme des lieux de relégation dorée pour les citoyens gênants. Vous êtes resté à Bogota, vous avez donc gêné, selon votre vocation, et vous avez été censuré, sans égards diplomatiques cette fois, et avec le plus parfait cynisme. Mais, du même coup, on vous a fourni les seuls titres qui vous valent aujourd'hui d'être considéré par nous tous comme l'ambassadeur véritable de la Colombie, non seulement à Paris, mais dans toutes les capitales où le seul mot de liberté fait battre les cœurs.

Ce n'est pas si facile qu'on croit d'être un homme libre. À la vérité, les seuls qui affirment cette facilité sont ceux qui ont décidé de renoncer à la liberté. Car ce n'est pas à cause de ses privilèges, comme on voudrait nous le faire croire, qu'on refuse la liberté, mais à cause de ses tâches exténuantes. Pour ceux dont c'est au contraire le métier et la passion que de donner à la liberté son contenu de droits et de devoirs, ils savent qu'il s'agit d'un effort de tous les jours, d'une vigilance sans défaut, et d'un témoignage quotidien où la fierté et l'humilité ont des parts égales. Si nous sommes tentés, aujourd'hui, de vous dire notre affection, c'est que vous avez porté ce témoignage entièrement, sans vous épargner vous-même. En refusant le déshonneur qu'on vous offrait et qui consistait à accepter de prendre à votre charge le désaveu et la contrition qu'un gouvernement osait vous dicter, en laissant détruire votre beau journal plutôt que de le mettre au service du mensonge et du despotisme, vous avez été, certes, de ces témoins inflexibles qui, en toute occasion, méritent le respect. Mais cela ne suffirait pas encore à faire de vous un témoin de liberté. Bien des hommes ont tout sacrifié à des erreurs, et j'ai toujours pensé que l'héroïsme et le sacrifice ne suffisaient pas à justifier une cause. L'entêtement à lui seul n'est pas une vertu. Ce qui, au contraire, donne à votre résistance sa vraie signification, ce qui fait de vous le compagnon exemplaire que nous voulons saluer, c'est que dans les mêmes circonstances, alors que vous étiez le président respecté de la Colombie, non seulement vous n'avez pas utilisé votre pouvoir pour censurer vos adversaires, mais vous avez empêché que soit suspendu le journal de vos ennemis politiques.

Cet acte-là suffit pour saluer en vous un véritable homme libre. La liberté a des fils qui ne sont pas tous légitimes ni admirables. Ceux qui ne l'applaudissent que lorsqu'elle couvre leurs privilèges et qui n'ont que la censure à la bouche lorsqu'elle les menace ne sont pas des nôtres. Mais ceux qui, selon le mot de Benjamin Constant[1], ne veulent ni souffrir ni posséder des moyens d'oppression, qui veulent la liberté à la fois pour eux-mêmes et pour les autres, ceux-là, dans un siècle que la misère ou

1. Benjamin Constant développe cette idée dans la deuxième partie de son essai *De l'esprit de conquête et de l'usurpation avec la civilisation européenne* (1814).

la terreur vouent aux folies de l'oppression, sont les grains sous la neige dont parlait un des plus grands d'entre nous[1]. La tempête passée, le monde se nourrira d'eux.

De pareils hommes, nous le savons, sont rares. La liberté aujourd'hui n'a pas beaucoup d'alliés. Il m'est arrivé de dire que la vraie passion du XXe siècle était la servitude. C'était là une parole amère et qui faisait injustice à tous ces hommes, dont vous êtes, et dont le sacrifice et l'exemple, tous les jours, nous aident à vivre. Mais je voulais seulement exprimer cette angoisse que je ressens tous les jours, devant l'abaissement des énergies libérales, la prostitution des mots, les victimes calomniées, la justification complaisante de l'oppression, l'admiration maniaque de la force. On voit proliférer ces esprits dont on a pu dire qu'ils semblaient faire du goût de la servitude un ingrédient de la vertu. On voit l'intelligence chercher des justifications à la peur, et les trouver sans peine, puisque chaque lâcheté a sa philosophie. L'indignation se calcule, les silences se concertent, l'histoire n'est plus que le manteau de Noé qu'on étend sur l'obscénité des victimes. Tous fuient enfin la responsabilité vraie, la fatigue d'être fidèle ou d'avoir une opinion à soi pour se ruer dans les partis ou les phalanges qui penseront, s'indigneront et calculeront enfin à leur place. L'intelligence contemporaine ne semble plus mesurer la vérité des doctrines et des causes qu'au nombre de divisions blindées qu'elles peuvent mettre en avant. Dès lors, tout est bon

1. Albert Camus fait ici allusion au roman *Grain sous la neige* (1940) de l'auteur italien Ignazio Silone (1900-1978).

qui justifie l'assassinat de la liberté, que ce soit la nation, le peuple ou la grandeur de l'État. Le bien-être du peuple en particulier a toujours été l'alibi des tyrans, et il offre de plus l'avantage de donner bonne conscience aux domestiques de la tyrannie. Il serait facile pourtant de détruire cette bonne conscience en leur criant : si vous voulez le bonheur du peuple, donnez-lui la parole pour qu'il dise quel est le bonheur qu'il veut et celui dont il ne veut pas ! Mais à la vérité, ceux mêmes qui se servent de semblables alibis savent qu'il s'agit de mensonges ; ils laissent à leurs intellectuels de service le soin d'y croire et de démontrer que la religion, le patriotisme ou la justice exigent pour survivre le sacrifice de la liberté. Comme si la liberté, lorsqu'elle s'en va de quelque part, ne disparaissait pas la dernière, après tout ce qui faisait nos raisons de vivre. Non, la liberté ne meurt pas seule. En même temps qu'elle, la justice est à jamais exilée, la patrie agonise, l'innocence tous les jours est crucifiée.

Certes, la liberté ne suffit pas à tout et elle a des frontières. La liberté de chacun trouve ses limites dans celle des autres ; personne n'a droit à la liberté absolue. La limite où commence et finit la liberté, où s'ajustent ses droits et ses devoirs s'appelle la loi et l'État lui-même doit être soumis à la loi. S'il s'y dérobe, s'il prive les citoyens des bénéfices de cette loi, il y a forfaiture. En août dernier, il y a eu forfaiture en Colombie, comme depuis vingt ans il y a forfaiture en Espagne. Et là comme partout, votre exemple nous aide à nous souvenir qu'on ne compose pas avec la forfaiture. On la refuse et on la combat.

Le terrain de votre combat a été la presse. La

liberté de la presse est peut-être celle qui a le plus souffert de la lente dégradation de l'idée de liberté. La presse a ses souteneurs comme elle a ses policiers. Le souteneur l'avilit, le policier l'asservit et chacun prend prétexte de l'autre pour justifier ses empiètements. Parmi ces messieurs, c'est à qui voudra protéger l'orpheline et lui donner un abri, que cet abri soit prison ou maison de prostitution. L'orpheline, vraiment, est fondée à décliner tant de services empressés et à décider qu'elle doit lutter seule et, seule, décider de son sort.

Non que la presse soit en elle-même un bien absolu. Victor Hugo disait dans un discours qu'elle était l'intelligence, le progrès et je ne sais quoi encore[1]. Le déjà vieux journaliste que je suis sait qu'elle n'est rien de pareil et que la réalité est moins consolante. Mais dans un autre sens, la presse est mieux que l'intelligence ou le progrès ; elle est la possibilité de tout cela, et d'autres choses encore. La presse libre peut sans doute être bonne ou mauvaise, mais assurément, sans la liberté, elle ne sera jamais autre chose que mauvaise. Quand on sait de quoi l'homme est capable, dans le pire et le meilleur, on sait aussi bien que ce n'est pas la personne humaine en elle-même qu'il faut protéger, mais les possibilités qu'elle enferme, c'est-à-dire finalement sa liberté. J'avoue, pour ma part, que je ne puis aimer l'humanité entière, sinon d'un amour vaste et un peu abstrait. Mais j'aime quelques hommes vivants ou morts avec tant de force et d'admiration que je suis toujours anxieux de préserver chez les autres

1. Référence probable au discours prononcé par Victor Hugo le 11 octobre 1848 devant l'Assemblée constituante.

ce qui, un jour peut-être, les rendra semblables à ceux que j'aime. La liberté n'est rien d'autre que la chance d'être meilleur, tandis que la servitude est l'assurance du pire.

Si donc, malgré tant de compromissions, ou de servilités, il faut continuer de voir dans le journalisme, lorsqu'il est libre, une des plus grandes professions de ce temps, c'est dans la seule mesure où elle permet à des hommes, comme vous et vos collaborateurs, de servir au plus haut niveau leur pays et leur temps. Avec la liberté de la presse, les peuples ne sont pas sûrs d'aller vers la justice et la paix. Mais sans elle, ils sont sûrs de n'y pas aller. Car il n'est fait justice aux peuples que lorsqu'on reconnaît leurs droits et il n'y a pas de droit sans expression de ce droit. On peut en croire sur ce point Rosa Luxembourg qui disait déjà : « Sans une liberté illimitée de la presse, sans une liberté absolue de réunion et d'association, la domination de larges masses populaires est inconcevable[1]. »

Il faut donc être intransigeant sur le principe de cette liberté. Elle ne fonde pas seulement des privilèges de culture, comme on essaie hypocritement de nous en persuader. Elle fonde aussi les droits du travail. Ceux qui, pour mieux justifier leurs tyrannies, opposent le travail et la culture ne nous feront pas oublier que tout ce qui asservit l'intelligence enchaîne le travail, et inversement. Quand l'intelligence est bâillonnée, le travailleur ne tarde pas à être asservi, de même que lorsque le prolétaire est enchaîné, l'intellectuel en est vite

1. Cette citation tirée de *La Révolution russe*, publié à titre posthume en 1918, apparaît dans les *Carnets II (1935-1948)* d'Albert Camus.

réduit à se taire ou à mentir. En bref, celui qui attente à la vérité, ou à son expression, mutile finalement la justice, même quand il croit la servir. De ce point de vue, nous nierons jusqu'au bout qu'une presse soit vraie parce qu'elle est révolutionnaire ; elle ne sera révolutionnaire que si elle est vraie, et jamais autrement. Tant que nous garderons ces évidences à l'esprit, votre résistance, monsieur le président, gardera son vrai sens, et loin d'être solitaire, elle éclairera la longue lutte que vous nous aiderez ainsi à ne pas déserter.

Le gouvernement colombien a accusé *El Tiempo* d'être un super-État dans l'État et vous avez eu raison de réfuter cet argument. Mais votre gouvernement avait raison aussi, quoique dans un sens qu'il n'accepterait pas. Car il rendait hommage, disant cela, à la puissance de la parole. La censure et l'oppression fournissent seulement la preuve que la parole suffit à faire trembler le tyran à la seule condition qu'elle soit appuyée par le sacrifice. Car la parole nourrie par le cœur et par le sang peut seule réunir les hommes alors que le silence des tyrannies les sépare. Les tyrans monologuent au-dessus de millions de solitudes. Si nous refusons l'oppression et le mensonge, au contraire, c'est que nous refusons la solitude. Chaque réfractaire, lorsqu'il se dresse devant l'oppression, affirme du même coup la solidarité de tous les hommes. Non, ce n'est pas vous-même ni un lointain journal que vous avez défendu en résistant à l'oppression, mais la communauté entière qui nous unit par-delà les frontières.

N'est-il pas vrai d'ailleurs que votre nom, à travers le monde, a toujours été lié à la cause des libertés ? Et comment ne pas rappeler ici que vous avez été et que vous êtes l'un des plus fidèles amis de notre Espagne, l'Espagne républicaine, aujourd'hui dispersée par le monde, trahie par ses alliés et ses amis, oubliée de tous, l'Espagne humiliée qui ne tient debout justement que par la force de son cri. Le jour où l'autre Espagne, chrétienne et pénitentiaire, rentrera avec ses geôliers et sa censure dans l'organisation des nations dites libres, ce jour-là, je le sais, vous vous tiendrez avec nous tous, silencieusement, mais sans esprit de retour, aux côtés de l'Espagne libre et malheureuse.

De cette fidélité-là, laissez-moi vous remercier au nom de ma seconde patrie et au nom de tous ceux qui, réunis ici, vous disent leur reconnaissance et leur amitié. Soyez remercié d'être parmi les quelques-uns qui, au temps de la servitude et de la peur, se tiennent fermes sur leur droit. On se plaint un peu partout que disparaisse le sens du devoir. Comment en serait-il autrement puisqu'on ne se soucie plus de ses droits ? Qui est intransigeant quant à ses droits garde seul la force du devoir. Les grands citoyens d'un pays ne sont pas ceux qui plient le genou devant l'autorité mais ceux qui, contre l'autorité s'il le faut, ne transigent pas sur l'honneur et la liberté de ce pays. Et votre pays saluera toujours en vous son grand citoyen, comme nous le faisons ici, pour avoir su, au mépris de tout opportunisme, faire face à l'injustice intégrale qu'on vous infligeait. À l'heure où le réalisme le plus court, une conception dégradée du pouvoir, la passion du déshonneur, les ravages de la peur défigurent le monde, à l'heure même où l'on peut penser que tout est perdu, quelque chose au contraire commence puisque nous n'avons plus rien à perdre. Ce qui commence, c'est le temps des irréductibles, voués désormais à la défense inconditionnelle de la liberté. C'est pourquoi votre attitude sert d'exemple et de réconfort à tous ceux qui, comme moi, se séparent aujourd'hui de beaucoup de leurs amis traditionnels en refusant toute complicité, même provisoire, même et surtout tactique, avec les régimes ou les partis, qu'ils soient de droite ou de gauche et qui justifient, si peu que ce soit, la suppression d'une seule de nos libertés !

Pour finir, permettez-moi de vous dire qu'en lisant l'autre jour l'admirable message que vous avez adressé à votre peuple, j'ai mesuré en même temps que votre fermeté et votre fidélité la longue peine qui a dû être la vôtre. Quand l'oppression triomphe, nous le savons tous ici, ceux qui croient pourtant que leur cause est juste souffrent d'une sorte de malheur étonné en découvrant l'impuissance apparente de la justice. Ce sont alors les heures de l'exil et de la solitude, que nous avons tous connues. Je voudrais pourtant vous dire que, selon moi, ce qui peut arriver de pire au monde où nous vivons, c'est qu'un de ces hommes de liberté et de courage dont j'ai parlé chancelle sous le poids de l'isolement et de la longue adversité, doute alors de lui-même et de ce qu'il représente. Et il me semble qu'à ce moment, ceux qui lui ressemblent doivent venir vers lui, oubliant les titres et les précautions de style, avec le seul langage du cœur, pour lui dire qu'il n'est pas seul et que son action n'est pas vaine, qu'un jour vient toujours où les palais de l'oppression s'écroulent, où l'exil s'achève, où la liberté flambe. Cet espoir tranquille justifie votre action. Si les hommes, après tout, ne peuvent pas toujours faire que l'histoire ait un sens, ils peuvent toujours agir pour que leur propre vie en ait un. Croyez-moi si je vous dis qu'à travers des milliers de kilomètres, depuis la lointaine Colombie, vous et vos collaborateurs nous avez montré un peu du dur chemin qu'il faut encore parcourir ensemble, vers la liberté. Et acceptez, au nom des amis fidèles et reconnaissants qui vous accueillent ici, que je salue fraternellement en vous et en vos collaborateurs les grands compagnons de notre commune libération.

POUR DOSTOÏEVSKI

1955

Dans une interview de 1958, Albert Camus qualifie Dostoïevski de « vrai prophète » du XXe siècle. Un prophète dont il découvre l'œuvre à vingt ans alors qu'il est étudiant à Alger. C'est là qu'il monte en 1938, avec la troupe du Théâtre de l'équipe qu'il dirige alors, une adaptation des Frères Karamazov *dans laquelle il interprète le rôle d'Ivan. L'auteur développera par la suite de nombreuses réflexions sur l'œuvre de Dostoïevski dans ses essais —* Le Mythe de Sisyphe, L'Homme révolté *— et ses* Carnets. *Enfin, après « plusieurs années de travail et d'obstination », Camus réalise en 1959 un de ses projets les plus anciens et les plus chers : l'adaptation pour le théâtre du roman* Les Possédés. *Quelques années plus tôt, en 1955, il participe à un hommage collectif à Dostoïevski organisé à l'initiative de Radio Europe. Le texte qu'il rédige pour l'occasion, reproduit ci-dessous, fut publié en 1957 dans la revue* Témoins.

Je recevais, il y a quelques mois, un jeune et sympathique Soviétique qui m'étonna beaucoup en se plaignant de ce que les grands écrivains russes ne fussent pas suffisamment traduits en français. Je lui appris que la grande littérature russe du XIXe siècle était, de toutes les littératures de cette époque, celle qui a été le plus et le mieux traduite chez nous. Et je mis le comble à son étonnement, à mon tour, en lui affirmant que sans Dostoïevski la littérature française du XXe siècle ne serait pas ce qu'elle est. Pour achever de le convaincre, je lui dis enfin : « Vous êtes dans le bureau d'un écrivain français très mêlé au mouvement d'idées de son temps. Quels sont les deux seuls portraits qui se trouvent dans ce bureau ? » Il se retourna dans la direction que je lui indiquais et son visage s'éclaira en voyant les portraits de Tolstoï et de Dostoïevski.

Cette lumière que j'ai vue sur le visage de mon jeune ami et qui, à elle seule, ferait oublier toutes les bêtises et les cruautés qu'on accumule aujourd'hui pour séparer les hommes, je ne l'ai pas portée au compte de la Russie ni de la France, mais du génie de la création qui resplendit au-dessus des frontières et qu'on sent au travail, presque sans trêve, dans toute l'œuvre de Dostoïevski.

J'ai rencontré cette œuvre à vingt ans et l'ébranlement que j'en ai reçu dure encore, après vingt autres années. Je mets *Les Possédés* à côté de trois ou quatre grandes œuvres, telles l'*Odyssée*, *La Guerre et la Paix*, *Don Quichotte* et le théâtre de Shakespeare, qui couronnent l'énorme entassement des créations de l'esprit. J'ai d'abord admiré Dostoïevski à cause de ce qu'il me révélait de la nature humaine. Révéler est le mot. Car il nous apprend seulement ce que nous savons, mais que nous refusons de reconnaître. De plus il satisfaisait chez moi un goût assez complaisant de la lucidité pour elle-même. Mais très vite, à mesure que je vivais plus cruellement le drame de mon époque, j'ai aimé dans Dostoïevski celui qui a vécu et exprimé le plus profondément notre destin historique. Pour moi, Dostoïevski est d'abord l'écrivain qui, bien avant Nietzsche, a su discerner le nihilisme contemporain, le définir, prédire ses suites monstrueuses, et tenter d'indiquer les voies du salut. Son sujet principal est ce qu'il appelle lui-même « l'esprit profond, l'esprit de négation et de mort[1] », l'esprit qui, revendiquant la liberté illimitée du « tout est permis », débouche dans la destruction de tout ou dans la servitude de tous. Sa souffrance personnelle est d'y participer et de le refuser à la fois. Son espérance tragique est de guérir l'humiliation par l'humilité et le nihilisme par le renoncement.

L'homme qui a écrit : « Les questions de Dieu et de l'immortalité sont les mêmes que les questions du socialisme mais sous un autre angle[2] » savait que désormais notre civilisation revendiquerait le salut pour tous ou pour personne. Mais il savait que le salut ne pourrait être étendu à tous, si l'on oubliait la souffrance d'un seul. Autrement dit, il ne voulait pas d'une religion qui ne fût pas socialiste, au sens le plus large du mot, mais il refusait un socialisme qui ne fût pas religieux, au sens le plus large du terme. Il a sauvé de cette manière l'avenir de la vraie religion et du vrai socialisme, bien que le monde d'aujourd'hui semble lui don-

1. Fiodor Dostoïevski, *Les Frères Karamazov*.
2. *Ibid.*

ner tort sur les deux plans. La grandeur de Dostoïevski, pourtant (comme celle de Tolstoï, qui n'a rien dit d'autre quoique d'une manière différente), ne cessera de croître, car notre monde mourra ou lui donnera raison. Que ce monde meure ou qu'il renaisse, Dostoïevski, dans les deux cas, sera justifié. C'est pourquoi il domine de toute sa stature, en dépit et à cause de ses infirmités, nos littératures et notre histoire. Aujourd'hui encore il nous aide à vivre et à espérer.

APPEL POUR UNE TRÊVE CIVILE EN ALGÉRIE

1956

(Début de la Guerre 1er.11.1954)

Dans ses articles parus dans L'Express *à l'automne 1955, Albert Camus appelle au dialogue les différentes forces en présence dans le conflit algérien en leur demandant en priorité d'épargner les populations civiles. Il passe des écrits aux actes en lançant le 22 janvier 1956, au Cercle du Progrès d'Alger, son « Appel pour une trêve civile ». Si, à l'intérieur, l'ambiance est plutôt fraternelle entre Arabes et Français, de violentes manifestations ont lieu au même moment à l'extérieur où des ultras de l'Algérie française crient « À mort Camus ! ». La réunion s'achève dans la tension et les heurts sont évités de justesse. Conscient de l'échec de l'entreprise, Camus quitte* L'Express *et décide de ne plus s'exprimer publiquement au sujet de l'Algérie. Il continuera cependant à agir dans l'ombre en demandant la grâce de nombreux condamnés à mort. L'appel de Camus sera publié dans l'hebdomadaire* Demain *du 26 janvier 1956 avant d'être repris par l'auteur au sommaire de ses* Actuelles III — Chroniques algériennes (1939-1958). (Voir P. 373)

Mesdames, Messieurs,

Malgré les précautions dont il a fallu entourer cette réunion, malgré les difficultés que nous avons rencontrées, je ne parlerai pas ce soir pour diviser, mais pour réunir. Car c'est là mon vœu le plus ardent. Ce n'est pas la moindre de mes déceptions — et le mot est faible — d'avoir à reconnaître que tout se ligue contre un tel vœu et que, par exemple, un homme, et un écrivain, qui a consacré une partie de sa vie à servir l'Algérie, s'expose, avant même qu'on sache ce qu'il veut dire, à se voir refuser la parole. Mais cela confirme en même temps l'urgence de l'effort d'apaisement que nous devons entreprendre. Cette réunion devait donc avoir lieu pour montrer au moins que toute chance de dialogue n'est pas perdue et pour que, du découragement général, ne naisse pas le consentement au pire.

J'ai bien parlé de « dialogue », ce n'est donc pas une conférence en forme que je suis venu prononcer. À vrai dire, dans les circonstances actuelles, le cœur me manquerait pour le faire. Mais il m'a paru possible, et j'ai même considéré qu'il était de mon devoir, de venir répercuter auprès de vous un appel de simple humanité, susceptible, sur un point au moins, de faire taire les fureurs et de rassembler la plupart des Algériens, français ou arabes, sans qu'ils aient à rien abandonner de leurs convictions. Cet appel, pris en charge par le comité qui a organisé cette réunion, s'adresse aux deux camps pour leur demander d'accepter une trêve qui concernerait uniquement les civils innocents.

J'ai donc seulement à justifier aujourd'hui cette

initiative auprès de vous. Je vais tenter de le faire brièvement.

Disons d'abord, et insistons sur ce point, que, par la force des choses, notre appel se situe en dehors de toute politique. S'il en était autrement, je n'aurais pas qualité pour en parler. Je ne suis pas un homme politique, mes passions et mes goûts m'appellent ailleurs qu'aux tribunes publiques. Je n'y vais que forcé par la pression des circonstances et l'idée que je me fais parfois de mon métier d'écrivain. Sur le fond du problème algérien, j'aurais d'ailleurs, à mesure que les événements se précipitent et que les méfiances, de part et d'autre, grandissent, plus de doutes, peut-être, que de certitudes à exprimer. Pour intervenir sur ce point, ma seule qualification est d'avoir vécu le malheur algérien comme une tragédie personnelle et de ne pas pouvoir, en particulier, me réjouir d'aucune mort, quelle qu'elle soit. Pendant vingt ans, avec de faibles moyens, j'ai fait mon possible pour aider à la concorde de nos deux peuples. On peut rire sans doute à la mine que prend le prêcheur de réconciliation devant la réponse que lui fait l'histoire en lui montrant les deux peuples qu'il aimait embrassés seulement dans une même fureur mortelle. Lui-même, en tout cas, n'est pas porté à en rire. Devant un tel échec, son seul souci ne peut plus être que d'épargner à son pays un excès de souffrances.

Il faut encore ajouter que les hommes qui ont pris l'initiative de soutenir cet appel n'agissent pas non plus à titre politique. Parmi eux se trouvent des membres de grandes familles religieuses qui ont bien voulu appuyer, selon leur plus haute vocation, un devoir d'humanité. Ou encore des hommes que rien ne destinait, ni leur métier ni leur sensibilité, à se mêler aux affaires publiques. Pour la plupart, en effet, leur métier, utile par lui-même à la communauté, suffisait à remplir leur vie. Ils auraient pu rester à l'écart, comme tant d'autres, et compter les coups, quitte à exhaler de temps en temps quelques beaux accents mélancoliques. Mais ils ont pensé que bâtir, enseigner, créer, étaient des œuvres de vie et de générosité et qu'on ne pouvait les continuer au royaume de la haine et du sang. Une telle décision, si lourde de conséquences et d'engagements, ne leur donne aucun droit sauf un seul : celui de demander qu'on réfléchisse à ce qu'ils proposent.

Il faut dire enfin que nous ne voulons pas obtenir de vous une adhésion politique. À vouloir poser le problème sur le fond, nous risquerions de ne pas recevoir l'accord dont nous avons besoin. Nous pouvons différer sur les solutions nécessaires, et même sur les moyens d'y parvenir. Confronter de nouveau des positions cent fois définies, et déformées, serait, pour le moment, ajouter seulement au poids d'insultes et de détestations sous lequel étouffe et se débat notre pays.

Mais une chose du moins nous réunit tous qui est l'amour de notre terre commune, et l'angoisse. Angoisse devant un avenir qui se ferme un peu plus tous les jours, devant la menace d'une lutte pourrissante, d'un déséquilibre économique déjà sérieux, chaque jour aggravé, et qui risque de devenir tel qu'aucune force ne sera plus capable de relever l'Algérie avant longtemps.

C'est à cette angoisse que nous voulons nous adresser, même et surtout chez ceux qui ont déjà choisi leur camp. Car même chez le plus déterminé d'entre ceux-là, jusqu'au cœur de la mêlée, il y a une part, je le sais, qui ne se résigne pas au meurtre et à la haine, et qui rêve d'une Algérie heureuse.

C'est à cette part qu'en chacun de vous, Français ou Arabes, nous faisons appel. C'est à ceux qui ne se résignent pas à voir ce grand pays se briser en deux et partir à la dérive que, sans rappeler à nouveau les erreurs du passé, anxieux seulement de l'avenir, nous voudrions dire qu'il est possible, aujourd'hui, sur un point précis, de nous réunir d'abord, de sauver ensuite des vies humaines, et de préparer ainsi un climat plus favorable à une discussion enfin raisonnable. La modestie voulue de cet objectif, et cependant son importance, devrait, selon moi, lui valoir votre plus large accord.

De quoi s'agit-il ? D'obtenir que le mouvement arabe et les autorités françaises, sans avoir à entrer en contact, ni à s'engager à rien d'autre, déclarent, simultanément, que, pendant toute la durée des troubles, la population civile sera, en toute occasion, respectée et protégée. Pourquoi cette mesure ? La première raison, sur laquelle je n'insisterai pas beaucoup, est, je l'ai dit, de simple humanité. Quelles que soient les origines anciennes et profondes de la tragédie algérienne, un fait demeure : aucune cause ne justifie la mort de l'innocent. Tout au long de l'histoire, les hommes, incapables de supprimer la guerre elle-même, se sont attachés à limiter ses effets et, si terribles et répugnantes qu'aient été les dernières guerres mondiales, les organisations de secours et de solidarité sont parvenues cependant à faire pénétrer dans leurs ténèbres ce faible rayon de pitié qui empêche de désespérer tout à fait de l'homme. Cette nécessité apparaît d'autant plus urgente lorsqu'il s'agit d'une lutte qui, à tant d'égards, prend l'apparence d'un combat fratricide et où, dans la mêlée obscure, les armes ne distinguent plus l'homme de la femme, ni le soldat de l'ouvrier. De ce point de vue, quand bien même notre initiative ne sauverait qu'une seule vie innocente, elle serait justifiée.

Mais elle est justifiée encore par d'autres raisons. Si sombre qu'il soit, l'avenir algérien n'est pas encore tout à fait compromis. Si chacun, Arabe ou Français, faisait l'effort de réfléchir aux raisons de l'adversaire, les éléments, au moins, d'une discussion féconde pourraient se dégager. Mais si les deux populations algériennes, chacune accusant l'autre d'avoir commencé, devaient se jeter l'une contre l'autre dans une sorte de délire xénophobe, alors toute chance d'entente serait définitivement noyée dans le sang. Il se peut, et c'est notre plus grande angoisse, que nous marchions vers ces horreurs. Mais cela ne doit pas, ne peut pas se faire, sans que ceux d'entre nous, Arabes et Français, qui refusent les folies et les destructions du nihilisme, aient lancé un dernier appel à la raison.

La raison, ici, démontre clairement que sur ce point, au moins, la solidarité française et arabe est inévitable, dans la mort comme dans la vie, dans la destruction comme dans l'espoir. La face affreuse de cette solidarité apparaît dans la dialectique infernale qui veut que ce qui tue les uns tue les autres aussi, chacun rejetant la faute sur l'autre, et justifiant ses violences par la violence de l'adversaire. L'éternelle querelle du premier responsable perd alors son sens. Et pour n'avoir pas su vivre ensemble, deux populations, à la fois semblables et différentes, mais également respectables, se condamnent à mourir ensemble, la rage au cœur.

Mais il y a aussi une communauté de l'espoir qui justifie notre appel. Cette communauté est assise sur des réalités contre lesquelles nous ne pouvons rien. Sur cette terre sont réunis un million de Français établis depuis un siècle, des millions de musulmans, Arabes et Berbères, installés depuis des siècles, plusieurs communautés religieuses, fortes et vivantes. Ces hommes doivent vivre ensemble, à ce carrefour de routes et de races où l'histoire les a placés. Ils le peuvent, à la seule condition de faire quelques pas les uns au-devant des autres, dans une confrontation libre. Nos différences devraient alors nous aider au lieu de nous opposer. Pour ma part, là comme partout, je ne crois qu'aux différences, non à l'uniformité. Et d'abord, parce que les premières sont les racines sans lesquelles l'arbre de liberté, la sève de la création et de la civilisation, se dessèchent. Pourtant, nous restons figés les uns devant les autres, comme frappés d'une paralysie qui ne se délivre que dans les crises brutales et brèves de la violence. C'est que la lutte a pris un caractère inexpiable qui soulève de chaque côté des indignations irrépressibles, et des passions qui ne laissent place qu'aux surenchères.

« Il n'y a plus de discussion possible », voilà le cri qui stérilise tout avenir et toute chance de vie. Dès lors, c'est le combat aveugle où le Français décide d'ignorer l'Arabe, même s'il sait, quelque part en lui-même, que sa revendication de dignité est justifiée, et l'Arabe décide d'ignorer le Français, même s'il sait, quelque part en lui-même, que les Français d'Algérie ont droit aussi à la sécurité et à la dignité sur notre terre commune. Enfermé dans sa rancune et sa haine, personne alors ne peut écouter l'autre. Toute proposition, dans quelque sens qu'elle soit faite, est accueillie avec méfiance, aussitôt déformée et rendue inutilisable. Nous entrons peu à peu dans un nœud inextricable d'accusations anciennes et nouvelles, de vengeances durcies, de rancunes inlassables se relayant l'une l'autre, comme dans ces vieux procès de famille où les griefs et les arguments s'accumulent pendant des générations, et à ce point que les juges les plus intègres et les plus humains ne peuvent plus s'y retrouver. La fin d'une pareille situation peut alors difficilement s'imaginer et l'espoir d'une association française et arabe, d'une Algérie pacifique et créatrice, s'estompe un peu plus chaque jour.

Si donc nous voulons maintenir un peu de cet espoir, jusqu'au jour du moins où la discussion s'engagera sur le fond, si nous voulons faire en sorte que cette discussion ait une chance d'aboutir, grâce à un effort réciproque de compréhension, nous devons agir sur le caractère même de cette lutte. Nous sommes trop ligotés par l'ampleur du drame et la complexité des passions qui s'y déchaînent, pour espérer obtenir dès maintenant l'arrêt des hostilités. Cette action supposerait en effet des prises de position purement politiques qui, pour le moment, nous diviseraient peut-être plus encore.

Mais nous pouvons agir au moins sur ce que la lutte a d'odieux et proposer, sans rien changer à la situation présente, de renoncer seulement à ce qui la rend inexpiable, c'est-à-dire le meurtre des innocents. Le fait qu'une telle réunion mêlerait des Français et des Arabes, également soucieux de ne pas aller vers l'irréparable et la misère irréversible, lui donnerait des chances sérieuses d'intervenir auprès des deux camps.

Si notre proposition avait une chance d'être acceptée, et elle en a une, nous n'aurions pas seulement sauvé de précieuses vies, nous aurions restitué un climat propice à une discussion saine qui ne serait pas gâtée par d'absurdes intransigeances, nous aurions préparé le terrain à une compréhension plus juste et plus nuancée du problème algérien. En provoquant, sur un point donné, ce faible dégel, nous pourrions espérer un jour défaire, dans son entier, le bloc durci des haines et des folles exigences où nous sommes tous immobilisés. La parole serait alors aux politiques et chacun aurait le droit de défendre à nouveau ses propres convictions, et d'expliquer sa différence.

C'est là, en tout cas, la position étroite sur laquelle nous pouvons, pour commencer, espérer de nous réunir. Toute plateforme plus vaste ne nous offrirait, pour le moment, qu'un champ de discorde supplémentaire. Nous devons être patients avec nous-mêmes.

Mais à cette action, à la fois limitée et capitale, je ne crois pas, après mûre réflexion, qu'aucun Français ni aucun Arabe puisse refuser son accord. Pour bien nous en persuader, il suffira d'imaginer ce qui adviendrait si cette entreprise, malgré les précautions et les limites étroites où nous la renfermons, échouait. Ce qui arrivera, c'est le divorce définitif, la destruction de tout espoir, et un malheur dont nous n'avons encore qu'une faible idée. Ceux de nos amis arabes qui se tiennent aujourd'hui courageusement auprès de nous dans ce no man's land où l'on est menacé des deux côtés et qui, déchirés eux-mêmes, ont déjà tant de difficultés à résister aux surenchères, seront forcés d'y céder et s'abandonneront à une fatalité qui écrasera toute possibilité de dialogue. Directement ou indirectement, ils entreront dans la lutte, alors qu'ils auraient pu être des artisans de la paix. L'intérêt de tous les Français est donc de les aider à échapper à cette fatalité.

Mais, de même, l'intérêt direct des modérés arabes est de nous aider à échapper à une autre fatalité. Car si nous échouons dans notre entreprise et faisons la preuve de notre impuissance, les Français libéraux qui pensent qu'on peut faire coexister la présence française et la présence arabe, qui croient que cette coexistence rendra justice aux droits des uns comme des autres, qui sont sûrs, en tout cas, qu'elle seule peut sauver de la misère le peuple de ce pays, ces Français auront la bouche fermée.

Au lieu de cette large communauté dont ils rêvent, ils seront renvoyés alors à la seule communauté vivante qui les justifie, je veux dire la France. C'est dire qu'à notre tour, par notre silence ou de propos délibéré, nous entrerons dans la lutte. Pour illustrer cette double évolution, qu'il faut craindre et qui dicte l'urgence de notre action, je ne puis parler au nom de nos amis arabes. Mais je suis témoin qu'elle est possible en France. De même que j'ai senti ici la méfiance arabe envers tout ce qu'on lui propose, on peut sentir en France, vous devez le savoir, la montée du doute et d'une méfiance parallèle qui risquent de s'installer si les Français, déjà impressionnés par le maintien de la guerre du Rif après le retour du sultan[1] et par le réveil du fellaghisme en Tunisie[2], se voient contraints, par le développement d'une lutte inexpiable, de penser que les buts de cette lutte ne sont pas seulement la justice pour un peuple, mais la réalisation, aux dépens de la France, et pour sa ruine définitive, d'ambitions étrangères. Le raisonnement que se tiendront alors beaucoup de Français est le symétrique de celui de la majorité des Arabes s'ils venaient, perdant tout espoir, à accepter l'inévitable. Ce raisonnement consistera à dire : « Nous sommes Français. La considération de ce qu'il y a de juste dans la cause de nos adversaires ne nous entraînera pas à faire injustice à ce qui, dans la France et son peuple, mérite de survivre et de grandir. On ne peut pas nous demander d'applaudir à tous les nationalismes, sauf au français, d'absoudre tous les péchés, sauf ceux de la France. À l'extrémité où nous sommes et puisqu'il faut choisir, nous ne pouvons pas choisir autre chose que notre propre pays. »

Ainsi, par le même raisonnement, mais tenu en sens inverse, nos deux peuples se sépareront définitivement et l'Algérie deviendra pour longtemps un champ de ruines alors que le simple effort de la réflexion pourrait aujourd'hui encore changer la face des choses et éviter le pire.

1. Au Maroc, malgré le retour d'exil de Mohammed V et la signature en novembre 1955 des accords de La Celle-Saint-Cloud, prévoyant la fin du protectorat français, l'insurrection se poursuit dans le Rif.

2. Après l'autonomie acquise par la signature des accords du 3 juin 1955, la Tunisie réclame son indépendance. Cette période, qui voit s'opposer les partisans de Bourguiba et ceux de Salah Ben Youssef, est marquée par le regain d'activité des fellaghas.

Voilà le double danger qui nous menace, l'enjeu mortel devant lequel nous nous trouvons. Ou nous réussirons, sur un point au moins, à nous associer pour limiter les dégâts, et nous favoriserons ainsi une évolution satisfaisante, ou nous échouerons à nous réunir et à persuader, et cet échec retentira sur tout l'avenir. Voilà ce qui justifie notre initiative et décide de son urgence. C'est pourquoi mon appel sera plus que pressant. Si j'avais le pouvoir de donner une voix à la solitude et à l'angoisse de chacun d'entre nous, c'est avec cette voix que je m'adresserais à vous. En ce qui me concerne, j'ai aimé avec passion cette terre où je suis né, j'y ai puisé tout ce que je suis, et je n'ai jamais séparé dans mon amitié aucun des hommes qui y vivent, de quelque race qu'ils soient. Bien que j'aie connu et partagé les misères qui ne lui manquent pas, elle est restée pour moi la terre du bonheur, de l'énergie et de la création. Et je ne puis me résigner à la voir devenir pour longtemps la terre du malheur et de la haine.

Je sais que les grandes tragédies de l'histoire fascinent souvent les hommes par leurs visages horribles. Ils restent alors immobiles devant elles sans pouvoir se décider à rien, qu'à attendre. Ils attendent, et la Gorgone un jour les dévore. Je voudrais, au contraire, vous faire partager ma conviction que cet enchantement peut être rompu, que cette impuissance est une illusion, que la force du cœur, l'intelligence, le courage, suffisent pour faire échec au destin et le renverser parfois. Il faut seulement vouloir, non pas aveuglément, mais d'une volonté ferme et réfléchie.

On se résigne trop facilement à la fatalité. On accepte trop facilement de croire qu'après tout le sang seul fait avancer l'histoire et que le plus fort progresse alors sur la faiblesse de l'autre. Cette fatalité existe peut-être. Mais la tâche des hommes n'est pas de l'accepter, ni de se soumettre à ses lois. S'ils l'avaient acceptée aux premiers âges, nous en serions encore à la préhistoire. La tâche des hommes de culture et de foi n'est, en tout cas, ni de déserter les luttes historiques, ni de servir ce qu'elles ont de cruel et d'inhumain. Elle est de s'y maintenir, d'y aider l'homme contre ce qui l'opprime, de favoriser sa liberté contre les fatalités qui le cernent.

C'est à cette condition que l'histoire avance véritablement, qu'elle innove, qu'elle crée, en un mot. Pour tout le reste, elle se répète, comme une bouche sanglante qui ne vomit qu'un bégaiement furieux. Nous en sommes aujourd'hui au bégaiement et, pourtant, les plus larges perspectives s'ouvrent à notre siècle. Nous en sommes au duel au couteau, ou presque, et le monde marche à l'allure de nos avions supersoniques. Le même jour où nos journaux impriment l'affreux récit de nos querelles provinciales, ils annoncent le pool atomique européen. Demain, si seulement l'Europe s'accorde avec elle-même, des flots de richesses couvriront le continent et, débordant jusqu'ici, rendront nos problèmes périmés et nos haines caduques.

C'est pour cet avenir encore inimaginable, mais proche, que nous devons nous organiser et nous tenir les coudes. Ce qu'il y a d'absurde et de navrant dans la tragédie que nous vivons éclate dans le fait que, pour aborder un jour ces perspectives qui ont l'échelle d'un monde, nous devons aujourd'hui nous réunir pauvrement, à quelques-uns, pour demander seulement, sans prétendre encore à rien de plus, que soit épargnée sur un point solitaire du globe une poignée de victimes innocentes. Mais puisque c'est là notre tâche, si obscure et ingrate qu'elle soit, nous devons l'aborder avec décision pour mériter un jour de vivre en hommes libres, c'est-à-dire comme des hommes qui refusent à la fois d'exercer et de subir la terreur.

POZNAŃ

1956

Au début de l'année 1956, la Pologne connaît un climat politique et social instable. À Poznań, les conditions de vie des ouvriers sidérurgistes régressent alors que leurs normes de travail sont fréquemment relevées. Après une infructueuse tentative de négociation, la grève éclate le 28 juin. Plus de 100 000 personnes descendent dans la rue, des bâtiments officiels sont attaqués. Très vite, le ministre de la Défense Konstantin Rokossovski fait intervenir l'armée qui réprime le soulèvement dans le sang : une cinquantaine de manifestants sont tués, des centaines sont blessés. Rien ne permet d'affirmer que Camus a prononcé cette allocution en public. Le texte n'apparaissant dans aucune publication parue du vivant de l'auteur, le parti a été pris de l'intégrer au présent volume.

Un chef communiste international, et qui se dit à l'occasion syndicaliste, a déclaré que le soulèvement de Poznań était le fait de meneurs inspirés par l'étranger. Jusque-là ce génie politique n'exprimait rien de plus en somme que n'importe quel journaliste bourgeois devant les soulèvements ouvriers ou coloniaux qui le dérangent dans son idée du bonheur. Mais l'argument invoqué par lui mérite au contraire notre pleine adhésion. Dans un pays normal, a-t-il dit, on n'attaque pas les postes de police pour satisfaire les revendications ouvrières. Il faut applaudir à cette remarque pertinente. Car dans un pays normal, en effet, les libertés syndicales autorisent la lutte pacifique pour les revendications ouvrières. Mais là où le droit de grève n'existe plus, où la législation ouvrière annule d'un trait de plume cent ans de conquêtes syndicales, quand des ouvriers qui ne reçoivent que le minimum vital voient rogné par décision gouvernementale le salaire qui ne suffit même pas à leur vie, que leur reste-t-il donc sinon le cri et la colère ?

Non, ce n'est pas un régime normal que celui où l'ouvrier se voit contraint de choisir entre la misère et la mort. Et ceux qui, de près ou de loin, avec ou sans précautions, calomnient ou critiquent les martyrs de Poznań, ceux-là se retranchent définitivement de la communauté des hommes libres et déshonorent la révolution qu'ils prétendent défendre. M. Cyrankiewicz[1], qu'une certaine presse nous présente comme un doux libéral et qui distribue en effet de bonnes paroles pendant que ses services exécutent des ouvriers, a eu, lui aussi, un mot malheureux pour annoncer la répression. Quiconque, a-t-il dit, lève la main contre le peuple peut être sûr qu'elle sera coupée. Si cette sanction est aussi certaine que

1. Jósef Cyrankiewicz (1911-1989) fut chef du gouvernement polonais de 1947 à 1952 puis de 1954 à 1970.

le dit le président du Conseil polonais, alors son pays et quelques autres, soyons-en sûrs, seront bientôt gouvernés par un état-major de manchots. Car ces gouvernants et ces bureaucrates ont fait mieux que lever la main contre le peuple : ils l'ont frappé, ils l'ont renversé dans le sang. Mais le sang ouvrier ne porte pas bonheur ! Ces tyrans effarés qui tirent et parlent à tort et à travers sont unis aujourd'hui dans la même complicité consciente. Ils savent, n'en doutez pas, ils savent qu'ils sont coupables !

C'est pourquoi on ne peut qu'accueillir avec indignation l'attitude, en cette affaire, du gouvernement yougoslave et de sa presse officielle. En insultant et en calomniant les victimes de Poznań, le gouvernement yougoslave vient de rendre un assez superbe hommage à Staline. Il a trompé l'attente de tous ceux qui lui faisaient, quand même, confiance et il s'est condamné pour longtemps aux yeux de la gauche libre. Mais, après tout, ces calomnies, comme les précautions de langage que nous voyons prendre, ici même, à nos hommes du progrès, ne nous apprennent que ce que nous savions déjà. Elles nous apprennent que la réaction, aujourd'hui, est aussi à gauche. Elle y serait du moins si les sacrifices des ouvriers polonais, et la solidarité qu'ils ont éveillée dans le monde, parmi tant d'hommes semblables à ceux qui sont dans cette salle, ne témoignaient encore pour l'honneur et le courage inlassable du mouvement ouvrier. Mais ceux-là se sont exclus du mouvement ouvrier, et de son honneur, qui, au spectacle de travailleurs avançant au coude à coude devant les tanks, pour exiger le pain et la liberté, n'ont d'autre réaction que de traiter ces martyrs de fascistes ou de regretter vertueusement qu'ils n'aient pas eu la patience de mourir silencieusement de faim, en attendant que le régime veuille bien, comme on dit, se libéraliser.

Certes je me garderai, quant à moi, d'encourager, si peu que ce soit, à la révolte et à la lutte des hommes dont je ne puis partager le combat. Mais ces hommes s'étant levés, à bout d'humiliations, et ayant été assassinés, je me mépriserais d'oser la moindre réserve et d'exprimer autre chose devant leur sacrifice que mon respect et ma solidarité absolue. Ils n'ont pas besoin, cela est sûr, que nous les félicitions. Ils ont seulement besoin que, partout où règne la liberté aux mille voix, leur cri soit répercuté, que leur détresse soit relayée, exposée aux yeux du monde, que soit connue et respectée leur volonté d'en finir avec cette mystification qui prétendait qu'ils avaient consenti librement le sacrifice de leurs libertés afin d'obtenir le pain pour tous. La vérité, ils nous l'ont criée, est qu'ils n'avaient ni pain ni liberté, qu'ils ne veulent ni ne peuvent se passer ni de l'un ni de l'autre, qu'ils savent, comme nous tous, que les deux sont inséparables, et que privé de liberté l'esclave ne reçoit plus son pain que du bon plaisir du maître.

Depuis quelques mois, un mythe s'écroule irrésistiblement devant nos yeux. Nous connaissons aujourd'hui la tristesse d'avoir eu raison en refusant de considérer les régimes de l'Est comme révolutionnaires et prolétariens. Tristesse en effet : qui se réjouirait d'avoir eu raison en annonçant que des millions d'hommes souffraient véritablement de misère et d'oppression ? Aujourd'hui la vérité, la terrible vérité éclate, le mythe vole en éclats. Mais nous savons que ce mythe pendant des années a perverti les consciences et les intelligences européennes. Même devant l'éclat du jour, ces aveugles diront encore qu'il fait nuit. Ils le diront plus malaisément aujourd'hui. Les ouvriers de Poznań viennent de porter le dernier coup à une mystification longtemps triomphante, longtemps cynique. Les feux de l'insurrection polonaise illuminent aux yeux de tous la déchéance et le malheur d'une révolution pervertie. Il ne peut plus y avoir d'aveugles, ou de naïfs, aujourd'hui, autour de cette déchéance. Il ne peut plus y avoir que des complices.

Nous ne serons pas, nous ne serons jamais ces complices ! Nous ne serons pas non plus des pharisiens triomphants. Cette victoire de la vérité a été payée de trop de morts et de trop de sang pour que nous puissions l'accueillir autrement qu'avec une résolution douloureuse. Aujourd'hui encore, ces ouvriers désarmés qu'on fusille dans l'ombre, pour sauver ce qui reste de régimes mourants, ne nous font sentir que l'horreur et la peine qui ont accompagné ce long mensonge. Mais ces morts désespérés nous imposent une fidélité qu'il faut jurer une fois de plus. Fidélité au mot qu'ils ont crié devant la répression, au mot qui a converti des soldats jusque dans les rangs de l'armée, au mot qui a survécu à toutes les oppressions dont on l'écrasait, à toutes les mystifications dont on l'habillait, fidélité à la liberté inlassable, à la liberté invincible et sacrée. Oui, nous ne pouvons que répondre de loin à ce cri déchirant des ouvriers de Poznań et lui donner son écho à travers le monde. Mais nous devons le faire sans trêve, pour que le cri plus jamais ne s'éteigne. Liberté ou barbarie, voilà ce que nous avons appris dans les longues années de l'histoire qui vient de passer, voilà ce que nous apprenons dans cette nouvelle tragédie. Le choix alors ne sera pas difficile. Nous choisirons la liberté contre les barbaries anciennes et nouvelles et nous la choisirons une fois pour toutes, jusqu'à la fin, pour ne pas démériter un seul jour du sacrifice des militants ouvriers de la Pologne toujours opprimée.

LE PARTI DE LA LIBERTÉ. HOMMAGE À SALVADOR DE MADARIAGA

1956

Le 30 octobre 1956, une manifestation est organisée à Paris en l'honneur du soixante-dixième anniversaire de l'intellectuel espagnol Salvador de Madariaga (1886-1978), sous le patronage d'un comité rassemblant de nombreuses personnalités françaises et étrangères telles qu'Édouard Herriot, Eduardo Santos, Robert Schuman, Paul-Henri Spaak, Victoria Ocampo, Pablo Casals, Karl Jaspers ou encore André Malraux. Brièvement ministre de l'Instruction publique puis de la Justice pendant la Seconde République espagnole (1931-1939), Salvador de Madariaga représenta également l'Espagne à la Société des nations au début de la guerre civile avant d'être contraint à l'exil (en Angleterre, au Mexique puis aux États-Unis) après la victoire de Franco. Le discours prononcé par Camus lors de cette soirée d'hommage fut publié en avril 1957 dans la revue Monde nouveau *sous le titre « Le parti de la liberté ».*

Au seuil de l'hommage que nous rendons aujourd'hui à un homme qu'ensemble nous admirons et nous aimons, je voudrais inscrire une formule qui trouvera sa résonance, je le sais, en beaucoup de ceux qui sont réunis ici et qui résume assez fièrement, en tout cas, le destin et la vocation de notre ami Salvador de Madariaga. Cette formule, Nietzsche, il y a quatre-vingts ans, la proposait déjà à l'esprit libre : « Tu choisiras l'exil pour pouvoir dire la vérité[1]. » Sans doute, il n'est pas sûr qu'on choisisse toujours d'entrer dans l'exil. Mais certainement, on choisit d'y rester et d'y vivre, et pour consentir à un si dur parti il ne faut pas moins, en effet, que l'amour de la vérité et de la liberté.

Rien ne saurait en tout cas mieux définir Salvador de Madariaga que cette double passion, à la seule condition d'ajouter aussitôt qu'il a su la vivre et l'illustrer sans contorsions spectaculaires, avec cette finesse et cet humour que nous aimons en lui, et qui, chez certains êtres de qualité, sont des manifestations de décence. Mais, pour décente qu'elle soit, sa passion de vérité n'en est pas moins indomptable ; ce lutteur courtois est aussi, nous le savons, un fier combattant. Ce n'est pas à dire, et Salvador de Madariaga ne me le laisserait pas dire, qu'une vérité toute faite et bien ficelée nous attend dans son œuvre. Mais nous y trouvons l'effort inlassable vers la vérité, la démarche prudente et hardie de l'esprit qui refuse de se payer de mots, qui dénonce tous les conforts intellectuels et ne veut se rendre qu'à la seule évidence. L'auteur de tant de livres percutants et sagaces, lorsqu'il nous propose une idée ou une solution, on peut être sûr

1. *Dix commandements d'un esprit libre*, fragment posthume de 1876.

qu'il n'est pas allé en demander la recette, préalablement, à un parti ou à une église.

Comme tant de grands esprits espagnols, et contrairement à l'opinion répandue (un imbécile ayant déclaré un jour qu'il n'y avait pas de philosophie espagnole, il s'est immédiatement trouvé cent hommes intelligents pour le répéter), il est un des rares contemporains qui puissent porter légitimement le titre de philosophe. Malgré sa culture encyclopédique, il ne croit pas, comme nos penseurs officiels, que la philosophie consiste à enseigner l'histoire de la philosophie, mais il sait apparemment qu'elle consiste à exercer sa pensée pour chercher en même temps que les secrets du monde les règles d'une conduite, à essayer de vivre enfin ce que l'on pense en même temps que l'on tâche à penser correctement sa vie et son temps. De là que ce chercheur de vérité soit aussi un de nos rares témoins de vérité. Ce qu'il croit, il est prêt à le défendre et s'il passe la moitié de sa vie, dans une studieuse retraite, à réfléchir sur l'homme de ce temps, il consacre l'autre moitié à le servir. J'aurais donc résumé ma pensée en disant que ce n'est pas un homme de lettres que nous honorons aujourd'hui, mais un gentilhomme de lettres.

Je voudrais pourtant rassurer notre ami et lui dire que mon intention n'est pas de l'accabler sous des éloges académiques. Mon propos, soyez-en sûrs, est moins solennel et peut-être plus grave. On a déjà fêté, et même en musique, votre soixante-dixième anniversaire et rendu à votre œuvre l'hommage qu'elle méritait. Vous permettrez seulement à un quadragénaire de dire pourquoi, avec tout le respect et la déférence qu'il vous porte, il vous considère comme son camarade de lutte.

Je suis sûr que cette affirmation ne vous étonnera pas. Si elle vous étonnait pourtant, je vous prierais de considérer l'état de notre société intellectuelle, les maîtres à penser qui paradent un peu partout, la nourriture avariée qu'ils offrent enfin à notre appétit de vérité et de dignité. Vous mesurerez mieux la sorte de solitude où vivaient certains d'entre nous en quête de grandes leçons, si une poignée d'hommes, dont vous êtes, ne maintenaient obstinément, par-dessus les frontières, les droits, les devoirs et l'honneur de l'esprit.

Car, il faut bien le dire, nous n'avons pas été gâtés en grands exemples. Je ne parle même pas de l'affaiblissement général du caractère et de l'intelligence parmi ceux dont la fonction était de nous gouverner ou de nous représenter. Mais, pour en rester au seul domaine de la pensée, les hommes de ma génération, nés à la vie historique avec la prise du pouvoir par Hitler et les procès de Moscou, ont vu d'abord les philosophes de droite, par haine d'une partie de la nation, justifier l'asservissement de toute cette nation sous une armée et une police étrangères. Il fallut alors que l'intelligence, elle aussi, prenne les armes pour rectifier ce regrettable raisonnement.

À peine avions-nous retrouvé la paix et l'honneur qu'une nouvelle conspiration, encore plus douloureuse pour nous, s'établissait contre l'intelligence et ses libertés. Nous avons vu, nous voyons encore des penseurs de gauche, par haine d'une autre partie de la nation, justifier dans de beaux raisonnements la suppression du droit de grève et des conquêtes ouvrières, le régime concentrationnaire, l'abolition de toutes les libertés de pensée et d'expression et même l'antisémitisme, à la seule condition qu'il soit professé et exercé sous des étiquettes humanistes. Un froid délire d'autopunition a fait ainsi, à dix ans d'intervalle, de nos théoriciens de la nation ou de la liberté les serviteurs passionnés des pires tyrannies qui se soient étendues sur le monde et, pour tout dire en un mot, les adorateurs du fait accompli. Trop de nos intellectuels et de nos artistes, saisis de ces délires, ont fini par ressembler à ces filles qui, devant l'auberge de Peirebeilhe[1], chantaient de toute leur gorge pour couvrir les cris des voyageurs égorgés par leurs vertueux parents. Au nom de l'histoire et de son réalisme, en tout cas, un prodigieux complot contre l'esprit et contre la liberté s'est développé pendant des années au cours desquelles il fallut encore lutter pied à pied.

Dans cette lutte interminable, et qui n'a pas cessé, sur qui pourrions-nous nous appuyer en pensée et en action, sinon sur des hommes comme vous ? Vous nous avez aidés à comprendre par votre exemple, comme par vos écrits, pourquoi les positions cyniques et réalistes ont un prestige décisif. Elles permettent de trancher et de mépriser alors que les autres attitudes, dont la vôtre, s'obligent à comprendre et supposent un effort constant sur soi-même. D'où le prestige des premières sur certains intellectuels, amis du moindre effort. L'intelligence sans caractère est bien pire, à la fin, que la très heureuse imbécillité. Faute de volonté ferme, elle se donne volontiers une doctrine implacable et c'est ainsi qu'on a vu naître

1. Auberge située en Ardèche, communément appelée « l'auberge rouge » ou « l'auberge sanglante », en référence aux meurtres qui y auraient été perpétrés de 1805 à 1830.

cette espèce si particulière à notre temps : l'intellectuel dur, prêt à justifier toutes les terreurs au nom du seul réalisme.

Devant cette attitude et ces beaux discours, nous avons pu apprendre de vous la patience et la fermeté. Le verre aussi est dur, seul le diamant le raye et au premier choc, pourtant, le voilà qui vole en éclats. Il faut seulement attendre et tenir bon, en souriant s'il se peut, pour demeurer fidèles à votre enseignement. En somme, vous nous avez empêchés de désespérer de l'intelligence de ce temps en nous montrant, par la force de l'exemple, qu'à l'intellectuel dur pouvait s'opposer l'intellectuel ferme.

Quand nous lisons, dans nos revues spécialisées, de belles apologies de la haine, appuyées sur la dénonciation de son contraire qui serait la douceur bêlante, nous ne nous sentons, grâce à vous, ni doux ni bêlants, et nous pouvons répondre que le contraire de la haine n'est pas l'idéalisme timide, mais la justice généreuse. Il suffit ensuite d'attendre, en laissant nos adversaires crier qu'il n'est pas de justice efficace sans un peu de haine. L'histoire, leur fameuse histoire, est là pour leur enseigner, à un moment ou à l'autre, que la justice se perd dans la haine comme la rivière dans l'océan. Car les mouches du coche historique, qui pullulent aujourd'hui, ne modifient pas l'allure de l'histoire. Elles bourdonnent, elles mentent, elles crient que le peuple est heureux d'être asservi et un jour, vraiment historique celui-là, une capitale se couvre d'insurgés qui meurent et vainquent sous le seul drapeau de la liberté.

Oui, cher don Salvador, ce sont des hommes comme vous qui nous ont empêchés de désespérer et lorsqu'on m'a demandé de m'adresser à vous, aujourd'hui, j'ai pensé que c'était la première chose que je vous dirais. Ceux qui se sentent faits d'abord pour admirer et pour aimer, et qui, dans le désert du monde contemporain, risquaient de périr de faim et de soif, ont une dette de reconnaissance infinie envers tous ceux qui, en des temps déshonorés, leur ont offert une image digne et fière de l'homme et de l'intellectuel. C'est cette reconnaissance que je veux vous exprimer, avec toute mon affection. Grâce à vous, et à quelques rares autres, les francs-tireurs perpétuels que nous sommes ont un parti. Quel parti ? Eh bien, le parti des hommes que les durs et les totalitaires insultent en même temps qu'ils viennent leur demander une signature pour sauver la vie de leurs militants ! À cette définition, vous reconnaîtrez que je parle des libéraux !

Mais vous avez donné, et c'est là votre originalité, un contenu à cette notion de libéralisme qui agonisait à la fois sous les calomnies de ses adversaires et les lâchetés de ses partisans. Vous avez su dire que la liberté n'était pas la liberté de prospérer ou d'affamer, mais la prise en charge du devoir civique. Vous avez refusé de choisir aucun des conformismes du jour et vous avez su tracer les limites en dehors desquelles les notions dont nous vivons perdent leur sens. On vous a entendu inlassablement répéter que la liberté n'était rien sans l'autorité, mais que l'autorité sans la liberté n'était qu'un rêve de tyran, que les privilèges d'argent étaient inacceptables, mais qu'il n'y avait pas de société sans hiérarchie et que le nivellement était le contraire de la vraie justice, que le pouvoir n'était légitime que par l'assentiment populaire, mais que le suffrage populaire direct était un ferment d'anarchie ou de tyrannie, que les nationalismes étaient la plaie du temps, mais que la société internationale ne pouvait se passer des nations, celles-ci, pour se dépasser, ayant soin d'abord d'exister.

Une pensée si attentive, si vigilante, si soucieuse de véracité, l'illustration aussi que vous lui avez donnée par votre vie, font de vous le digne héritier de cette grande tradition espagnole qui demeure encore, au-delà des Pyrénées, la seule vivante. Vous aussi vous êtes occupé de l'histoire, mais vous y avez vu, selon la superbe formule d'Ortega[1], « une guerre illustre contre la mort », et par conséquent le lieu privilégié où l'homme, sans trêve, livre combat contre les forces de la nuit, pour la vie et la liberté.

C'est là le secret de votre jeunesse et de votre force, à vous qui ne vous êtes endormi dans aucun parti pris. Pour ne prendre qu'un exemple, je sais sans vous en avoir parlé quelle est aujourd'hui votre émotion devant l'héroïque et bouleversante insurrection des étudiants et des ouvriers de Hongrie. Mais je sais aussi que vous avez dû rire en apprenant que le général Franco protestait, en souvenir sans doute de Guernica, contre l'appel à une armée étrangère pour écraser un peuple en armes. Vous avez ri, comme je l'ai fait, avec le mépris qui convenait. Car nous sommes en effet solidaires, totalement, du peuple hongrois dressé contre ses maîtres étrangers. Mais parce que nous le sommes, totalement, du peuple espagnol,

1. José Ortega y Gasset. Voir ci-dessus, p. 222.

opprimé lui aussi, et dans l'attente d'une libération que les nations désunies lui ont volée.

Vous écriviez récemment, avec un peu d'amertume, sur le déclin de l'indignation. Il est vrai que l'indignation décline. Chose pire, elle s'organise, elle s'exerce à heure fixe et à sens unique. Nos protestataires sont devenus hémiplégiques. Ils choisissent parmi les victimes et décrètent que les unes sont attendrissantes tandis que les autres sont obscènes. Vous dénonciez donc, avec votre coutumière clairvoyance, un des maux dont nous souffrons. Et vous pouviez ajouter alors : « Nous en sommes réduits à chercher notre espoir dans notre désespoir même. L'humanité est tombée si bas qu'elle ne peut que remonter. » Mais, ce faisant, vous avez oublié, dans un de ces instants de découragement que nous connaissons tous, votre propre enseignement ; vous avez oublié que la longue lutte que vous et vos pareils avez menée commence à porter ses fruits. Permettez donc, pour finir, à l'un de vos lecteurs de vous le rappeler : il n'y a pas selon vous de trêve au combat de l'homme pour la lumière et la liberté. L'histoire ne se stabilise pas, ni dans le bonheur des peuples, ni dans leur malheur. Aujourd'hui, où nous pensions être arrivés à l'extrémité du malheur, l'espoir se réveille, l'humanité remonte en effet, la liberté illumine à nouveau de ses flammes des villes jusqu'ici prisonnières !

L'Europe qui se fait aujourd'hui dans le sang innocent sera payée d'un terrible prix et nous, pour qui chaque vie humaine est irremplaçable, nous ne pourrons saluer de cris de joie sa renaissance. Mais elle renaîtra, et nous la saluerons gravement, elle renaîtra à l'Ouest comme à l'Est, à Madrid comme à Budapest, et elle aura votre visage, et elle reconnaîtra ses vrais maîtres puisqu'elle renie déjà ses faux prophètes. Elle sera cette grande institutrice de liberté et d'ordre dont vous aviez rêvé.

« La terre tourne toujours », a dit le ministre des Affaires étrangères Chepilov[1] après avoir rendu compte de la sauvage intervention des troupes russes. Elle tourne en effet, et avec elle le mensonge longtemps triomphant décline, la vérité longtemps obscurcie commence de nous éclairer. Des mondes artificiels, dont le seul ciment était le sang et la terreur, s'écroulent, dans le désarroi et le silence de ceux qui en chantaient les vertus. La liberté dont on nous avait annoncé et démontré la vanité et la disparition nécessaire disperse en un jour les milliers de doctes volumes et les armées sous lesquelles on la tenait enterrée. Elle marche à nouveau, et des millions d'hommes savent, de nouveau, qu'elle est le seul levain de l'histoire, leur seule raison de vivre, et le seul pain dont on ne se rassasie pas.

Si cet espoir aujourd'hui renaît, si l'honneur de vivre nous revient enfin, sachez que nous le devons à des hommes comme vous, comme beaucoup de ceux qui, simplement, sans peur et sans haine, ont maintenu. C'est pourquoi je ne vous souhaiterai pas, en terminant, ce repos que d'autres estimeraient bien mérité. Car nous avons encore besoin de vous. Nous avons besoin de vous pour continuer ce que nous avons commencé. Et sachant que je répondrai ainsi au vœu de votre jeune cœur, je vous souhaite la lutte perpétuelle

1. Voir ci-dessous, « Kádár a eu son jour de peur », p. 328.

et fière pour la vérité et la liberté que vous et nous plaçons au-dessus de tout.

J'ajouterai seulement à ce vœu inconfortable l'expression personnelle d'une gratitude et d'une amitié dont vous savez qu'elles ne seront pas feintes. Comment oublier jamais qu'au milieu de tant de trahisons, vous êtes resté fidèle à nos raisons communes de vivre ? Et comment, dès lors, ne serions-nous pas tentés de vous dire ensemble, ce soir, ce que Tourgueniev mourant écrivait à Tolstoï : « J'ai été heureux d'être votre contemporain[1]. » Mais nous avons été après tout plus que vos contemporains (il y a des contemporains dont nous ne sommes pas fiers !), nous avons participé à vos angoisses et à votre espoir, nos défaites ont été les vôtres, comme la libération, que nous tous attendons, nous la devrons à votre exemple et à votre action, qui continue, pour notre honneur commun.

1. Lettre du 11 juillet 1883.

MESSAGE À DE JEUNES FRANÇAIS EN FAVEUR DE LA HONGRIE

1956

En octobre 1956, la Hongrie connaît un important mouvement contestataire mêlant intellectuels, étudiants et ouvriers qui tourne le 23 octobre à l'insurrection populaire. Le 28, le réformateur Imre Nagy redevient Premier ministre et engage le pays dans un processus ouvrant la voie à la démocratie et à l'émancipation vis-à-vis de Moscou. Alors qu'il avait dans un premier temps soutenu la politique de Nagy, le secrétaire du Parti communiste hongrois János Kádár forme secrètement un contre-gouvernement au nom duquel il négocie une intervention de l'Armée rouge. Le 4 novembre, les chars russes entrent à Budapest. La répression fera plus de 2 500 morts et poussera 200 000 Hongrois à l'exil. Imre Nagy sera exécuté le 16 juin 1958. À Paris, l'Association des Français libres organise le 23 novembre 1956 une réunion de soutien aux Hongrois. Invité, Camus ne peut y assister mais demande à l'un des membres de l'association, Michelle Dalbret, de lire le message reproduit ci-dessous.

Mademoiselle,

J'ai sincèrement regretté de ne pouvoir répondre à votre invitation comme vous le désiriez. J'ai pourtant été touché par vos arguments et par la sympathie que vous avez bien voulu me montrer. Mais, outre la répugnance personnelle que j'ai à parler en public, je ne puis répondre à tout ce qui sollicite en même temps et de toutes parts un écrivain libre. De plus, le refus que j'ai déjà opposé à d'autres appels me rendait difficile de répondre au vôtre. Je voudrais enfin me consacrer autant que possible à faire aboutir l'appel des écrivains européens à l'ONU dont j'ai pris l'initiative[1].

Pourtant je voudrais ne pas être tout à fait absent mardi soir parmi vous. Puisque vous vous adressez à de jeunes auditeurs, peut-être pourriez-vous leur dire ce que, présent, je leur aurais dit et que je vais essayer de résumer.

La seule chose que je puisse aujourd'hui affirmer publiquement, après avoir participé directement ou indirectement à vingt années de notre sanglante histoire, est que la valeur suprême, le bien dernier pour lequel il vaut la peine de vivre et de combattre, reste toujours la liberté.

Les hommes de ma génération ont eu vingt ans à l'époque où Hitler prenait le pouvoir et où s'organisaient les premiers procès de Moscou. Il nous a fallu, pendant dix ans, lutter d'abord contre la

1. Au début du mois de novembre 1956, l'Union des écrivains hongrois lance à la radio un appel au secours aux intellectuels du monde entier. Nommément interpellé, Albert Camus signe dès le 10 novembre 1956 un texte dans *Franc-Tireur* intitulé « Pour une démarche commune à l'ONU des intellectuels français ».

tyrannie hitlérienne et contre les hommes de droite qui la soutenaient. Et pendant dix autres années, combattre la tyrannie stalinienne et les sophismes de ses défenseurs de gauche. Aujourd'hui, malgré les trahisons successives et les calomnies dont les intellectuels de tous les bords l'ont couverte, la liberté, et elle d'abord, reste notre raison de vivre. J'avoue avoir été tenté ces dernières années de désespérer du sort de la liberté. Trahie par ceux dont c'était la vocation de la défendre, piétinée par nos clercs devant les peuples silencieux, j'ai craint sa mort définitive et c'est pourquoi il m'a semblé parfois que le déshonneur de notre temps recouvrait toutes choses. Mais la jeunesse hongroise, celle d'Espagne ou de France, celle de tous les pays nous prouve aujourd'hui qu'il n'en est rien et que rien n'abat, ni n'abattra jamais, cette force violente et pure qui pousse les hommes et les peuples à revendiquer l'honneur de vivre debout. Vous tous qui entrez maintenant dans notre histoire, n'oubliez pas cela. Ne l'oubliez en aucun lieu, ni en aucun temps ! Et si vous pouvez accepter loyalement de tout discuter, n'acceptez jamais que la liberté de l'esprit, de la personne, de la nation soit jamais mise en cause, même provisoirement, fût-ce une seule seconde.

Vous devez savoir maintenant que, lorsque l'esprit est enchaîné, le travail est asservi, que l'écrivain est muselé quand l'ouvrier est opprimé et que, lorsque la nation n'est pas libre, le socialisme ne libère personne et asservit tout le monde.

Que le sacrifice hongrois, devant lequel nous avons remâché notre honte et notre impuissance, serve au moins à nous rappeler cela. Nous serons moins tentés d'accabler notre propre nation, et elle seule, sous ses péchés historiques. Nous serons plus soucieux, sans cesser d'exiger d'elle toute la justice dont elle est capable, de sa survie et de sa liberté. Vous n'aurez pas alors à nous imiter, nous qui, dans cette longue lutte, nous sommes usés à combattre pour rectifier les mots et dénoncer les mystifications, dans d'interminables et stériles luttes civiles. Vous chercherez ce qui vous réunit plutôt que ce qui vous sépare. Une certaine solitude, dure à vivre, risquera ainsi de vous être épargnée. Alors peut-être vous referez à vous tous ce pays que j'aime aujourd'hui comme la liberté elle-même et qui, malgré ses malheurs, ses faiblesses, ses fautes, continue de mériter en ce monde notre fidélité. Mais de toute manière, partout et toujours, gardez la mémoire de ce que nous venons de vivre afin de rester fidèles à la liberté, à ses droits comme à ses devoirs, et afin de ne jamais accepter, jamais, que quelqu'un, homme, si grand soit-il, ou parti, si fort qu'il soit, pense pour vous et vous dicte votre conduite. Oubliez vos maîtres, ceux qui vous ont tant menti, vous le savez maintenant, et les autres aussi, puisqu'ils n'ont pas su vous persuader. Oubliez tous les maîtres, oubliez les idéologies périmées, les concepts mourants, les slogans vétustes dont on veut encore continuer de vous nourrir. Ne vous laissez intimider par aucun des chantages, de droite ou de gauche. Et pour finir, n'acceptez plus de leçons que des jeunes combattants de Budapest mourant pour la liberté. Ceux-là ne vous ont pas menti en vous criant que l'esprit libre et le travail libre, dans une nation libre, au sein d'une Europe libre, sont les seuls biens de cette terre et de notre histoire qui vaillent qu'on lutte et qu'on meure pour eux.

Voilà, mademoiselle, ce que j'aurais souhaité dire mardi à votre auditoire. Et que peut-être vous direz pour moi. Croyez, je vous prie, à mes sentiments respectueux.

Albert Camus

KÁDÁR A EU SON JOUR DE PEUR

1957

Après avoir favorisé l'écrasement de l'insurrection hongroise par les troupes russes, le 4 novembre 1956 à Budapest, János Kádár devient chef du gouvernement hongrois et instaure un communisme prolétarien approuvé par le Kremlin. Le 15 mars 1957, jour de la commémoration de la révolution hongroise de 1848-1849 contre l'Empire d'Autriche, l'association libertaire Solidarité internationale antifasciste organise à la Salle Wagram (Paris) un grand meeting de soutien à l'insurrection hongroise et à ses dizaines de milliers d'exilés. Invité à s'exprimer aux côtés des insurgés György Szabó et Balazs Nagy, Albert Camus prononce l'allocution reproduite ci-dessous qui est publiée dès le 18 mars 1957 dans Franc-Tireur *avant d'être reprise en préface de* Budapest (23 octobre 1956), *ouvrage de l'intellectuel hongrois réfugié à Paris Tibor Méray.*

Le ministre d'État hongrois Marosan[1], dont le nom sonne comme un programme, a déclaré, il y

1. György Marosan (1908-1992) fut une figure importante du Politburo polonais jusqu'en 1962.

a quelques jours, qu'il n'y aurait plus de contre-révolution en Hongrie. Pour une fois, un ministre de Kádár a dit vrai. Comment pourrait-il y avoir une contre-révolution puisqu'elle a déjà pris le pouvoir ? Il ne peut plus y avoir en Hongrie qu'une révolution.

Je ne suis pas de ceux qui souhaitent que le peuple hongrois prenne à nouveau les armes dans une insurrection vouée à l'écrasement, sous les yeux d'une société internationale qui ne lui ménagera ni applaudissements, ni larmes vertueuses, mais qui retournera ensuite à ses pantoufles comme font les sportifs de gradins, le dimanche soir, après un match de coupe. Il y a déjà trop de morts dans le stade et nous ne pouvons être généreux que de notre propre sang. Le sang hongrois s'est révélé trop précieux à l'Europe et à la liberté pour que nous n'en soyons pas avares jusqu'à la moindre goutte.

Mais je ne suis pas de ceux qui pensent qu'il peut y avoir un accommodement, même résigné, même provisoire, avec un régime de terreur qui a autant de droit à s'appeler socialiste que les bourreaux de l'Inquisition en avaient à s'appeler chrétiens. Et, dans ce jour anniversaire de la liberté, je souhaite de toutes mes forces que la résistance muette du peuple hongrois se maintienne, se renforce et, répercutée par toutes les voix que nous pourrons lui donner, obtienne de l'opinion internationale unanime le boycott de ses oppresseurs. Et si cette opinion est trop veule ou égoïste pour rendre justice à un peuple martyr, si nos voix aussi sont trop faibles, je souhaite que la résistance hongroise se maintienne encore jusqu'à ce que l'État contre-révolutionnaire s'écroule partout à l'Est sous le poids de ses mensonges et de ses contradictions.

LES RITES SANGLANTS ET MONOTONES

Car il s'agit bien d'un État contre-révolutionnaire. Comment appeler autrement ce régime qui oblige le père à dénoncer le fils, le fils à réclamer le châtiment suprême pour le père, la femme à témoigner contre le mari, et qui a élevé la délation à la hauteur d'une vertu ? Les tanks étrangers, la police, les filles de vingt ans pendues, les conseils ouvriers décapités et bâillonnés, la potence encore, les écrivains déportés et emprisonnés, la presse du mensonge, les camps, la censure, les juges arrêtés, le criminel qui légifère et la potence encore et toujours, est-ce cela le socialisme, les grandes fêtes de la liberté et de la justice ?

Non, nous avons connu, nous connaissons cela, ce sont les rites sanglants et monotones de la religion totalitaire ! Le socialisme hongrois est aujourd'hui en prison ou en exil. Dans les palais de l'État, armés jusqu'aux dents, errent les tyrans médiocres de l'absolutisme, affolés par le mot même de liberté, déchaînés par celui de vérité ! La preuve en est qu'aujourd'hui, 15 mars, jour de vérité et de liberté invincible pour tous les Hongrois, n'a été pour Kádár qu'un long jour de peur.

Durant de longues années, pourtant, ces tyrans, aidés en Occident par des complices que rien ni personne ne forçait à tant de zèle, ont répandu des torrents de fumée sur leurs vraies actions. Lorsque quelque chose en transparaissait, eux ou leurs interprètes occidentaux nous expliquaient que tout s'arrangerait dans une dizaine de générations, qu'en attendant tout le monde marchait gaiement vers l'avenir, que les peuples déportés avaient eu le tort d'embouteiller un peu la circulation sur la route superbe du progrès, que les exécutés étaient tout à fait d'accord sur leur propre suppression, que les intellectuels se déclaraient ravis de leur joli bâillon parce qu'il était dialectique et que le peuple enfin était enchanté de son propre travail puisque s'il faisait, pour des salaires misérables, des heures supplémentaires, c'était dans le bon sens de l'histoire.

Hélas ! le peuple lui-même a pris la parole. Il s'est mis à parler à Berlin[1], en Tchécoslovaquie[2], à Poznań[3] et pour finir à Budapest. Là, en même temps que lui, les intellectuels ont arraché leur bâillon. Et les deux, d'une seule voix, ont dit qu'on ne marchait pas en avant, mais qu'on reculait, qu'on avait tué pour rien, déporté pour rien, asservi pour rien, et que, désormais, pour être sûr d'avancer sur la bonne route, il fallait donner à tous vérité et liberté.

Ainsi, au premier cri de l'insurrection dans Budapest libre, de savantes et courtes philosophies, des kilomètres de faux raisonnements et de belles doctrines en trompe l'œil ont été dispersés en poussière. Et la vérité, la vérité nue, si longtemps outragée, a éclaté aux yeux du monde.

Des maîtres méprisants, ignorant même qu'ils insultaient alors la classe ouvrière, nous avaient

1. Voir ci-dessus, « Conférence à la Mutualité [Calendrier de la liberté : 17 juin 1953] », p. 209.
2. *Ibid*.
3. Voir ci-dessus, « Poznań », p. 299.

assuré que le peuple se passait aisément de liberté, si seulement on lui donnait du pain. Et le peuple lui-même leur répondait soudain qu'il n'avait même pas de pain, mais qu'à supposer qu'il en eût, il voudrait encore autre chose. Car ce n'est pas un savant professeur mais un forgeron de Budapest qui écrivait ceci : « Je veux qu'on me considère comme un adulte qui veut et sait penser. Je veux pouvoir dire ma pensée sans avoir rien à craindre et je veux qu'on m'écoute aussi. »

Quant aux intellectuels à qui on avait prêché et hurlé qu'il n'y avait pas d'autre vérité que celle qui servait les objectifs de la cause, voici le serment qu'ils prêtaient sur la tombe de leurs camarades assassinés par ladite cause : « Jamais plus, même sous la menace et la torture, ni par un amour mal compris de la cause, autre chose que la vérité ne sortira de nos bouches. » (Tibor Méray sur la tombe de Rajk[1].)

L'ÉCHAFAUD NE SE LIBÉRALISE PAS

Après cela, la cause est entendue. Ce peuple massacré est nôtre. Ce que fut l'Espagne pour nous il y a vingt ans, la Hongrie le sera aujourd'hui. Les nuances subtiles, les artifices de langage et les considérations savantes dont on essaie encore de maquiller la vérité ne nous intéressent pas. La

1. László Rajk (1909-1949), leader communiste hongrois au cours de la Seconde Guerre mondiale. Accusé d'être un espion titiste, il fut condamné à mort lors des procès d'épuration intentés à l'initiative de Mátyás Rákosi. Pendu le 15 octobre 1949, il est réhabilité en 1956.

concurrence dont on nous entretient entre Rákosi[1] et Kádár est sans importance. Les deux sont de la même race. Ils diffèrent seulement par leur tableau de chasse et, si celui de Rákosi est le plus sanglant, ce n'est pas pour longtemps.

Dans tous les cas, que ce soit le tueur chauve ou le persécuté persécuteur qui dirige, la Hongrie ne fait pas de différence quant à la liberté de ce pays. Je regrette à cet égard de devoir encore jouer les Cassandre, et de décevoir les nouveaux espoirs de certains confrères infatigables, mais il n'y a pas d'évolution possible dans une société totalitaire. La terreur n'évolue pas, sinon vers le pire, l'échafaud ne se libéralise pas, la potence n'est pas tolérante. Nulle part au monde on n'a pu voir un parti ou un homme disposant du pouvoir absolu ne pas en user absolument.

Ce qui définit la société totalitaire, de droite ou de gauche, c'est d'abord le parti unique et le parti unique n'a aucune raison de se détruire lui-même. C'est pourquoi la seule société capable d'évolution et de libéralisation, la seule qui doive garder notre sympathie à la fois critique et agissante, est celle où la pluralité des partis est d'institution. Elle seule permet de dénoncer l'injustice et le crime, donc de les corriger. Elle seule aujourd'hui permet de dénoncer la torture, l'ignoble torture, aussi méprisable à Alger qu'à Budapest.

1. Mátyás Rákosi (1892-1971), membre de l'Internationale communiste, passe la Seconde Guerre mondiale en Russie. De retour en Hongrie en 1945, il devient secrétaire général du Parti communiste hongrois, poste qu'il occupera jusqu'en 1956.

L'idée, encore soutenue chez nous, qu'un parti, parce qu'il se dit prolétarien, puisse disposer de privilèges spéciaux au regard de l'histoire est une idée d'intellectuels fatigués de leurs avantages et de leur liberté. L'histoire ne confère pas de privilèges, elle se les laisse prendre.

Et ce n'est pas le métier des intellectuels, ni des travailleurs, d'exalter si peu que ce soit le droit du plus fort et le fait accompli. La vérité est que personne, ni homme ni parti, n'a droit au pouvoir absolu ni à des privilèges définitifs dans une histoire elle-même changeante. Et aucun privilège, aucune raison suprême ne peuvent justifier la torture ou la terreur.

Sur ce point, Budapest encore nous a montré la voie. Cette Hongrie vaincue et enchaînée que nos faux réalistes comparent avec apitoiement à la Pologne, encore sur le point d'équilibre, a plus fait pour la liberté et la justice qu'aucun peuple depuis vingt ans. Mais, pour que cette leçon atteigne et persuade en Occident ceux qui se bouchaient les oreilles et les yeux, il a fallu, et nous ne pourrons nous en consoler, que le peuple hongrois versât à flots un sang qui sèche déjà dans les mémoires.

Du moins, tâcherons-nous d'être fidèles à la Hongrie comme nous l'avons été à l'Espagne. Dans la solitude où se trouve aujourd'hui l'Europe, nous n'avons qu'un moyen de l'être, et qui est de ne jamais trahir, chez nous et ailleurs, ce pour quoi les combattants hongrois sont morts, de ne jamais justifier, chez nous et ailleurs, fût-ce indirectement, ce qui les a tués.

L'exigence inlassable de liberté et de vérité, la

communauté du travailleur et de l'intellectuel (et qu'on continue d'opposer encore stupidement parmi nous, au grand bénéfice de la tyrannie), la démocratie politique enfin, comme condition, non suffisante certes, mais nécessaire et indispensable de la démocratie économique, voilà ce que Budapest défendait. Et, ce faisant, la grande ville insurgée rappelait à l'Europe d'Occident sa vérité et sa grandeur oubliées. Elle faisait justice de cet étrange sentiment d'infériorité qui débilite la plupart de nos intellectuels et que je me refuse pour ma part à éprouver.

RÉPONSE À CHEPILOV[1]

Les tares de l'Occident sont innombrables, ses crimes et ses fautes réels. Mais, finalement, n'oublions pas que nous sommes les seuls à détenir ce pouvoir de perfectionnement et d'émancipation qui réside dans le libre génie. N'oublions pas que, lorsque la société totalitaire, par ses principes mêmes, oblige l'ami à livrer l'ami, la société d'Occident, malgré tous ses égarements, produit toujours cette race d'hommes qui maintiennent l'honneur de vivre, je veux dire la race de ceux qui tendent la main à l'ennemi lui-même pour le sauver du malheur ou de la mort.

Lorsque le ministre Chepilov, revenant de Paris, ose écrire que « l'art occidental est destiné à écarteler l'âme humaine et à former des massacreurs de toute espèce », il est temps de lui répondre que

1. Dimitri Chepilov (1905-1995) est ministre des Affaires étrangères de l'URSS de juin 1956 à février 1957.

nos écrivains et nos artistes, eux du moins, n'ont jamais massacré personne et qu'ils ont cependant assez de générosité pour ne pas accuser la théorie du réalisme socialiste des massacres couverts ou ordonnés par Chepilov et ceux qui lui ressemblent.

La vérité est qu'il y a place pour tout parmi nous, même pour le mal, et même pour les écrivains de Chepilov, mais aussi pour l'honneur, pour la vie libre du désir, pour l'aventure de l'intelligence. Tandis qu'il n'y a place pour rien dans la culture stalinienne, sinon pour les sermons de patronage, la vie grise et le catéchisme de la propagande. À ceux qui pouvaient encore en douter, les écrivains hongrois viennent de le crier, avant de manifester leur choix définitif puisqu'ils préfèrent se taire aujourd'hui plutôt que de mentir sur ordre.

Nous aurons bien du mal à être dignes de tant de sacrifices. Mais nous devons l'essayer, dans une Europe enfin unie, en oubliant nos querelles, en faisant justice de nos propres fautes, en multipliant nos créations et notre solidarité. À ceux enfin qui ont voulu nous abaisser et nous faire croire que l'histoire pouvait justifier la terreur, nous répondrons par notre vraie foi, celle que nous partageons, nous le savons maintenant, avec les écrivains hongrois, polonais et même, oui, avec les écrivains russes, bâillonnés eux aussi.

Notre foi est qu'il y a en marche dans le monde, parallèlement à la force de contrainte et de mort qui obscurcit l'histoire, une force de persuasion et de vie, un immense mouvement d'émancipation qui s'appelle la culture et qui se fait en même temps par la création libre et le travail libre.

Notre tâche quotidienne, notre longue vocation est d'ajouter par nos travaux à cette culture, et non d'y retrancher quoi que ce soit, même provisoirement. Mais notre devoir le plus fier est de défendre personnellement, et jusqu'au bout, contre la force de contrainte et de mort, d'où qu'elle vienne, la liberté de cette culture, c'est-à-dire la liberté du travail et de la création.

Ces ouvriers et ces intellectuels hongrois, auprès desquels nous nous tenons aujourd'hui avec tant de chagrin impuissant, ont compris cela et nous l'ont fait mieux comprendre. C'est pourquoi si leur malheur est le nôtre, leur espoir nous appartient aussi. Malgré leur misère, leur exil, leurs chaînes, ils nous ont laissé un royal héritage que nous avons à mériter : la liberté, qu'ils n'ont pas choisie mais qu'en un seul jour ils nous ont rendue !

UN MESSAGE AUX ÉCRIVAINS HONGROIS EN EXIL

1957

Suite à la sanglante répression de l'insurrection hongroise par les troupes russes au début du mois de novembre 1956, de nombreux intellectuels sont emprisonnés et plus de 200 000 Hongrois sont contraints de quitter leur pays. Albert Camus les soutient par ses prises de position publiques tout en effectuant des démarches auprès du gouvernement hongrois en faveur des intellectuels emprisonnés en Hongrie. Le 4 novembre 1957, soit un an après les violents événements de Budapest, l'Association des écrivains hongrois en exil organise une réunion à Londres. Invité à y participer, Albert Camus ne peut s'y rendre mais charge l'historien François Fejtö, avec lequel il participera en 1958 à l'ouvrage collectif La Vérité sur l'affaire Nagy[1] *(1958), de lire en son nom le message reproduit ci-dessous. Ce texte est publié le 6 novembre 1957 dans* Le Monde.

1. Sur Imre Nagy, voir ci-dessus, « Message à de jeunes Français en faveur de la Hongrie », p. 316.

Je veux seulement exprimer la solidarité qui depuis un an lie au sort de la Hongrie tous les intellectuels libres d'Occident.

Si dure que soit l'idée de la solitude où nous avons laissé mourir les combattants hongrois, et où nous laissons vivre les survivants, le regroupement qui s'est fait en Europe à ce propos donne cependant une sorte de sens à ce combat désespéré.

Les régimes totalitaires n'ont pas de meilleurs alliés que la lassitude et l'oubli. Nos mots d'ordre sont donc évidents : ce sont la mémoire et l'obstination. Cette obstination est seule à pouvoir susciter pour la Hongrie le jour de la réparation.

Les Hongrois n'ont pas besoin que nous pleurions ou nous lamentions. Ils ont seulement besoin que partout leurs cris soient répercutés et que soit connue et respectée leur volonté d'en finir avec le mensonge qui les opprime.

Nous ne serons jamais quittes avec les insurgés d'octobre aussi longtemps que la liberté ne sera pas rendue à la nation et au peuple hongrois.

C'est ce serment de fidélité qui doit nous réunir ce soir.

DISCOURS DE STOCKHOLM

10 DÉCEMBRE 1957

Le 16 octobre 1957, l'Académie suédoise annonce l'attribution du prix Nobel de Littérature à Albert Camus. Malgré la panique et le trouble que cette nouvelle soulève en lui, l'écrivain accepte la distinction et se plie donc à la règle qui veut que le lauréat aille recevoir son prix à Stockholm et prononce un discours à cette occasion. C'est ainsi que le 10 décembre 1957, Albert Camus prend la parole à l'issue de la grande cérémonie d'attribution des prix Nobel à l'Hôtel de Ville de Stockholm. Dans l'édition de son discours, qui paraît dès janvier 1958 aux Éditions Gallimard, Albert Camus dédie son prix à Louis Germain, son instituteur à l'école communale de Belcourt (Alger), auquel il avait écrit dès le 19 novembre 1957 : « Sans vous, sans cette main affectueuse que vous avez tendue au petit enfant pauvre que j'étais, sans votre exemple, rien de tout cela ne serait arrivé. »

En recevant la distinction dont votre libre Académie a bien voulu m'honorer, ma gratitude était d'autant plus profonde que je mesurais à quel point cette récompense dépassait mes mérites personnels. Tout homme et, à plus forte raison, tout artiste, désire être reconnu. Je le désire aussi. Mais il ne m'a pas été possible d'apprendre votre décision sans comparer son retentissement à ce que je suis réellement. Comment un homme presque jeune, riche de ses seuls doutes et d'une œuvre encore en chantier, habitué à vivre dans la solitude du travail ou dans les retraites de l'amitié, n'aurait-il pas appris avec une sorte de panique un arrêt qui le portait d'un coup, seul et réduit à lui-même, au centre d'une lumière crue ? De quel cœur aussi pouvait-il recevoir cet honneur à l'heure où, en Europe, d'autres écrivains, parmi les plus grands, sont réduits au silence, et dans le temps même où sa terre natale connaît un malheur incessant ?

J'ai connu ce désarroi et ce trouble intérieur. Pour retrouver la paix, il m'a fallu, en somme, me mettre en règle avec un sort trop généreux. Et, puisque je ne pouvais m'égaler à lui en m'appuyant sur mes seuls mérites, je n'ai rien trouvé d'autre pour m'aider que ce qui m'a soutenu, dans les circonstances les plus contraires, tout au long de ma vie : l'idée que je me fais de mon art et du rôle de l'écrivain. Permettez seulement que, dans un sentiment de reconnaissance et d'amitié, je vous dise, aussi simplement que je le pourrai, quelle est cette idée.

Je ne puis vivre personnellement sans mon art. Mais je n'ai jamais placé cet art au-dessus de tout. S'il m'est nécessaire au contraire, c'est qu'il ne se sépare de personne et me permet de vivre, tel que je suis, au niveau de tous. L'art n'est pas à mes yeux une réjouissance solitaire. Il est un moyen d'émouvoir le plus grand nombre d'hommes en leur offrant une image privilégiée des souffrances et des joies communes. Il oblige donc l'artiste à ne pas s'isoler ; il le soumet à la vérité la plus humble et la plus universelle. Et celui qui, souvent, a choisi son destin d'artiste parce qu'il se sentait différent, apprend bien vite qu'il ne nourrira son art, et sa différence, qu'en avouant sa ressemblance avec tous. L'artiste se forge dans cet aller-retour perpétuel de lui aux autres, à mi-chemin de la beauté dont il ne peut se passer et de la communauté à laquelle il ne peut s'arracher. C'est pourquoi les vrais artistes ne méprisent rien ; ils s'obligent à comprendre au lieu de juger. Et, s'ils ont un parti à prendre en ce monde, ce ne peut être que celui d'une société où, selon le grand mot de Nietzsche, ne règnera plus le juge, mais le créateur, qu'il soit travailleur ou intellectuel.

Le rôle de l'écrivain, du même coup, ne se sépare pas de devoirs difficiles. Par définition, il ne peut se mettre aujourd'hui au service de ceux qui font l'histoire : il est au service de ceux qui la subissent. Ou, sinon, le voici seul et privé de son art. Toutes les armées de la tyrannie avec leurs millions d'hommes ne l'enlèveront pas à la solitude, même et surtout s'il consent à prendre leur pas. Mais le silence d'un prisonnier inconnu, abandonné aux humiliations à l'autre bout du monde, suffit à retirer l'écrivain de l'exil, chaque fois, du moins, qu'il parvient, au milieu des privilèges de la liberté, à ne pas oublier ce silence et à le faire retentir par les moyens de l'art.

Aucun de nous n'est assez grand pour une pareille vocation. Mais, dans toutes les circonstances de sa vie, obscur ou provisoirement célèbre, jeté dans les fers de la tyrannie ou libre pour un temps de s'exprimer, l'écrivain peut retrouver le sentiment d'une communauté vivante qui le justifiera, à la seule condition qu'il accepte, autant qu'il peut, les deux charges qui font la grandeur de son métier : le service de la vérité et celui de la liberté. Puisque sa vocation est de réunir le plus grand nombre d'hommes possible, elle ne peut s'accommoder du mensonge et de la servitude qui, là où ils règnent, font proliférer les solitudes. Quelles que soient nos infirmités personnelles, la noblesse de notre métier s'enracinera toujours dans deux engagements difficiles à maintenir : le refus de mentir sur ce que l'on sait et la résistance à l'oppression.

Pendant plus de vingt ans d'une histoire démentielle, perdu sans secours, comme tous les hommes de mon âge, dans les convulsions du temps, j'ai été soutenu ainsi par le sentiment obscur qu'écrire était aujourd'hui un honneur, parce que cet acte obligeait, et obligeait à ne pas écrire seulement. Il m'obligeait particulièrement à porter, tel que j'étais et selon mes forces, avec tous ceux qui vivaient la même histoire, le malheur et l'espérance que nous partagions. Ces hommes, nés au début de la Première Guerre mondiale, qui ont eu vingt ans au moment où s'installaient à la fois le pouvoir hitlérien et les premiers procès révolutionnaires, qui ont été confrontés ensuite, pour parfaire leur éducation, à la guerre d'Espagne, à la Deuxième Guerre mondiale, à l'univers concentrationnaire, à l'Europe de la torture et des prisons, doivent aujourd'hui élever leurs fils et leurs œuvres dans un monde menacé de destruction nucléaire. Personne, je suppose, ne peut leur demander d'être optimistes. Et je suis même d'avis que nous devons comprendre, sans cesser de lutter contre eux, l'erreur de ceux qui, par une surenchère de désespoir, ont revendiqué le droit au déshonneur, et se sont rués dans les nihilismes de l'époque. Mais il reste que la plupart d'entre nous, dans mon pays et en Europe, ont refusé ce nihilisme et se sont mis à la recherche d'une légitimité. Il leur a fallu se forger un art de vivre par temps de catastrophe, pour naître une seconde fois, et lutter ensuite, à visage découvert, contre l'instinct de mort à l'œuvre dans notre histoire.

Chaque génération, sans doute, se croit vouée à refaire le monde. La mienne sait pourtant qu'elle ne le refera pas. Mais sa tâche est peut-être plus grande. Elle consiste à empêcher que le monde ne se défasse. Héritière d'une histoire corrompue où se mêlent les révolutions déchues, les techniques devenues folles, les dieux morts et les idéologies exténuées, où de médiocres pouvoirs peuvent aujourd'hui tout détruire mais ne savent plus convaincre, où l'intelligence s'est abaissée jusqu'à se faire la servante de la haine et de l'oppression, cette génération a dû, en elle-même et autour d'elle, restaurer à partir de ses seules négations un peu de ce qui fait la dignité de vivre et de mourir. Devant un monde menacé de désintégration, où nos grands inquisiteurs risquent d'établir pour toujours les royaumes de la mort, elle sait qu'elle devrait, dans une sorte de course folle contre la montre, restaurer entre les nations une paix qui ne soit pas celle de la servitude, réconcilier à nouveau travail et culture, et refaire avec tous les hommes une arche d'alliance. Il n'est pas sûr qu'elle puisse jamais accomplir cette tâche immense, mais il est sûr que, partout dans le monde, elle tient déjà son double pari de vérité et de liberté, et, à l'occasion, sait mourir sans haine pour lui. C'est elle qui mérite d'être saluée et encouragée partout où elle se trouve, et surtout là où elle se sacrifie. C'est sur elle, en tout cas, que, certain de votre accord profond, je voudrais reporter l'honneur que vous venez de me faire.

Du même coup, après avoir dit la noblesse du métier d'écrire, j'aurais remis l'écrivain à sa vraie place, n'ayant d'autres titres que ceux qu'il partage avec ses compagnons de lutte, vulnérable mais entêté, injuste et passionné de justice, construisant son œuvre sans honte ni orgueil à la vue de tous, toujours partagé entre la douleur et la beauté, et voué enfin à tirer de son être double les créations qu'il essaie obstinément d'édifier dans le mouvement destructeur de l'histoire. Qui, après cela, pourrait attendre de lui des solutions toutes faites et de belles morales ? La vérité est mystérieuse, fuyante, toujours à conquérir. La liberté est dangereuse, dure à vivre autant qu'exaltante. Nous devons marcher vers ces deux buts, péniblement, mais résolument, certains d'avance de nos défaillances sur un si long chemin. Quel écrivain dès lors oserait, dans la bonne conscience, se faire prêcheur de vertu ? Quant à moi, il me faut dire une fois de plus que je ne suis rien de tout cela. Je n'ai jamais pu renoncer à la lumière, au bonheur d'être, à la vie libre où j'ai grandi. Mais bien que cette nostalgie explique beaucoup de mes erreurs et de mes fautes, elle m'a aidé sans doute à mieux comprendre mon métier, elle m'aide encore à me tenir, aveuglément, auprès de tous ces hommes silencieux qui ne supportent dans le monde la vie qui leur est faite que par le souvenir ou le retour de brefs et libres bonheurs.

Ramené ainsi à ce que je suis réellement, à mes limites, à mes dettes, comme à ma foi difficile, je me sens plus libre de vous montrer, pour finir, l'étendue et la générosité de la distinction que vous venez de m'accorder, plus libre de vous dire aussi que je voudrais la recevoir comme un hommage rendu à tous ceux qui, partageant le même combat, n'en ont reçu aucun privilège, mais ont connu au contraire malheur et persécution. Il me restera alors à vous en remercier, du fond du cœur, et à vous faire publiquement, en témoignage personnel de gratitude, la même et ancienne promesse de fidélité que chaque artiste vrai, chaque jour, se fait à lui-même, dans le silence.

CONFÉRENCE
À L'UNIVERSITÉ D'UPPSALA
14 DÉCEMBRE 1957

Quatre jours après la cérémonie officielle d'attribution des prix Nobel à Stockholm, Albert Camus donne le 14 décembre 1957 une conférence dans le grand amphithéâtre de la plus vieille université de Suède à Uppsala. Le texte de cette allocution accompagne le discours officiel prononcé par Camus le 10 décembre 1957 à l'Hôtel de Ville de Stockholm dans l'édition des Discours de Suède *qui paraît en janvier 1958 aux Éditions Gallimard.*

Un sage oriental demandait toujours, dans ses prières, que la divinité voulût bien lui épargner de vivre une époque intéressante. Comme nous ne sommes pas sages, la divinité ne nous a pas épargnés et nous vivons une époque intéressante. En tout cas, elle n'admet pas que nous puissions nous désintéresser d'elle. Les écrivains d'aujourd'hui savent cela. S'ils parlent, les voilà critiqués et attaqués. Si, devenus modestes, ils se taisent, on ne leur parlera plus que de leur silence, pour le leur reprocher bruyamment.

Au milieu de ce vacarme, l'écrivain ne peut

plus espérer se tenir à l'écart pour poursuivre les réflexions et les images qui lui sont chères. Jusqu'à présent, et tant bien que mal, l'abstention a toujours été possible dans l'histoire. Celui qui n'approuvait pas, il pouvait souvent se taire, ou parler d'autre chose. Aujourd'hui, tout est changé, le silence même prend un sens redoutable. À partir du moment où l'abstention elle-même est considérée comme un choix, puni ou loué comme tel, l'artiste, qu'il le veuille ou non, est embarqué. Embarqué me paraît ici plus juste qu'engagé. Il ne s'agit pas en effet pour l'artiste d'un engagement volontaire, mais plutôt d'un service militaire obligatoire. Tout artiste aujourd'hui est embarqué dans la galère de son temps. Il doit s'y résigner, même s'il juge que cette galère sent le hareng, que les gardes-chiourme y sont vraiment trop nombreux et que, de surcroît, le cap est mal pris. Nous sommes en pleine mer. L'artiste, comme les autres, doit ramer à son tour, sans mourir, s'il le peut, c'est-à-dire en continuant de vivre et de créer.

À vrai dire, ce n'est pas facile et je comprends que les artistes regrettent leur ancien confort. Le changement est un peu brutal. Certes, il y a toujours eu dans le cirque de l'histoire le martyr et le lion. Le premier se soutenait de consolations éternelles, le second de nourriture historique bien saignante. Mais l'artiste jusqu'ici était sur les gradins. Il chantait pour rien, pour lui-même, ou, dans le meilleur des cas, pour encourager le martyr et distraire un peu le lion de son appétit. Maintenant, au contraire, l'artiste se trouve dans le cirque. Sa voix, forcément, n'est plus la même ; elle est beaucoup moins assurée.

On voit bien tout ce que l'art peut perdre à cette constante obligation. L'aisance d'abord, et cette divine liberté qui respire dans l'œuvre de Mozart. On comprend mieux l'air hagard et buté de nos œuvres d'art, leur front soucieux et leurs débâcles soudaines. On s'explique que nous ayons ainsi plus de journalistes que d'écrivains, plus de boy-scouts de la peinture que de Cézanne et qu'enfin la bibliothèque rose ou le roman noir aient pris la place de *La Guerre et la Paix* ou de *La Chartreuse de Parme*. Bien entendu, on peut toujours opposer à cet état de choses la lamentation humaniste, devenir ce que Stephan Trophimovitch, dans *Les Possédés*[1], veut être à toute force : le reproche incarné. On peut aussi avoir, comme ce personnage, des accès de tristesse civique. Mais cette tristesse ne change rien à la réalité. Il vaut mieux, selon moi, faire sa part à l'époque, puisqu'elle la réclame si fort, et reconnaître tranquillement que le temps des chers maîtres, des artistes à camélias et des génies montés sur fauteuil est terminé. Créer aujourd'hui, c'est créer dangereusement. Toute publication est un acte et cet acte expose aux passions d'un siècle qui ne pardonne rien. La question n'est donc pas de savoir si cela est ou n'est pas dommageable à l'art. La question, pour tous ceux qui ne peuvent vivre sans l'art et ce qu'il signifie, est seulement de savoir comment, parmi les polices de tant d'idéologies (que d'églises, quelle solitude !), l'étrange liberté de la création reste possible.

Il ne suffit pas de dire à cet égard que l'art est

1. Voir ci-dessus, « Pour Dostoïevski », p. 281.

menacé par les puissances d'État. Dans ce cas, en effet, le problème serait simple : l'artiste se bat ou capitule. Le problème est plus complexe, plus mortel aussi, dès l'instant où l'on s'aperçoit que le combat se livre au-dedans de l'artiste lui-même. La haine de l'art dont notre société offre de si beaux exemples n'a tant d'efficacité, aujourd'hui, que parce qu'elle est entretenue par les artistes eux-mêmes. Le doute des artistes qui nous ont précédés touchait à leur propre talent. Celui des artistes d'aujourd'hui touche à la nécessité de leur art, donc à leur existence même. Racine en 1957 s'excuserait d'écrire *Bérénice* au lieu de combattre pour la défense de l'Édit de Nantes.

Cette mise en question de l'art par l'artiste a beaucoup de raisons, dont il ne faut retenir que les plus hautes. Elle s'explique, dans le meilleur des cas, par l'impression que peut avoir l'artiste contemporain de mentir ou de parler pour rien, s'il ne tient compte des misères de l'histoire. Ce qui caractérise notre temps, en effet, c'est l'irruption des masses et de leur condition misérable devant la sensibilité contemporaine. On sait qu'elles existent, alors qu'on avait tendance à l'oublier. Et si on le sait, ce n'est pas que les élites, artistiques ou autres, soient devenues meilleures, non, rassurons-nous, c'est que les masses sont devenues plus fortes et empêchent qu'on les oublie.

Il y a d'autres raisons encore, et quelques-unes moins nobles, à cette démission de l'artiste. Mais quelles que soient ces raisons, elles concourent au même but : décourager la création libre en s'attaquant à son principe essentiel, qui est la foi du créateur en lui-même. « L'obéissance d'un homme à son propre génie, a dit magnifiquement Emerson, c'est la foi par excellence[1]. » Et un autre écrivain américain du XIXe siècle ajoutait : « Tant qu'un homme reste fidèle à lui-même, tout abonde dans son sens, gouvernement, société, le soleil même, la lune et les étoiles[2]. » Ce prodigieux optimisme semble mort aujourd'hui. L'artiste, dans la plupart des cas, a honte de lui-même et de ses privilèges, s'il en a. Il doit répondre avant toute chose à la question qu'il se pose : l'art est-il un luxe mensonger ?

I

La première réponse honnête que l'on puisse faire est celle-ci : il arrive en effet que l'art soit un luxe mensonger. Sur la dunette des galères, on peut, toujours et partout, nous le savons, chanter les constellations pendant que les forçats rament et s'exténuent dans la cale ; on peut toujours enregistrer la conversation mondaine qui se poursuit sur les gradins du cirque pendant que la victime craque sous la dent du lion. Et il est bien difficile d'objecter quelque chose à cet art qui a connu de grandes réussites dans le passé. Sinon ceci que les choses ont un peu changé, et qu'en particulier le nombre des forçats et des martyrs a prodigieusement augmenté sur la surface du globe. Devant tant de misère, cet art, s'il veut continuer d'être un luxe, doit accepter aujourd'hui d'être aussi un mensonge.

1. Ralph Waldo Emerson (1803-1882), *Self-Reliance* (1841).
2. Henry David Thoreau (1817-1862). Cette citation lui est attribuée par Emerson dans ses carnets (*The Heart of Emerson's journals,* Bliss Perry, 1926).

De quoi parlerait-il en effet ? S'il se conforme à ce que demande notre société, dans sa majorité, il sera divertissement sans portée. S'il la refuse aveuglément, si l'artiste décide de s'isoler dans son rêve, il n'exprimera rien d'autre qu'un refus. Nous aurons ainsi une production d'amuseurs ou de grammairiens de la forme, qui, dans les deux cas, aboutit à un art coupé de la réalité vivante. Depuis un siècle environ, nous vivons dans une société qui n'est même pas la société de l'argent (l'argent ou l'or peuvent susciter des passions charnelles), mais celle des symboles abstraits de l'argent. La société des marchands peut se définir comme une société où les choses disparaissent au profit des signes. Quand une classe dirigeante mesure ses fortunes non plus à l'arpent de terre ni au lingot d'or, mais au nombre de chiffres correspondant idéalement à un certain nombre d'opérations d'échange, elle se voue du même coup à mettre une certaine sorte de mystification au centre de son expérience et de son univers. Une société fondée sur des signes est, dans son essence, une société artificielle où la vérité charnelle de l'homme se trouve mystifiée. On ne s'étonnera pas alors que cette société ait choisi, pour en faire sa religion, une morale de principes formels, et qu'elle écrive les mots de liberté et d'égalité aussi bien sur ses prisons que sur ses temples financiers. Cependant, on ne prostitue pas impunément les mots. La valeur la plus calomniée aujourd'hui est certainement la valeur de liberté. De bons esprits (j'ai toujours pensé qu'il y avait deux sortes d'intelligence, l'intelligence intelligente et l'intelligence bête) mettent en doctrine qu'elle n'est rien qu'un obstacle sur le chemin du vrai progrès. Mais des sottises aussi solennelles ont pu être proférées parce que pendant cent ans la société marchande a fait de la liberté un usage exclusif et unilatéral, l'a considérée comme un droit plutôt que comme un devoir et n'a pas craint de placer aussi souvent qu'elle l'a pu une liberté de principe au service d'une oppression de fait. Dès lors, quoi de surprenant si cette société n'a pas demandé à l'art d'être un instrument de libération, mais un exercice sans grande conséquence, et un simple divertissement ? Tout un beau monde où l'on avait surtout des peines d'argent et seulement des ennuis de cœur s'est ainsi satisfait, pendant des dizaines d'années, de ses romanciers mondains et de l'art le plus futile qui soit, celui à propos duquel Oscar Wilde[1], songeant à lui-même avant qu'il ait connu la prison, disait que le vice suprême est d'être superficiel.

Les fabricants d'art (je n'ai pas encore dit les artistes) de l'Europe bourgeoise, avant et après 1900, ont ainsi accepté l'irresponsabilité parce que la responsabilité supposait une rupture épuisante avec leur société (ceux qui ont vraiment rompu s'appelaient Rimbaud, Nietzsche, Strindberg et l'on connaît le prix qu'ils ont payé). C'est de cette époque que date la théorie de l'art pour l'art qui n'est que la revendication de cette irresponsabilité. L'art pour l'art, le divertissement d'un artiste solitaire, est bien justement l'art artificiel d'une société factice et abstraite. Son aboutissement logique, c'est l'art des salons, ou l'art purement formel qui se nourrit de préciosités

1. Albert Camus rédige en 1952 une préface à l'édition française de *La Ballade de la geôle de Reading* d'Oscar Wilde (Éditions Falaize).

et d'abstractions et qui finit par la destruction de toute réalité. Quelques œuvres enchantent ainsi quelques hommes tandis que beaucoup de grossières inventions en corrompent beaucoup d'autres. Finalement, l'art se constitue en dehors de la société et se coupe de ses racines vivantes. Peu à peu, l'artiste, même très fêté, est seul, ou du moins n'est plus connu de sa nation que par l'intermédiaire de la grande presse ou de la radio qui en donneront une idée commode et simplifiée. Plus l'art se spécialise, en effet, et plus nécessaire devient la vulgarisation. Des millions d'hommes auront ainsi le sentiment de connaître tel ou tel grand artiste de notre temps parce qu'ils ont appris par les journaux qu'il élève des canaris ou qu'il ne se marie jamais que pour six mois. La plus grande célébrité, aujourd'hui, consiste à être admiré ou détesté sans avoir été lu. Tout artiste qui se mêle de vouloir être célèbre dans notre société doit savoir que ce n'est pas lui qui le sera, mais quelqu'un d'autre sous son nom, qui finira par lui échapper et, peut-être, un jour, par tuer en lui le véritable artiste.

Comment s'étonner dès lors que presque tout ce qui a été créé de valable dans l'Europe marchande du XIXe et du XXe siècle, en littérature par exemple, se soit édifié contre la société de son temps ! On peut dire que jusqu'aux approches de la Révolution française, la littérature en exercice est, en gros, une littérature de consentement. À partir du moment où la société bourgeoise, issue de la révolution, est stabilisée, se développe au contraire une littérature de révolte. Les valeurs officielles sont alors niées, chez nous par exemple, soit par les porteurs de valeurs révolutionnaires, des romantiques à Rimbaud, soit par les mainteneurs de valeurs aristocratiques, dont Vigny et Balzac sont de bons exemples. Dans les deux cas, peuple et aristocratie, qui sont les deux sources de toute civilisation, s'inscrivent contre la société factice de leur temps.

Mais ce refus, trop longtemps maintenu et raidi, est devenu factice lui aussi et conduit à une autre sorte de stérilité. Le thème du poète maudit né dans une société marchande (Chatterton[1] en est la plus belle illustration) s'est durci dans un préjugé qui finit par vouloir qu'on ne puisse être un grand artiste que contre la société de son temps, quelle qu'elle soit. Légitime à son origine quand il affirmait qu'un artiste véritable ne pouvait composer avec le monde de l'argent, le principe est devenu faux lorsqu'on en a tiré qu'un artiste ne pouvait s'affirmer qu'en étant contre toute chose en général. C'est ainsi que beaucoup de nos artistes aspirent à être maudits, ont mauvaise conscience à ne pas l'être, et souhaitent en même temps l'applaudissement et le sifflet. Naturellement, la société, étant aujourd'hui fatiguée ou indifférente, n'applaudit et ne siffle que par hasard. L'intellectuel de notre temps n'en finit pas alors de se raidir pour se grandir. Mais à force de tout refuser et jusqu'à la tradition de son art, l'artiste contemporain se donne l'illusion de créer sa propre règle et finit par se croire Dieu. Du même coup, il croit pouvoir créer sa réalité lui-même. Il ne créera pourtant, loin de sa société, que des œuvres formelles ou abstraites,

1. Thomas Chatterton (1752-1770), poète anglais. Ne trouvant pas les moyens de vivre de son art, il se suicide à dix-sept ans après avoir lutté plusieurs jours contre la faim. Sa vie inspira à Alfred de Vigny le drame éponyme (1835).

émouvantes en tant qu'expériences, mais privées de la fécondité propre à l'art véritable, dont la vocation est de rassembler. Pour finir, il y aura autant de différence entre les subtilités ou les abstractions contemporaines et l'œuvre d'un Tolstoï ou d'un Molière qu'entre la traite escomptée sur un blé invisible et la terre épaisse du sillon lui-même.

II

L'art peut ainsi être un luxe mensonger. On ne s'étonnera donc pas que des hommes ou des artistes aient voulu faire machine arrière et revenir à la vérité. Dès cet instant, ils ont nié que l'artiste ait droit à la solitude et lui ont offert comme sujet, non pas ses rêves, mais la réalité vécue et soufferte par tous. Certains que l'art pour l'art, par ses sujets comme par son style, échappe à la compréhension des masses, ou bien n'exprime rien de leur vérité, ces hommes ont voulu que l'artiste se proposât au contraire de parler du et pour le plus grand nombre. Qu'il traduise les souffrances et le bonheur de tous dans le langage de tous, et il sera compris universellement. En récompense d'une fidélité absolue à la réalité, il obtiendra la communication totale entre les hommes.

Cet idéal de la communication universelle est en effet celui de tout grand artiste. Contrairement au préjugé courant, si quelqu'un n'a pas droit à la solitude, c'est justement l'artiste. L'art ne peut pas être un monologue. L'artiste solitaire et inconnu lui-même, quand il en appelle à la postérité, ne fait rien d'autre que réaffirmer sa vocation profonde. Jugeant le dialogue impossible avec des contemporains sourds ou distraits, il en appelle à un dialogue plus nombreux, avec les générations.

Mais pour parler de tous et à tous, il faut parler de ce que tous connaissent et de la réalité qui nous est commune. La mer, les pluies, le besoin, le désir, la lutte contre la mort, voilà ce qui nous réunit tous. Nous nous ressemblons dans ce que nous voyons ensemble, dans ce qu'ensemble nous souffrons. Les rêves changent avec les hommes, mais la réalité du monde est notre commune patrie. L'ambition du réalisme est donc légitime, car elle est profondément liée à l'aventure artistique.

Soyons donc réalistes. Ou plutôt essayons de l'être, si seulement il est possible de l'être. Car il n'est pas sûr que le mot ait un sens, il n'est pas sûr que le réalisme, même s'il est souhaitable, soit possible. Demandons-nous d'abord si le réalisme pur est possible en art. À en croire les déclarations des naturalistes du dernier siècle, il est la reproduction exacte de la réalité. Il serait donc à l'art ce que la photographie est à la peinture : la première reproduit quand la deuxième choisit. Mais que reproduit-elle et qu'est-ce que la réalité ? Même la meilleure des photographies, après tout, n'est pas une reproduction assez fidèle, n'est pas encore assez réaliste. Qu'y a-t-il de plus réel, par exemple, dans notre univers, qu'une vie d'homme, et comment espérer la faire mieux revivre que dans un film réaliste ? Mais à quelles conditions un tel film sera-t-il possible ? À des conditions purement imaginaires. Il faudrait en effet supposer une caméra idéale fixée, nuit et jour, sur cet homme et enregistrant sans arrêt ses moindres mouvements. Le résultat serait un film dont la projection elle-même durerait une vie d'homme et qui ne pourrait être vu que par des spectateurs résignés à perdre leur vie pour s'intéresser exclusivement au détail de l'existence d'un autre. Même à ces conditions, ce film inimaginable ne serait pas réaliste. Pour cette raison simple que la réalité d'une vie d'homme ne se trouve pas seulement là où il se tient. Elle se trouve dans d'autres vies qui donnent une forme à la sienne, vies d'êtres aimés, d'abord, qu'il faudrait filmer à leur tour, mais vies aussi d'hommes inconnus, puissants et misérables, concitoyens, policiers, professeurs, compagnons invisibles des mines et des chantiers, diplomates et dictateurs, réformateurs religieux, artistes qui créent des mythes décisifs pour notre conduite, humbles représentants, enfin, du hasard souverain qui règne sur les existences les plus ordonnées. Il n'y a donc qu'un seul film réaliste possible, celui-là même qui sans cesse est projeté devant nous par un appareil invisible sur l'écran du monde. Le seul artiste réaliste serait Dieu, s'il existe. Les autres artistes sont, par force, infidèles au réel.

Dès lors, les artistes qui refusent la société bourgeoise et son art formel, qui veulent parler de la réalité et d'elle seule, se trouvent dans une douloureuse impasse. Ils doivent être réalistes et ne le peuvent pas. Ils veulent soumettre leur art à la réalité et on ne peut décrire la réalité sans y opérer un choix qui la soumet à l'originalité d'un art. La belle et tragique production des premières années de la révolution russe nous montre bien ce tourment. Ce que la Russie nous a donné à ce moment avec Blok[1] et le grand Pasternak[2],

1. Alexandre Blok (1880-1921), poète russe révolutionnaire.
2. Boris Pasternak (1890-1960), poète et romancier russe.

Maïakovski[1] et Essenine[2], Eisenstein[3] et les premiers romanciers du ciment et de l'acier, c'est un splendide laboratoire de formes et de thèmes, une féconde inquiétude, une folie de recherches. Il a fallu conclure cependant et dire comment on pouvait être réaliste alors que le réalisme était impossible. La dictature, ici comme ailleurs, a tranché dans le vif : le réalisme, selon elle, était d'abord nécessaire, et il était ensuite possible, à la condition qu'il se veuille socialiste. Quel est le sens de ce décret ?

En fait, il reconnaît franchement qu'on ne peut reproduire la réalité sans y faire un choix et il refuse la théorie du réalisme telle qu'elle a été formulée au XIXe siècle. Il ne lui reste qu'à trouver un principe de choix autour duquel le monde s'organisera. Et il le trouve, non pas dans la réalité que nous connaissons, mais dans la réalité qui sera, c'est-à-dire l'avenir. Pour bien reproduire ce qui est, il faut peindre aussi ce qui sera. Autrement dit, le véritable objet du réalisme socialiste, c'est justement ce qui n'a pas encore de réalité.

La contradiction est assez superbe. Mais, après

Suite à la parution de son roman *Le Docteur Jivago* en Italie (1957) et au prix Nobel qu'il obtient en 1958, le régime russe lance à son encontre une violente campagne. Albert Camus le soutient publiquement dans un article du 1er novembre 1958 paru dans *Le Figaro littéraire* sous le titre : « Pasternak sera-t-il un paria ? ».

1. Vladimir Maïakovski (1893-1930), poète et dramaturge russe, est l'un des pionniers du mouvement futuriste.

2. Sergueï Essenine (1895-1925), poète russe proche des milieux paysans et partisan de l'aile gauche du parti socialiste-révolutionnaire. Il fut l'époux de la danseuse américaine Isadora Duncan de 1922 à 1924.

3. Sergueï Eisenstein (1898-1948), cinéaste russe, réalisateur notamment du *Cuirassé Potemkine* (1925).

tout, l'expression même de réalisme socialiste était contradictoire. Comment, en effet, un réalisme socialiste est-il possible alors que la réalité n'est pas tout entière socialiste ? Elle n'est socialiste, par exemple, ni dans le passé, ni tout à fait dans le présent. La réponse est simple : on choisira dans la réalité d'aujourd'hui ou d'hier ce qui prépare et sert la cité parfaite de l'avenir. On se vouera donc, d'une part, à nier et à condamner ce qui, dans la réalité, n'est pas socialiste, d'autre part, à exalter ce qui l'est ou le deviendra. Nous obtenons inévitablement l'art de propagande, avec ses bons et ses méchants, une bibliothèque rose, en somme, coupée, autant que l'art formel, de la réalité complexe et vivante. Finalement, cet art sera socialiste dans la mesure exacte où il ne sera pas réaliste.

Cette esthétique qui se voulait réaliste devient alors un nouvel idéalisme, aussi stérile, pour un artiste véritable, que l'idéalisme bourgeois. La réalité n'est placée ostensiblement à un rang souverain que pour être mieux liquidée. L'art se trouve réduit à rien. Il sert et, servant, il est asservi. Seuls, ceux qui se garderont justement de décrire la réalité seront appelés réalistes et loués. Les autres seront censurés aux applaudissements des premiers. La célébrité qui consistait à ne pas ou à être mal lu, en société bourgeoise, consistera à empêcher les autres d'être lus, en société totalitaire. Ici encore, l'art vrai sera défiguré, ou bâillonné, et la communication universelle rendue impossible par ceux-là mêmes qui la voulaient le plus passionnément.

Le plus simple, devant un tel échec, serait de reconnaître que le réalisme dit socialiste a peu de choses à voir avec le grand art et que les révolutionnaires, dans l'intérêt même de la révolution, devraient chercher une autre esthétique. On sait au contraire que ses défenseurs crient qu'il n'y a pas d'art possible en dehors de lui. Ils le crient, en effet. Mais ma conviction profonde est qu'ils ne le croient pas et qu'ils ont décidé, en eux-mêmes, que les valeurs artistiques devaient être soumises aux valeurs de l'action révolutionnaire. Si cela était dit clairement, la discussion serait plus facile. On peut respecter ce grand renoncement chez des hommes qui souffrent trop du contraste entre le malheur de tous et les privilèges attachés parfois à un destin d'artiste, qui refusent l'insupportable distance où se séparent ceux que la misère bâillonne et ceux dont la vocation est au contraire de s'exprimer toujours. On pourrait alors comprendre ces hommes, tenter de dialoguer avec eux, essayer par exemple de leur dire que la suppression de la liberté créatrice n'est peut-être pas le bon chemin pour triompher de la servitude et qu'en attendant de parler pour tous, il est stupide de s'enlever le pouvoir de parler pour quelques-uns au moins. Oui, le réalisme socialiste devrait avouer sa parenté, et qu'il est le frère jumeau du réalisme politique. Il sacrifie l'art pour une fin étrangère à l'art mais qui, dans l'échelle des valeurs, peut lui paraître supérieure. En somme, il supprime l'art provisoirement pour édifier d'abord la justice. Quand la justice sera, dans un avenir encore imprécisé, l'art ressuscitera. On applique ainsi dans les choses de l'art cette règle d'or de l'intelligence contemporaine qui veut qu'on ne fasse pas d'omelette sans casser des œufs. Mais cet écrasant bon sens ne doit pas nous abuser. Il ne suffit pas de casser des milliers d'œufs pour faire une bonne omelette et ce n'est pas, il me semble, à la quantité de coquilles brisées qu'on estime la qualité du cuisinier. Les cuisiniers artistiques de notre temps doivent craindre au contraire de renverser plus de corbeilles d'œufs qu'ils ne l'auraient voulu et que, dès lors, l'omelette de la civilisation ne prenne plus jamais, que l'art enfin ne ressuscite pas. La barbarie n'est jamais provisoire. On ne lui fait pas sa part et il est normal que de l'art elle s'étende aux mœurs. On voit alors naître, du malheur et du sang des hommes, les littératures insignifiantes, les bonnes presses, les portraits photographiés et les pièces de patronage où la haine remplace la religion. L'art culmine ici dans un optimisme de commande, le pire des luxes justement, et le plus dérisoire des mensonges.

Comment s'en étonner ? La peine des hommes est un sujet si grand qu'il semble que personne ne saurait y toucher à moins d'être comme Keats[1], si sensible, dit-on, qu'il aurait pu toucher de ses mains la douleur elle-même. On le voit bien lorsqu'une littérature dirigée se mêle d'apporter à cette peine des consolations officielles. Le mensonge de l'art pour l'art faisait mine d'ignorer le mal et en prenait ainsi la responsabilité. Mais le mensonge réaliste, s'il prend sur lui avec courage de reconnaître le malheur présent des hommes, le trahit aussi gravement, en l'utilisant pour exalter un bonheur à venir, dont personne ne sait rien et qui autorise donc toutes les mystifications.

Les deux esthétiques qui se sont longtemps affrontées, celle qui recommande un refus total

1. John Keats (1875-1921), poète romantique anglais.

de l'actualité et celle qui prétend tout rejeter de ce qui n'est pas l'actualité, finissent pourtant par se rejoindre, loin de la réalité, dans un même mensonge et dans la suppression de l'art. L'académisme de droite ignore une misère que l'académisme de gauche utilise. Mais, dans les deux cas, la misère est renforcée en même temps que l'art est nié.

III

Faut-il conclure que ce mensonge est l'essence même de l'art ? Je dirai au contraire que les attitudes dont j'ai parlé jusqu'ici ne sont des mensonges que dans la mesure où elles n'ont pas grand-chose à voir avec l'art. Qu'est-ce donc que l'art ? Rien de simple, cela est sûr. Et il est encore plus difficile de l'apprendre au milieu des cris de tant de gens acharnés à tout simplifier. On veut, d'une part, que le génie soit splendide et solitaire ; on le somme, d'autre part, de ressembler à tous. Hélas ! la réalité est plus complexe. Et Balzac l'a fait sentir en une phrase : « Le génie ressemble à tout le monde et nul ne lui ressemble. » Ainsi de l'art, qui n'est rien sans la réalité, et sans qui la réalité est peu de chose. Comment l'art se passerait-il en effet du réel et comment s'y soumettrait-il ? L'artiste choisit son objet autant qu'il est choisi par lui. L'art, dans un certain sens, est une révolte contre le monde dans ce qu'il a de fuyant et d'inachevé : il ne se propose donc rien d'autre que de donner une autre forme à une réalité qu'il est contraint pourtant de conserver parce qu'elle est la source de son émotion. À cet égard, nous sommes tous réalistes et personne ne l'est. L'art n'est ni le refus total, ni le consentement total à ce qui est. Il est en même temps refus et consentement, et c'est pourquoi il ne peut être qu'un déchirement perpétuellement renouvelé. L'artiste se trouve toujours dans cette ambiguïté, incapable de nier le réel et cependant éternellement voué à le contester dans ce qu'il a d'éternellement inachevé. Pour faire une nature morte, il faut que s'affrontent et se corrigent réciproquement un peintre et une pomme. Et si les formes ne sont rien sans la lumière du monde, elles ajoutent à leur tour à cette lumière. L'univers réel qui, par sa splendeur, suscite les corps et les statues, reçoit d'eux en même temps une seconde lumière qui fixe celle du ciel. Le grand style se trouve ainsi à mi-chemin de l'artiste et de son objet.

Il ne s'agit donc pas de savoir si l'art doit fuir le réel ou s'y soumettre, mais seulement de quelle dose exacte de réel l'œuvre doit se lester pour ne pas disparaître dans les nuées, ou se traîner, au contraire, avec des semelles de plomb. Ce problème, chaque artiste le résout comme il le sent et le peut. Plus forte est la révolte d'un artiste contre la réalité du monde, plus grand peut être le poids du réel qui l'équilibrera. Mais ce poids ne peut jamais étouffer l'exigence solitaire de l'artiste. L'œuvre la plus haute sera toujours, comme dans les tragiques grecs, dans Melville, Tolstoï ou Molière, celle qui équilibrera le réel et le refus que l'homme oppose à ce réel, chacun faisant rebondir l'autre dans un incessant jaillissement qui est celui-là même de la vie joyeuse et déchirée. Alors surgit, de loin en loin, un monde neuf, différent de celui de tous les jours et pourtant le même, particulier mais universel, plein d'insécurité innocente, suscité pour quelques heures par la force et l'insatisfaction du génie. C'est cela et pourtant ce n'est pas cela, le monde n'est rien et le monde est tout, voilà le double et inlassable cri de chaque artiste vrai, le cri qui le tient debout, les yeux toujours ouverts, et qui, de loin en loin, réveille pour tous au sein du monde endormi l'image fugitive et insistante d'une réalité que nous reconnaissons sans l'avoir jamais rencontrée.

De même, devant son siècle, l'artiste ne peut ni s'en détourner, ni s'y perdre. S'il s'en détourne, il parle dans le vide. Mais, inversement, dans la mesure où il le prend comme objet, il affirme sa propre existence en tant que sujet et ne peut s'y soumettre tout entier. Autrement dit, c'est au moment même où l'artiste choisit de partager le sort de tous qu'il affirme l'individu qu'il est. Et il ne pourra sortir de cette ambiguïté. L'artiste prend de l'histoire ce qu'il peut en voir lui-même ou y souffrir lui-même, directement ou indirectement, c'est-à-dire l'actualité au sens strict du mot, et les hommes qui vivent aujourd'hui, non le rapport de cette actualité à un avenir imprévisible pour l'artiste vivant. Juger l'homme contemporain au nom d'un homme qui n'existe pas encore, c'est le rôle de la prophétie. L'artiste, lui, ne peut qu'apprécier les mythes qu'on lui propose en fonction de leur répercussion sur l'homme vivant. Le prophète, religieux ou politique, peut juger absolument et d'ailleurs, on le sait, ne s'en prive pas. Mais l'artiste ne le peut pas. S'il jugeait absolument, il partagerait sans nuances la réalité entre le bien et le mal, il ferait du mélodrame. Le but de l'art, au contraire, n'est pas de légiférer ou de régner, il est d'abord de comprendre. Il règne parfois, à force de comprendre. Mais aucune œuvre de génie n'a jamais été fondée sur la haine et le mépris. C'est pourquoi l'artiste, au terme de son cheminement, absout au lieu de condamner. Il n'est pas juge, mais justificateur. Il est l'avocat perpétuel de la créature vivante, parce qu'elle est vivante. Il plaide vraiment pour l'amour du prochain, non pour cet amour du lointain qui dégrade l'humanisme contemporain en catéchisme de tribunal. Au contraire, la grande œuvre finit par confondre tous les juges. Par elle, l'artiste, en même temps, rend hommage à la plus haute figure de l'homme et s'incline devant le dernier des criminels. « Il n'y a pas, écrit Wilde en prison, un seul des malheureux enfermés avec moi dans ce misérable endroit qui ne se trouve en rapport symbolique avec le secret de la vie. » Oui, et ce secret de la vie coïncide avec celui de l'art.

Pendant cent cinquante ans, les écrivains de la société marchande, à de rares exceptions près, ont cru pouvoir vivre dans une heureuse irresponsabilité. Ils ont vécu, en effet, et puis sont morts seuls, comme ils avaient vécu. Nous autres, écrivains du XXe siècle, ne serons plus jamais seuls. Nous devons savoir au contraire que nous ne pouvons nous évader de la misère commune, et que notre seule justification, s'il en est une, est de parler, dans la mesure de nos moyens, pour ceux qui ne peuvent le faire. Mais nous devons le faire pour tous ceux, en effet, qui souffrent en ce moment, quelles que soient les grandeurs, passées ou futures, des États et des partis qui les oppriment : il n'y a pas pour l'artiste de bourreaux privilégiés.

C'est pourquoi la beauté, même aujourd'hui, surtout aujourd'hui, ne peut servir aucun parti ; elle ne sert, à longue ou brève échéance, que la douleur ou la liberté des hommes. Le seul artiste engagé est celui qui, sans rien refuser du combat, refuse du moins de rejoindre les armées régulières, je veux dire le franc-tireur. La leçon qu'il trouve alors dans la beauté, si elle est honnêtement tirée, n'est pas une leçon d'égoïsme, mais de dure fraternité. Ainsi conçue, la beauté n'a jamais asservi aucun homme. Et depuis des millénaires, tous les jours, à toutes les secondes, elle a soulagé au contraire la servitude de millions d'hommes et, parfois, libéré pour toujours quelques-uns. Pour finir, peut-être touchons-nous ici la grandeur de l'art, dans cette perpétuelle tension entre la beauté et la douleur, l'amour des hommes et la folie de la création, la solitude insupportable et la foule harassante, le refus et le consentement. Il chemine entre deux abîmes, qui sont la frivolité et la propagande. Sur cette ligne de crête où avance le grand artiste, chaque pas est une aventure, un risque extrême. Dans ce risque pourtant, et dans lui seul, se trouve la liberté de l'art. Liberté difficile et qui ressemble plutôt à une discipline ascétique ? Quel artiste le nierait ? Quel artiste oserait se dire à la hauteur de cette tâche incessante ? Cette liberté suppose une santé du cœur et du corps, un style qui soit comme la force de l'âme et un affrontement patient. Elle est, comme toute liberté, un risque perpétuel, une aventure exténuante et voilà pourquoi on fuit aujourd'hui ce risque comme on fuit l'exigeante liberté pour se ruer à toutes sortes de servitudes, et obtenir au moins le confort de l'âme. Mais si l'art n'est pas une aventure qu'est-il donc et où est sa justification ? Non, l'artiste libre, pas plus que l'homme libre, n'est l'homme du confort. L'artiste libre est celui qui, à grand-peine, crée son ordre lui-même. Plus est déchaîné ce qu'il doit ordonner, plus sa règle sera stricte et plus il aura affirmé sa liberté. Il y a un mot de Gide que j'ai toujours approuvé bien qu'il puisse prêter à malentendu. « L'art vit de contrainte et meurt de liberté[1]. » Cela est vrai. Mais il ne faut pas en tirer que l'art puisse être dirigé. L'art ne vit que des contraintes qu'il s'impose à lui-même : il meurt des autres. En revanche, s'il ne se contraint pas lui-même, le voilà qui délire et s'asservit à des ombres. L'art le plus libre, et le plus révolté, sera ainsi le plus classique ; il couronnera le plus grand effort. Tant qu'une société et ses artistes ne consentent pas à ce long et libre effort, tant qu'ils se laissent aller au confort des divertissements ou à celui du conformisme, aux jeux de l'art pour l'art ou aux prêches de l'art réaliste, ses artistes restent dans le nihilisme et la stérilité. Dire cela, c'est dire que la renaissance aujourd'hui dépend de notre courage et de notre volonté de clairvoyance.

Oui, cette renaissance est entre nos mains à tous. Il dépend de nous que l'Occident suscite ces Contre-Alexandre qui devaient renouer le nœud gordien de la civilisation, tranché par la force de l'épée. Pour cela, il nous faut prendre tous les risques et les travaux de la liberté. Il ne s'agit pas de savoir si, poursuivant la justice, nous arriverons à préserver la liberté. Il s'agit de savoir que, sans la liberté, nous ne réaliserons rien et que nous

1. André Gide, « L'évolution du théâtre », *Nouveaux Prétextes* (1911).

perdrons, à la fois, la justice future et la beauté ancienne. La liberté seule retire les hommes de l'isolement, la servitude, elle, ne plane que sur une foule de solitudes. Et l'art, en raison de cette libre essence que j'ai essayé de définir, réunit, là où la tyrannie sépare. Quoi d'étonnant dès lors à ce qu'il soit l'ennemi désigné par toutes les oppressions ? Quoi d'étonnant à ce que les artistes et les intellectuels aient été les premières victimes des tyrannies modernes, qu'elles soient de droite ou de gauche ? Les tyrans savent qu'il y a dans l'œuvre d'art une force d'émancipation qui n'est mystérieuse que pour ceux qui n'en ont pas le culte. Chaque grande œuvre rend plus admirable et plus riche la face humaine, voilà tout son secret. Et ce n'est pas assez de milliers de camps et de barreaux de cellule pour obscurcir ce bouleversant témoignage de dignité. C'est pourquoi il n'est pas vrai que l'on puisse, même provisoirement, suspendre la culture pour en préparer une nouvelle. On ne suspend pas l'incessant témoignage de l'homme sur sa misère et sa grandeur, on ne suspend pas une respiration. Il n'y a pas de culture sans héritage et nous ne pouvons ni ne devons rien refuser du nôtre, celui de l'Occident. Quelles que soient les œuvres de l'avenir, elles seront toutes chargées du même secret, fait de courage et de liberté, nourri par l'audace de milliers d'artistes de tous les siècles et de toutes les nations. Oui, quand la tyrannie moderne nous montre que, même cantonné dans son métier, l'artiste est l'ennemi public, elle a raison. Mais elle rend ainsi hommage, à travers lui, à une figure de l'homme que rien jusqu'ici n'a pu écraser.

Ma conclusion sera simple. Elle consistera à dire, au milieu même du bruit et de la fureur de notre histoire : « Réjouissons-nous. » Réjouissons-nous, en effet, d'avoir vu mourir une Europe menteuse et confortable et de nous trouver confrontés à de cruelles vérités. Réjouissons-nous en tant qu'hommes puisqu'une longue mystification s'est écroulée et que nous voyons clair dans ce qui nous menace. Et réjouissons-nous en tant qu'artistes, arrachés au sommeil et à la surdité, maintenus de force devant la misère, les prisons, le sang. Si, devant ce spectacle, nous savons garder la mémoire des jours et des visages, si, inversement, devant la beauté du monde, nous savons ne pas oublier les humiliés, alors l'art occidental peu à peu retrouvera sa force et sa royauté. Certes, il est, dans l'histoire, peu d'exemples d'artistes confrontés avec de si durs problèmes. Mais, justement, lorsque les mots et les phrases, même les plus simples, se paient en poids de liberté et de sang, l'artiste apprend à les manier avec mesure. Le danger rend classique et toute grandeur, pour finir, a sa racine dans le risque.

Le temps des artistes irresponsables est passé. Nous le regretterons pour nos petits bonheurs. Mais nous saurons reconnaître que cette épreuve sert en même temps nos chances d'authenticité, et nous accepterons le défi. La liberté de l'art ne vaut pas cher quand elle n'a d'autre sens que d'assurer le confort de l'artiste. Pour qu'une valeur, ou une vertu, prenne racine dans une société, il convient de ne pas mentir à son propos, c'est-à-dire de payer pour elle, chaque fois qu'on le peut. Si la liberté est devenue dangereuse, alors elle est en passe de ne plus être prostituée. Et je ne puis approuver, par exemple, ceux qui se plaignent aujourd'hui du déclin de la sagesse. Apparemment, ils ont raison. Mais, en vérité, la sagesse n'a jamais autant décliné qu'au temps où elle était le plaisir sans risques de quelques humanistes de bibliothèque. Aujourd'hui, où elle est affrontée enfin à de réels dangers, il y a des chances au contraire pour qu'elle puisse à nouveau se tenir debout, à nouveau être respectée.

On dit que Nietzsche après la rupture avec Lou Salomé, entré dans une solitude définitive, écrasé et exalté en même temps par la perspective de cette œuvre immense qu'il devait mener sans aucun secours, se promenait la nuit, sur les montagnes qui dominent le golfe de Gênes, et y allumait de grands incendies de feuilles et de branches qu'il regardait se consumer. J'ai souvent rêvé de ces feux et il m'est arrivé de placer en pensée devant eux, pour les mettre à l'épreuve, certains hommes et certaines œuvres. Eh bien, notre époque est un de ces feux dont la brûlure insoutenable réduira sans doute beaucoup d'œuvres en cendres ! Mais pour celles qui resteront, leur métal sera intact et nous pourrons à leur propos nous livrer sans retenue à cette joie suprême de l'intelligence dont le nom est « admiration ».

On peut souhaiter sans doute, et je le souhaite aussi, une flamme plus douce, un répit, la halte propice à la rêverie. Mais peut-être n'y a-t-il pas d'autre paix pour l'artiste que celle qui se trouve au plus brûlant du combat. « Tout mur est une porte », a dit justement Emerson. Ne cherchons pas la porte, et l'issue, ailleurs que dans le mur contre lequel nous vivons. Cherchons au contraire le répit où il se trouve, je veux dire au milieu même de la bataille. Car selon moi, et c'est ici que je terminerai, il s'y trouve. Les grandes idées, on l'a dit, viennent dans le monde sur des pattes de colombe. Peut-être alors, si nous prêtions l'oreille, entendrions-nous, au milieu du vacarme des empires et des nations, comme un faible bruit d'ailes, le doux remue-ménage de la vie et de l'espoir. Les uns diront que cet espoir est porté par un peuple, d'autres par un homme. Je crois qu'il est au contraire suscité, ranimé, entretenu, par des millions de solitaires dont les actions et les œuvres, chaque jour, nient les frontières et les plus grossières apparences de l'histoire, pour faire resplendir fugitivement la vérité toujours menacée que chacun, sur ses souffrances et sur ses joies, élève pour tous.

CE QUE JE DOIS À L'ESPAGNE

1958

Le 22 janvier 1958, le Cercle des amitiés méditerranéennes organise une soirée en l'honneur d'Albert Camus et du prix Nobel de littérature qui lui a été remis un mois plus tôt à Stockholm. Parmi les orateurs qui précèdent Camus à la tribune se trouvent notamment le ministre israélien du Commerce et de l'Industrie Peretz Bernstein, l'ancien président de la Colombie et ancien directeur du quotidien colombien El Tiempo *Eduardo Santos ou encore le vice-président du Conseil d'État René Cassin. Dernier à s'exprimer, Albert Camus prononce l'allocution reproduite ci-dessous qui est publiée au mois de mars suivant dans le numéro 85 de la revue* Preuves.

Les dernières fois où je me suis trouvé parmi vous, sur l'invitation des « Amitiés méditerranéennes » et des organisations espagnoles, je me sentais nettement plus à l'aise. Il s'agissait de rendre hommage à des hommes que nous aimions et que nous respections tous, et j'étais chargé de leur dire une partie de notre sentiment commun.

J'ai pu parler alors avec chaleur, selon mon cœur, et sans l'embarras que j'éprouve ce soir.

À vrai dire, c'est un peu le même embarras que j'éprouve depuis le mois d'octobre[1]. Je n'ai en effet jamais recherché les honneurs, non par vertu d'ailleurs mais à cause de mes défauts. Sur ce point, mon indifférence touche à la conviction. Il m'est arrivé ainsi de refuser souvent, et parfois peut-être de refuser trop si j'en juge par les réactions que m'ont amenées ces refus. Et cependant, certains honneurs sont venus me chercher, que la décence m'obligeait à accepter en silence et aussi simplement que je le pouvais. Je ne m'y suis pourtant jamais senti à l'aise. Je sais pourquoi, en vérité, mais mes raisons sont sans intérêt, à vous dire, pour ce soir. Et je voulais seulement d'abord vous exprimer et vous faire sentir cet embarras, d'abord pour me faire pardonner mes réticences occasionnelles et d'autre part pour excuser d'avance la maladresse que j'aurai certainement ce soir à vous remercier.

Bien que j'aie décidé de faire maintenant une retraite, j'ai tenu en tout cas à accepter votre invitation. Vous savez pourquoi. D'abord parce qu'il y a parmi vous des hommes de mon sang à qui je n'ai jamais rien pu refuser, ensuite parce que je savais de quel cœur ces hommes m'accueilleraient, et enfin parce que ces hommes, et c'est ce que je voulais vous dire ce soir, sont ceux qui m'ont soutenu dans les moments découragés d'un métier souvent difficile.

1. Albert Camus fait référence au prix Nobel de littérature qui lui a été décerné le 16 octobre 1957. Voir ci-dessus, « Discours de Stockholm » du 10 décembre 1957, p. 333.

Oui, ce métier est difficile. Je voudrais vous en parler librement, et ce me sera facile. À l'étape où je suis de mon expérience, je n'ai rien à épargner, ni parti, ni église, ni aucun des conformismes dont notre société meurt, rien que la vérité, dans la mesure où je la connais. J'ai lu ces temps-ci que j'étais un solitaire. Peut-être, mais en même temps que des millions d'hommes qui sont mes frères et dont j'ai pris le pas. J'essaie en tout cas, solitaire ou non, de faire mon métier et si je le trouve parfois dur, c'est qu'il s'exerce principalement dans l'assez affreuse société intellectuelle où nous vivons, où l'on se fait un point d'honneur de la déloyauté, où le réflexe a remplacé la réflexion, où l'on pense à coups de slogans, comme le chien de Pavlov salivait à coups de cloche, et où la méchanceté essaie trop souvent de se faire passer pour l'intelligence.

Si l'écrivain tient à lire et à écouter ce qui se dit, il ne sait plus alors à quel saint se vouer. Une certaine droite lui reprochera de signer trop de manifestes, la gauche (la nouvelle du moins, et moi je suis de l'ancienne) de n'en pas signer assez. La droite lui reproche d'être un humanitaire fumeux, la gauche lui reproche d'être un aristocrate. La droite l'accuse d'écrire trop mal et la gauche lui reproche d'écrire trop bien. Restez un artiste ou ayez honte de l'être, parlez ou taisez-vous, et, de toute manière, vous serez condamné. Que faire d'autre alors, sinon se fier à son étoile et continuer avec entêtement la marche aveugle, hésitante, qui est celle de tout artiste, et qui le justifie quand même à la seule condition qu'il se fasse une idée juste à la fois de la grandeur de son métier et de son infirmité personnelle.

Cela revient souvent à mécontenter tout le monde. Pourtant, bien que je sente cruellement la déchéance de cette société, je ne m'en sépare pas et je me comprends aussi dans l'accusation. Mais, du moins, je refuse d'ajouter à ses faiblesses. Je ne suis pas de ces chrétiens qui courent mettre le feu à l'église pour la seule satisfaction d'avoir fait ce beau travail avant les matérialistes. Je ne suis pas de ces amants de la liberté qui veulent la parer de chaînes redoublées, ni de ces serviteurs de la justice qui pensent qu'on ne la sert bien qu'en vouant plusieurs générations à l'injustice. Je vis comme je peux, dans un pays malheureux, riche de son peuple et de sa jeunesse, provisoirement pauvre dans ses élites, lancé à la recherche d'un ordre et d'une renaissance à laquelle je crois. Mais si je vis dans ce pays et dans cette société, si je crois à la fois inévitable et juste de souffrir du mal commun, ce n'est pas que je n'imagine pas une autre vie, ce n'est pas que je me suffise de ce fantôme de liberté qui survit parmi nous, entouré de maîtres de servitude. Sans liberté vraie et sans un certain honneur, je ne puis vivre. Et l'ayant reconnu une fois, ayant jugé que ces biens sont au-dessus de tout, il m'a semblé qu'ils devaient être assurés à tous et qu'en attendant que leur règne arrive, il fallait lutter sans trêve pour témoigner en leur faveur, dans la mesure de nos forces.

Voilà l'idée que je me fais de mon métier. Je ne sais pas si j'ai donné trop ou pas assez de signatures, si je suis prince ou balayeur. Mais je sais que j'ai essayé de respecter mon métier, à défaut de pouvoir m'estimer moi-même naïvement. Je sais aussi que j'ai essayé particulièrement de respecter les mots que j'écrivais, puisque, à travers eux, je voulais respecter ceux qui pouvaient les lire et que je ne voulais pas tromper. Il a fallu le faire dans des luttes parfois épuisantes et dont, pour parler franchement, je porte encore les traces en moi. Ces luttes sont inévitables ; je les ai acceptées et je les accepterai. Mais je sais qu'elles risquent aussi de me dessécher, de me faire connaître des amertumes pour lesquelles je ne suis pas fait. Elles risquent, en un mot, de me rendre avare et de m'ôter cette grande force de joie et de vie sans laquelle un artiste n'est rien.

Si j'ai échappé finalement à ce danger, et c'est là que je voulais en venir, c'est à certains d'entre vous que je le dois même s'ils l'ignorent. Partant, je leur dois presque tout. Ces hommes sont de tous les partis et de toutes les patries. Ce sont mes amis de France, qui savent que je ne puis pas parler d'eux publiquement. Ce sont mes amis d'Israël, de l'exemplaire Israël qu'on veut détruire sous l'alibi commode de l'anticolonialisme, mais dont nous défendrons le droit de vivre, nous qui avons été témoins du massacre de ces millions de Juifs et qui trouvons juste et bon que leurs fils créent la patrie que nous n'avons pas su leur donner. Ce sont aussi mes amis d'Amérique du Sud, et particulièrement de la Colombie libre, enfin libre grâce à des hommes dont l'action inlassable a porté ses fruits[1].

Mais vous me permettrez de symboliser tous ces

1. Le 10 mai 1957, le dictateur colombien Gustavo Rojas Pinilla quitte le pouvoir au profit d'un gouvernement militaire de transition. En 1958, le pays renoue avec la démocratie suite à un accord sur le mode de gouvernance conclu entre le parti conservateur et le parti libéral. Voir ci-dessus, « Hommage à un journaliste exilé », p. 270.

amis, ce soir, dans l'Espagne de l'exil. Amis espagnols, nous sommes en effet du même sang et j'ai envers votre patrie, sa littérature et son peuple, sa tradition, une dette qui ne s'éteindra pas. Mais j'ai envers vous une autre dette que vous ne connaissez pas et ne pouvez pas connaître. Dans la vie d'un écrivain de combat, il faut des sources chaleureuses pour venir combattre l'assombrissement et le dessèchement qu'on trouve dans la lutte. Vous avez été, vous êtes une de ces sources et j'ai toujours trouvé sur mon chemin votre amitié active et généreuse. L'Espagne de l'exil m'a souvent montré de la gratitude mais cette gratitude est disproportionnée. Les exilés espagnols se sont battus pendant des années et puis ils ont accepté fièrement la douleur interminable de l'exil. Moi, j'ai seulement écrit qu'ils avaient raison. Et pour cela seulement, j'ai reçu depuis des années, et ce soir encore dans les regards que je rencontre, la fidèle, la loyale amitié espagnole, qui m'a aidé à vivre. Cette amitié-là, bien qu'elle soit en partie imméritée, est la fierté de ma vie. Elle est, à vrai dire, la seule récompense que je puisse désirer. Et je voudrais vous remercier, vous et beaucoup d'autres en même temps, d'avoir si longtemps nourri en moi une faim que les hommes n'avouent pas facilement et que je n'ai pas besoin de nommer ce soir.

Je veux seulement vous dire à tous que j'essaierai de ne pas démériter de cette amitié. Je ne vous quitte pas, je vous reste fidèle. Le surcroît d'influence qui vient d'être attachée à mon nom, par l'académie libre d'un pays libre, il me sera plus facile de l'accepter, sachant que je peux le mettre à votre service. Je n'ai pas l'habitude, vous le savez, d'annoncer les victoires prochaines et les jours de fête. Vous et moi savons que nos luttes sont interminables. Mais elles sont la trame même de notre vie, elles sont notre vie elle-même et l'essentiel est que nous les vivions ensemble, loyalement, chaleureusement, du même cœur que je me sens aujourd'hui, en vous remerciant une dernière fois, et en vous disant la gratitude de votre fidèle ami !

CONFÉRENCE À L'ALGÉRIENNE

1958

Créée en 1951 par le colonel Pierre Furnari, l'association L'Algérienne se donnait pour ambition de réunir régulièrement les Algériens vivant à Paris, sans distinction d'origine ou de confession, le plus souvent autour de débats ou de dîners en présence d'une personnalité politique ou littéraire. Alors qu'il ne s'était plus exprimé publiquement sur l'Algérie depuis l'échec de son « Appel pour une trêve civile[1] *», Albert Camus accepte l'invitation du colonel Furnari et prononce le 13 novembre 1958 l'allocution reproduite ci-dessous lors d'un dîner organisé en son honneur. Aucune trace manuscrite de cette intervention n'ayant été retrouvée dans les archives de l'auteur, il est probable qu'Albert Camus ait improvisé ce discours. Le premier paragraphe et le style informel du texte confortent cette hypothèse.*

1. Voir ci-dessus, « Appel pour une trêve civile en Algérie », p. 285.

Mesdames et Messieurs,

Je m'excuse de n'avoir rien préparé, de me livrer à un exercice d'improvisation pour lequel je ne suis pas sûr d'être fait. On m'avait invité à boire un verre en compagnie de quelques Algériens et naturellement je suis un peu surpris d'en trouver autant, quoique tout de même je sois content de voir que les Algériens aient colonisé Paris à leur tour.

Je suis aussi un peu empêtré dans ma réponse par l'excès des éloges que le colonel Furnari a bien voulu prononcer en ma faveur et je voudrais dire simplement, puisque nous sommes entre Algériens, que le fait d'être algérien est la raison de ma présence ici et que, personnellement, au long d'une vie où en somme les chances ont été plus grandes que les malchances, je veux dire la mienne, l'une des chances principales, l'une de celles que j'ai considérée comme la principale, est justement le fait d'être né en Algérie. J'ai eu l'occasion de dire que je n'avais rien écrit qui, de près ou de loin, ne se rattache à cette terre[1]. En l'occurrence, je n'ai exprimé qu'une chose que je sens profondément et depuis longtemps.

Je dois à l'Algérie non seulement mes leçons de bonheur mais aussi, et ce ne sont pas les moindres dans une vie d'homme, mes leçons de souffrance et de malheur. Ces leçons sont devenues un peu lourdes depuis quelque temps mais, enfin, elles sont là. Il s'agissait de les accepter et je ne suis pas sûr que dans la terrible tragédie où se trouve plongée notre terre commune, il n'y ait pas non seu-

1. Interview à *Franc-Tireur*, 18 octobre 1957.

lement une raison d'espérer, mais peut-être aussi pour nous tous, Arabes et Français, une raison de progresser dans une démarche commune vers ce qu'on peut appeler la vérité. Je ne suis pas fier de beaucoup de choses et particulièrement je ne suis pas fier de tout ce dont, par exemple, le colonel Furnari veut bien écrire pour moi. Mais l'une des choses dont je suis fier en tant qu'écrivain, et en tant qu'écrivain algérien, ce n'est pas mon ami Audisio[1] qui me contredira puisqu'il a été l'inspirateur de ce mouvement, c'est que nous autres écrivains algériens, nous avons fait notre devoir et nous l'avons fait depuis longtemps.

Ce que je veux dire de plus précis, c'est que nous sommes beaucoup à espérer ce qu'on appelle maintenant l'Algérie de demain. Je ne sais pas si cette Algérie se fera. Je ne sais pas non plus dans quelles conditions elle se fera. Je ne sais pas non plus ce qu'elle nous coûtera encore en sang et en malheur mais ce que je puis dire, c'est que cette Algérie de demain, nous autres écrivains algériens, nous l'avons faite hier. Je veux dire que nous avons été une école d'écrivains algériens et quand je dis école, je ne veux pas dire un groupe d'hommes obéissant à des doctrines ou des règles, je veux dire simplement un groupe d'hommes exprimant une certaine force de vie, une certaine terre, une certaine manière d'aborder les hommes.

Nous avons donc été une école où il y avait, à mon avis, je parle en termes de talents, autant de noms arabes que de noms français. Audisio l'a déjà dit mieux que moi mais je le répéterai après

1. Gabriel Audisio (1900-1978), écrivain et poète, promoteur de la richesse et de la diversité de l'identité méditerranéenne.

lui avec toute la force dont je suis capable. Finalement, une terre qui a produit des hommes qui s'appelaient Roy[1], Roblès[2], Audisio d'un côté, et de l'autre côté Mammeri[3], Feraoun[4] et un certain nombre d'autres, qui a permis à ces écrivains de s'exprimer en même temps, dans la même langue et dans la liberté, cette terre... car finalement, soyons justes, ce ne sont pas les institutions qui ont permis ça, c'est simplement le travail que nous avons fait, tous en commun, surtout la manière dont nous nous sommes abordés les uns les autres. Eh bien cette école a donné à mon sens un bon exemple, un beau modèle de ce que pourrait être l'Algérie de demain. Voilà personnellement ce dont je suis le plus fier.

Les honneurs qui pleuvent quelquefois sur nos têtes, c'est un petit peu comme les orages, c'est-à-dire qu'ils vous arrivent et qu'on essaie de les

1. Né en Algérie, Jules Roy (1907-2000) rencontre Camus à Paris en 1945. Camus consacre en 1947 une élogieuse critique à son roman *La Vallée heureuse* (1946) dans la revue *L'Arche*.

2. Oranais d'origine, Emmanuel Roblès (1914-1995) rencontre Camus à Alger en 1937. Membre du Théâtre de l'équipe, il fonde avec Camus la revue *Rivages* (1938) et signe quelques articles dans *Alger Républicain*. Romancier et dramaturge, directeur de la collection « Méditerranée » au Seuil, il sera aux côtés de Camus en 1956 lorsque ce dernier lance son « Appel pour une trêve civile en Algérie » (ci-dessus, p. 285).

3. Mouloud Mammeri (1917-1989), écrivain, poète, linguiste, anthropologue kabyle, pionnier de la littérature algérienne d'expression française. Il est notamment l'auteur de *La Colline oubliée* (1952).

4. Mouloud Feraoun (1913-1962), écrivain kabyle d'expression française, auteur du *Fils du Pauvre* (1950) et de *La Terre et le sang* (1953). Il rencontre Camus par le biais d'Emmanuel Roblès. Les deux hommes nouent une fidèle amitié que leurs divergences sur le conflit algérien n'entacheront point. Instituteur puis inspecteur des centres sociaux, il sera assassiné par l'OAS le 15 mars 1962 à El-Biar, près d'Alger.

recevoir avec simplicité, ce qui est une manière de s'en garer. Ces honneurs-là n'ont pas beaucoup d'importance à mon sens. Et, parlant à des Algériens, je ne les étonnerai pas en disant ça. Nous mettons beaucoup plus haut des vertus qui sont beaucoup plus simples, qui sont des vertus de courage, de fidélité, de ténacité et d'obstination. Ces vertus-là, nous les avons exercées à l'intérieur de ce groupe d'écrivains nord-africains et lorsqu'il m'arrivera, le plus tard possible, de faire un bilan de mon effort et de ma vie, je penserai que cette collaboration, cette création d'une littérature nord-africaine que nous avons faite à plusieurs, avec une fraternité totale, comptera parmi les choses positives de ma vie et de mon effort.

C'est un peu ça que j'ai conscience de représenter parmi vous, beaucoup plus, je dois dire, que la littérature internationale. Et je vous demande simplement, bien que parfois l'Algérie n'ait pas toujours été d'accord avec mes thèses, et même je crois me souvenir que quelques-unes des phrases que le colonel Furnari a lues tout à l'heure, et que je resignerais encore aujourd'hui, n'ont pas été accueillies avec autant de bienveillance qu'il aurait fallu, vu ce qu'elles disaient... Mais quoi qu'il en soit, quel que soit l'accueil, ou ce qu'on peut penser de mon attitude, de mes erreurs, car j'en ai fait et j'en ferai encore, je voudrais simplement que vous me receviez à L'Algérienne, directement et loyalement, comme un représentant de cette Algérie que nous avons essayé de préfigurer dans notre littérature.

ALBERT CAMUS

PRIX NOBEL DE LITTÉRATURE 1957

Aux Éditions Gallimard

L'ENVERS ET L'ENDROIT, *essai* (Folio Essais n° 41 ; Folioplus classiques n° 247).

NOCES, *essai* (Folio n° 16).

L'ÉTRANGER, *roman* (Folio n° 2 ; Folioplus classiques n° 40).

LE MYTHE DE SISYPHE, *essai* (Folio Essais n° 11).

LE MALENTENDU suivi de CALIGULA, *théâtre* (Folio n° 64 ; Folio Théâtre n° 6 et n° 18 ; Folioplus classiques n° 233).

LETTRE À UN AMI ALLEMAND (Folio n° 2226).

LA PESTE, *récit* (Folio n° 42 ; Folioplus classiques n° 119).

L'ÉTAT DE SIÈGE, *théâtre* (Folio Théâtre n° 52).

ACTUELLES (Folio Essais n° 305 et n° 400) :

I – Chroniques 1944-1948.

II – Chroniques 1948-1953.

III – Chroniques algériennes 1939-1958.

LES JUSTES, *théâtre* (Folio n° 477 ; Folio Théâtre n° 111 ; Folioplus classiques n° 185).

L'HOMME RÉVOLTÉ, *essai* (Folio Essais n° 15).

L'ÉTÉ, *essai* (Folio n° 16 ; Folio 2 € n° 4388).

LA CHUTE, *récit* (Folio n° 10 ; Folioplus classiques n° 125).

L'EXIL ET LE ROYAUME, *nouvelles* (Folio n° 78).

JONAS OU L'ARTISTE AU TRAVAIL suivi de LA PIERRE QUI POUSSE, extraits de L'EXIL ET LE ROYAUME (Folio 2 € n° 3788).

RÉFLEXIONS SUR LA GUILLOTINE (Folioplus philosophie n° 136).

CORRESPONDANCE AVEC RENÉ CHAR (repris sous le titre CORRESPONDANCE (1946-1959), Folio n° 6274).

DISCOURS DE SUÈDE (Folio n° 2919).

CARNETS :

I – Mai 1935-février 1942 (Folio n° 5617).

II – Janvier 1942-mars 1951 (Folio n° 5618).

III – Mars 1951-décembre 1959 (Folio n° 5619).

JOURNAUX DE VOYAGE (Folio n° 5620).

CORRESPONDANCE AVEC JEAN GRENIER.

LA POSTÉRITÉ DU SOLEIL.

ALBERT CAMUS CONTRE LA PEINE DE MORT, écrits réunis, présentés et suivis d'un essai par Ève Morisi, préface de Robert Badinter.

CORRESPONDANCE AVEC ROGER MARTIN DU GARD.

CORRESPONDANCE AVEC LOUIS GUILLOUX.

CORRESPONDANCE AVEC FRANCIS PONGE.

ŒUVRES, Quarto.

CORRESPONDANCE AVEC ANDRÉ MALRAUX.

CONFÉRENCES ET DISCOURS 1936-1958 (Folio n° 6372).

LETTRES À MARIA CASARÈS

Adaptations théâtrales

LA DÉVOTION À LA CROIX de Pedro Calderón de la Barca (Folio Théâtre n° 148).

LES ESPRITS de Pierre de Larivey.

REQUIEM POUR UNE NONNE de William Faulkner (Folio Théâtre n° 170).

LE CHEVALIER D'OLMEDO de Lope de Vega.

LES POSSÉDÉS de Dostoïevski (Folio Théâtre n° 123).

Cahiers Albert Camus

I – LA MORT HEUREUSE, *roman* (Folio n° 4998).

II – Paul Viallaneix : *Le premier Camus* suivi *d'Écrits de jeunesse d'Albert Camus*.

III – *Fragments d'un combat* (1938-1940) — Articles d'*Alger Républicain*.

IV – CALIGULA (version de 1941), *théâtre*.

V – *Albert Camus : œuvre fermée, œuvre ouverte ?* Actes du colloque de Cerisy (juin 1982).

VI – Albert Camus éditorialiste à *L'Express* (mai 1955-février 1956).

VII – LE PREMIER HOMME (Folio n° 3320).

VIII – CAMUS À « COMBAT », éditoriaux et articles (1944-1947) (Folio Essais n° 582).

Bibliothèque de la Pléiade

ŒUVRES COMPLÈTES (4 volumes).

Dans la collection « Écoutez lire »

LA CHUTE (1 CD)

L'ÉTRANGER (1 CD)

LA PESTE (2 CD)

En collaboration avec Arthur Koestler

RÉFLEXIONS SUR LA PEINE CAPITALE, *essai* (Folio n° 3609).

À l'Avant-scène

UN CAS INTÉRESSANT, adaptation de Dino Buzzati, *théâtre* (Folio Théâtre n° 149).

Composition Nord Compo
Impression Maury Imprimeur
45330 Malesherbes
le 17 septembre 2017.
Dépôt légal : septembre 2017.
Numéro d'imprimeur : 221643.

ISBN 978-2-07-274168-5. / Imprimé en France.

321964